Une tache sur l'éternité

Du même auteur
dans la même collection

Prisonniers du ciel (n° 132)
Black Cherry Blues (n° 159)
Une saison pour la peur (n° 238)
Le Bagnard (n° 272)

dans la collection Rivages/Thriller

Prisonniers du ciel
Black Cherry Blues
Une saison pour la peur
Une tache sur l'éternité
Dans la brume électrique avec les morts confédérés
Dixie City
La Pluie de néon

James Lee Burke

Une tache sur l'éternité

Traduit de l'américain
par Freddy Michalski

Collection dirigée par
François Guérif

Rivages / noir

Titre original :
A Stained White Radiance (Hyperion Books)

106, boulevard Saint-Germain – 75006 Paris

ISBN : 2-7436-0334-8
ISSN : 0764-7786

À Farrel et Patty Lemoine
et à mon vieux partenaire
à la douze cordes, Murphy Dowouis.

J'aimerais remercier les personnes dont les noms suivent pour toute l'aide et le soutien qu'elles m'ont apportés au fil des années : Fran Majors de Wichita, Kansas, qui a tapé et mis en forme mes manuscrits et s'est toujours montrée une amie loyale ; Patricia Mulcahy, mon agent, qui a mis sa carrière en balance pour moi plus d'une fois ; Dick et Patricia Karlan, mes agents pour le cinéma, à qui je serai toujours redevable de leur fidélité, leur constance et leur engagement à me défendre ; et finalement mon agent littéraire, Philip G. Spitzer, l'un des hommes les plus honorables et dignes d'estime qu'il m'ait été donné de rencontrer, le seul agent de New York à ma connaissance à avoir gardé mon roman *The Lost Get-Back Boogie* pendant neuf ans, en le soumettant à près de cent maisons d'édition, pour finalement lui trouver sa bonne place.

1

Je connaissais la famille Sonnier depuis toujours. J'avais fréquenté l'école primaire catholique de New Iberia avec plusieurs de ses membres, servi avec l'un d'eux au Vietnam et, pendant un bref moment, fréquenté Drew, la cadette, avant de partir à la guerre. Mais, ainsi que je l'avais appris de Drew, les Sonnier étaient de ces gens que l'on aime et apprécie à distance, non pas à cause de ce qu'ils sont à proprement parler, mais bien plutôt pour ce qu'ils représentent – une faillite dans la manière dont nous sommes faits, une rupture de quelque élément génétique ou familial qui se devrait d'être le ciment de notre humanité.

Le milieu familial des enfants Sonnier était de ceux dont on perçoit instinctivement qu'on ne désire rien en savoir de plus, de la même manière qu'on ne désire pas en connaître davantage du récit de quelque âme forcenée et désespérée dans un bar de nuit. De par mon métier de policier, je sais par expérience que les pédophiles sont capables de fonctionner et de continuer à sévir pendant de très longues périodes de temps et les enfants dont ils font leurs victimes se comptent par dizaines, voire par centaines, parce que personne ne veut croire à ses propres intuitions sur la conduite symptomatique de l'auteur des délits. Les images que nos esprits nous suggèrent nous donnent la nausée et nous répugnent, et nous espérons contre tout espoir que le problème se réduit en réalité à une erreur de nos perceptions.

La cruauté physique systématique à l'égard des enfants relève du même principe. Personne ne veut la prendre en charge. Je n'ai pas souvenir d'un seul exemple de toute mon existence où j'aie pu voir un adulte interférer directement dans un lieu public avec les mauvais traitements que devait subir un enfant des mains d'un autre adulte. Les représentants du ministère public font fréquemment la grimace à l'idée de devoir présenter au tribunal un responsable de mauvais traitements à enfants car le plus souvent, les seuls témoins à leur disposition sont justement ces mêmes enfants, terrifiés à la perspective de témoigner contre leurs parents. Ironie du sort, un réquisitoire couronné de succès signifie que la victime deviendra orphelin légal, qu'elle devra grandir dans un établissement d'état qui ne vaut guère mieux qu'un entrepôt de parquage pour humains.

Enfant, j'avais vu les brûlures de cigarettes sur les bras et les jambes des enfants Sonnier. Elles étaient croûtées de tissus cicatriciels et ressemblaient à des vers grisâtres roulés sur eux-mêmes. J'en étais arrivé à croire que les Sonnier grandissaient plus dans un haut fourneau que dans un foyer digne de ce nom.

La journée de printemps était belle lorsque le répartiteur du bureau du shérif – Paroisse d'Iberia – où je travaillais comme inspecteur en civil, m'appela chez moi pour m'apprendre qu'on avait tiré au fusil dans la fenêtre de salle à manger de Weldon Sonnier. Je gagnerais du temps si je me rendais sur les lieux directement sans me présenter au bureau.

J'étais à ma table de petit déjeuner et, par la fenêtre ouverte, m'arrivaient les senteurs riches et humides des hortensias de mon parterre auxquelles se mêlait l'odeur de la pluie tombée la nuit précédente qui dégouttait encore des pacaniers et des chênes de la cour. La matinée était vraiment très belle, avec ses premiers rayons du soleil doux comme une fumée dans les branchages.

– Tu es là, Dave ? dit le répartiteur.

– Demande au shérif d'envoyer quelqu'un d'autre ce coup-ci, dis-je.

– Tu n'aimes pas Weldon.

– J'aime bien Weldon. Mais c'est juste que je n'aime pas certaines des choses qui trottent probablement dans la tête de Weldon.

– D'accord, je vais le dire au vieux.

– Arrête, t'occupes, dis-je. J'y vais. Je pars dans quinze minutes. Donne-moi le reste des informations.

– C'est tout ce qu'on a. C'est sa femme qui a appelé. Pas lui. Est-ce que ça te paraît assez digne de Weldon ?

Il éclata de rire.

On racontait que Weldon avait dépensé plus de deux cent mille dollars à restaurer sa résidence d'avant-guerre – celle de Sécession, s'entend – aux limites de la paroisse sur Bayou Teche. C'était une bâtisse de briques patinées par le temps et peintes en blanc, avec un large porche sur colonnes, une véranda au premier étage qui courait sur tout le tour de la maison, des persiennes vertes aux fenêtres, deux cheminées jumelles de briques sur chaque pignon, et des rembardes en fer forgé à volutes récupérées sur des bâtiments historiques du Vieux Carré de La Nouvelle-Orléans. La longue allée carrossable qui conduisait de la route à la maison était couverte par la marquise de grands chênes tendus de mousse espagnole, mais Weldon Sonnier n'était pas de ceux qui auraient laissé perdre de l'espace cultivable à seules fins de fournir un décor baroque à l'ensemble. La propriété qui occupait l'avant de la maison, jusqu'aux terrains proches du bayou où se dressaient jadis les quartiers des esclaves, avait été loué aux métayers qui y cultivaient la canne à sucre.

J'avais toujours été frappé par cette ironie du détail que Weldon eût payé tant et tant de son argent gagné dans le pétrole pour pouvoir habiter une demeure d'avant la guerre de Sécession alors qu'en fait, il avait grandi dans une ferme acadienne vieille de plus de cent cinquante ans, superbe témoignage d'architecture de bois de cyprès taillé à l'herminette, monté à tenons et mortaises et chevillé, sur laquelle des membres de la société de préservation historique de New Iberia avaient ouvertement versé des larmes le jour où Weldon, après avoir engagé une troupe de Noirs à moitié ivres, droit sortis d'une boîte de nuit déglinguée dans les fins fonds du bayou, avait offert à ses hommes pince-monseigneurs et haches avant de s'installer sur le haut d'une clôture, à fumer calmement le cigare en sirotant un verre de Cold Duck [1], pendant que ses recrues réduisaient la vieille maison Sonnier en un tas de bois qu'il avait par la suite revendu pour deux cents dollars à un menuisier-ébéniste.

Lorsque j'engageai ma camionnette à plateau sur l'allée pour me ranger sous les larges ramures d'un chêne près du porche d'entrée, deux adjoints en uniforme m'attendaient dans leur voiture, les portières

1. Marque de vin. *(N.d.T.)*

avant ouvertes pour laisser entrer la brise qui soufflait sur les pelouses ombragées. Le chauffeur, un ancien flic de Houston du nom de Garrett, taillé en barrique, épaisse moustache blonde et visage couleur de coup de soleil tout frais, balança sa cigarette dans le parterre de roses et se redressa pour m'accueillir. Il portait des lunettes de soleil d'aviateur et un dragon vert était tatoué autour de son avant-bras droit. Il était encore nouvel arrivé et je ne le connaissais pas bien, mais j'avais entendu dire qu'il avait démissionné des forces de police de Houston après avoir été suspendu pendant une enquête des Affaires Internes.

– Qu'est-ce que vous avez ? dis-je.

– Pas grand-chose, dit-il. M. Sonnier dit qu'il s'agit probablement d'un accident. Des gamins qui chassaient le lapin ou quelque chose comme ça.

– Qu'est-ce que dit Mme Sonnier ?

– Elle mange ses tranquillisants dans la salle du petit déjeuner.

– Que *dit*-elle ?

– Rien. Inspecteur.

– Appelez-moi Dave. Vous êtes d'avis qu'il s'agissait simplement de quelques gamins ?

– Jetez donc un coup d'œil à la taille du trou dans le mur de la salle à manger et dites-le moi.

Puis je le vis se mordiller la commissure des lèvres devant la sécheresse de sa réponse. Je me dirigeai vers la porte d'entrée.

– Dave, attendez une minute, dit-il en ôtant ses lunettes avant de se pincer l'arête du nez. Pendant que vous étiez en vacances, la femme nous a appelés à deux reprises, pour nous signaler un rôdeur. Nous nous sommes déplacés jusqu'ici et nous n'avons rien trouvé, alors je ne l'ai pas relevé sur mes tablettes.

Je me suis dit qu'elle avait peut-être ses terminaux en friture.

– Ils le sont. C'est une droguée aux pilules.

– Elle a dit qu'elle a vu un mec au visage balafré qui regardait par sa fenêtre. Elle a dit que la tête ressemblait à de la pâte à modeler ou quelque chose. Le sol avait beau être mouillé, je n'ai pas trouvé d'empreintes de pas. Mais peut-être qu'elle a effectivement vu quelque chose. Probable que j'aurais dû vérifier tout ça un peu mieux.

– Ne vous en faites pas pour ça. Je prends le relais. Pourquoi n'iriez-vous pas jusqu'au bistrot pour une tasse de café ? Je vous y rejoindrai.

– Elle est la sœur de cet homme politique de La Nouvelle-Orléans, non ? Un nazi ou un membre du Klan ?

– Vous avez tout compris. Weldon sait se les choisir.

Je ne résistai pas à lui apprendre la meilleure.

– Vous savez qui est le frère de Weldon, non ?

– Non.

– Lyle Sonnier.

– Le prédicateur télé de Baton Rouge ? Sans blagues ? Je parie que ce mec serait capable de voler la puanteur d'un tas de merde sans même que ses doigts sentent.

– Bienvenue en Louisiane du Sud, podna [1].

Weldon me serra la main après avoir ouvert la porte. Sa main était grosse, carrée, le tranchant et l'index calleux. Même lorsqu'il souriait, le visage de Weldon affichait un air de défi, les yeux pareils à deux grains de chevrotine, la mâchoire dure et rectangulaire. Il portait ses cheveux marron et grisonnants en brosse courte, rasée sur le crâne au-dessus

1. En français dans le texte.

de ses grandes oreilles et donnait toujours l'impression de crisser doucement des molaires en faisant jouer les nœuds de cartilage derrière la ligne des maxillaires. Pantoufles aux pieds, il était vêtu d'une paire de Levi's délavés sans ceinture, et d'un T-shirt tâché de peinture qui moulait ses biceps puissants et son ventre plat. Il ne s'était pas rasé et tenait une tasse de café dans la main. Il se montra poli – Weldon était toujours poli – mais il ne cessait de consulter sa montre.

– Je ne peux rien te dire d'autre, Dave, dit-il.

Nous étions debout dans l'entrée de sa salle à manger.

– J'étais là, devant les portes vitrées, et je regardais le soleil se lever sur le bayou, et *pop*, elle est passée à travers la vitre avant de frapper le mur là-bas.

Il sourit.

– Tu as dû avoir la trouille, dis-je.

– Pour sûr.

– Ouais, t'as l'air tout secoué, Weldon. Pourquoi est-ce que c'est ta femme qui nous a appelés et pas toi ?

– Elle se tracasse pour un rien.

– Pas toi ?

– Écoute, Dave, j'ai vu deux gamins noirs un peu plus tôt. Ils poursuivaient un lapin qui était sorti des cannes à sucre, puis je les ai vu tirer sur un moqueur dans un arbre du bayou. Je crois qu'ils habitent dans une de ces vieilles cahutes de négros sur la route. Pourquoi ne vas-tu pas leur en toucher un mot ?

Il regarda l'heure sur la grande horloge en acajou à l'extrémité de la salle à manger puis remit sa montre bracelet à l'heure.

– Les gamins noirs n'avaient pas de fusil de chasse quand même ? demandai-je.

– Non, je ne pense pas.
– Avaient-ils une .22 ?
– Je ne sais pas Dave.
– Mais c'est probablement ce qu'ils auraient eu s'ils tiraient le lapin ou les moqueurs, non ? S'ils n'avaient pas de fusil de chasse, en tout cas.
– Peut-être bien.

Je regardai la vitre et le trou situé vers le haut de la porte-fenêtre. Je sortis de ma poche mon stylo-plume, presque aussi gros que mon petit doigt, et en insérai l'extrémité dans l'orifice. Puis je traversai la salle à manger et procédai de la même manière sur le trou dans le mur. Une poutrelle métallique étayait l'arrière du mur et le stylo s'enfonça dans le trou sur sept bons centimètres avant de toucher quelque chose de solide.

– Crois-tu vraiment qu'une balle de .22 aurait pu faire ça ? demandai-je.
– Peut-être a-t-elle ricoché avant de basculer ? répondit-il.

Je revins vers la porte-fenêtre que j'ouvris. Elle donnait sur un patio dallé de pierre. Je regardai la pelouse bleu-vert qui descendait en pente douce vers le bayou. Parmi les cyprès et les chênes de la rive se trouvaient un ponton et un abri à bateaux tout délabré. Entre le rivage boueux et la pelouse proprement dite, Weldon avait bâti un muret de briques qui empêchait l'érosion de sa terre vers le Teche.

– Je crois que tu te conduis d'une manière stupide, Weldon, dis-je, le regard toujours fixé sur le muret de briques et la silhouette des arbres à contre-jour, sur fond de soleil brillant reflété à la surface brune du bayou.
– Excuse-moi ? dit-il.

– Qui a des raisons de te vouloir du mal ?
– Pas âme qui vive, sourit-il. Du moins, pas à ma connaissance.
– Je ne veux pas fouiller dans ta vie privée, mais tu as pour beau-frère Bobby Earl.
– Oui ?
– Sacré mec, non ? Un journaliste de CBS l'a surnommé « le Robert Redford du racisme ».
– Ouais, ça a bien plu à Bobby.
– J'ai entendu dire que tu avais collé Bobby sur une table chez Copeland en le tirant par la cravate que tu as ensuite sectionnée avec un couteau à steak.
– En fait, ça s'est passé chez Mason sur Magazine.
– Oh, je vois. Comment a-t-il pris le fait d'être humilié en public, dans un restaurant plein de monde ?
– Il a pris ça très bien. Bobby, c'est pas le mauvais bougre. Il a simplement besoin qu'on lui remette les choses au clair de temps à autre.
– Et que penses-tu de certains de ses disciples – des hommes du Klan, des nazis américains, des membres de la nation aryenne ? Tu crois qu'eux aussi sont des mecs bien ?
– Je ne prends pas Bobby très au sérieux.
– Ce n'est pas le cas de beaucoup de gens.
– Ça, c'est leur problème. Bobby se trimbale quinze centimètres de biroute et cinq de cervelle. Si la presse voulait bien lui fiche la paix, il placerait des contrats d'assurance à perte.
– J'ai aussi entendu une autre histoire à ton sujet, Weldon, peut-être plus sérieuse, celle-là.
– Dave, je n'ai pas envie de te faire offense. Je suis désolé que tu aies été obligé de venir jusqu'ici,

je suis désolé que ma femme soit toujours sur les charbons ardents et qu'elle ait des visions, à surprendre des visages de caoutchouc en train de se rincer l'œil à la fenêtre. J'apprécie le travail que tu dois faire, mais je ne sais pas qui a fait un trou dans ma vitre. C'est la vérité et il faut que j'aille travailler.

– J'ai entendu dire que tu étais fauché.

– Il n'y a rien de neuf sous le soleil. C'est ça, quand on est indépendant dans l'industrie du pétrole. Ça crache ou ça casse.

– Est-ce que tu as des dettes ?

Je vis le cartilage se nouer derrière les maxillaires.

– Ça commence à bien faire, Dave.

– Ouais ?

– Absolument.

– J'en suis désolé.

– J'ai foré mon premier puits de mes mains, à grand renfort de salive, plus de la ferraille de récupération. Je n'ai pas eu l'ombre d'un foutu coup de main de quiconque, qui plus est. Pas de prêts, pas de crédit, rien que moi, quatre Négros, un foreur alcoolique du Texas et du boulot d'esclave, à se casser le cul jour après jour.

Il pointa un doigt sur moi.

– J'ai tenu le coup pendant vingt ans, podna. Je ne vais pas commencer à aller mendier mon fric, et je vais te dire autre chose encore. On essaie de m'impressionner ? On me tire à balles sur ma maison ? Je règle ça personnellement.

– J'espère que tu n'en feras rien. Je détesterais te voir t'attirer des ennuis, Weldon. Et maintenant, j'aimerais m'entretenir avec ton épouse, s'il te plaît.

Il mit une cigarette à la bouche, l'alluma et laissa tomber le lourd briquet métallique d'un geste indifférent sur la surface de bois poli et brillant de la table de salle à manger.

– Ouais, naturellement, dit-il. Simplement, vas-y doucement, c'est tout ce que je te demande. Elle réagit mal à ses médicaments ou quelque chose. Elle a des problèmes de tension artérielle.

Son épouse était une blonde cendrée, pâle, à l'ossature fine, la peau d'un blanc de lait marquée de veines bleutées. Elle avait revêtu un peignoir de soie rose, relevé les cheveux en arrière sur la nuque, et s'était maquillée de frais. Elle aurait dû être jolie, n'eût été le regard des yeux bleus qui affichait toujours une expression craintive, à croire qu'elle entendait sans cesse des portes invisibles en train de claquer autour d'elle. La salle du petit déjeuner était totalement vitrée sous un plafond en voûte, pleine de soleil et de plantes d'intérieur, fougères et philodendrons, offrant une vue sur le bayou, les chênes, les bambous, et les treillages magnifiques chargés d'une foison de glycines mauves en fleurs, mais son visage donnait l'impression de ne rien en voir. Le regard des grands yeux si vastes ne semblait pas naturel, les pupilles rétrécies à deux cendres noires, la peau tellement tendue qu'on aurait presque pu croire qu'une main lui empoignait les cheveux pour les tordre sur l'arrière de la tête. Je me demandai ce qu'il avait dû en être de grandir dans cette même maison qui avait produit un individu de l'engeance de Bobby Earl.

On l'avait baptisée Bama. Elle avait un accent doux à l'oreille, plus Mississippi que Louisiane, mais on décelait dans ses inflexions un trémelo instable, comme si une extrémité nerveuse arrachée battait librement à petits coups à l'intérieur d'elle.

Elle dit qu'elle était couchée lorsqu'elle avait entendu la détonation et le fracas du verre brisé. Mais elle n'avait rien vu.

– Qu'en est-il exactement de ce rôdeur que vous avez signalé, Mme Sonnier ? Avez-vous une quelconque idée de qui il pourrait s'agir, le cas échéant ?

Je lui souris.

– Bien sûr que non.

– Vous ne l'aviez jamais vu auparavant ?

– Non. Il était horrible.

Je vis Weldon lever les yeux au plafond avant de tourner la tête et se plonger dans la contemplation du bayou.

– Que voulez-vous dire ? demandai-je.

– Il a dû être brûlé dans un incendie, dit-elle. Ses oreilles étaient réduites à de petits moignons. Il avait le visage, on aurait dit du caoutchouc, comme une grosse rustine toute rouge.

Weldon se retourna vers moi.

– Tout ça, tu l'as déjà dans la déposition qui est à ton bureau, n'est-ce pas, Dave ? dit-il. Ça ne sert vraiment à rien de revenir sur de l'histoire ancienne, à ton avis ?

– Peut-être pas, Weldon, dis-je en refermant mon calepin que je remis dans ma poche. Mme Sonnier, voici ma carte. Passez-moi donc un coup de fil s'il vous revient un détail en mémoire ou si je peux vous être d'une aide quelconque.

Weldon se frotta d'une main le dessus de l'autre et essaya de contenir le pli soucieux qui lui marquait le front.

– J'aimerais aller faire un petit tour jusqu'au bout de la propriété, si vous n'y voyez pas d'inconvénient.

– Fais comme chez toi, dit-il.

Le sténotaphrum était humide de rosée matinale, aussi épais qu'une éponge lorsque je passai entre les chênes en direction du bayou. Sur un carré de terre ensoleillée près d'une vieille grange sans toit au bois gris, qui portait encore une antique pancarte Hadacol en fer blanc clouée à l'un de ses murs, je trouvai un jardin planté de fraises et de pastèques. Je longeai le mur de briques qui faisait office de talus de soutènement et balayai du regard l'étendue boueuse qui descendait en pente douce jusqu'au bord du bayou. Le sol en était marqué de traces innombrables de ragondins et de ratons-laveurs auxquelles se mêlaient les empreintes délicates d'aigrettes et de hérons. Puis, non loin des planches de cyprès qui conduisaient au ponton de Weldon et à sa remise à bateau, j'aperçus un fouillis d'empreintes de pas à la base du muret de briques.

Je mis les paumes en appui sur les briques fraîches et étudiai la rive. Une série de marques en creux menait du planchéiage de cyprès jusqu'au mur, puis retour, mais un individu aux chaussures d'une pointure supérieure était revenu sur les traces d'origine. Je remarquai également un barbouillis boueux au sommet du muret et sur l'herbe, tout à côté de mon pied, je découvris un mégot de Lucky Strike. Je sortis un sachet plastique à fermeture hermétique de ma poche et ramassai vivement le mégot comme d'une écope.

J'étais sur le point de faire demi-tour en direction de la maison, lorsque la brise se reprit à souffler, faisant trembler les ramures du chêne en surplomb, et le jeu de lumières et d'ombres changea de forme sur le sol comme les croisillons d'un maillage de filet. J'aperçus alors un reflet jaune et métallique dans un repli boueux. J'enjambai le muret et, de la pointe de mon stylo, dégageai une douille de .308 de la boue avant de la déposer dans le sachet plastique auprès du mégot.

Je traversai la cour latérale et rejoignis l'allée à voiture en façade jusqu'à ma camionnette. Weldon m'y attendait. Je levai un bref instant le sachet plastique pour qu'il pût en voir le contenu.

– Voici le calibre de la douille que ton chasseur de lapin utilisait, dis-je. Une douille qu'il a éjectée, qui plus est, Weldon. Ce qui signifie qu'à moins de disposer d'un fusil semi-automatique, il s'apprêtait probablement à tirer sur toi une seconde fois.

– Écoute, à partir de maintenant, que dirais-tu de venir discuter avec moi et de laisser Bama en dehors de tout ça ? Elle n'est vraiment pas en état pour une chose pareille.

J'inspirai profondément et regardai, au travers des chênes, les jeux de lumière du soleil sur l'asphalte de la route au loin.

– Je crois que ta femme a de graves problèmes. Peut-être le moment est-il venu de les affronter, dis-je.

Je voyais l'énergie bouillonnant dans son cou. Il s'éclaircit la gorge.

– Peut-être que tu dépasses aussi un tout petit peu les limites de ta fonction, dit-il.

– Peut-être. Mais c'est une dame charmante et je crois qu'elle a besoin d'aide.

Il se mordilla la lèvre inférieure, mit les mains sur les hanches, baissa les yeux sur son pied et dessina un motif circulaire sur le gravillon, à la manière d'un entraîneur de troisième base en train de réfléchir au coup suivant.

– Il y a tout un paquet de groupes à douze étapes à New Iberia et St Martinville. Ce sont de braves gens, dis-je.

Il acquiesça sans relever la tête.

– Permets-moi de te demander quelque chose encore, dis-je. Tu as bien été pilote sur un porte-avions et tu volais sur un avion d'observation, au Vietnam, non ? Tu devais être plutôt doué dans ton genre.

– Donne-moi un chimpanzé, trois bananes et trente minutes de son attention, et je te le transforme en pilote.

– J'ai aussi entendu dire que tu avais piloté pour Air America.

– Et alors ?

– Tout le monde n'a pas la chance d'avoir dans son dossier d'aussi bonnes références. Tu n'es pas encore mêlé à des conneries de la CIA, dis ?

Il tapota sa mâchoire d'un doigt comme s'il s'agissait d'un tambour.

– CIA... ouais, c'est-à-dire Catholique, Irlandais et Alcoolique, si je ne me trompe ? Non, moi, je suis coonass [1], ma religion est plutôt branlante, et je n'ai jamais touché à la bouteille. Je crois que je ne corresponds pas vraiment à la catégorie, Dave.

– Je vois. Si tu en as assez, appelle-moi, au bureau ou chez moi.

– Assez de quoi ?

– Assez de te mener toi-même en bateau, assez de faire le petit malin avec ceux qui essaient de t'aider. À te revoir un de ces quatre, Weldon.

Je le laissai debout dans son allée, un filet de rictus aux lèvres, une boule de cartilage grosse comme un biscuit contre son maxillaire, ses grosses mains carrées ouvertes, pendant à ses côtés.

1. Littéralement « cul de raton laveur », plus une déformation du français « connasse » : surnom injurieux donné par les Yankees du Nord aux Cajuns, lesquels ont aujourd'hui récupéré ce terme grossier en leur faveur en arborant avec orgueil des T-shirts où ils ont imprimé le slogan « I'm proud to be a coonass » – je suis fier d'être un coonass. (*N.d.T.*)

* * *

De retour au bureau, je demandai au répartiteur où se trouvait Garrett, le nouveau.

– Il est parti prendre livraison d'un prisonnier à St Martinville. Tu veux que je l'appelle ? dit-il.

– Demande-lui de passer à mon bureau quand il en aura l'occasion. Il n'y a rien d'urgent.

Je gardai le visage impassible, vide de curiosité.

– Dis-moi, quel genre de problème est-ce qu'il a eu avec les Affaires Internes de Houston ?

– En fait, c'est son équipier qui a eu le problème. Peut-être que tu as lu l'affaire dans les journaux. L'équipier en question a laissé Garrett dans la voiture et il a fait descendre un môme mexicain sous le pont de Buffalo Bayou. Et là il s'est mis à jouer à la roulette russe avec lui. Sauf qu'il a mal calculé l'emplacement de la balle dans le barillet et il a fait sauter le crâne du gamin. Sa cervelle a giclé jusque sur la pile de pont. Garrett a fait la gueule parce qu'il a été l'objet d'une enquête : il a envoyé un capitaine aux pelotes et quitté le service. C'est la faute à pas de chance car il a été lavé de tout soupçon par la suite. Et je crois bien que c'est reparti pour un tour, non ? Est-ce qu'il s'est passé quelque chose chez les Sonnier ?

– Non, je voulais simplement comparer avec lui nos notes respectives.

– Dis, tu sais que tu as un message téléphonique très intéressant dans ta boîte.

Je haussai les sourcils et attendis.

– Lyle Sonnier, dit-il avant de sourire de toutes ses dents.

Je me dirigeai vers mon cagibi et récupérai en chemin ma petite pile de courrier, lettres, mémos et messages, dans ma boîte. Je m'installai à mon bureau et déposai chaque élément de ma pile, un à un, en les retournant, sur mon sous-main. J'étais incapable de dire exactement la raison pour laquelle je ne voulais pas avoir affaire à Lyle. Peut-être s'y mêlait-il une part de culpabilité, un semblant de malhonnêteté intellectuelle. Plus tôt dans la matinée, j'avais été plus que partant pour faire de l'humour sur Lyle devant Garrett, mais je savais en réalité qu'il n'y avait rien de drôle dans le personnage. Au hasard d'un changement de chaîne sur la télé câblée, tard dans la nuit, vous pourriez tomber sur lui, costume gris métallique en soie et cravate or, le cheveu naturellement ondulé, défrisé et aplati comme une tourte de pain d'épices, le verbe véhément et le geste emphatique, à ponctuer son discours délirant de ses bras en fléaux. Et vous pourriez peut-être le rejeter aussi vite aux oubliettes et ne voir en lui qu'un autre de ces chantres bonimenteurs de religion ou fanatiques cramés de la cervelle que le Sud rural produit, génération après génération, inlassablement, avec une régularité prévisible.

Sauf que j'avais de Lyle le souvenir d'un gamin de dix-huit ans, membre de ma section, un rat de tunnel qui s'en allait ramper, nu jusqu'à la taille, une torche dans une main, un .45 automatique dans l'autre, au fond d'un boyau souterrain avec, pour seule assurance, une corde attachée à la cheville. Je me rappelai également le jour où il s'était faufilé par une ouverture tellement étroite que son pantalon avait failli lui glisser des fesses en frottant contre les parois ; puis, une fois la corde déroulée qui disparaissait avec lui sous le flanc de colline, nous avions entendu un *whooomph* souterrain et un nuage de poussière rouge mêlée de cordite s'était échappé du trou. Lorsque nous l'avons retiré du conduit par sa cheville, il tenait toujours les bras tendus droit devant lui, le visage et les mains tissés d'une toile de filets sanglants. Il manquait deux doigts à sa main droite comme si un rasoir sabre les lui avait sectionnés.

Les gens de New Iberia qui le connaissaient parlaient habituellement de Lyle comme d'un escroc qui faisait son ordinaire des peurs et des stupidités de ses fidèles. Ou alors, ils voyaient dans le personnage un amuseur public à la limite de la psychose qui s'était vraisemblablement cuit la cervelle à la drogue. Je ne connaissais pas la vérité concernant Lyle, mais j'avais toujours soupçonné qu'au cours de ce centième de seconde, entre l'instant où il avait accroché le cable piégé du bout de sa torche ou de son .45 réglementaire et celui où l'intérieur de sa tête avait rugi comme un brasier de suif brûlant, il avait cru, de son troisième œil, pénétrer au plus profond des frayeurs insondables, des tourbillons de mystères, et de la caricature que tout son entraînement pour ce moment précis était devenu.

Je regardai son numéro de téléphone de Baton Rouge sur le récépissé du message, puis je me mis à retourner le morceau de papier en tous sens entre mes doigts. Non, Lyle Sonnier n'était pas une plaisanterie, me dis-je. Je décrochai mon combiné et commençai le numéro lorsque je me rendis compte soudain que Garrett, l'ex-flic de Houston, se tenait à l'entrée de mon cagibi, une expression soupçonneuse dans le regard lorsque je levai les yeux vers lui.

– Oh, salut, merci d'être passé, dis-je.

– De rien. Qu'est-ce qu'il y a ?

– Pas grand-chose.

Je tapotai distraitement les doigts sur le sous-main avant d'ouvrir puis refermer mon tiroir.

– Dites, vous n'auriez pas une cigarette ?

– Bien sûr, dit-il en joignant le geste à la parole.

Il sortit un paquet de sa poche de chemise, et en dégagea d'une secousse une cigarette qu'il m'offrit.

– Les Lucky Strike sont trop fortes pour moi, dis-je. Merci, en tous cas. Je vous propose une petite balade à pied. Ça vous dit ?

– Euh, je ne vous suis pas très bien jusqu'ici. Qu'est-ce qu'on est en train de faire, Dave ?

– Amenez-vous, je vous offre une glace. J'ai juste besoin de quelques informations, dis-je avec un sourire.

Le soleil était lumineux, il faisait chaud au dehors, et une brume de gouttelettes irisées balayait la pelouse au sortir des arroseurs. Les palmiers étaient verts, gravés en lignes tranchées sur fond de ciel d'un bleu éclatant et immaculé, et au coin, près d'un énorme chêne dont les racines avaient fait éclater le trottoir pour en replier le revêtement en crêtes successives, un Nègre en veste blanche vendait ses « boules de neige » devant sa voiture à bras abritée d'un parasol de plage.

J'achetai deux sorbets à la menthe, en tendis un à Garrett et nous nous installâmes côte à côte sur un banc métallique à l'ombre. Son étui et son ceinturon grincèrent comme une selle de cheval. Il mit ses lunettes de soleil, détourna la tête et ne cessa de tripoter le coin de sa moustache.

– Le répartiteur me parlait de votre problème avec les A.I. à Houston, dis-je. Apparemment, on dirait qu'on vous a fait une crasse.

– Je ne me plains pas. J'aime bien le coin, par ici. J'aime la nourriture et les Français.

– Mais vous avez rétrogradé de deux échelons dans votre carrière, dis-je.

– Comme je dis, je ne me plains pas.

Je mordis un morceau de ma « boule de neige » et regardai devant moi, au loin.

– Permettez que je vous parle franchement, collègue, dis-je. Vous êtes nouveau ici et probable que vous avez quelques ambitions. C'est très bien. Mais vous avez faussé les indices matériels sur les lieux du crime, chez les Sonnier.

Il s'éclaircit la gorge et voulut parler, pour finalement n'en rien faire.

– Exact ? Vous êtes passé au-dessus du mur de soutènement et vous avez jeté un coup d'œil au terrain boueux sur la rive ? Vous avez jeté un mégot de cigarette dans l'herbe ?

– Oui, monsieur.

– Avez-vous trouvé quelque chose ?

– Non, monsieur.

– Vous êtes sûr ?

Je détaillai son profil d'un regard sans aménité. Une tache rouge ronde comme un ballon marquait sa gorge.

– Je suis sûr.

– Très bien, oubliez ça. Il n'y a pas eu de mal. Mais la prochaine fois, vous délimitez les lieux en veillant à ce que personne n'approche et vous attendez l'enquêteur.

Il hocha la tête, regardant droit devant lui, quelque pensée cachée à l'intérieur de ses lunettes de soleil, puis il dit :

– Est-ce que ça va figurer dans mon dossier ?

– Non. Mais ce n'est pas là la question, podna. La vraie question est bien entendue, nous sommes d'accord ?

– Oui, monsieur.

– Bien. Je vous raccompagne. J'ai un coup de fil à retourner.

Mais en fait, je n'avais plus aucune envie de lui parler. J'avais le sentiment que l'adjoint Garrett n'était pas très doué pour écouter.

Je composai le numéro de Lyle Sonnier à Baton Rouge et m'entendis répondre par une secrétaire qu'il était absent pour la journée. Je donnai la douille du .308 à notre responsable des empreintes, geste purement gratuit, à vrai dire, dans la mesure où les empreintes digitales servent rarement à quelque chose sauf lorsqu'on dispose déjà dans ses dossiers des empreintes d'un suspect bien précis. Puis je parcourus le bref compte rendu sur le rôdeur signalé par Bama Sonnier, mais il n'ajouta rien à ce que je savais déjà de ce qui s'était passé chez les Sonnier. Je n'avais qu'une envie, faire une croix sur toute l'affaire et laisser Weldon à ses fausses fiertés, aux prises avec son armée de démons privés, quels qu'ils puissent être, et non pas passer mon temps à vouloir aider quelqu'un qui refusait obstinément qu'on vînt interférer avec son existence. Mais je fus bien obligé de me rappeler à moi-même que si les autres avaient eu la même attitude à mon égard, je serais aujourd'hui mort et enterré, enfermé dans un asile d'aliénés ou en train de rassembler suffisamment de petite monnaie et de billets d'un dollar tout chiffonnés, dans quelque bar au petit jour, pour m'offrir une double dose de Beam, et une Jax à long col, fraîche et embuée, pour suivre, avec le vain espoir que cette explosion soudaine de chaleur et de lumière ambrée dans mes veines allait pouvoir de quelque manière brûler et réduire en cendres jusqu'au dernier serpent et au plus petit mille-pattes qui grouillaient à l'intérieur de moi. Je savais alors, mais alors seulement, que le soleil rouge qui se consumait au-dessus des chênes du parc de stationnement m'en serait un peu moins une menace, que la journée ne verrait pas réapparaître les formes métamorphiques qui venaient la peupler, accompagnées de ces voix désincarnées qui m'étaient autant d'échardes dans l'esprit, et qu'à dix heures du matin, le moment ne serait pas venu de ces tremblements par tout le corps tellement violents que j'étais incapable de tenir un verre de whiskey des deux mains.

À midi, je rentrai déjeuner à la maison. Le chemin de terre qui longeait le bayou était bordé de chênes, plantés jadis par des esclaves, et le soleil jouait d'éclairs de lumière au travers des branches en surplomb tendues de mousse espagnole, à la manière d'un héliographe. Les jacinthes d'eau se pressaient de leurs fleurs mauves grand écloses le long des berges du bayou, leurs feuilles perlées de gouttelettes d'eau pareilles à du vif-argent sous les ombrages. En plein soleil, là où l'eau était brune et donnait l'impression de brûler, les libellules restaient suspendues dans les airs, immobiles, et les dos caparaçonnés d'armures des lépidostées tournaient dans le courant avec la souplesse des serpents.

Une douzaine de véhicules – voitures et camionnettes – étaient garés autour de la passerelle à bateaux, le ponton et la boutique d'appâts dont j'étais propriétaire et que mon épouse, Bootsie, et un Noir âgé du nom de Batist avaient la charge de faire fonctionner pendant mon absence. Je saluai Batist du geste : il était occupé à servir ses déjeuners-barbecue sur les dévidoirs de cable téléphonique qui faisaient office de tables, à l'ombre de l'auvent de toile qui abritait le ponton ; puis je m'engageai dans l'allée de terre et me rangeai sous les pacaniers, devant la maison de bois de chêne et de cyprès, pleine de coins et de recoins, que mon père avait bâtie, sans plan défini, de ses propres mains, pendant la Dépression. La cour était couverte de feuilles mortes et de coques vides de noix de pacane, et les pacaniers poussaient si drus contre le ciel que la galerie de la maison restait dans l'ombre la majeure partie de la journée, et la nuit, même au beau milieu de l'été, il me suffisait de brancher le ventilateur du grenier pour rendre la maison tellement fraîche qu'il nous fallait dormir sous des draps.

Ma fille adoptive Alafair avait comme animal familier un raton laveur à trois pattes du nom de Tripod que nous gardions au bout d'une chaîne, elle-même attachée à un long cable tendu entre deux chênes, de sorte qu'il pouvait aller et venir à sa guise dans la cour. Pour quelque raison inconnue, chaque fois qu'une voiture s'engageait dans l'allée, Tripod se mettait à courir en tous sens au bout de sa chaîne, s'enroulait autour d'un tronc, essayait de grimper à l'écorce dans un cliquetis de maillons métalliques et finissait habituellement par se fracasser sur le toit d'une des cages à lapins en manquant à chaque fois de se garrotter.

Je coupai le moteur, franchis le tapis moelleux de feuilles jonchant le sol, le soulevai dans mes bras et dégageai sa chaîne. C'était un beau raton laveur, le bout des oreilles argenté, dodu, le ventre et l'arrière-train épais, une grosse queue annelée, un masque noir autour des yeux et des favoris poivre et sel. J'ouvris l'un des clapiers inutilisés où je gardais son sac de pain de maïs et de rillons secs et remplis sa gamelle, posée près de la cuvette à eau où il lavait tout ce qu'il mangeait.

En me retournant, je vis Bootsie qui me regardait depuis la galerie, un sourire aux lèvres. Elle portait un short blanc, des sandales à semelle de bois, un chemisier de paysanne au rose défraichi et un mouchoir rouge noué dans sa chevelure couleur de miel. Dans la pénombre de la galerie, ses jambes et ses bras donnaient l'impression de briller doucement. Elle avait toujours une silhouette de jeune fille, le dos ferme et musclé, et ses hanches rondes et lisses ondulaient à chacun de ses pas. Parfois, lorsqu'elle était endormie, il m'arrivait de poser la main contre la chair de son dos pour en sentir les muscles toniques, la houle régulière de sa poitrine contre ma paume au rythme de sa respiration, comme si je cherchais par ce geste à m'assurer que toute cette chaleur, cette énergie, ce sang bouillonnant et ce cœur qui battait sous sa peau halée étaient bien réels et suivaient leur course de vie, qu'il ne s'agissait pas d'un leurre et d'une tromperie du destin, et qu'elle ne s'éveillerait pas le matin, raidie par la douleur, le tissu conjonctif de son organisme tout entier une nouvelle fois offert en festin comme une proie désarmée à la maladie qui coulait dans ses veines.

Elle appuya un bras contre le poteau de la galerie, m'offrit un clin d'œil et dit :

– *Comment la vie* [1], beau gosse ?

– Comment tu vas, ma belle ? dis-je.

– Je t'ai préparé de *l'étouffée* pour déjeuner.

– Merveilleux.

– Est-ce que Lyle Sonnier a réussi à te joindre au bureau ?

– Non. Il a appelé ici ?

1. En français dans le texte.

– Oui, il a dit qu'il avait quelque chose d'important à t'apprendre.

Je la serrai contre moi d'un bras et l'embrassai dans le cou en entrant dans la maison. Elle avait les cheveux épais, coiffés en bouclettes effilées et drues sur la nuque, aussi agréables au toucher que la crinière taillée d'un poney.

– Sais-tu pourquoi il essaie de te joindre ? dit-elle.

– On a tiré sur Weldon Sonnier ce matin.

– Weldon ? Mais qui irait faire une chose pareille ?

– Je donne ma langue au chat. Je crois que Weldon le sait, mais il refuse de parler. Plus il avance en âge, plus j'ai l'impression qu'il a du béton en guise de cervelle.

– Est-ce qu'il a des ennuis avec quelqu'un en particulier ?

– Tu connais Weldon. Il n'a jamais fait les choses à moitié. Je me souviens qu'un jour il s'est fait prendre à chaparder de la nourriture dans la pièce du fond de la salle de billard de St Martinville. Le barman l'a sorti de la cuisine en le tenant par l'oreille qu'il a tordue jusqu'à ce que Weldon se mette à couiner devant toute la salle. Dix minutes plus tard, Weldon a repassé la porte, les larmes aux yeux, il a attrapé une poignée de boules sur la table de billard et il a démoli jusqu'à la dernière vitre de la place.

– C'est triste comme histoire, dit-elle.

– Tous autant qu'ils étaient, c'étaient des enfants tristes, pas vrai ?

Je m'assis à la table devant mon bol fumant d'étouffée à l'écrevisse. Le roux était glacé de beurre fondu saupoudré d'un hachis d'oignons verts. Les rideaux blancs semés de minuscules fleurs roses se soulevaient devant la fenêtre sous la brise qui soufflait au milieu des chênes et des pacaniers de la cour latérale.

– Allez, on mange, inutile de se soucier des problèmes des autres.

– Mais tu te soucies toujours des problèmes des autres, et tu le sais bien, non ? dit-elle.

– Au fond, Weldon est quelqu'un d'honnête. Je crois qu'il s'agit d'une tentative de meurtre par un tueur à gages, ou quelque chose dans ce goût-là. Et je crois aussi qu'il sera le grand perdant dans l'affaire s'il n'arrête pas de faire le fier.

– Tu veux dire que Weldon est mêlé à la pègre ou quoi ?

– Après sa démobilisation de la Marine, j'ai entendu dire qu'il avait piloté pour Air America. Une compagnie qui servait de prête-nom à la CIA au Vietnam. M'est avis que c'est le genre de choses dont on reste membre à vie.

Je tapotai mon bol d'*étouffée* de ma cuillère.

– Ou peut-être aussi que Bobby Earl a quelque chose à voir dans toute cette histoire. Un mec comme ça n'oublie jamais celui qui lui a collé la figure dans le saladier en le tirant par la cravate.

– Ah, je crois voir un beau sourire sur le visage de notre grand policier.

– Ç'aurait fait un très beau reportage au journal télévisé du soir.

Elle se pencha sur moi, appuya ma tête contre sa poitrine et m'embrassa les cheveux. Puis elle s'assit face à moi et commença à décortiquer une écrevisse.

– Tu as du travail après le déjeuner ? demanda-t-elle.

– Qu'est-ce que tu as en tête ?

– On ne sait jamais, dit-elle, en levant les yeux sur moi, un sourire dans le regard.

Je suis, à ma connaissance, l'une des rares personnes auxquelles le destin ait offert, à deux reprises, une seconde chance dans la vie. Après des années passées à investir dans l'alcool et l'ivrognerie, des années pendant lesquelles je m'étais déchiqueté le corps et l'âme en petits morceaux, j'avais recouvré ma sobriété et finalement regagné le respect de moi-même grâce à ce que les membres des Alcooliques Anonymes appellent une puissance supérieure ; puis, après le meurtre de mon épouse Annie, Bootsie Mouton était réapparue inopinément dans ma vie, à croire que je n'avais pas vu passer toutes ces années, pour me retrouver soudain l'été de 1957, lors de notre première rencontre à Spanish Lake, au cours d'une soirée dansante.

Jamais je n'oublierai la première fois que je l'ai embrassée. Il était minuit sous les chênes d'Evangeline sur Bayou Teche à St Martinville, le ciel d'un bleu lavande mêlé de rose zébré de langues de feu sur l'horizon. Elle avait levé les yeux et plongé ses regards dans mon visage, pareille à une fleur en train de s'ouvrir ; lorsque mes lèvres avaient touché les siennes, elle s'était collée contre moi, j'avais senti la chaleur de son corps hâlé, et pris soudain conscience que je n'avais pas la moindre idée de ce qu'un baiser pouvait être. Sa bouche se fermait et s'ouvrait, lentement au début, puis de plus en plus large, son visage changeant d'angle, menton relevé, ses lèvres sèches et lisses, ses traits sereins, confiants et pleins d'amour. Lorsque ses mains avaient glissé sur ma poitrine, elle avait posé sa tête tout contre la mienne et j'avais senti ma gorge se nouer, au point de ne plus pouvoir déglutir, tandis que les lucioles tissaient leur toile de lumière rouge au milieu de l'enchevêtrement noir et vert des ramures de chêne en surplomb et que le ciel, d'un bout à l'autre de l'horizon, se remplissait du grondement des cigales.

J'interrompis mon repas et fis le tour de la table jusqu'à sa chaise. Je me penchai sur Bootsie et l'embrassai sur la bouche.

– Eh bien, eh bien, c'est du joli si ce sont là les pensées qui te trottent dans la tête depuis ce matin. C'est bien toi la meilleure, Boots, dis-je.

Elle leva les yeux vers moi, des yeux doux et tendres, et je lui caressai la joue et les cheveux de mes doigts.

Puis elle regarda par la fenêtre en direction de la route en façade.

Une Cadillac couleur argent, avec antenne télé et CB, les vitres teintées au point d'en être presque noires, quitta le chemin de terre près du bayou et vint se ranger à côté de ma camionnette sous les pacaniers. Le conducteur coupa le contact et sortit dans la cour. Il était vêtu d'un complet anthracite aux reflets argentés sur une chemise bleue avec manchettes et cravate à rayures rouges et bleues, le front ceint de lunettes de soleil enveloppantes. Il ôta vivement ses lunettes de la main droite où seul un croissant en demi-lune creusait la chair à l'emplacement du majeur et du petit doigt manquants. Il écarquilla les yeux et les laissa s'accoutumer à la lumière avant de franchir le lit de feuilles et de coques de noix de pacane en direction de la galerie. Ses chaussures noires brillaient d'un tel éclat qu'on aurait pu croire qu'elles étaient vernies.

– Est-ce qu'il s'agit... commença Bootsie.

– Ouais, c'est bien Lyle Sonnier. Il n'aurait pas dû venir ici.

– Peut-être est-il passé à ton bureau où on lui a dit que tu étais rentré.

– Aucune importance. Il aurait dû prendre ses dispositions pour me rencontrer au bureau.

– Je ne savais pas que tu éprouvais de tels ressentiments à son égard.

– Il profite des pauvres et des gens sans instruction, Boots. Il s'est servi de la famine en Éthiopie pour financer le spectacle télévisé qui accompagne son programme. Jette donc un coup d'œil à sa voiture.

– Chut, il est sous la galerie, murmura-t-elle.

– Je vais lui parler dehors. Ce n'est pas la peine de le faire entrer ici. Okay, Boots ?

Elle haussa les épaules et dit :

– Comme tu veux. Mais je crois que tu te montres un peu trop dur.

Lyle m'adressa un grand sourire derrière la moustiquaire lorsqu'il me vit me diriger vers la porte. Il avait la peau sombre des Cajuns comme les autres Sonnier, mais Lyle avait toujours été le gringalet de la famille, les hanches et les épaules étroites, avec sa morphologie de coureur de fond ou de pilier de salle de billard, pour s'avérer, au bout du compte, l'un des plus téméraires deuxièmes pompes qu'il m'avait été donné de voir au Vietnam. Sauf que le Vietnam et ses petits hommes en pyjamas noirs qui se terraient dans les tunnels et les trous du terrain appartenaient à l'histoire : vingt-cinq ans s'étaient écoulés.

– Alors, quoi de neuf, Lieut' ? dit-il.

– Comment vas-tu, Lyle ? dis-je en lui serrant la main sous le perron.

Sa main mutilée était légère et fine, comme un objet non naturel dans la mienne.

– Il faut que je donne à manger aux lapins et au cheval de ma fille avant de reprendre le boulot. Ça ne te dérange pas de discuter en marchant jusque-là ?

– Bien sûr que non. Bootsie n'est pas à la maison ?

Il regarda en direction de la moustiquaire. Le côté droit de son visage portait une grêle de cicatrices, restes d'éclats d'obus pareils à un chaînon de gouttelettes en plastique couleur chair.

– Elle sort d'un moment à l'autre. Qu'est-ce qu'il y a, Lyle ?

Je me dirigeai vers les clapiers à l'ombre des arbres pour l'obliger à me suivre.

Il ne dit rien pendant un moment. Il en profita pour repeigner les crans de sa chevelure brune pommadée sous les ombrages, le regard tourné vers mon ponton et le marais de cyprès à l'extrémité la plus éloignée du bayou. Puis il replaça le peigne dans sa poche de chemise.

– Tu n'as pas très bonne opinion de moi, pas vrai ? dit-il.

J'ouvris la porte en grillage à poule de l'un des clapiers et commençai à remplir les mangeoires des lapins de boulettes de luzerne.

– Peut-être que je n'ai pas très bonne opinion de ce que tu fais, Lyle, dis-je.

– Je ne cherche pas d'excuses.

– Je ne t'en ai pas demandé.

– Je suis capable de guérir les gens, fils.

Je consultai ma montre et ouvris le clapier suivant sans répondre.

– Je ne me vante pas, dit-il. C'est un don. Je ne l'ai pas gagné. Mais mon pouvoir passe par mon épaule, descend le long du bras jusqu'à cette main informe et pénètre droit dans leur corps. Je sens ce pouvoir qui me gonfle les muscles du bras comme si je tenais un seau plein d'eau près de l'écope, et puis, il disparaît, et passe de moi à eux. Et je sens mon bras si léger que j'ai l'impression d'avoir la manche vide. Tu me crois ou pas, fils. Mais c'est la vérité de Dieu. Et je peux te dire autre chose. Tu as une femme malade dans ta maison.

Je reposai le sac de boulettes de luzerne, remis le loquet à la porte du clapier et me retournai pour le regarder droit dans les yeux.

– Je vais te demander deux choses, Lyle. Ne m'appelle plus jamais « fils » et ne fais pas semblant de savoir quoi que ce soit des problèmes de ma famille.

Il se gratta le dos de sa main déformée et leva la tête en direction de la maison. Puis il se mit à suçoter doucement l'arrière de ses dents et dit :

– Je ne voulais pas t'offenser. Ce n'est pas ce que je cherche, non, monsieur.

– En quoi puis-je t'aider aujourd'hui ?

– Tu tournes mal ta question. Tu es bien allé chez Weldon, mais il t'a dit que dalle, pas vrai ?

– Que sais-tu de Weldon ?

– Quelqu'un lui a tiré dessus. Bama m'a passé un coup de fil tout de suite après vous avoir appelés. Écoute, Dave. Weldon va refuser de coopérer avec toi. Il ne peut pas se le permettre. Il a peur.

– De quoi ?

– De la chose dont la plupart des gens ont peur quand ils ont peur – d'affronter la vérité sur un point précis.

– Weldon ne me fait pas l'impression d'un homme qui a peur.

– Tu n'as pas connu le vieux à la maison.

– Qu'est-ce que tu racontes, Lyle ?

– L'homme au visage brûlé que Bama a vu par la fenêtre, eh bien, moi aussi, je l'ai vu. Il était assis au troisième rang du public au cours de la retransmission télévisée du programme de dimanche dernier. J'ai failli arracher le micro de sa prise quand mes yeux se sont fixés sur lui et que j'ai reconnu le visage qui se cachait derrière toutes ces cicatrices. C'était comme de tenir un négatif de photo à la lumière pour finir par deviner l'image masquée par les ombres, tu comprends ce que je veux dire ? À la fin de mon sermon, la sueur me dégoulinait du visage en gouttes grosses comme des billes. À croire que ce vieux fils de cochon avait tendu un doigt brûlant comme un fer rouge pour m'en tisonner le nombril.

Il essaya de sourire, sans grande conviction.

– Ce que tu dis n'a ni queue ni tête, collègue, dis-je.

– Je te parle de mon vieux, Verise Sonnier. Il n'était plus là quand je suis descendu au milieu du public, mais c'était bien lui. Dieu n'en a pas fait deux de cette engeance.

– Ton père a été tué à Texas City quand tu étais gamin.

– C'est ce qu'on a raconté. C'est ce que nous avons tous espéré.

Il sourit à nouveau, puis secoua la tête pour faire disparaître toute trace d'humour de son visage.

– Enterré vivant sous une pile de plaques de ferraille chauffées à blanc lorsque l'usine de produits chimiques a explosé. Quelqu'un a ramené à bout de pelle un sac de cendres et quelques ossements et on a dit que c'était lui. Mais ma sœur Drew a reçu une lettre d'un homme enfermé dans la prison municipale de San Antonio qui disait que c'était bien lui notre vieux. Et il demandait cent dollars pour aller au Mexique.

Il s'arrêta et me dévisagea un instant pour appuyer son argument, comme s'il regardait dans l'objectif d'une caméra de télévision.

– Elle lui a envoyé l'argent.

– J'ai peur que ton histoire fasse un peu théâtre, Lyle.

– Ouais ?

– Pourquoi votre père voudrait-il faire du mal à Weldon ?

Il tourna ses regards vers le profond des arbres, le visage noyé d'ombre, et frotta d'un geste distrait la chaîne de cicatrices qui paraissait couler au sortir du coin de l'œil.

– Il avait des raisons de nous vouloir du mal, tous autant que nous étions. Quand on a cru qu'il était mort, on a fait quelque chose à quelqu'un qui lui était proche.

Il tourna la tête et me regarda en face.

– On a fait du mal à cette personne. Très mal.

– Qu'est-ce que vous avez fait ?

– J'ai fait ma paix là-dessus. Il va falloir que quelqu'un d'autre réponde à ta question.

– Alors je ne vois pas bien ce que je peux faire pour toi.

– Je peux te dire ce que Weldon lui a fait, au vieux. Ou tout au moins ce que le vieux croit que Weldon lui a fait.

Il attendit et ne me voyant pas réagir, il reprit :

– Le vieux avait une obsession. Il voulait devenir foreur indépendant, une sorte de légende vivante comme Glen Mc Carthy là-bas à Houston. Il a commencé comme poseur de charges sur une plate-forme sismographique, travaillé comme manœuvre des pétroles dans tout le Texas et l'Oklahoma, puis il s'est mis à aménager des chemins d'accès sur les terrains marécageux pour la Compagnie Texaco. Au bout d'un moment, il a fini par louer des terres sur bail dans le bassin d'Atchafalaya et s'est mis à racheter des tas de ferraille tout rouillés pour se fabriquer son attirail de forage. Un géologue de Lafayette lui a dit que le meilleur endroit pour forer se trouvait sur nos terres, là où nous avions notre ferme.

« Sauf que le vieux, ça lui posait problème. Il était *traiteur*, tu vois, et il disait toujours qu'il était capable de guérir des escarres, arrêter l'hémorragie d'un cochon blessé, faire sortir le feu d'une brûlure, déterminer le sexe d'un enfant à naître, tous ces trucs de « magie blanche ». Mais il nous avait dit aussi qu'il y avait des Indiens enterrés au fond d'un vieux puits espagnol au beau milieu de notre champ de canne à sucre. Et s'il forait un puits sur notre propriété, leurs esprits seraient libérés et se retourneraient contre nous.

« Il craignait les esprits de la terre, aucun doute là-dessus, mais je crois que c'était des esprits d'un genre différent. Mon oncle s'est soûlé un jour et il m'a raconté que le vieux avait engagé un Noir pour qu'il lui laboure son champ, pour trente cents de l'heure. Le Noir a cogné la charrue contre un rocher et il l'a cassée, puis il s'est contenté de s'allonger sous un arbre pour piquer un somme. Le vieux a découvert la charrue cassée et la mule avec son harnachement sur le dos, toujours dans son sillon. Alors il s'est avancé jusqu'à l'arbre et il a réveillé le gars endormi à grands coups de pied avant de se mettre à lui gueuler dessus. Le Noir a commis une grosse erreur. Il a envoyé paître mon vieux. Qui a piqué une furie et l'a poursuivi dans le champ pour finir par lui défoncer le crâne d'un coup de houe. Mon oncle m'a dit qu'il l'avait enterré quelque part du côté du puits espagnol.

– Et qu'est-ce que ç'a à voir avec Weldon ?

– Tu es sûr de bien écouter ce que je raconte ? Malgré toute son ambition et sa soif de réussir à tout prix, le vieux avait peur de forer sur son propre terrain. Mais pas Weldon, podna. C'est là qu'il a bâti son premier derrick, et il a fait son forage au beau milieu de ce fameux puits espagnol, avec dans l'idée délibérée de marquer un point, et rien d'autre. Un des manœuvres au sol qui a travaillé au forage m'a dit que le trépan avait sorti des morceaux d'ossements quand ils ont commencé à percer.

– Je ne manquerai pas de réfléchir à tout ça. Merci d'être venu jusqu'ici, Lyle.

– Ça ne te paraît pas une information de première qui pourrait t'aider à résoudre ton affaire ?

– Quand on se met à vouloir tuer quelqu'un délibérément, à tête reposée, en préméditant son coup, il s'agit habituellement d'une question d'argent. Pas toujours, mais la plupart du temps.

– Bon, disons qu'on n'entend bien que ce qu'on veut entendre. Et à son heure.

– C'est bien vrai, ça ?

– Je n'ai jamais été très doué pour écouter. Tout au moins pas tant que quelqu'un, tout là-haut, n'attire mon attention. Je ne te reproche rien, Dave.

– Sais-tu ce qu'est un comportement passif-agressif ?

– Je n'ai pas fait d'études, moi, comme Weldon et toi. Ça m'a l'air vachement profond.

– Le concept ne va pas chercher bien loin, à vrai dire. Un individu qui sent en lui une grande hostilité apprend à la cacher sous une façade d'humilité, et parfois même en religiosité. Et ça marche très bien.

– Sans blagues ? T'apprends tout ça à l'université ? C'est vraiment pas de chance que j'aie raté ça.

Il sourit d'un rictus du coin des lèvres, les dents à peine dévoilées, pareil à un opussum.

– Laisse-moi te poser une question, net et clair, sans déconner, Lyle.

– Vas-y.

– Est-ce que tu m'en veux pour ta dernière journée là-bas ?

– Qu'est-ce que tu veux dire ?

– Au Vietnam. C'est moi qui t'ai envoyé dans ce tunnel. Je regrette de n'être pas passé outre en le faisant sauter, tout simplement.

– Ce n'est pas toi qui m'as envoyé là-dessous. Moi, j'*aimais* ça, me retrouver sous la terre. C'était mon petit numéro d'horreur souterraine à moi tout seul. C'est moi que les bridés en étaient arrivés à prendre pour le Fléau de Dieu en train de ramper dans les entrailles de la terre. Ce n'était pas très agréable comme façon d'être, fils.

Il tiqua avec bonne humeur et leva les mains, paumes vers moi.

– Désolé, c'était juste manière de parler.

Je consultai ma montre.

– Je crois que c'est le signal pour que je parte, dit-il. Merci de m'avoir consacré ce temps. Dis au revoir à Bootsie pour moi, et ne me juge pas trop mal.

– Ne t'en fais pas.

– C'est bien.

Sans ajouter un mot, il fit demi-tour et traversa le tapis de feuilles mortes vers sa Cadillac. Puis il s'immobilisa, se frottant violemment la nuque à croire qu'un moustique lui était entré sous la peau, avant de revenir sur ses pas et de me fixer de ses yeux vides, la mâchoire pendante, à croire qu'il venait soudain de comprendre une chose horrible.

– C'est une maladie du sang. Ça s'appelle un lupus. Je suis désolé, Dave.

J'en restai bouche bée, avec la sensation qu'un vent froid venait de me transpercer l'âme.

* * *

Le lendemain était un samedi. Au matin, le soleil se leva aussi rose que la fleur du même nom au-dessus des saules pleureurs et des cyprès morts du marais, noyés sous les nuages de brume qui roulaient au sortir des criques. J'ouvris la boutique à appâts en compagnie de Batist aux premières lueurs de l'aurore : l'air était tendre et frais, d'une perfection telle avec ses ombres bleutées embaumées par l'odeur des jasmins de nuit que j'en oubliai la visite de Lyle et sa tentative de vouloir paraître omniscient sur la maladie de ma femme. J'en avais conclu que Lyle n'était guère différent, à vrai dire, du premier prêcheur télévisuel et arnaqueur patenté venu, et qu'une personne proche de Bootsie avait dû lui parler des problèmes de santé de mon épouse. Peu importait après tout : je n'allais pas me laisser gâcher le week-end en continuant à me préoccuper de la famille Sonnier.

Il est des êtres condamnés à la chute dès leur naissance, me dis-je, et Weldon était probablement de ceux-là. J'avais aussi le sentiment que Lyle n'était rien d'autre qu'une de ces autocréations théologiques dont les propres névroses allaient probablement finir par le dévorer comme un nœud de serpents affamés sortis de leur panier renversé.

Une fois la plupart de nos barques louées, je commençai à trier en compagnie de Batist la blanchaille morte des bacs à vif en aluminium, versai la glace pilée au-dessus des bouteilles de bière et de soda des glacières et démarrai le feu du barbecue que j'avais fabriqué de mes mains en découpant au chalumeau un vieux baril de pétrole avant d'y souder charnières et pieds métalliques à la moitié inférieure. À huit heures du matin, le soleil brillait et brûlait dans le ciel, aspirant les brumes des cyprès qu'il consumait de ses rayons et on sentait, portée par le vent, une faible odeur de cadavre d'animal en décomposition dans les marais.

– T'as queq' chose qui t'tracasse, Dave ? me demanda Batist.

Sous son crâne pareil à un boulet de canon, il portait une paire de pantalons des surplus de la Marine, accrochés bas sur ses hanches étroites, et son maillot de corps troué par les lavages répétés faisait l'effet de bandelettes de chiffon blanc dont il aurait peint dos et poitrine, taillés dans la masse, aussi noirs que le charbon.

– Non, pas vraiment.

Il acquiesça, se colla un cigare bien desséché dans la bouche, et regarda par la fenêtre en direction d'un enchevêtrement d'arbres morts et de jacinthes d'eau qui flottaient au fil du courant du bayou.

– C'est pas mal, t'sais, d'avoir queq' chose qui tracasse, ça, non, dit-il. C'qui est mal, c'est quand te l'dis pas à personne.

– Qu'est-ce que tu dirais d'assaisonner les poulets ?

– Elle ira bien, t'en fais pas. Te vas voir. C'est ben pour ça qu'y a tous les docteurs, non.

– J'apprécie, Batist.

Je vis Alafair qui sortait de la maison et traversait les pacaniers en tenant Tripod en laisse au bout de sa chaîne. Elle était au CE2, un peu grassouillette, l'estomac rebondi, de sorte que son vieux T-shirt du L.S.U. or et mauve arborant l'effigie de Mike le Tigre exposait aujourd'hui son nombril et le haut de ses jeans à ceinture élastique. Elle avait les cheveux noirs et brillants, coupés en frange droite, à la garçonne, une peau qui gardait son hâle l'année durant, les dents écartées comme souvent chez les Indiens, et un sourire si large qu'il lui dévorait le visage, l'obligeant à plisser les paupières au point de lcs fermer complètement sur ses yeux sombres. Aujourd'hui, lorsque je la soulevais dans mes bras, je la sentais lourde et dense contre moi, débordant d'énergie, pleine de l'amour du jeu, l'espoir au cœur devant l'avenir. Trois ans auparavant, lorsque je l'avais sortie d'un avion qui s'était écrasé avant de couler sur la grande salée, un avion que pilotait un prêtre de Lafayette transportant des réfugiés clandestins originaires du Salvador, ses poumons avaient été remplis d'eau, son regard exhorbité par la terreur tandis que nous remontions vers la surface du Golfe au milieu d'un flot de bulles, les petits os de son corps aussi minces et frêles que ceux d'un oisillon.

Tripod se mit à cavaler sur le ponton, traînant derrière lui sa chaîne qui raclait les caillebotis de planches.

– Dave, t'as encore laissé le sac de nourriture pour les lapins sur le dessus du clapier. Et Tripod a tout balancé à travers la cour, dit Alafair, le visage rayonnant.

– Et tu trouves ça drôle, petit mec? dis-je.

– Ah ouais, dit-elle, avec, à nouveau, un large sourire.

– Batist me dit que tu as descendu Tripod jusqu'à la boutique hier et il a trouvé les œufs durs.

Elle prit un air vague et sceptique.

– Tripod a fait une chose pareille ? dit-elle.

– Tu connaîtrais quelqu'un d'autre par hasard qui laverait ses œufs durs dans le bac à vifs ?

Elle tourna la tête vers le bayou, une expression songeuse sur le visage, à croire que la réponse qu'elle attendait de quelque mystère très profond se trouvait au milieu des branches de cyprès. Tripod allait et venait en zigzags au bout de sa chaîne, à renifler l'odeur de poisson sur le ponton.

J'ébouriffai les cheveux d'Alafair, déjà chauds sous le soleil.

– Que dirais-tu d'une tourte frite, petit mec ? lui dis-je avec un clin d'œil. Mais il va falloir vous montrer un peu plus discrets auprès de Batist, Tripod et toi.

– Montrer quoi ?

– Tiens ton raton loin de Batist.

Je sortis de la boutique chargé de poulets assaisonnés et huilés et commençai à les placer sur le grill du barbecue. Le bois d'hickory que j'utilisais pour les cuire avait brûlé et s'était changé en charbon calciné, blanc et brûlant ; l'huile des poulets se mit à dégoutter sur les braises avant de s'envoler en fumée chassée par le vent. Je sentais le regard d'Alafair posé sur le profil de mon visage.

– Dave ?

– Qu'est-ce qu'il y a, Alf ?

– Bootsie m'a dit de ne pas te dire quelque chose.

– Alors peut-être qu'il vaudrait mieux que tu ne dises rien.

Je tournai la tête, prêt à lui sourire, mais ses grands yeux sombres étaient voilés et son regard soucieux.

– Bootsie a laissé tomber une fourchette par terre, dit-elle. Quand elle l'a ramassée, sa figure est devenue toute blanche et elle a dû s'asseoir. Elle s'est laissé tomber dans le fauteuil.

– Ça s'est passé ce matin ?

– Hier, quand je suis rentrée de l'école. Elle s'est mise à pleurer, et puis elle m'a vu quand je la regardais. Elle m'a fait dire de ne rien raconter.

– Ce n'est pas mal de raconter ces choses-là, Alf.

– Est-ce que Bootsie est de nouveau malade, Dave ?

– Je crois juste qu'il va falloir changer son traitement une fois de plus. C'est tout.

– C'est tout ?

– Ça va aller, t'en fais pas, petit mec. Laisse-moi finir ce qui m'occupe ici, passe chercher Boots et on va tous les trois chez Mulate se prendre quelques écrevisses.

Elle hocha la tête sans dire un mot. Je la soulevai et la posai sur ma hanche. Tripod courait en cercles à nos pieds, sa chaîne cliquetait sur les planches.

– Hé, qu'est-ce que tu dirais si je t'achetais quelques livres de Baby Squanto, hein ? dis-je.

– Je suis trop grande pour lire Baby Squanto.

Je la serrai contre moi et regardai par-dessus sa tête en direction de la façade ombragée de la maison. J'avais l'impression de sentir mon pouls cogner dans ma gorge avec l'urgence d'une montre endommagée sur le point d'arriver au bout de sa course.

* * *

Finalement, je m'avérai incapable d'empêcher les Sonnier de venir envahir notre week-end. Cet après-midi-là, à notre retour de chez Mulate sous l'averse, le téléphone sonnait alors que nous courions au sortir du camion au milieu des pacaniers en direction de la galerie. Je décrochai le combiné de la cuisine et épongeai la pluie de mes yeux d'un revers du poignet.

– Je me suis dit qu'il fallait que je te prévienne avant qu'on quitte la ville, dit la voix.

– Weldon ?

– Ouais. Je pars avec Bama rendre visite à sa mère à Baton Rouge. On sera absent probablement la semaine. Je me suis dit que je devais te prévenir.

– Pour quelle raison ?

– Qu'est-ce que tu veux dire par « quelle raison » ? C'est bien ce qu'on est censé faire quand on est mêlé à une enquête, non ? Prévenir les autorités, ce genre de truc ?

– Hier, tu ne t'es pas montré coopératif, Weldon. Je crois que tu as des informations que tu me caches. Et j'ai des doutes quant à ta sincérité aujourd'hui.

– J'ai le sentiment que j'aurais mieux fait de ne pas t'embêter aujourd'hui.

– J'ai reçu la visite de ton frère Lyle. Il m'a fait tout un récit sur ton père.

– Lyle est très doué pour amuser son monde. Est-ce que tu savais qu'il avait un groupe de zydeco avant qu'il ne se crame complètement la cervelle ?

– Il m'a dit que le rôdeur que ta femme a vu était ton père. Il m'a dit qu'il avait vu le même bonhomme dans le public qui assistait à son émission de télé à Bâton Rouge.

– Il y a des années de ça, Lyle s'est collé tellement de produits chimiques dans la tête qu'il a le crâne qui luit dans l'obscurité. Il a des hallucinations.

– Est-ce que Bama a eu des hallucinations, elle aussi ?

– Tu trifouilles dans la mauvaise direction, Dave.

Avant de reprendre la parole, j'attendis un instant et regardai au-delà de la moustiquaire la pluie qui tombait entre les branches du mimosa dans mon arrière-cour.

– Ainsi donc l'histoire de Lyle ne tient pas debout, c'est bien ça ? demandai-je.

– En fait, il a bien quelque chose qui se tient. Mais ça n'a rien à voir avec ce qui pourrait t'intéresser. La vérité, c'est que Lyle prend leur argent à des tas de malheureux Négros et de pauvres racailles de Blancs qui sont convaincus qu'un éclair de chaleur est un signe droit sorti du livre de l'Apocalypse. Mais une fois que les caméras de télé sont coupées et que le public rentre chez lui, mon frère a des problèmes de conscience. Et au lieu de régler ses problèmes en face, il entretient son obsession comme quoi notre vieux est revenu d'entre les morts et qu'il essaie d'enfiler nos âmes comme des dépouilles de poisson sur un cable de pêche.

– Combien de temps seras-tu absent ?

– Une semaine ou à peu près.

– Donne-moi l'adresse de ta belle-mère et son numéro de téléphone.

Je le notai sur mon calepin.

– As-tu fait des moulages de plâtre des empreintes de pas près du bayou ? demanda-t-il.

– Le budget de notre service n'est pas très riche, Weldon. Qui plus est, tout ce que les moulages de plâtre t'apprennent en général, c'est que le suspect portait des chaussures. Laisse-moi t'expliquer une petite chose. On ne peut pas dire que ton tireur ait suscité un très grand intérêt. Et pourquoi ça, me diras-tu ? Parce que, quand la victime en puissance se comporte comme Annie, la Petite Orpheline, avec ses grands yeux vides, il est difficile de demander aux autres de se ronger les nerfs et de se faire un sang d'encre sur le destin tragique de notre homme. Si tu veux laisser les coudées franches à un repasseur d'occase jusqu'à ce qu'il te fasse avaler ton bulletin de naissance, peut-être qu'on se dit au bout du compte que ce sont tes oignons.

En mon for intérieur, je voyais presque sa main serrer le combiné du téléphone.

– Qu'est-ce que tu veux dire par « repasseur d'occase » ?

– Dans le coin, les gens se contentent habituellement de tuer leurs amis et les membres de leur famille. Et habituellement, ils font ça dans les bars ou dans une chambre. Un tireur à longue distance, un mec qui utilise probablement une lunette de visée, un mec qui entre et qui sort en passant inaperçu, je dirais qu'il s'agit d'un tueur sur contrat, Weldon. Il y a autre chose que je ne t'ai pas dit. Notre gars des empreintes n'a même pas réussi à relever un morceau d'empreinte sur la douille qu'on a retrouvée. Ce qui signifie vraisemblablement que le tireur a essuyé chaque cartouche proprement avant de charger son fusil. Et ça me paraît plutôt professionnel, non ?

– T'es un flic intelligent.

Je ne répondis pas, attendant qu'il reprît la parole. Mais il resta silencieux.

– Tu ne veux toujours rien me dire de plus ? dis-je.

– Il y a des tas de joueurs engagés dans la partie. Impossible de jouer aux devinettes.

– Quand les gens ont des ennuis, il s'agit toujours d'une question d'argent, de sexe ou de pouvoir. Toujours. Rien de neuf sous le soleil. Ce n'est pas un nouveau scénario qui se joue, podna.

– Si, c'en est un. À te bouffer le ventre et te retourner les sangs.

J'attendais qu'il poursuivît. Il n'en fit rien.

– Qu'est-ce que tu peux m'en dire ? dis-je.

– C'est tout ce que j'ai à dire, sauf que je ne vais pas finir derrière les barreaux et que je ne vais pas non plus me laisser dessouder par un torpedo engagé pour l'occasion. Et si y'a quelqu'un à qui ça plaît pas, ou bien s'il veut plus de renseignements, il peut toujours essayer de passer un coup de fil au 3615-MERDES EN STOCK, Kansas. Qu'est-ce que t'en dis ?

– Qui a parlé de finir derrière les barreaux ?

– Personne.

– Je vois. Je te souhaite un agréable voyage jusqu'à Baton Rouge. Dis-moi une chose, cependant, avant de raccrocher. Quand vous avez tabassé l'amie de votre père, Lyle et toi, vous l'avez vraiment mise mal en point ?

– Quoi ? Qu'est-ce que tu as dit ?

– Tu m'as entendu.

– Ouais, je t'ai entendu. Alors écoute-moi bien, Dave. Tiens-toi à l'écart de l'histoire de ma foutue famille. Elle n'a rien à voir avec tout ceci. Tu comprends ça ? Est-ce que je me suis bien fait comprendre ?

– Rappelle-moi quand tu auras quelque chose d'important à me dire, Weldon.

Je replaçai doucement le combiné dans son berceau. Il y avait fort à parier que j'avais laissé Weldon aux poignards qui lui déchiraient la poitrine. Mais Weldon était de ces gens qui ne s'intéressent à la cathédrale que lorsqu'on leur en a interdit l'entrée.

* * *

Samedi soir, il plut à nouveau et nous allâmes tous trois, Bootsie, Alafair et moi, jusqu'à New Iberia pour dîner chez Del sur Fast Main avant d'aller au cinéma. La pluie cessa de tomber un peu plus tard, et la lune se leva au-dessus des champs de canne à sucre fraîchement labourés sur fond de ciel couleur de lavis d'encre de Chine. J'étais agité, incapable de me concentrer sur le livre que je lisais ou le film que Bootsie regardait à la télévision. Je dis à Bootsie que je repartais en ville déposer quelques factures en souffrance au bureau de poste. Puis je me rendis chez Weldon.

Pourquoi ? Je n'en sais rien, à vrai dire – si ce n'est que je le soupçonnais d'être mêlé à quelque chose qui allait bien au-delà des limites de la Paroisse d'Iberia. Au fil des années, j'avais vu les joueurs de l'ombre débarquer en Louisiane du Sud sous une forme ou sous une autre : les compagnies pétrolières et les industries chimiques qui drainaient et polluaient les marais ; les promoteurs immobiliers capables de vous transformer des hectares de canne à sucre et de vergers de pacaniers en kilomètres de lotissements aux maisons identiques avec centres commerciaux à l'esthétique d'un réseau d'égouts ; et la mafia, qui opérait depuis La Nouvelle-Orléans et vous apportait prostitution, esclavage de Blancs, machines à sous, et finalement stupéfiants, et qui avait deux syndicats importants d'ouvriers sous ses ordres.

Ils chassaient sur une réserve à gibier. Ils avaient débarqué dans un pays où les pauvres et les illettrés se comptaient en grand nombre, et dont beaucoup des habitants étaient incapables de parler anglais, un pays où les hommes politiques étaient traditionnellement ineptes et corrompus ; ils avaient volé le meilleur du monde cajun dans lequel j'avais grandi, ils l'avaient traité avec cynisme et mépris pour ne nous laisser que boues d'égoûts dans les bancs d'huîtres, cités banlieusardes de maisons préfabriquées et la conscience profonde et durable que nous n'avions pratiquement rien fait pour les empêcher.

Je garai mon camion sur la chaussée devant la maison de Weldon et regardai ses projecteurs dans la brume, le lustre qu'il avait laissé allumé dans le salon, la pelouse qui descendait en pente douce vers Bayou Teche, son hangar à bateaux, et la ligne sombre de cyprès le long de la rive. Le tireur était probablement arrivé avant l'aube, peut-être par bateau ; il s'était accroupi derrière le mur de soutènement jusqu'à l'arrivée de Weldon dans la salle à manger. Donc le tireur connaissait certains détails quant à la disposition de la maison comme de la propriété de Weldon, me dis-je. Et peut-être connaissait-il aussi les habitudes de Weldon ; peut-être connaissait-il même Weldon pour avoir séjourné dans sa maison. Sinon, la personne qui avait engagé le tireur était probablement en termes familiers avec Weldon.

Ma théorie n'avait rien de bien profond, pas plus qu'elle ne m'aidait vraiment en définitive. Je retournai chez moi tandis que les éclairs de chaleur vacillaient en traînées blanches sur l'horizon au sud, puis je m'allongeai dans l'obscurité aux côtés de Bootsie et essayai de dormir. Pourquoi donc me préoccuper des problèmes de Weldon, me demandai-je. La réponse ne se fit pas attendre. Je passai doucement la main sur la courbure du dos de Bootsie, embrassai le grain de sa peau lisse, caressai les cheveux raides coupés courts sur sa nuque avec, tout au long, la même question au cœur, un cœur rempli d'effroi, de savoir comment ce teint éclatant de santé qui était le sien pouvait dans le même temps réussir le tour de force d'être partie prenante des subterfuges de la nature. Je rêvais et j'imaginais : je nous voyais changer tout le sang de son système vasculaire avant de le rincer pour en chasser la maladie ; je voyais foi et prières extirper le loup rouge de son corps comme un incube après l'exorcisme ; ou je m'éveillais tout simplement un beau matin pour découvrir qu'un nouveau médicament aussi miraculeux que la pénicilline ou le vaccin contre la polio venait d'être inventé et que tous nos soucis, nos angoisses et nos tourments devant la situation de Bootsie n'avaient été qu'illusions qui finiraient au bout du compte par s'oublier.

Et donc, lorsqu'on est confronté à un problème sans solution, lorsqu'il n'est plus possible de le noyer dans l'alcool, on s'enivre psychologiquement des infortunes et des malheurs d'un autre, me dis-je. Peut-être même que j'en voulais à Weldon, je l'enviais presque pour ce que je croyais être la simplicité de son problème.

La lune dessinait un carré de lumière sur la forme endormie de Bootsie. Sa combinaison de soie blanche en paraissait presque phosphorescente, ses épaules nues aussi fraîches et exsangues que l'albâtre. Je posai le bras sur son ventre et l'attirai contre moi, accrochai une jambe entre les siennes et enfouis mon visage dans ses cheveux, comme si colère et nécessité pouvaient suffire pour nous tenir l'un et l'autre en suspens, sains et saufs, libérés des ténèbres de cette terre sous nos pieds qui tournoyait en nous attirant vers elle.

Deux jours plus tard, je devais apprendre que les problèmes de Weldon n'avaient eux non plus rien de simple et mes rapports avec la famille Sonnier allaient devenir bien plus qu'un souci d'ivrogne en biture sèche.

2

À mon retour du travail le mardi suivant, j'aidai Batist à fermer la boutique à appâts un peu plus tôt à cause d'une tempête électrique qui soufflait du sud. Trois heures plus tard, la pluie tombait toujours à verse, les éclairs éclataient sur tout le marais et l'air était lourd, chargé d'odeurs d'ozone, sulfureuses et humides. Le tonnerre se répercutait comme l'écho d'un canon au travers de la campagne noyée de pluie, et je discernais à peine la voix du répartiteur du standard lorsque je décrochai le téléphone de la cuisine.

– Dave, je crois que j'ai commis une erreur, dit-il.

– Parle plus fort. La ligne est pleine de parasites.

– J'ai mis le doigt dans un drôle de truc. Il y a peu de temps, un Noir de l'autre côté du bayou, en face de chez Weldon Sonnier, a appelé pour dire qu'il avait vu quelqu'un avec une torche derrière la maison de Weldon. Il a dit qu'il savait que M. Weldon n'était pas en ville, alors il a pensé qu'il devait nous prévenir. J'étais sur le point d'envoyer LeBlanc et Thibodeaux mais Garrett était assis près de la cage et il a dit qu'il prenait l'affaire en main. Je lui ai répondu qu'il n'était pas encore de service. Il a dit qu'il se chargeait du coup quand même, et qu'il t'aidait dans l'enquête sur la fusillade. Alors je l'ai laissé y aller.

– Okay...

– Ensuite le vieux appelle. Il veut savoir où se trouve Garrett, il veut lui parler sur le champ, parce qu'il a reçu encore une plainte contre lui. Garrett a claqué deux gamins et les a collés au trou pour l'avoir envoyé paître. Les gamins habitent à deux maisons du shérif. Ce Garrett, y sait vraiment y faire, tu crois pas ? En tout cas, il ne répond plus à la radio, et j'ai déjà expédié LeBlanc et Thibodeaux ailleurs. Tu veux bien me sortir de la panade ?

– D'accord, mais tu n'aurais pas dû l'envoyer là-bas tout seul.

– T'as déjà essayé de dire « non » à ce mec ?

– Envoie LeBlanc et Thibodeaux en renforts dès qu'ils seront libres.

– C'est comme si c'était fait, Dave.

J'enfilai mon imperméable et mis mon chapeau de pluie. Je pris mon automatique de l'armée, calibre .45, du tiroir de commode dans la chambre, engageai le chargeur garni de balles à tête creuse dans la poignée et plaçai l'arme dans la poche de mon imper avec un chargeur de rechange. Bootsie lisait, installée sous une lampe dans le salon. Alafair, quant à elle, était installée devant la télévision, occupée par un livre à colorier. La pluie résonnait sur le toit de la galerie.

– Il faut que je sorte. Je n'en ai pas pour longtemps, dis-je.

– De quoi s'agit-il ? dit-elle en relevant les yeux, ses cheveux couleur de miel brillant à la lueur de la lampe.

– On signale à nouveau des rôdeurs chez Weldon.

– Pourquoi te sens-tu obligé d'y aller ?

– Le standard s'est mélangé les pinceaux et il a

envoyé le nouveau, celui qui vient de Houston. Et maintenant le gars ne répond plus à la radio et le standard n'a plus personne sous la main.

– Laisse-les s'emmêler les pinceaux tout seuls, comme des grands. Tu n'es pas de service.

– C'est mon enquête, Bootsie. Je serai de retour dans une demi-heure. Il n'y a probablement rien du tout.

Je vis son regard se faire perplexe.

– Dave, il y a quand même quelque chose qui cloche. Qu'est-ce que tu veux dire par, il ne répond plus à la radio ? Il n'est pas censé avoir sur lui un de ces émetteurs portatifs ?

– Garrett n'est pas très à cheval sur le règlement. Soyez bien sages. Je reviens.

Je traversai la pelouse inondée, sous une pluie battante, au pas de course, sautai dans mon camion et pris le chemin de terre en direction de la ville. Les ramures de chêne surplombantes battaient sous les bourrasques de vent et un éclair en arbre gigantesque éclaira tout le ciel au-dessus du marais. La pluie frappait le toit de la cabine avec un bruit assourdissant, les vitres dégoulinaient, noyées d'eau et la surface du bayou dansait sous une lumière boueuse.

Lorsque je m'engageai dans l'allée de Weldon, la nuit était tellement noire et fouettée de rafales de pluie que je distinguais à peine la maison. Je mis pleins phares et roulai lentement vers la bâtisse en seconde. Les feuilles arrachées aux branches des chênes devant le perron roulaient en cascades déchiquetées au travers de la pelouse et j'entendais un bateau qui tanguait et cognait violemment contre ses amarres à l'intérieur du hangar sur le bayou. J'aperçus alors la voiture de patrouille de Garrett garée de biais près d'un angle de la maison. J'allumai mon projecteur et en balayai sa voiture, puis le mur pignon de la maison, les fenêtres et les haies courant le long des murs pour terminer par la boite de jonction téléphonique ancrée dans la brique blanche près de l'entrée arrière. Une ligne d'empreintes de pas d'un vert-argent indistinct marquait la pelouse depuis la voiture de patrouille jusqu'à la boîte.

Pas bête, Garrett, me dis-je. Tu sais qu'un taré de professionnel s'occupe toujours d'abord de la boîte de jonction du téléphone avant de s'attaquer aux fenêtres du premier. Mais tu n'aurais pas dû essayer de faire ça tout seul.

Je laissai mon projecteur allumé, sortis une lampe-torche à longue poignée de sous le siège du camion, manœuvrai la culasse du .45 pour faire monter une balle dans le canon et sortis sous la pluie.

Plié en deux, je franchis la distance qui me séparait de l'arrière de la maison en longeant les fenêtres du mur pignon. Le cablage au bas de la boîte de jonction téléphonique était proprement sectionné. Je regardai par-dessus l'épaule la route goudronnée vide de véhicules qui luisait, noyée de flaques de lumière rose en provenance d'une enseigne au néon d'un bar tout proche. Mais où diable étaient bien passés LeBlanc et Thibodeaux ?

Je remontai les marches du perron arrière dont j'essayai d'ouvrir la porte. Deux vitres, l'une près de la poignée, l'autre devant la chaîne de sécurité, avaient été couvertes de larges bandes d'adhésif et fracassées. Les débris étaient dégagés du mastic et la porte ouverte. Je la tirai doucement et entrai. Le faisceau de ma torche accrocha des surfaces d'émail, de laiton et de verre, éclairant de cercles d'un jaune verdâtre les murs et le mobilier de la cuisine, d'une propreté immaculée, parfaitement rangés, mais je voyais d'ores et déjà le désordre qui régnait dans les profondeurs de la maison.

– Garrett ? dis-je dans le noir. C'est Dave Robicheaux.

Pas de réponse. Au dehors, j'entendais la pluie crépiter en rafales sur les bambous qui encadraient l'allée du gravier. Je pénétrai dans la salle à manger, le .45 dans la main droite, pointé devant moi, tout en éclairant de ma torche les recoins de la pièce. On avait sorti et vidé au sol tous les tiroirs des meubles, les toiles étaient arrachées des murs ou de guingois, la verrerie de cristal d'une étagère balayée d'un revers de main et écrasée sur le tapis.

Le spectacle était pis encore dans les pièces en façade. Divans et fauteuils capitonnés, tous pièces d'antiquités, étaient tailladés et éventrés, un meuble secrétaire-bibliothèque était renversé au sol, le dos défoncé, le manteau en marbre de la cheminée descellé du mur, une énorme horloge sur pied réduite à l'état de petit bois et de débris de laiton brillant. Un front d'éclairs tremblota dans la cour devant la maison et je m'imaginais, silhouette sombre qui se détachait sur la fenêtre, lorsque j'entendis une lame de parquet ployer, derrière ou au-dessus de moi, sous le poids d'un intrus.

J'éteignis ma torche, et rebroussai chemin, traversant à nouveau la salle à manger vers la cage d'escalier. Celle-ci était fermée au sommet par une porte, mais une faible lueur filtrait au bas de l'huisserie. Les marches étaient moquettées, et j'avançai aussi discrètement que possible, un pas à la fois, en direction du rai de lumière au bas de la porte, la main trempée de sueur serrant les plaques de crosse du .45, le cœur battant la chamade au creux du cou. Je tournai le bouton de porte et repoussai délicatement du bout des doigts l'ouvrant qui se rabattit lentement en pivotant sur ses gonds.

Le couloir était jonché de draps, bourre à matelas, vêtements et chaussures balancés pêle-mêle devant les entrées des chambres qu'il desservait. La seule lumière venait d'une porte restée entrouverte à l'extrémité du vestibule. J'aperçus dans l'entrebâillement un bureau, une machine à traitement de texte, un fauteuil en cuir noir dont le dossier était entaillé sur l'envers d'un grand X. J'avançai dans le couloir, le canon du .45 relevé, passai deux chambres complètement démolies, un placard à linge, une salle de bains plongée dans l'obscurité, un panier à linge sale renversé, un passe-plats, pour arriver finalement à la dernière chambre, située à moins de trois mètres de la pièce éclairée qui faisait probablement office de bureau pour Weldon. Je franchis vivement le seuil de la chambre et balayai l'intérieur obscur de mon arme. Le mobilier en était encore intact, hormis le fait que le sommier à ressorts avait été à moitié dégagé du cadre du lit à baldaquin, un avertissement que je ne pris pas au sérieux.

Je retins ma respiration, m'accroupis tout contre la porte, essuyai la sueur et la pluie de mes yeux d'un revers de main et pointai le .45 contre le mur du vestibule en direction de la lumière du bureau visible par la porte entrebaillée.

– Ici, l'Inspecteur Dave Robicheaux, des Services du Shérif, Paroisse d'Iberia. Vous êtes en état d'arrestation. Jetez vos armes dans le couloir. Inutile de réfléchir. Exécution.

Pas le plus petit bruit en retour, depuis l'intérieur de la pièce.

– Pour l'instant, il s'agit encore d'une simple effraction dans un domicile privé, dis-je. Montrez-vous intelligent et sortez de votre plein gré. S'il faut aller vous chercher, c'est avec votre cervelle qu'on va repeindre les murs. Je vous le garantis.

Au-delà de l'entrebâillement de la porte, je vis une ombre se profiler derrière le bureau de Weldon. Je sentais mes veines se tendre sous mon crâne, la sueur dégoulinait de mes cheveux. Les choses n'allaient pas se passer en douceur, me dis-je. Quand ils se mettent à réfléchir, il y a toujours deux solutions : ou bien ils ne bougent plus, et se figent sur place, ou alors ils jouent aux petits rusés. Et j'étais en situation des plus défavorables. J'avais été obligé de prendre position sur le côté droit du vestibule, de sorte que j'étais forcé de dégager le bras droit sous un angle malaisé, gêné que j'étais par le jambage de la porte. Je commençais à avoir une crampe dans la jambe et un muscle me tiraillait le dos. Où étaient donc LeBlanc et Thibodeaux ?

– Dernière chance, collègue. On ne va pas tarder à passer aux actes, et ça fera du vilain. C'est le boogie crade qu'on va danser, dis-je.

Mais c'était du vent, rien d'autre, le grand dur qui frimait. Tout ce que je pouvais faire, c'était de contenir en place ceux qui se trouvaient là et attendre les renforts.

C'est alors que l'ombre réapparut derrière le bureau, une chaussure racla contre un coin de meuble, et je redressai le dos, bras tendus, le .45 pointé sur le milieu de la porte, les yeux brûlés par le sel de ma sueur.

Mais j'avais oublié cette ultime recommandation maintes fois répétée au temps du Vietnam : Ne les laissez pas vous arriver dans le dos, Robicheaux.

Il jaillit du placard de la chambre, comme un ressort explosant d'un réveil-matin fracassé, une pince-monseigneur trapue levée au-dessus de la tête. Une tête qu'il avait énorme, le visage comme une masse d'os, le torse noué de muscles sous le T-shirt mouillé. J'essayai de pivoter et dégager le .45 en appui contre le chambranle pour le pointer sur sa poitrine, voire tout simplement me redresser pour échapper à la trajectoire de la barre de fer qui m'avait pris pour cible, mais mes genoux coincés me brûlaient, à peu près aussi élastiques qu'une toile d'araignée. La pince-monseigneur s'abattit au creux de mon épaule, balayant mon bras au passage avant de chasser le .45 qui s'en alla rebondir sur la moquette.

Puis l'homme se rua sur moi tandis que je roulais au sol pour lui échapper, en direction du lit à baldaquin, mes bras serrés autour de la tête. Il me frappa dans le dos, un coup, un seul, qui me fit l'impression d'une balle folle au base-ball qui vous touche de plein fouet malgré tous vos efforts et vos contorsions pour l'éviter dans votre rectangle de frappeur. Je contrai d'un coup de pied avant de basculer en arrière par-dessus les ressorts du sommier et je vis devant moi ce visage aux méplats osseux, et la résolution du regard vicieux tandis que l'homme avançait à nouveau sur moi.

– Écarte-toi, Eddy ! Je vais lui faire sauter la cervelle, à cette merde ! dit une voix derrière lui.

Un avorton se tenait dans l'embrasure de la porte. Grand comme un pantin, il ressemblait à un jockey mais son corps en réduction se dessinait en lignes rigides sur une musculature d'haltérophile. Sa main miniature tenait un revolver bleuté.

Les deux hommes s'étaient mélangé leur scénario respectif et hésitèrent trop longtemps. Je vis le .45 sur la moquette, près du sommier à ressorts basculé sur le champ. Je l'attrapai et me ruai mi-courant, mi-trébuchant, sur le côté à l'abri d'une baignoire sabot lorsque l'homme-jouet se mit à tirailler.

Je vis les éclairs de poudre voler dans l'obscurité, j'entendis deux balles s'écraser avec un bruit sourd dans le mur carrelé puis un troisième *whang* ricocher sur la cuvette des toilettes avant d'exploser dans le réservoir au milieu d'une cascade d'eau et d'éclats de céramique; puis le nabot essaya de modifier son angle de tir et une quatrième balle rebondit sur un porte-serviettes chromé avant de réduire la porte de douche en un tas de verre cathédrale.

J'étais allongé au sol, à plat ventre, au beau milieu d'une flaque d'eau qui allait s'étalant, le dos et les cheveux couverts d'échardes de verre et de débris de joints de carreaux. La situation d'avantage s'était retournée contre le tireur, il le comprit car il se dépêchait de battre en retraite dans le couloir lorsque je me redressai pour faire feu à mon tour.

Le .45 rugit avec un bruit assourdissant, et la puissance du recul fut telle que j'en eus mal à la paume, la main soudain engourdie comme sous les secousses brutales d'un marteau pneumatique; puis le .45 se fit soudain tout léger entre mes doigts juste avant que je n'écrase une nouvelle fois la queue de détente. Je tirai quatre balles coup sur coup en direction de la porte de la chambre avant de me relever au milieu d'un cliquetis de verre brisé dégoulinant à mes pieds, tandis que j'ouvrais et fermais la bouche comme pour y voir plus clair. Il n'y avait personne dans l'embrasure de la porte, les strates de fumée immobiles dans l'air de la pièce. Dans le couloir proprement dit, une peinture à l'huile gisait à l'envers sur la moquette, le dos de la toile percé de trois impacts de balle.

Je les entendais dans la cage d'escalier et il était clair que l'un d'eux voulait jouer les prolongations. Il avait la voix métallique et haut perchée de l'avorton.

– File-moi ton flingue ! Je l'ai coincée, cette enflure !

– Le bateau démarre, Jewel ! Tu te bouges le cul, sinon tu te fais ça en solo, dit une autre voix d'homme.

Je passai la tête au bord de l'huisserie et lâchai une balle de .45 – trop vite, trop haut, sans viser, et elle laboura le papier peint d'une longue tranchée. Mais je vis cette fois trois hommes – le mec à la pince-monseigneur, le pantin, chaussé de bottes de cow-boy noires cloutées d'argent, les cheveux blonds coupés courts au point de ressembler au duvet d'un canard, et un troisième individu, plus âgé, vêtu d'un coupe-vent marron et de pantalons noirs comme en portent les prêtres, les cheveux noirs, soigneusement délimités au rasoir, des plombages plein la mâchoire accrochant la lumière, qui sortaient du bureau de Weldon. C'est tout au moins l'image de ces trois hommes telle qu'elle se grava dans ma mémoire juste avant que je n'entende un bruit qui résonna à mes oreilles comme l'occasion à ne pas rater, le déclic d'un barillet de revolver qu'on ouvre suivi du tintement de douilles de laiton éjectées sur une surface en bois.

J'agrippai la poignée du .45 des deux mains, sortis dans le couloir et commençai à tirer, mais l'homme au coupe-vent était un pro. Il avait anticipé la manœuvre. Il avait mis un genou au sol, trois marches en contrebas du palier, et lorsqu'il écrasa la détente de son automatique, je sentis un pan de mon imperméable se relever brutalement sur le côté, comme soufflé par une rafale de vent soudaine. Je pivotai sur les talons et regagnai l'abri de la porte tandis que résonnait à mes oreilles un bruit de pas de course qui allaient se perdant dans l'obscurité de la maison ou un étage en dessous.

Ils vont te sécher quand tu descendras l'escalier, me dis-je en moi-même. *Réfléchis, réfléchis*. Ils n'avaient pas de voiture en attente, pas plus devant la maison que sur la chaussée goudronnée. Il n'y a pas de route d'accès sur l'arrière. Ils sont arrivés par le bayou. Ils sont obligés de le rejoindre à pied.

Je franchis le couloir et entrai dans la chambre à l'opposé, dont la porte-fenêtre donnait sur une véranda surplombant l'allée à voitures, le garage et la haie de bambous de l'arrière-cour de Weldon. Quelques instants plus tard, je les entendis courir sur le gravier mouillé. Ils ne restèrent visibles que deux ou trois secondes, entre l'angle de la maison et l'arrière du garage, mais je pointai le .45, les deux mains sur la poignée, à travers la rembarde de bois et fis feu en vidant le chargeur, jusqu'à ce que la culasse bâille à vide tandis que s'élevait de la chambre exposée une langue solitaire de fumée blanche. Juste avant que les trois hommes ne franchissent les bambous dans la foulée pour disparaître sous la pluie, à l'instant précis où le dénommé Eddy était presque en sécurité, la dernière balle du chargeur ricocha sur l'angle du garage et lui fit gicler en pleine figure une volée d'échardes de bois. Il poussa un hurlement, et colla une main sur son œil comme s'il venait d'être ébouillanté.

Je vis alors une voiture de patrouille quitter la chaussée goudronnée avant de remonter très vite l'allée dans un tourbillon de pluie sous le kaléidoscope d'éclairs bleus et rouges des gyrophares d'urgence. Je palpai ma poche à la recherche de ma torche. Elle avait disparu. Je descendis l'escalier au pas de course et je franchissais le seuil de la maison à l'instant précis où LeBlanc et Thibodeaux venaient se ranger devant le porche, le visage en attente, tendu dans ma direction, par la portière passager à la vitre baissée.

– Ils ont pris la direction du bayou. Ils sont trois. Et armés. Un des mecs est blessé. Chopez-les, dis-je.

Le chauffeur écrasa l'accélérateur, et la voiture tourna au coin de la maison sur les chapeaux de roues, en laissant des marques de dérapage sur le gravier avant d'éventrer au passage une grosse plante en pot en bordure du parterre de rosiers. Je sortis le chargeur vide du .45, en insérai un nouveau et les suivis sous la pluie vers le fond de la propriété.

Pour tomber sur un numéro de cirque. Ils avaient traversé les bambous de Weldon et détruit son potager avant de partir en glissade latérale pour atterrir dans la coulée. Les roues arrière de la voiture couinaient et fumaient dans la boue. Au loin, dans l'obscurité, j'entendais le rugissement d'un moteur de hors-bord qui s'éloignait du quai, remontant le bayou en direction de St Martinville.

Le chauffeur baissa sa vitre et m'adressa un regard exaspéré.

– Passe le message à la radio, dis-je.

– Désolé, Dave. Je ne savais pas qu'il y avait une coulée à cet endroit.

– Oublie ça. Appelle aussi une ambulance.

– Tu n'as rien ?

– Non. Mais je crois que ce n'est pas le cas de Garrett.

– Qu'est-ce qui s'est passé là-dedans ? dit le second adjoint en sortant de la voiture.

Mais j'avais déjà repris le chemin de la maison, la tête sous la pluie froide de la nuit, le lourd .45 ballottant dans ma poche d'imper. Je le découvris en bas de l'escalier de la cave. Le dragon vert de son avant-bras droit se tissait de filaments sanglants comme une toile d'araignée. Je ne cherchai même pas à savoir le reste.

* * *

Une heure plus tard, je me retrouvai sous le porche d'entrée à colonnes, au sol de marbre, en compagnie du médecin légiste, à contempler le spectacle des deux ambulanciers qui chargeaient le chariot à roulettes dans l'ambulance avant de refermer les portes de celle-ci. La pluie avait cessé, les lumières de l'ambulance dessinaient des formes rouges et mouvantes sur les chênes. On entendait le coassement des grenouilles dans le bayou.

– En as-tu déjà vu de semblables auparavant ? demanda le légiste.

Mince et déjà âgé, il portait lunettes à montures dorées, chemise blanche, cravate et montre à gousset avec petite chaîne. Il avait les manches remontées et se frottait le poignet d'un morceau de serviette en papier mouillé.

– À La Nouvelle-Orléans. Quand j'étais au Premier District.

Il roula la serviette en boule et la jeta dans le parterre, une expression de dégoût sur le visage.

– Pour moi, c'est une première, dit-il. C'est peut-être pour ça que je vais rester à New Iberia. Est-ce qu'il a de la famille par ici ?

– Je crois qu'il était célibataire. Je ne sais pas s'il a de la famille à Houston ou pas.

– S'il faut que tu discutes de tout ça avec un membre de la famille, tu pourras leur dire que le premier coup a été le bon.

– Et c'est vrai ?

– C'est ce que tu peux leur dire, Dave.

– Je vois.

– Il avait les yeux ouverts quand il a été touché la seconde fois. Il a probablement vu arriver le coup. Mais quelle est la loi qui dit que les membres de la famille ont besoin de tout savoir ?

Un responsable des empreintes sortit par la porte qu'un adjoint verrouilla derrière lui. Les deux hommes remontèrent dans leur voiture respective.

– Donc tu es d'avis que le tueur appartient à la pègre ? me dit le légiste.

– Qui sait ? En tout cas, ça en porte la signature.

– Pourquoi font-ils ça comme ça ? L'amour du travail bien fait ?

– Plus probablement parce que ce sont pour la plupart des sadiques et des dégénérés. Mais peut-être aussi que je dis ça parce que je suis fatigué.

J'essayai de sourire.

– Comment va ton épaule ?

– Ça va. J'y mettrai de la glace.

– J'ai récupéré un échantillon de sang à l'angle du garage. Ça pourrait peut-être te servir par la suite.

– Merci, docteur. Je te serai reconnaissant de m'adresser une copie du rapport d'autopsie dès qu'il sera prêt.

– Tu es sûr que tout va bien ? Ça n'est pas passé loin, je dois dire.

– Il n'en reste pas moins que j'aurais dû penser qu'il pouvait y avoir quelqu'un dans cette chambre. Le mec venait de commencer à la fouiller quand il m'a entendu arriver dans le couloir. Je peux m'estimer heureux, j'ai eu de la chance. J'aurais pu me faire rétamer pour le compte.

– Si ça peut te consoler, le mec que tu as blessé s'est probablement ramassé une belle écharde de bois, et de bonne taille, dans le cou ou la figure. Il se peut qu'il se présente aux urgences. Et je sais par expérience que la plupart de ces mecs sont des femmelettes quand il leur faut affronter la douleur.

– Peut-être bien. Bonne nuit, docteur.

– Bonne nuit, Dave. Sois prudent sur la route.

Les champs étaient blancs de brume sur le trajet qui me ramenait à New Iberia. Ma clavicule, enflée et brûlante au toucher, cognait d'une douleur sourde. L'enseigne au-dessus du bar en bordure de la route luisait d'un rose tendre sur le sol en coquilles d'huîtres concassées du parking. Je ne cessais de me répéter mentalement une chose que m'avait dite le sergent de ma section au cours de ma première semaine au Vietnam : n'y pense pas avant que ça arrive, et n'y pense plus jamais une fois que c'est passé. Oui, c'est bien ça, le truc. Se contenter d'avancer, un pas logique devant l'autre. Je bâillai et mes oreilles claquèrent comme une paire de pétards.

* * *

Une fois de retour au bureau, j'appelai Weldon au domicile de sa belle-mère à Baton Rouge. Je l'avais réveillé et il ne cessa de me demander de répéter.

– Écoute, je crois qu'il serait préférable que tu reviennes à New Iberia dans la matinée. Et nous aurons ensuite une longue discussion.

– À quel sujet ?

– Je crois que tu n'écoutes pas bien. Tout l'intérieur de ta maison est pratiquement détruit. Trois mecs ont tout mis sens dessus dessous parce qu'ils cherchaient quelque chose qui, de toute évidence, avait beaucoup d'importance à leurs yeux. Entre-temps, ils ont assassiné un adjoint du shérif. Est-ce que tu veux savoir comment ils ont procédé ?

Je l'entendis tousser dans un raclement de fond de gorge.

– Je suis pris ici pour quelques jours, il me reste quelques affaires à régler, dit-il. Je vais envoyer une équipe de réparation remettre de l'ordre dans la maison. Tu as mon numéro si tu as besoin de moi.

– Il serait peut-être temps que tu te branches une bonne fois pour toutes sur la réalité, Weldon. Ce n'est pas toi qui établis les règles au cours d'une enquête de meurtre. Ce qui signifie que je veux te voir dans ce bureau avant demain midi.

– Je ne veux pas laisser Bama toute seule, et je ne veux pas non plus, d'un autre côté, la ramener ici.

– C'est là un problème qu'il va te falloir régler seul. Tu choisis : ou nous discutons dans mon bureau demain, ou bien tu te retrouves en garde à vue comme témoin matériel.

– Ça me paraît du charabia de juriste tout ça.

– Il est facile de le vérifier.

– Ouais, bon, je vais jeter un œil sur mon carnet de rendez-vous. Tu veux qu'on déjeune ?

– Non.

– Y'a pas à dire, t'as une vision des choses toujours très noire, Dave. Laisse-toi aller, ça va s'éclaircir.

– Le mandat démarre à midi une, dis-je et je raccrochai.

Coutumier qu'il était d'un comportement atypique, celui de faire toute chose d'une manière contradictoire et imprévisible, Weldon se présenta dans l'allée qui menait au bureau du shérif à huit heures très précises, vêtu d'un pantalon de toile kaki sur sandales sans chaussettes, et d'une chemise fleurie verte et rouge à pans flottants, et coiffé d'un panama jaune crânement incliné. Il avait les joues nettes et rasées de frais, la peau encore rouge du feu du rasoir.

Il se servit un café en gobelet de polystyrène dans le hall extérieur et vint s'installer dans le fauteuil face à mon bureau, croisant les jambes pour se mettre à jouer du chapeau posé sur son genou. Mon épaule continuait à palpiter d'une douleur sourde, dans les profondeurs de l'os, comme une rage de dents diffuse.

– Qu'est-ce qu'ils cherchaient, Weldon ? demandai-je.

– Alors là, je n'en sais rien.

– Tu n'as pas une petite idée ?

– Non.

Il prit un cigare qu'il plaça entre ses lèvres et se mit à le faire tourner de ses doigts.

– Il ne s'agit ni d'argent ni de bijoux. Ils les ont sortis avant de les éparpiller partout.

– Il y a des tas de mecs bizarres qui traînent de nos jours. Je crois que c'est l'époque qui veut ça. Et la bizarrerie ambiante, givrés et compagnie, est arrivée jusqu'à nous, au bout du compte.

– Je n'ai pas encore eu besoin de parler à la famille de l'Adjoint Garrett. J'espère ne pas avoir à le faire, d'ailleurs. Je m'en passerais bien. Mais j'espère avoir plus à leur offrir qu'une simple déclaration comme quoi le pays s'est déchargé de ses givrés sur nous.

Une expression de honte voila un instant son visage.

– Qu'est-ce que tu veux que je te dise ? demanda-t-il.

– Qui sont ces mecs ?

– À toi de me le dire. C'est toi qui les as vus. Pas moi.

– Eddy et Jewel. Qu'est-ce que t'évoquent ces deux noms ? Qui est le mec aux mâchoires pleines de métal ?

– Je suis désolé pour ton ami dans le sous-sol. Je regrette qu'il soit descendu là.

– C'était son boulot.

Il regarda par la fenêtre en direction d'un nuage accroché au soleil matinal. Son visage changea, plein de mélancolie.

– Est-ce que tu crois au karma ? Moi, oui. Tout au moins, j'en suis arrivé à y croire lorsque j'étais en Orient, dit-il.

Son regard balaya sans but précis toute la pièce.

– Quel est le rapport ?

– Je ne sais pas où est le rapport. T'as déjà entendu parler d'un pilote surnommé Earthquake Mc Goon, Mc Goon le Tremblement de Terre ? De son vrai nom, il s'appelait Ed Mc Govern, originaire de New Jersey. C'était comme qui dirait une légende vivante dans certains milieux en Orient. C'était un mec énorme et gras à lard et un jour, lui et son copilote, un môme chinois, se sont retrouvés enfermés dans une cellule en Chine. Tremblement de Terre n'arrêtait pas de gueuler aux gardiens, « Nom de Dieu, vous ne m'avez pas donné à bouffer. Nom de Dieu, donnez-moi quelque chose à bouffer ». Ils lui répondaient qu'il avait eu son bol de riz et qu'il n'avait qu'à la fermer. Cette nuit-là, après le départ des gardiens, Tremblement de Terre a tordu les barreaux de sa cellule en disant à son copilote de se tirer de là, puis il a remis les barreaux en place, comme ils étaient. Les gardiens, à leur retour le lendemain matin, lui ont demandé, « Où est passé l'autre gars ? ». Et Tremblement de Terre a répondu, « Je vous avais bien dit de me donner à manger. Vous n'avez pas voulu. Alors, je l'ai bouffé, ce fils de garce ».

« Il était de la race des mecs indestructibles. Sauf qu'au cours d'une mission de parachutage de vivres pour les Français de Dien Bien Phu, il a été touché par un barrage d'artillerie. Il a essayé d'enfiler son parachute mais il était trop gras. Il a dit aux membres de l'équipage de sauter. Lui allait essayer de se poser sur la Route Numéro Un qui rejoignait Hanoï. Les mecs lui ont répondu que s'il voulait se poser, eux aussi étaient du voyage. Il est arrivé comme une fleur. Tout le monde se disait qu'ils arrivaient au but, sains et saufs, et c'est alors que son aile a accroché un poteau téléphonique, l'avion a basculé et a pris feu.

Il me regarda comme si je devais trouver un sens à ses paroles dans son récit ou sur son visage.

– C'est ça, le karma, dit-il. La Route Numéro Un

nous attend dans les faubourgs d'Hanoï. Tout ça, c'est la même chose. Je suis désolé pour ton ami.

– As-tu déjà été en prison ? dis-je.

– Non. Pourquoi ?

Je contournai le bureau.

– Montre-moi ta main, dis-je.

– Qu'est-ce que tu racontes ?

– Montre-moi ta main.

– Laquelle.

– Peu importe.

Je soulevai son bras gauche posé sur l'accoudoir du fauteuil et reclaquai les deux branches d'une menotte autour de son poignet. Puis je refermai l'autre extrémité dans l'anneau scellé au sol.

– Qu'est-ce que tu crois que tu es en train de faire, Dave ?

– Je vais aller prendre mon petit déjeuner. Je ne suis pas certain de savoir quand je serai de retour. Veux-tu que je te rapporte quelque chose ?

– Écoute, espèce de...

– Tu peux te mettre à hurler ou à cogner si tu t'en sens l'envie et on viendra te chercher pour te coller au trou. Je crois qu'il y a des spaghettis au menu du déjeuner d'aujourd'hui. Ce n'est pas mal.

Il avait une allure simiesque dans son fauteuil, une épaule et un bras distendus pointant vers le sol, le visage décoloré par la colère. Avant même qu'il eût ouvert la bouche, j'avais refermé la porte derrière moi.

Je traversai la rue sous le soleil et achetai quatre beignets dans un café avant de retourner au bureau. J'étais resté absent moins de dix minutes. Je déverrouillai la menotte de son poignet.

– C'est à ça que ça ressemble. Sauf que c'est vingt-quatre heures par jour. Tu peux manger maintenant ?

Il ouvrit et ferma la main droite en se frottant le poignet. Il me jaugea du regard comme s'il m'alignait du canon d'un fusil.

– Tu veux un beignet ? répétai-je.

– Ouais, pourquoi pas ?

– Tu ne fais pas confiance aux gens, Weldon. Et peut-être que c'est une chose que je peux comprendre. Mais il ne s'agit plus d'un règlement de compte personnel.

– Je crois bien que non.

– Qui sont ces trois mecs ?

– J'ai déjà entendu le nom de Jewel. À La Nouvelle-Orléans.

– En rapport avec quoi ?

– Je pilotais à l'époque pour certaines personnes. Sous les tropiques. Il y a des tas de marchandises qui circulent par là-bas, qui entrent et qui sortent, tu vois où je veux en venir ?

Il ferma les yeux et se pinça l'arête du nez.

– Je n'ai jamais vu le mec. Mais si tu t'attires des ennuis avec certaines personnes, alors, on te lâche les chiens aux trousses, des chiens comme le mec en question.

– De quelles personnes parles-tu ?

Une dent laissa une marque blanche d'avoir mordillé la commissure de ses lèvres.

– Je ne peux pas t'en dire plus, Dave. Si tu veux me coller sous les verrous, alors ça me permettra de souffler un peu. Je suis dans la panade, c'est le grand noir, et je ne sais pas si je vais pouvoir m'en sortir.

Son visage était dénué d'expression, aussi plat et vide qu'une coulée de suif.

* * *

Ce même après-midi, je me rendis chez sa sœur Drew sur East Main. East Main à New Iberia est probablement l'une des plus belles rues du Vieux Sud, voire du pays tout entier. Elle court parallèle au Bayou Teche et commence à la vieille poste en briques et aux Shadows, la maison d'habitation d'une plantation de 1831 qu'on voit souvent sur les calendriers et dans les films dont l'action se situe dans le Sud avant la guerre de Sécession. Elle se continue par un long couloir sous la ramure de grands chênes verts dont les troncs et le système racinaires sont tellement énormes que la municipalité a depuis longtemps renoncé à contenir leur croissance par le ciment et la brique. Les jardins débordent d'hibiscus et d'azalées flamboyants, d'hortensias, bambous, myrtes en fleurs et treillages couverts de roses, de bugles et de bouquets mauves de glycine. Au crépuscule, la fumée qui s'échappe des ragoûts de crabes et fritures de poissons flotte au-dessus des pelouses et se perd entre les troncs d'arbres tandis que sur l'autre rive du bayou, on entend des accords d'orchestre ou un groupe de gamins en train de jouer au base-ball dans le jardin public.

Pareille en cela au reste des enfants Sonnier, Drew n'avait jamais été de celles dont l'existence suit un cours tout tracé par avance. Elle avait investi sa part du pétrole découvert par Weldon sur le terrain de la ferme du père dans l'achat d'une maison blanche de plain-pied, pleine de coins et de recoins, entourée de galeries fermées de moustiquaires, bâtie sur une pièce de terre vallonnée et ombragée d'arbres, tout à côté de la vieille demeure des

Burke. Elle était deux fois divorcée, et nombre d'hommes étaient entrés dans sa vie, au gré de sa fantaisie, pour en sortir aussi vite lorsqu'elle leur donnait congé, sans prétexte ni signe avant-coureur, en les renvoyant d'où ils étaient venus. Elle ne faisait jamais les choses à moitié. Ses aventures amoureuses s'étalaient toujours au grand jour ; elle abritait chez elle des gens de couleur, pauvres et indigents ; elle était inflexible sur les questions de principe et ne cédait jamais d'un pouce au cours d'une discussion enflammée. Elle était robuste, les épaules larges, l'humeur joyeuse. Il m'était arrivé de la voir à l'occasion au club de gymnastique de Lafayette, en train de faire claquer les gueuses de fonte sur les machines de musculation Nautilus, le short roulé haut sur les cuisses, le visage brûlant de sueur, l'expression volontaire et farouche, un bandana rouge noué dans ses cheveux noirs et mouillés.

Elle surprit son monde, néanmoins, à une occasion, tout au moins lorsqu'on y repense. Elle avait pendant une période laissé tomber les hommes pour devenir missionnaire laïque auprès des Maryknolls du Guatemala et du Salvador. Et elle avait failli en mourir, de dysenterie. À son retour, elle forma la première section d'Amnesty International à New Iberia.

Je la trouvai derrière sa maison en train de retailler la vigne du belvédère en compagnie de deux enfants noirs. Elle était pieds nus, vêtue de shorts roses sales et d'un T-shirt blanc, la chevelure semée de brindilles et de feuilles mortes.

Elle tenait à bout de bras une paire de cisailles lorsqu'elle tourna la tête dans ma direction.

– Salut, Dave ! dit-elle.

– Bonjour, Drew. Comment ça se passe ?
– Plutôt pas mal. Et toi, ça va ?
– Je suis comme qui dirait très occupé ces derniers temps.
– On le serait à moins.
Je regardai les deux enfants noirs, âgés de cinq ou six ans.
– J'ai un pack de Dr Pepper sur le siège de mon camion. Que diriez-vous d'aller nous le chercher, les petits mecs ? dis-je.
Ils regardèrent Drew pour avoir son accord.
– Allez-y donc, dit-elle.
– Tu sais qu'un adjoint du shérif a été assassiné la nuit dernière au domicile de Weldon ?
– Oui.
– Pourquoi chercherait-on à vouloir tuer ton frère, Drew ?
– Est-ce que ce n'est pas à lui qu'il faudrait poser la question ?
– Il semble croire que de se comporter en mec réglo, c'est la même chose que de laisser quelqu'un lui faire sauter le caisson. Sauf qu'aujourd'hui, un innocent est mort.
Elle essuya la sueur de ses sourcils du dos de la main. Le soleil jouait de ses clins d'œil brillants à la surface du bayou.
– Entre donc, je t'offre un thé glacé.
Elle s'essuya les mains sur la croupe, et me précéda dans la pénombre qui régnait à l'arrière de la maison. Elle décolla son T-shirt moite de ses seins du bout des doigts et en secoua le tissu en ouvrant la porte-moustiquaire. Son attitude me semblait par trop désinvolte, presque cavalière ; j'avais le sentiment qu'elle attendait ma visite, à croire que son opinion était déjà faite et sa décision d'ores et déjà prise quant à l'issue de notre conversation.

Elle sortit une carafe de thé glacé du réfrigérateur, prit deux verres et je la suivis à travers une pièce fraîche et sombre qui ouvrait sur une véranda latérale. Sur le mur au-dessus de son bureau étaient accrochées plusieurs photographies encadrées : Weldon en uniforme d'aviateur de la Marine ; Lyle et son orchestre *zydeco*, dont le nom, *Cathahoula Ramblers*, s'affichait en pied en lettres blanches ; ainsi qu'un cliché noir et blanc tout craquelé de deux petits garçons et une petite fille debout au premier plan, devant un homme et une foire et en arrière-plan, une grande roue de fête foraine. La petite fille tenait un petit moulin en papier à la main et les garçons souriaient par-dessus leurs barbes à papa. La femme avait le corps lourd et épais, un visage sans expression, les épaules légèrement voûtées, avec, pour seul ornement ou objet lumineux sur sa personne, un sac à main en paille. L'homme avait le teint sombre et le visage étroit ; il portait des bottes western, une cravate bolo et un chapeau de cow-boy incliné sur le crâne. Il regardait quelque objet extérieur à la photo.

Drew s'était arrêtée dans l'embrasure de la porte ouvrant sur la véranda.

– J'admirais simplement les photographies. Ce sont tes parents, là ?

Elle ne répondit pas.

– Je ne me souviens pas très bien d'eux, dis-je.

– Qu'est-ce que tu es en train de me demander, Dave ?

– Lyle dit que votre père est vivant.

– Mon père était un salopard. Je ne me soucie pas de penser à lui.

– Mais sa photo est accrochée là, Drew.

Elle posa le thé glacé et les verres sous la véranda et revint dans la pièce.

– Je la garde parce que mes frères et ma mère sont dessus, dit-elle. C'est la seule photo que j'aie d'elle. Le jour où il l'a poussée à bout et qu'elle a quitté la maison, sa voiture a défoncé la rembarde du pont d'Atchafalaya. Elle s'est noyée sous quinze mètres d'eau, là où il fait tellement sombre qu'on a dû utiliser des torches électriques pour retrouver son cadavre.

– Je ne pense pas que ton père ait quelque chose à voir dans l'affaire qui m'occupe. Mais il fallait que je te pose la question quand même. Je suis désolé si j'ai réveillé des souvenirs pénibles.

– C'est du passé. Qui s'en soucie ?

– Mais si tu pensais que ton père était mêlé à cette histoire d'une manière ou d'une autre, tu me le dirais, n'est-ce pas, Drew ?

Je la regardai droit dans les yeux. Ses yeux se rivèrent aux miens, avec la même intensité.

– Tu ne devrais tenir aucun compte de tout ce que te dit Lyle, ou presque, Dave.

– Et si tu en connaissais la raison, tu me dirais aussi pourquoi trois mecs iraient mettre à sac le domicile de Weldon ?

Elle gonfla la joue de la pointe de sa langue et laissa son regard s'égarer sur mon visage. Quelle que pût être la situation, Drew me donnait toujours l'impression d'être sur le point de me marcher dessus, le pied à cinq centimètres de mon visage.

– Viens t'asseoir dehors, dit-elle.

Je la suivis sous la véranda. Je m'installai dans un fauteuil de toile tandis qu'elle s'asseyait sur le coin d'une table en fer forgé, jambes écartées, pour me toiser du regard. Je détournai la tête au-delà de la moustiquaire vers quelques geais bleus qui jouaient dans la vasque à oiseaux posée sur la pelouse.

– Je vais te demander d'accepter quelque chose, dit-elle. Je ne peux t'aider en rien au sujet de Weldon. Si je tente quoi que ce soit, je pourrais lui faire du mal. Et c'est une chose que je me refuse à faire.

– Ce n'est peut-être pas à toi de décider jusqu'où tu peux t'impliquer sur le plan légal, Drew.

– Tu veux être un peu plus clair ?

Je levai les yeux et affrontai son regard.

– Tôt dans la matinée aujourd'hui, j'ai menotté ton frère à un D scellé au sol de mon bureau. Ça n'a duré que quelques minutes, mais j'espère que la leçon ne sera pas perdue.

– Un quoi ?

– C'est un anneau de fer, un peu comme ceux auxquels on attache les longes des chevaux, qui est encastré dans le sol. Il nous arrive d'y menotter des détenus avant de pouvoir les placer en cellule.

– C'est ça qui était censé impressionner Weldon ? Tu es sérieux ?

Je sentis la peau se tendre sur mon visage.

– Est-ce que tu sais le genre de vie qu'il a eue quand il était enfant ? dit-elle. Je n'essaierai même pas de te la décrire. Mais peu importe combien elle a pu être dure et difficile, ça ne l'empêchait pas de nous donner toujours ce qu'il avait, à Lyle et à moi. Et je veux dire par là qu'il était capable d'enlever le pain de sa bouche pour nous nourrir.

Je contemplai la pelouse à nouveau.

– Tu as quelque chose à dire ? dit-elle.

– Les mots me manquent.

– C'est nous qui te rendons si perplexe ?

– Ta famille n'a pas le brevet des années difficiles.

Elle se frotta d'un air distrait le tranchant de ses mains sur ses cuisses.

– Jamais tu n'obtiendras de mon frère qu'il coopère avec toi en le poussant à bout.

– Dans quoi s'est-il fourré, Drew ?

– Oublie ton numéro de clown à l'anneau et peut-être qu'un jour, il te le dira lui-même.

– Je devrais donc réviser mes méthodes ? C'est là le problème ?

– Arrête de te comporter comme un simple d'esprit.

– T'as toujours su choisir les mots qu'il fallait.

J'aurais pu continuer à la presser de questions, mais Drew n'était pas du genre à se laisser acculer. C'est tout au moins ce que je me suis dit. Je reposai mon thé glacé sur la table et me levai.

– À un de ces quatre, dis-je.

– C'est tout ?

– Pourquoi pas ? Tu t'es bien montrée franche et directe avec moi, pas vrai ?

Je traversai la pelouse d'un vert bleuté à l'ombre des arbres et je sentais presque physiquement le poids de son regard brûlant et perplexe sur ma nuque.

* * *

Je retournai au bureau et bavardai avec notre spécialiste des empreintes, qui m'apprit qu'il vivait un cauchemar à essayer de faire le tri des empreintes relevées au domicile de Weldon. Il n'avait pas le moindre objet significatif, tel l'arme du crime, sur lequel appuyer ses recherches et pratiquement chaque centimètre carré à l'intérieur de la maison avait été touché, manipulé, barbouillé de traces par les membres de la famille, invités, serviteurs, employés de relève des compteurs, jusqu'à une équipe de menuisiers que Weldon avait de toute évidence engagés pour qu'ils remettent plusieurs pièces en état. Le gars des empreintes me demanda si je voulais bien lui offrir un boulot un peu plus facile à la prochaine occasion, comme de relever les empreintes d'un dépôt de bus Greyhound.

En rentrant à la maison, je trouvai un mot de Bootsie sur la table de cuisine, disant qu'elle avait emmené Alafair en ville, chez l'épicier. La soirée était douce, le ciel d'ouest couleur bordeaux, barré de langues de nuages accrochées bas sur l'horizon. J'enfilai mon short de gym et mes chaussures de course et courus cinq kilomètres le long du chemin de terre en bordure du bayou. Petit à petit je sentis la fatigue et les soucis du jour s'éloigner et au pont-levis, je fis demi-tour pour revenir à grandes foulées rapides jusqu'à la maison, le cou palpitant du sang qui y cognait, la poitrine luisante de sueur. La maison était plongée dans l'ombre, ses planches de cyprès chevillées à tenons et mortaises aussi dures d'aspect que des poutrelles de fer. J'allai jusque sur l'arrière-cour où le soleil couchant était encore visible, au-dessus de la mare à canards et de la grange sans toit au pied de ma propriété et commençai six séries alternées de pompes, de flexions et d'abdominaux.

Je plaçai mes pieds en appui contre le banc de la table de pique-nique en séquoïa installée sous le mimosa et exécutai chacune de mes pompes aussi lentement que possible, le dos droit, touchant à chaque descente l'herbe tondue rase du front, les muscles tendus comme des cordes autour de mes côtes jusque dans les épaules et les biceps. J'étais assez vieux aujourd'hui pour savoir que j'exécutais surtout des exercices de vanité narcissique, mais arrivé à un certain âge, on peut s'offrir le luxe de ne plus s'obliger à être son propre apologiste. Il est des moments où l'on se sent bien d'avoir dépassé la cinquantaine et d'être toujours dans la course, malgré quelques petites cicatrices, mais toujours à sa place, sur la butte à lancer, à leur casser la baraque à coups de balles brossées ou mouillées de salive parce que vos lancers directs ne bourdonnent plus assez vite dans les airs. J'avais une cicatrice ronde du diamètre d'un cigare de part et d'autre de l'épaule gauche, là où un psychopathe m'avait transpercé la peau sous la clavicule d'une balle de .38 ; une autre cicatrice, séquelle d'un bambou pungi [1] dans l'estomac, qui ressemblait à un ver grisâtre tout aplati ; et une filée de petites boursouflures sur le travers de la cuisse, pareilles à des têtes de flèches indiennes enchâssées sous la peau, restes du baiser d'amante que m'avait offert une mine Betty en m'allumant une nuit sur une piste du Vietnam, dans un éclair de brasier tellement brûlant que j'avais cru sentir mon âme quitter ma poitrine tandis que je baissais les yeux pour dénombrer mes os sous la peau.

Mais j'allais bien, au bout du compte, me dis-je. Je n'avais plus de cauchemars sur l'assassinat de mon épouse Annie, et mes bandes son et image nocturnes sorties droit du Vietnam s'étaient faites de plus en plus diffuses, à croire que les herbes à éléphant en train de s'aplatir sous les pales vrombissantes des hélicoptères, les deuxièmes pompes se ruant à couvert des banians au sortir des Huey [2], le casque maintenu en place d'une main, les grondements de mortier dans une bourgade de l'autre côté

1. Tige de bambou appointée et maculée de déjections animales, utilisée par le viêt-cong pour piéger les soldats américains. (*N.d.T.*)

2. Type d'hélicoptère de la compagnie Bell. (*N.d.T.*)

des rizières, étaient tous aujourd'hui partie prenante de l'expérience d'un autre, comme s'ils ne m'appartenaient plus tout à fait. Peut-être étais-je finalement parvenu, au bout du compte, à la conscience de n'avoir été qu'une infime parcelle d'une armée constituée de Noirs, de mômes sortis des taudis et de Blancs de rien, originaires des pays à coton et des villes de forestiers écrasés sous le fardeau d'une croix collective que nul dans la vie ne devrait avoir à porter. Mais je savais du moins aujourd'hui que je n'étais plus seul à la porter et que peut-être, tout compte fait, je n'avais plus à la porter du tout.

Comme toujours en ces moments de rêverie auxquels je me complaisais, je n'avais pas remarqué la marmite en aluminium posée au beau milieu de la table de séquoïa. Elle était pleine de crevettes décortiquées et d'okra dans un roux tomaté. Une ligne de fourmis rouges sortait d'une fente du bois et remontait le flanc de la marmite pour se terminer à l'intérieur. Je soulevai la marmite, pris une bêche dans la serre à outils et vidai la nourriture avariée dans le potager près de la coulée avant de l'enterrer.

Les médecins de Baylor à Houston comme notre spécialiste à Lafayette avaient tenté d'expliquer de leur mieux (et, semblables à cela à la plupart des docteurs, ils étaient totalement incapables de s'exprimer clairement, même si la compassion était manifeste dans leur voix) qu'il n'existait pas de réponse au lupus. Les stéroïdes et les médicaments que nous utilisions pour le contenir, en atténuer les symptômes, réduire ses effets jusqu'à la rémission, protéger les tissus conjonctifs et les reins, étaient difficiles à équilibrer parfaitement et il arrivait qu'un déséquilibre dans les dosages entraînait des moments d'hallucination, voire des périodes de psychose temporaire.

J'avais vu Bootsie onduler au rythme d'une musique absente et j'avais chassé l'image de ma mémoire ; puis, à une deuxième occasion, elle m'avait dit que des morts m'avaient peut-être effectivement téléphoné au cours de mes crises de délirium tremens des années de cela, simplement parce que quelques minutes auparavant, le téléphone avait sonné, elle avait décroché et entendu la voix de sa sœur décédée.

Une heure plus tard, tout allait bien, elle riait elle-même des effets de sa propre imagination.

Demain, j'appellerai le spécialiste de Lafayette pour prendre un nouveau rendez-vous. Le crépuscule était maintenant tombé et l'air mauve était chargé de nuages d'oiseaux. Je descendis jusqu'au ponton où j'aidai Batist à fermer boutique. Il portait des Levi's retaillés, des chaussures de bateau en toile et un T-shirt sans manches. Son corps paraissait tellement dur et chargé de muscles qu'on aurait pu y briser des douelles de tonneau. Il se trouvait dans l'arrière-salle de la boutique à appâts, à empiler des caisses de Jax et de Dixie contre le mur, un cigare éteint fourré au coin de la mâchoire comme une baguette.

Je triai quelques vifs morts du bac puis commençai à regarnir l'une des glacières de bouteilles de Jax à long col.

– Y'a queq' chose qui va pas, Dave ? demanda-t-il.

– Non, pas vraiment.

Je sentais son regard peser sur moi.

– Trop de boulot au bureau, je suppose, dis-je.

– C'est drôle, ça. D'habitude, ça pose pas de problème.

– C'est un jour comme ça, Batist, rien d'autre.

– Mi, quand j'ai des problèmes à l'maison, des problèmes avec l'femme ou les gamins, j'aime pas en causer à personne. Alors je me mets à y réfléchir tout l'temps. Et ça, c'est pas bien malin, ça, non.

– Je me fais du souci pour Bootsie. Mais il n'y a rien à y faire.

– Va pas prétendre y savoir queq' chose. Ça, t'en sais rien, rien du tout.

Je n'ajoutai plus rien. J'enfonçai les bouteilles de bière plus profond dans la glace pilée. L'ampoule électrique nue au-dessus de ma tête brillait d'une lueur sourde qui se reflétait sur les capsules de métal lisse et emplissait les bouteilles d'éclairs tremblotant de lumière brune et or. Mes mains étaient engourdies jusqu'aux poignets.

– On a pus besoin de glacer plus. On en a assez pour demain, dit Batist.

– Je finirai de fermer. Pourquoi ne rentres-tu pas chez toi ?

– Faut que je balaye.

– Je le ferai.

– Mi, ch'sus pas pressé.

Je pris une nouvelle caisse de Jax contre le mur et couchai les bouteilles à plat sur la glace entre les cols de celles que j'avais déjà placées horizontalement dans la glacière. Je fermai le plateau coulissant d'aluminium du tranchant de la main.

Batist ne me lâchait toujours pas du regard. Il alluma alors son cigare, balança l'allumette par la fenêtre dans l'obscurité et se mit à balayer le sol de planches. C'était un homme bon et gentil, et même si de parler de la loyauté d'un homme de race noire peut paraître un cliché de la bouche d'un Blanc du Sud, j'étais convaincu qu'au besoin Batist serait prêt à s'ouvrir les veines pour moi.

Je lui souhaitai bonne nuit et remontai jusqu'à la maison. Dans la cuisine, Alafair et Bootsie sortaient d'un carton des tranches de pizza qu'elles posaient sur des assiettes.

3

Le lendemain, je partis de bon matin pour La Nouvelle-Orléans et passai deux heures à consulter les fichiers de clichés de l'identité judiciaire sur les lieux mêmes où j'avais travaillé, le quartier général du Premier District juste aux abords du Vieux Carré. Mais je ne reconnus aucun des trois hommes qui avaient pénétré au domicile de Weldon. La plupart des collègues avec lesquels j'avais travaillé n'étaient plus là – usés, démolis, transférés, retraités ou décédés – et les deux inspecteurs avec lesquels je bavardai ne me furent d'aucune aide. L'un était nouveau venu de la paroisse de Jefferson, et le second s'ennuyait à mourir, en manifestant un total désintérêt pour une affaire qui n'avait rien à voir avec tout ce qu'il avait sur les bras. En fait, il ne cessa pas un instant de bâiller en jouant avec sa tasse vide tandis que je lui donnais le signalement des trois intrus. Finalement, je dis :

– Ça n'a pas l'air d'être des célébrités du coin, hein ?

– Ça ne m'évoque personne en tout cas.

Je lui avais donné ma carte. Sa tasse avait déjà dessiné un croissant de café à sa surface.

– Mais vous allez vous creuser les méninges pour essayer de trouver, n'est-ce pas ? dis-je.

– Quoi ?

– Si je voulais faire descendre quelqu'un à La Nouvelle-Orléans, à qui devrais-je m'adresser ?

Son visage commença à prendre un air intéressé sous l'allusion insultante.

– Où voulez-vous en venir ? demanda-t-il.

– Il y a au moins quatre mecs dans le Carré capables de régler un meurtre sur gages pour cinq cents dollars. Est-ce que vous les connaissez ?

– Votre ton ne me plaît pas beaucoup.

– Il y a des jours comme ça où rien ne va. Merci de m'avoir permis d'utiliser vos albums-photos. Je vous serais reconnaissant de bien vouloir garder ma carte dans votre tiroir au cas où vous auriez besoin de me joindre.

J'allai jusqu'à Decatur en longeant la rivière et garai mon camion au bas de la rue, à l'opposé de Jackson Square. J'entrai à pied dans le Vieux Carré. Les rues étroites étaient encore fraîches de la pénombre du matin et je sentais les odeurs de café et de pain frais dans les cafés, les cageots de fraises et de prunes empilés sur les trottoirs devant les petites épiceries, les relents froids et humides de la vieille brique des cours. Il avait plu juste avant le lever du jour, et l'eau suintait encore des persiennes vertes sur les murs pastel des immeubles en dégouttant des rangées de plantes en pot rangées sur les balcons ou suspendues aux balustrades de fer forgé.

Je descendis St Ann à l'ombre de la cathédrale jusqu'à un bâtiment en stuc de plain-pied, avec grille en fers de lance et allée piétonnière sous voûte au sol briqueté qui conduisait à un bureau tout à côté d'une cour dallée de pierre. La cour était bordée de bouquets serrés de bananiers laissés à l'état sauvage. Peints sur la vitre translucide de la fenêtre du bureau, on voyait les mots *Services d'Enquêtes – Cletus Purcel.*

Il avait été mon partenaire au temps du Premier District ; c'était aussi l'un des meilleurs flics que j'aie jamais connus. Parmi les raclures de bas étages, les affranchis, les psychopathes, voire même les tueurs à gages venus de Houston et Miami, il avait la réputation d'un fléau de Dieu. Les criminels endurcis, récidivistes et durs à cuire qui riaient à la menace de dix ans chez les grosses rayures d'Angola se mettaient à déglutir avec appréhension et reconsidéraient leurs points de vue lorsqu'on leur annonçait que Clete s'intéressait de près à leur situation. À une occasion, un détenu récemment libéré de Parchman – il avait crevé un œil à sa femme en lui tirant dessus à coups de fusil à plomb et je l'avais agrafé dans un hôtel de passe sur Airline Highway – avait déclaré qu'il retournait à La Nouvelle-Orléans pour refroidir le flic responsable de son séjour derrière les barreaux. Clete l'avait rencontré au dépôt Greyhound avant de l'accompagner jusque dans les toilettes où il lui avait versé un bidon de savon liquide dans la gorge. Nous n'entendîmes plus jamais parler du gars en question.

Mais son mariage avait viré à l'aigre. Finalement, il s'était attiré des ennuis avec le whiskey, les prostituées et les usuriers et, tout petit à petit, s'était laissé aller à servir les forces et les gens mêmes qu'ils avaient haïs toute sa vie. Au bout du compte, il avait accepté dix mille dollars pour se débarrasser d'un témoin dans une enquête fédérale et c'est tout juste s'il avait réussi à prendre l'avion jusqu'au Guatemala, battant de vitesse, à trois minutes près, ses collègues inspecteurs lancés à ses trousses sur le boulevard, un mandat d'arrêt pour meurtre à la main. Par la suite, l'accusation de meurtre fut abandonnée et il devint chef de la sécurité dans deux casinos de Las Vegas et Reno pour finir garde du corps d'un mec de la pègre de Galveston répondant au nom de Sally Dio. J'avais effacé Clete de mon existence en le cataloguant comme traître : il avait retourné sa veste pour se changer en fac-similé pitoyable de l'ami que j'avais eu jadis. Mais j'en vins finalement à apprendre que sa loyauté et son courage étaient, chez lui, ancrés bien plus profond que ses problèmes personnels. Il avait présenté sa démission au monde du crime organisé sous la forme d'une petite explosion d'avion, celui du jet privé de Sally Dio qui avait éclaté en morceaux sur un sommet montagneux à l'ouest du Montana. Il avait fallu ramasser les restes de Sally Dio et de son entourage au moyen de râteaux de jardinier au milieu des pins à bois lourd. Le Bureau de la Sécurité du Transport Aérien déclara qu'il soupçonnait une main malveillante d'avoir mis du sable dans les réservoirs.

– Alors, ça pendouille, noble chevalier, dit-il derrière son bureau lorsque j'ouvris sa porte.

Il portait une chemise à rayures multicolores qui donnait l'impression de vouloir éclater sous la pression de ses épaules énormes, une cravate dénouée au col, un révolver calibre .38 bleu-noir dans un étui d'épaule en nylon et était coiffé d'un chapeau rond bleu-gris bas sur le front. Il avait les yeux verts et intelligents, les cheveux blond-roux, le visage toujours rougeaud à cause de sa corpulence et de sa tension artérielle élevée. Une cicatrice semblable en couleur et texture à une rustine de chambre à air courait au travers d'un sourcil jusque sur l'arête du nez, un souvenir d'enfance lorsqu'il s'était ramassé un coup de tuyau dans les quartiers pauvres de l'Irish Channel.

Je l'avais déjà appelé pour lui parler de mes problèmes dans l'enquête Sonnier.

– Alors comment ça s'est passé au Premier ? dit-il.

– Je n'ai reconnu personne dans les dossiers de l'Identité. Et personne ne m'a aidé non plus, d'ailleurs. J'ai eu l'impression d'être un touriste débarqué de la province.

– Regarde les choses en face, mon [1]. Personne n'avait organisé de pot d'adieux quand on a raccroché, l'un comme l'autre.

– Ça te plaît le boulot de privé ?

Je m'assis face à lui dans un fauteuil à dossier basculant paille et cuir. Les murs de son bureau étaient décorés d'affiches de corridas, de sacs de magasins de spiritueux et de banderilles enrubannées. Par la fenêtre de derrière, on voyait l'arrière-cour où Clete laissait ses haltères et son banc de musculation près d'un puits en pierres dont le haut suintait d'eau.

– C'est bien, dit-il. Peut-être que le mot qui convient, c'est *facile*. On ne fait pas fortune, mais la concurrence n'est pas à proprement parler de première catégorie. Tu vois le genre, des ex-flics diplômés en stupidité, des péquenots balèzes du Mississippi pour lesquels le gros coup, c'est de se retrouver à bosser à la sécurité du Walmart. Je me ramasse cinq cents dollars la semaine tous frais déduits. Mieux vaut ça que de diriger une boîte de nuit pour les têtes d'huile, je dirais.

– Ça paraît correct.

Il sortit une cigarette de son paquet de Camel et la tint un moment dans sa grosse main avant de la reposer sur son buvard pour se coller une tablette de chewing-gum dans la bouche. Il se mit à mâchonner, un sourire dans le regard.

– Le problème, c'est que le plus gros du boulot

1. Déformation de « man », homme. (*N.d.T.*)

est mortellement ennuyeux. Des enquêtes, des recherches pour les avocats, ce genre de truc. Rien à voir avec le bon temps à la Criminelle, à l'époque où on leur en faisait voir de toutes les couleurs. Tu te souviens quand on...

– Non. Je ne me souviens pas, Clete.

– Allons, Dave. On les faisait guincher à plein temps à l'époque, une vraie partie de plaisir. Et t'aimais ça, mon. Reconnais-le.

Il ne cessait de sourire sous les claquements de ses mâchoires écrasant le chewing-gum.

– Pourquoi un calibre ?

– De temps à autre, ça peut devenir intéressant. Je course les mecs sous caution qui ont fait la belle pour deux prêteurs. Des macs, des fourgues, de la petite bière, quoi. Quelle clique. Je crois que la Compagnie Orkin devrait s'attaquer sérieusement à cette ville. Je ne te raconte pas de craques, La Nouvelle-Orléans, ça devient un tas de merde. Toutes les enfoirées de raclures ressortent par tous les trous.

Je consultai ma montre.

– T'as des problèmes de parcmètre ou quoi ?

– Désolé. Il faut que je sois de retour à New Iberia cet après-midi.

– Comment ça va à la maison ?

– Ça va. Ça va bien.

Le sourire disparut de son regard. Je détournai la tête.

Il écarta les doigts sur son sous-main. Il avait des battoirs gros comme des poêlons.

– Bootsie a de nouveau des problèmes ? dit-il.

– Oui.

– Et c'est grave ?

– On ne sait jamais. Un jour, tout va bien, les

oiseaux chantent. Le lendemain, les gargouilles sont de sortie du placard.

Il sortit le chewing-gum de sa bouche et le jeta à la poubelle. Je l'entendis prendre une profonde inspiration par le nez.

– Viens, on va jusque chez Pearl se prendre quelques huîtres, dit-il. Ensuite on pourra discuter des trois torche-culs que tu recherches.

– Je suis un peu à sec en ce moment.

– J'ai une ardoise chez eux. Je ne la règle jamais, mais après tout, c'est à ça que servent les ardoises. Amène-toi, la journée est trop belle pour rester enfermé.

Nous descendîmes Bourbon, qui commençait à se remplir de touristes, longeant les boutiques de T-shirts, les clubs de jazz et les rades à strip-tease qui vantaient leur spectacle de danseuses nues et d'orgies à la française, jusqu'au coin de St Charles et Canal, où nous entrâmes au Pearl pour nous installer au comptoir qui courait sur toute la longueur du restaurant. Les tables étaient couvertes de nappes à carreaux, des ventilateurs à pales de bois tournaient au plafond, et trois Noirs en tablier ouvraient des huîtres fraîches au-dessus des bacs à glace derrière le bar. Nous en commandâmes deux douzaines accompagnées d'un thé glacé et d'un petit carafon de bière pression pour Clete.

– Reprends-moi tout depuis le début, dit-il.

Je repassai la revue de détail du meurtre de Garrett, la fusillade, la description des trois intrus, les noms par lesquels ils s'étaient appelés tandis que mes oreilles bourdonnaient comme un ressac marin au bruit de mon propre sang dans mes veines.

Clete resta silencieux, les yeux verts songeurs sous la tourte qui lui faisait office de chapeau tout en pressant un citron sur ses huîtres qu'il épiça ensuite de Tabasco.

– Je ne connais pas le mec qui s'appelle Eddie ou celui qui a la gueule en ferraille, dit-il. Mais le petit razibus du nom de Jewel me fait penser à un mec du coin que j'ai connu dans le temps. Il y a un moment que je ne l'ai pas vu, mais je crois qu'il pourrait bien s'agir de Jewel Fluck [1].

– Quoi ?

– Tu m'as bien entendu. C'est bien son nom. Sa famille est venue d'Allemagne et il a grandi dans le Channel. Il a essayé de faire carrière comme jockey à Jefferson Downs, mais il était trop lourd, alors il a travaillé comme lad. C'est lui qui ramenait les chevaux à l'écurie après les courses, jusqu'à ce qu'il se fasse prendre en train de doper un canasson. C'est un petit salopard vicieux, Dave.

– *Fluck* ?

– C'est bien ça. Peut-être que c'est son nom qui lui a foiré la cervelle. Quand tu penses à Jewel Fluck, essaie de t'imaginer un frelon sur lequel on vient de verser de l'eau bouillante.

– Pourquoi n'a-t-il pas de casier ?

– Il en a un. Au Mississippi. Je crois qu'il a fait quatre ou cinq ans à Parchman.

– Pour quelle raison ?

– Pour avoir suriné un ouvrier de couleur qui refusait de faire grève. Ou quelque chose dans ce goût-là. Écoute, la seule raison pour laquelle je suis au courant pour ce mec, c'est qu'il a planqué chez lui un libéré sous caution qui s'était fait la belle et que je recherchais. Le fugitif faisait partie de l'A.B. J'ai entendu dire que Fluck aussi.

1. Le nom évoque immédiatement « fuck », baiser. *(N.d.T.)*

– L'Aryan Brotherhood ? La Fraternité Aryenne ?

– Dans les prisons multiraciales, ils poussent comme des champignons. Je me disais dans le temps que c'était surtout les Black Muslims, les Musulmans Noirs, qui posaient de sérieux problèmes. Mais on se récupère là un ramassis de raclures blanches, tout un tas de psychopathes garantis sur facture avec une cause politique à défendre qui leur remonte dans le troufignon. Hitler les aurait adorés.

Il fit signe au barman de lui apporter un nouveau carafon de bière.

– Y'a quelque chose qui cloche avec tes huîtres ? me demanda-t-il.

– J'essaie simplement d'imaginer les liens qui peuvent exister entre ce mec et Weldon Sonnier, dis-je.

– Peut-être qu'il s'agit tout bonnement d'un cambriolage qui a mal tourné, Dave. Peut-être qu'il n'y a rien de bien compliqué là-dessous.

– Tu n'as pas vu l'intérieur de la maison. Ils se sont donné sacrément du mal. Ils cherchaient quelque chose de bien précis.

– Peut-être que ton mec Sonnier garde de la came chez lui. On vit à une drôle d'époque. L'argent de la coke, c'est une sacrée tentation. Y'a des tas de caves qui se bourrent le blair jusqu'au trognon.

– C'est possible. Quand est-ce que tu as vu Fluck pour la dernière fois ?

– Il y a un an à peu près. Je ne pense pas que tu le trouves en ville. Mais je vais quand même me renseigner. Écoute, Dave, de ce que tu m'as dit, ton Sonnier a ouvert la porte à un tas de merdes. À t'entendre, je dirais que c'est encore un de ces enculés en col blanc qui croient que les flics ont le même statut que leurs tondeurs de pelouse. Il serait peut-être temps qu'il apprenne les réalités de l'existence.

– Monsieur, voudriez-vous surveiller votre langage, je vous prie ? dit le barman.

– Quoi ? dit Clete.

– Votre langage.

– Qu'est-ce qu'il a, mon langage ?

– Ça va bien, pas de problèmes, dis-je au barman.

Il acquiesça et s'éloigna à l'autre bout du bar où il se mit à préparer un cocktail. Clete continua à le fixer du regard.

– Est-ce que Fluck a encore des parents à La Nouvelle-Orléans ? demandai-je.

– Je ne sais pas, répondit-il en retournant la tête vers moi avant de planter son regard dans le mien. Sa mère regrette probablement de ne pas l'avoir balancé à la poubelle à sa naissance pour élever le placenta à sa place. Oublie un peu Fluck une minute. Je viens de penser à quelque chose, un petit souvenir drôle à propos de quelqu'un. Le mec à la pince-monseigneur, celui qui s'appelle Eddie, rappelle-moi à quoi il ressemble, déjà.

– Il a une grosse tête, mais vraiment grosse et un visage tout en os. Du genre à se casser le poing dessus.

– Est-ce qu'il portait un tatouage ?

– Je ne me rappelle pas.

– Un tigre rouge et jaune sur le bras droit ?

J'essayai de le revoir en mon for intérieur, mais la seule image qui me revint fut celle du visage lourd tout en os et des crêtes de muscles sous le T-shirt.

– Je ne serais peut-être même pas capable de le reconnaître avec certitude au cours d'une séance de tapisserie, dis-je.

– Il y a un mec en ville, il a une tête comme une citrouille. Il s'appelle Raintree et il vient de Baton Rouge. Mais je ne connais pas son prénom.

– Vas-y, continue.

– J'ai un petit boulot à la sécurité, au yacht-club. Parfois, il m'arrive de vérifier les antécédents de membres potentiels. Pour tenir la racaille à l'écart je suppose, ce qui sous-entend tous ceux qui sont nés au sud de la frontière. Les ramasseurs de tomates sont très branchés club ces derniers temps. Mais j'assure aussi la sécurité au cours des soirées dansantes, des réceptions, des meetings de clowns républicains, ce genre de trucs. Et donc un soir, Bobby Earl avait organisé une grosse fiesta là-bas. Cravate noire obligatoire, rien que des gens très respectables du Quartier de Garden, entrée interdite aux chiqueurs de Red Man et leurs glaviots, tu saisis le tableau ? Tu ne pourrais pas faire cracher le mot « négro » à ces gens-là même à bout de fusil.

« Sauf que débarque un mec sur lequel Bobby Earl ne comptait pas. Un personnage droit sorti du vieux parti des States Rights – le droit de tout état à une application stricte de la Constitution, sans ingérence du gouvernement fédéral – un vrai pot de brillantine ambulant, les cheveux dégoulinant de Vitalis, costard brillant, et inondé d'eau de Cologne au point que le nez t'en tomberait. Il s'était acoquiné avec les hommes du Klan qui avaient dynamité une église pour gens de couleur à Birmingham dans les années soixante et tué quatre enfants. Il était en pleine poignée de mains avec Bobby sur les marches du yacht-club et un môme à l'allure bizarre, journaliste dans un journal gauchiste, les prend en photo.

« C'est alors que le Raintree en question, le mec à

la tête en citrouille avec son tigre rouge et jaune sur le bras, descend les marches, attrape le môme par le coude et lui fait traverser le parc de stationnement en direction du lac. Quand je suis arrivé sur place, il avait collé son poing dans l'estomac du môme et balancé l'appareil photo dans le lac.

– Qu'est-ce que tu as fait ?

– J'ai dit à Raintree de quitter les lieux. J'ai dit au môme de rentrer et de laisser ces mecs tranquilles.

Ses yeux se détournèrent de moi. Il alluma une cigarette. Comme je ne disais rien, il pivota sur son tabouret et se tourna vers moi, une lueur pincée dans le regard.

– Bon, d'accord, il n'y a rien de noble dans le geste. Si j'avais pu choisir, je lui aurais mouché sa chandelle, au Raintree, à coups de matraque. Mais je ne suis plus inscrit au rôle des salariés de la municipalité, Dave.

– Non, ce n'est pas à ça que je pensais. Tu viens juste de mettre la touche finale en nouant le ruban autour du paquet cadeau, collègue.

– Tu veux parler des rapports qui existent entre Jewel Fluck, peut-être bien l'A.B. et ce politicien raciste ? Mais qu'est-ce que Bobby Earl a à voir avec ton homme de New Iberia ?

– Weldon Sonnier est son beau-frère.

* * *

Cinq minutes plus tard, nous avancions sous les colonnades en direction du bureau de Clete. Le soleil s'était caché derrière un nuage et l'air était lourd d'une odeur de pluie à laquelle se mêlaient les parfums des fruits mûrs qui s'empilaient par cageots entiers sur le trottoir.

– Qu'est-ce que tu vas faire ? dit Clete, le visage rougeoyant du rythme de notre marche.

– Retourner à New Iberia et me renseigner sur le fameux Raintree.

– Tu crois vraiment que c'est comme ça que nous devrions procéder ?

Je tournai la tête dans sa direction.

– Laisse donc toutes ces merdouilles de procédure aux remueurs de paperasses, dit-il.

– Clete, je ne crois pas que le mot « nous » figure dans l'équation à résoudre.

– Oh ouais ?

– Ouais.

– T'as eu un sacré coup de main des mecs du Premier, pas vrai ? T'as eu aussi un paquet de renforts quand ces trois pégreleux ont essayé de repeindre les meubles avec ta cervelle ?

Nous empruntâmes Toulouse, direction Bourbon. Clete s'arrêta devant un kiosque à journaux qui vendait aussi des cigares. Un Noir cirait les chaussures d'un homme installé sur un fauteuil surélevé. Clete pointa un doigt sur le revers de ma veste.

– Je ne vais pas t'apprendre ce que tu dois faire, dit-il. Mais quand on essaie de te tuer, ça devient une affaire personnelle. Et il n'y a plus qu'une seule manière après ça de jouer ta partie. Tu entres dans la tanière du lion et tu lui craches à la gueule.

– Je n'ai aucune autorité ici.

– C'est exact. Comme ça, ils ne s'attendront pas à nous voir débarquer. Putain, mon, on va leur offrir un petit cauchemar en plein jour.

Il se colla une allumette au coin des lèvres et sourit de toutes ses dents.

– Allez, laisse-toi aller. Pense un peu. Y a-t-il quelque chose de plus agréable que d'obliger toutes ces raclures à ne plus souhaiter qu'une seule chose, revenir à l'état de pensée salace dans l'esprit de leurs parents ?

Il claqua des doigts, battant en rythme ses poings sur ses paumes de main. Ses yeux verts dansaient, pleins de lumière et de plaisir anticipé.

* * *

Si vous aviez grandi dans le Sud profond, vous auriez probablement plaisir autant que moi-même à vous remémorer les soirs d'été et leurs barbecues, leurs fritures de poisson dont la fumée s'égarait sous les grands chênes, les bals de lycée sous chapiteaux tendus de lampions japonais, l'innocence de ces premiers désirs qui se découvraient dans les décapotables au bord de lacs ombragés au bruit des coassements de crapauds-bœufs, et cette sensation si intense que la saison était éternelle, le monde, un lieu doux et paisible, la vie, une fête dont il fallait jouir de tous les instants, avec le même plaisir, la même certitude que la brise du soir qui entraînait toujours dans son sillage les parfums mêlés de lilas, magnolias et pastèques dans un champ au lointain.

Mais il est aussi un autre souvenir : ces garçons qui s'en allaient casser du négro dans la petite communauté noire de Sunset, qui prenaient les gens de couleur pour cibles de leurs carabines à plomb et des billes qu'ils tiraient au lance-pierres, qui balançaient des M-80 sous les galeries de leurs demeures pitoyables. Il était courant de voir ces gamins-là arborer coiffures taillées à coup de serpe, et oreilles en choux-fleurs, les ongles endeuillés de demi-lunes de crasse. Ils habitaient un quartier de la ville aux rues de terres sèche, des ordures plein l'arrière-cour, des fossés grouillant de moustiques et de mocassins d'eau au sortir des coulées. Chaque matin, ils se levaient, lourds d'un sentiment de perte et d'abandon, pleins du savoir de ceux-là mêmes qu'ils étaient justement, avant de partir en guerre contre le reste du monde.

Lorsque nous croisons sur notre chemin l'adulte sectaire et borné, l'homme du Ku Klux Klan, l'antisémite, nous partons du principe qu'ils ont tous grandi dans ces lieux de détresse. Il arrive parfois que nos conclusions s'avèrent. Très souvent, il n'en est rien.

– Ce mec, il a été élevé dans un trou à merde, ou quoi ? demanda Clete.

Nous étions dans ma camionnette, que j'avais rangée devant le domicile de Bobby Earl, en dehors de la ville, près du lac Ponchartrain.

– Je me suis laissé dire que son père était propriétaire d'une compagnie de sucreries à Baton Rouge, dis-je.

– Peut-être qu'on l'a violé quand il était fœtus.

Clete souffla sa fumée de cigarette par la fenêtre en regardant la clôture en fer de lance, la pelouse d'un vert bleuté sous les gerbes étincelantes des arroseurs, les chênes verts en marquise surplombant la longue allée à voitures toute blanche.

– Ça doit rapporter gros de baiser les gens de couleur de nos jours. Je te parie qu'on pourrait garer six bagnoles sous l'auvent de son porche.

Il consulta sa montre. Le ciel était gris au-dessus du lac aux vagues crénelées d'écume sous les rafales de vent.

– On se donne encore une demi-heure, ensuite je te paie un coup de riz et de haricots rouges chez Fat Albert.

– Vaudrait mieux que je m'en aille assez vite, Clete.

Il gonfla une joue d'un gros ballon d'air.

– T'as toujours cru dans la prière, Belle-Mèche, dit-il.

– Oui ?

– Est-ce que vous n'appelez pas ça « s'en remettre à plus haut que soi » aux A.A. ? Peut-être que le moment est venu de faire ça, justement. À te faire du mouron pour Bootsie et ce que tu ne peux pas changer, c'est comme de te coller des planches dans le crâne.

– Ça, c'est sûr.

– Et alors ?

– Quoi ?

– Pourquoi faire en sorte de se ramasser le chagrin à la tonne ?

Il regardait maintenant droit devant lui, le chapeau rond baissé sur le front.

– Je te connais, mon preux chevalier. Je sais ce qui te passe par la tête avant même que t'y penses. Remets donc un peu toutes tes pendules à l'heure, ralentis le balancier jusqu'à ce que les rouages raccrochent les uns aux autres en crachant des étincelles, et il ne te faudra pas longtemps pour que cette bonne vieille vie vaille à nouveau le coup d'être vécue.

– Ce n'est pas comme ça que ça se passe, cette fois.

– Ouais, probable que non. Et de toutes manières, je ne suis pas vraiment en position de refiler mes conseils aux autres. Quand je me suis mis à prendre mon petit déj en liquide, là-bas, au Premier, au bout d'un moment, le capitaine m'a adressé à un psy qui nous était prêté par le département de psychologie de l'université Tulane. Alors j'ai raconté au mec quelques petites histoires, des trucs qui, pour moi, ne sortaient pas de l'ordinaire – les bagarres entre races quand j'étais môme dans l'Irish Channel, la racoleuse qui m'avait refilé ma dose alors que j'étais marié, la fois où on a fait tous les deux partir en fumée le fourgueur de came et son garde du corps, les deux têtes d'huile à l'arrière de leur Cadillac – et j'ai cru un instant que le mec allait vomir dans sa corbeille à papier. Je m'étais toujours laissé dire que c'était des mecs capables d'encaisser. J'ai eu l'impression d'être un monstre, un anormal. Ch'te raconte pas de craques, le mec tremblait comme une feuille. Je lui ai offert d'aller boire un verre et il a piqué une rogne, une vraie furie.

Je ne pus m'empêcher d'éclater de rire.

– C'est ça, mon. Rigole, ça fait du bien, dit-il. Y'a rien qui peut démonter les Bobbsy Twins [1] de la Criminelle. Mais, mais, mais, regarde un peu ce qui nous arrive.

Il régla le rétroviseur extérieur d'une main.

– Pour sûr que c'est bien lui, le champion du bois de flûte, un vrai All American. Tu sais que ce mec a des nanas à travers toute La Nouvelle-Orléans ? Et si, je t'assure, c'est bien vrai, ça les botte vraiment, toutes ces nanas, son numéro de be-bop. Y va falloir que j'apprenne cette technique. Allez, fais cracher ton moulin, Belle-Mèche.

Je mis le contact et suivis la Chrysler blanche avec chauffeur en direction de l'entrée.

– Je ne suis pas dans ma juridiction, Clete, dis-je. Alors pas de numéro à la Wyatt Earp. On ne meurtrit pas le fruit. Compris ? T'es bien d'accord ?

1. Les jumeaux Bobbsy, duo de personnages de bande dessinée pour enfants. *(N.d.T.)*

– Bien. On vient juste faire une petite visite. Tailler une bavette, peut-être même se boire une lichette. Se faire mettre au parfum, question politique. Allez, appuie sur le champignon, mon.

Il avait collé le bras sur le flanc du camion, le visage rayonnant, comme un homme qui se fait une joie par avance de participer au défilé du carnaval.

La Chrysler franchit la grille et s'engagea sur l'allée en direction de la demeure en stuc blanc et tuiles bleues, sa véranda ouverte sur toute la façade flanquée d'une piscine bordée de bananiers, de limes et de torchères à gaz embrasées. Un homme, pantalons noirs repassés de frais et chaussures cirées, chemise blanche et cravate noire, les cheveux roux gominés plaqués sur l'arrière du crâne, referma la grille sur ses gonds et s'éloigna comme si nous n'étions pas là.

Clete sortit du camion et s'avança jusqu'à la grille.

– Hé, bubba, est-ce qu'on a l'air de représentants d'aspirateurs ?

– Quoi ? dit l'homme.

– On est venu voir Bobby Earl. Ouvre.

– Il reçoit des invités à dîner. Qui êtes-vous ?

– Qui suis-je ? dit Clete avec un sourire, pouce pointé sur sa poitrine. Bonne question, très bonne question. Tu vois cet insigne ? Dave, tu reconnais le mec ? Celui avec qui on discute en ce moment ?

Il replia son insigne d'enquêteur privé qu'il replaça dans sa poche de veste lorsque l'homme tendit la main pour s'en saisir.

– Je parierais que tu ne pensais jamais que je t'avais reconnu, pas vrai ? dit Clete. Gomez, exact ? T'étais poids moyen. Felix Gomez. Le Gaucher. Je t'ai vu combattre Jerry Wallace l'Irlandais à Gretna. Tu lui as fait cracher son protège-dents jusqu'au troisième rang.

L'homme à la grille acquiesça, pas plus impressionné que ça.

– M. Earl, y veut pas être embêté par personne ce soir, dit-il. C't'insigne, là. Y'en a plein les vitrines de prêteurs sur gages.

– Et un œil de lynx avec ça, ajouta Clete, la bouche toujours ouverte sur un large sourire. Je me souviens d'une autre histoire à ton sujet. T'as tabassé un môme dans une station-service. Un lycéen. Tu lui as fracturé le crâne.

– Je vous ai transmis ce que M. Earl avait dit. Vous pouvez revenir demain, ou alors vous pouvez lui écrire, aux bons soins de l'assemblée d'état. C'est là qu'il travaille.

– Jolie cravate, dit Clete.

Il passa le bras au travers de la grille, entortilla la cravate autour de son poing et tira. La figure du bonhomme vint se coller tout contre les barreaux.

– T'as un sérieux problème, Gaucher. T'es dur de la feuille. Alors, tu vas te mettre face à la petite boîte et tu vas dire à M. Earl que Cletus Purcel et l'Inspecteur Dave Robicheaux sont là et qu'ils veulent le voir. Est-ce que je me fais bien comprendre ? Le signal t'est bien arrivé ? C'est clair, aussi clair que sur grand écran ?

– Lâche-le, Clete, dis-je.

Un bel homme de haute taille, les épaules bien carrées sous son complet gris croisé à rayures, la chemise de soie déboutonnée sur la poitrine, descendait l'allée dans notre direction.

– Bien sûr, dit Clete.

Il libéra le garde-grille dont le visage était devenu livide de colère hormis les deux diagonales qui marquaient la chair là où elle avait été pressée contre les barreaux de fer.

– Que se passe-t-il, Felix ? Des problèmes ? demanda l'homme en costume.

– Pas de problème, monsieur Earl. Nous désirons quelques minutes de votre temps. Je ne pense pas que votre homme ici présent transmettait très bien l'information, dit Clete.

– Je suis l'Inspecteur Dave Robicheaux, du bureau du shérif, Paroisse d'Iberia, dis-je en présentant mon insigne au creux de la main. Je suis désolé pour cette heure tardive mais je ne suis en ville que pour la journée. J'aimerais m'entretenir avec vous de M. Raintree.

– M. Raintree ? Oui. Bien, j'ai un invité pour le dîner, mais...

Son épaisse chevelure brune, bien qu'artistiquement coiffée, débordait légèrement sur le col et lui donnait une allure un peu fruste et très peu formelle. Le grain de peau était fin, les joues rasées de près, le sourire facile et bon enfant. Le seul détail à détoner dans le personnage était son œil droit, dont la pupille était plus large que celle de l'œil gauche, au point de laisser croire qu'il portait monocle lorsqu'il vous regardait.

– Nous pouvons toujours prendre une minute ou deux, n'est-il pas vrai ? Aimeriez-vous venir vous installer au bord de la piscine ? Je ne suis pas certain de pouvoir vous aider, mais je vais essayer.

– Je vous suis reconnaissant du temps que vous voulez bien nous consacrer, monsieur, dis-je en lui emboîtant le pas dans l'allée.

– Hé, Gaucher, j'ai oublié de te préciser, dit Clete d'un clin d'œil au garde-grille. À l'époque où tu boxais, je me suis toujours laissé dire qu'on avait du mal à faire la différence entre toi et un agité chronique victime d'une attaque cérébrale.

Nous nous installâmes sur des transats en toile près de la piscine en forme de croix. Les spots lumineux brillaient sous la surface de l'eau turquoise, luisante d'un mince film d'huile solaire. Dans le patio au sol dallé de pierre, la table était mise, nappe en toile de lin, chandeliers et couverts pour deux personnes. Bobby Earl se dirigea vers la porte latérale de sa maison et s'adressa à son chauffeur, qui s'était changé pour revêtir une veste blanche de maître d'hôtel. Puis une jeune blonde en maillot de bain rose et peignoir éponge, chaussée de hauts talons, franchit le seuil de la porte et se prit de bec avec Bobby Earl. Ce dernier nous tournait le dos, mais je le voyais qui levait ses longues mains aux doigts effilés en geste d'apaisement. La femme reclaqua alors la porte-moustiquaire et rentra dans la maison.

– Je t'avais dit que c'était un amateur de chattes fraîches, dit Clete.

– Clete, tu veux bien mettre un bémol. Je suis sérieux.

– Je suis paisible, je suis extrêmement serein. Te fais donc pas de bile. Hé, encore un truc que je n'ai pas dit à propos du gardien, là-bas. Il a fait la mule à coke pour Joey Gouza et la famille Giacano. C'est marrant de le retrouver ici en compagnie de l'espoir de l'homme blanc.

– On le passera aux Sommiers plus tard. Pour l'instant, arrête de secouer la cage aux babouins.

– T'as aucun sens de l'humour, Belle-Mèche. Ce fils de pute a la trouille. Observe un peu le coin de sa bouche. C'est le moment de lui écrabouiller les noisettes.

Bobby Earl revint vers la piscine suivi de son maître d'hôtel. Lequel posa un bol de croquettes d'écrevisses soufflées sur une table pliante entre Clete et moi.

– Ces messieurs désireraient-ils boire quelque chose ? demanda-t-il.

Le visage était plat, le nez petit, les yeux resserrés, une barbiche au menton.

– Rien pour moi, merci, dis-je.

– Double Black Jack, sans glace, avec un 7-Up à part, ce serait possible ? dit Clete.

– Je prendrai une vodka collins, Ralph, dit Bobby Earl.

Il s'assit en face de nous et croisa les jambes. J'examinai son visage élégant en essayant de faire le rapprochement avec une photo de presse des années soixante-dix que j'avais vue de lui, drapé de soie dans le costume d'un homme du Klan, à l'époque où il était grand maître pour la Louisiane des Grands Chevaliers de l'Empire Invisible.

– M. Raintree travaille-t-il pour vous ? demandai-je.

J'ouvris le petit calepin que je tenais à la main et pressai du pouce la cartouche de mon stylo-bille.

– Non.

– Il ne travaille pas pour vous ? dis-je.

– Vous voulez parler d'Eddy ?

– Oui, Eddy Raintree.

– Il a été à mon service à une époque. Plus aujourd'hui. Je ne sais pas où on peut le trouver.

Je vis alors ce que Clete m'avait fait remarquer. La peau aux commissures des lèvres se plissait de ridules, pareilles à des empreintes d'ongles dans une pâte à modeler.

– Quand l'avez-vous vu pour la dernière fois ? demandai-je.

– Il y a un moment. J'ai essayé de l'aider à une ou

deux reprises quand il n'avait plus d'emploi. Eddy a-t-il fait quelque chose de mal ? Je ne comprends pas.

– J'enquête sur l'assassinat d'un officier de police. Je pensais qu'Eddy aurait peut-être pu nous aider. Savez-vous si Eddy est jamais tombé ?

– Quoi ?

– A-t-il déjà fait de la prison ?

– Je ne sais pas.

C'est alors que ses yeux si particuliers, au regard désassorti, vinrent se poser sur moi d'un air interrogateur.

– Pourquoi me demandez-vous s'il est déjà allé en prison ? En tant qu'officier de police, ne serait-ce pas à *vous* de le savoir ?

– Je ne connaissais même pas son prénom. Vous venez de me l'apprendre, dis-je avant de lui sourire.

Le maître d'hôtel fit le service au bar près de la piscine et servit Clete et Bobby Earl. Earl avala une longue gorgée sans que son regard quitte un seul instant mon visage. Lorsqu'il reposa son verre, ses lèvres étaient rouges et fraîches, une vraie bouche de fille.

– Quand lui avez-vous parlé pour la dernière fois ? demandai-je.

– C'était il y a un moment. Je ne me rappelle pas.

J'acquiesçai avant de sourire à nouveau tout en notant sa réponse dans mon calepin. Clete enfourna une poignée d'écrevisses soufflées, avala une gorgée de 7-Up et écrasa les glaçons entre ses mâchoires.

– L'endoit est superbe, dit-il. C'est à vous ?

– Je loue la maison.

– J'ai entendu dire que vous aviez l'intention de vous présenter au Sénat, dit Clete.

– Peut-être.

– Dites, vous avez déjà vu Jewel Fluck dans le coin ?

– Qui ?

– Un petit mec, un avorton. Qui traîne avec Eddy. Il est membre de l'A.B.

– Je ne suis pas certain de vous suivre.

– La Fraternité Aryenne, dit Clete. Des taulards nazis.

– Eh bien... commença Bobby Earl.

– Vraiment, vous ne connaissez pas Fluck, hein ?

– Non.

– Belle-Mèche donnerait cher pour bavarder un moment avec lui et Eddy. Ils ont failli lui moucher sa chandelle. Et quand on fout Belle-Mèche en rogne, il est capable de vous balancer des bouses d'éléphant dans le ventilo de la fenêtre. Et la merde vole.

Clete leva son verre à l'adresse du maître d'hôtel pour qu'il le remplisse.

– Je crois qu'il est inutile que nous poursuivions cette conversation, dit Bobby Earl. Et je ne suis pas certain de bien comprendre les raisons de votre présence. J'ai le sentiment que vous cherchez à provoquer quelque chose.

– Voici ma carte, M. Earl, dis-je. Mais je reprendrai contact avec vous d'une manière ou d'une autre. Comment va le visage d'Eddy ?

– Quoi ?

– Il avait des échardes de bois plein la figure la dernière fois que je l'ai vu. Connaissez-vous la raison qui pourrait le pousser à vouloir mettre sens dessus dessous la maison de votre beau-frère ?

– Cela suffit, écoutez...

– Lui et deux autres hommes ont exécuté un policier. Ils lui ont fait sauter la tête à bout portant, la cervelle a giclé à travers tout le sous-sol, dis-je. Vous feriez bien de vous creuser les méninges pour raconter un peu moins de conneries la prochaine fois que les flics passeront vous voir, dis-je.

Le sang avait quitté sa figure. Les joues étaient blêmes. C'est alors qu'une étrange transformation s'opéra sur le visage. La peau se tendit sur les méplats osseux, le regard s'anima d'une lueur uniforme et venimeuse brillant de reflets vert jaunâtre, de celles qu'on voit seulement chez ceux-là mêmes qui sont parvenus brillamment, des années durant, à masquer la propension à la cruauté qui les habite.

– Vous êtes entrés ici à un moment où rien ni personne ne vous y autorisaient. Sortez maintenant, dit-il.

– Ça a l'air sérieux. Même pas un deuxième coup de J.D. ? dit Clete.

Le maître d'hôtel posa la main sur le dossier du siège de Clete. À travers les bananiers, je vis le portier qui traversait la pelouse dans notre direction. Je me levai pour partir. Clete alluma une cigarette et balança son allumette d'une pichenette dans la piscine. La nuit était presque tombée et les arbres étaient noyés de lucioles.

– N'encombrez pas le terrain, dit-il, en regardant droit devant lui.

Le maître d'hôtel regarda Bobby qui secoua la tête négativement et se leva de son fauteuil.

– Ça y est, j'ai pigé, dit Clete, en se levant lui aussi, le visage à nouveau barré de son large sourire. Vous nous lâchez, si je comprends bien. À nous de saisir l'occasion. Sinon vos sbires à la petite semaine pourraient peut-être se contenter de nous coller une branlée de première. Mais on n'est pas à négroville ici. Et le moment est très mal choisi pour avoir mauvaise presse, pas vrai ? J'ai changé d'avis à votre égard, M. Earl. Dans le genre guimauve tout en douceur, vous êtes champion. Et ça, ça me botte.

Il souffla sa fumée de cigarette presque à la verticale dans l'air violet, jaugeant d'un regard appréciateur le parc de la propriété.

– Quel endroit quand même ! Je me suis trompé de métier.

La main du maître d'hôtel vint se refermer sur le biceps de Clete qu'elle dirigea vers l'allée à voitures.

Clete pivota et enfonça son énorme poing dans l'estomac du maître d'hôtel. Le coup était puissant et inattendu ; il toucha la chair molle et tendre située juste sous le sternum et le visage du maître d'hôtel blémit sous le choc, bouche béante, souffle coupé, les yeux grand ouverts, aussi ronds que des pièces d'un demi-dollar.

Puis Clete l'attrapa par le dos de sa veste et le balança, bras en croix, sur la table dont le couvert était mis pour deux personnes.

– Laisse tomber, Clete ! dis-je.

– Ouais ? Jette donc un coup d'œil à la sucette que notre homme se trimbale dans la poche !

Il présenta au creux de sa main une matraque gaînée de cuir qu'il jeta dans la piscine par-dessus son épaule.

– Voyons un peu les autres joujoux de notre Bonzo de service. Voyez-vous ça ! Un Beretta calibre .25. Qu'est-ce que t'allais faire avec ça, tête de cul ?

Le maître d'hôtel avait le côté du visage plaqué contre la table ; la salive dégoulinait jusque dans sa barbiche.

– Réponds. Tu crois qu'on est à Beyrouth ? dit Clete, écrasant de toute sa poigne la nuque du maître d'hôtel.

Puis il se redressa, libéra le chargeur du pistolet, éjecta la balle engagée dans le canon et fit voler l'arme par-dessus une haie. Il balança chargeur et balle dans la piscine.

Le regard du portier passait de nous à Bobby Earl et retour ; il s'arrêta d'un pas hésitant sur le sol dallé, pinçant les lèvres, dans l'expectative.

– On ne te paie pas assez pour ça, partenaire, lui dis-je.

– Vous voulez que j'appelle les flics, M. Earl ? dit-il.

Bobby Earl ne répondit pas. Il se contenta de me regarder.

– Vous avez commis une grave erreur, dit-il.

La pupille de son œil droit était noire et ronde, comme une grosse goutte éclatée d'encre de Chine.

– Je ne pense pas, dis-je. Je pense au contraire que vous avez les mains sales. Je pense que vous êtes mêlé au meurtre d'un officier de police. En Louisiane, on le passe pas à l'as quand on tue un flic. Faites donc quelques recherches sur la Red Hat et renseignez-vous sur tous ceux qui y sont passés en traitement.

– La quoi ?

Le rebord inférieur de la paupière droite était rouge et tremblotait de colère.

– La Red Hat House, la Maison du Chapeau Rouge. Vous appartenez à la législature de l'état. Faites donc un saut jusqu'à Angola et vérifiez par vous-même. Ils avaient dans le temps une pancarte accrochée au mur qui disait *C'est ici qu'on vous nettoie du feu qui vous brûle le cul*. Et je crois que ce n'était pas des paroles en l'air.

Je traversai la pelouse accompagné de Clete en direction de mon camion. Je regardai derrière par-dessus l'épaule avant d'ouvrir la portière. Bobby Earl ne nous quittait pas des yeux, le visage baigné par les reflets jaune orangé d'une torche à gaz qui brûlait près de la piscine. La blonde en peignoir et maillot de bain roses s'accrochait à son bras comme une acolyte effrayée, la bouche arrondie en O silencieux. La photographie des années soixante-dix d'un Bobby Earl drapé de soie, sur fond de croix léchée par les flammes, ne paraissait plus du tout déplacée, ni en temps, ni en lieu.

4

La maison était plongée dans l'obscurité à mon retour. J'allai jeter un coup d'œil sur Alafair, qui dormait le pouce dans la bouche à côté de sa grenouille en peluche posée sur l'oreiller voisin. Sa chambre était pleine de souvenirs ramenés de nos voyages de vacances, Houston, Key West, Biloxi et Disney World : un casque spatial Astros, une casquette Donald Duck avec un bec qui couinait, des conques marines, des étoiles de mer séchées, un énorme ballon en forme de Goofy, des rangées d'oursins plats, un boulet de canon mangé de corail que j'avais détaché d'un récif au large de Seven-Mile Reef. Je dégageai son pouce de la bouche et lui caressai les cheveux lorsqu'elle battit des paupières, un bref instant réveillée dans son sommeil. Puis je fermai sa moustiquaire de fenêtre avant de l'attacher, petit épisode d'une conspiration silencieuse devenue coutumière, trois ou quatre soirs par semaine, lorsqu'elle oubliait délibérément de mettre le crochet après avoir laissé entrer Tripod dans la chambre malgré l'interdiction.

Puis je me déhabillai dans la grande chambre à coucher et m'assis sur le rebord du lit en slip et maillot près de la silhouette endormie de Bootsie. Le ciel s'était éclairci, les pacaniers cliquetaient des reflets du clair de lune sous la brise qui soufflait du bayou, et je sentais l'odeur musquée des brèmes en train de frayer dans le marais. Au loin, j'entendis siffler sur la voie un train de marchandises.

J'essayai de me libérer du fardeau des soucis de la journée, de vider mains et pieds de toute la chaleur, la fatigue et la colère accumulées; mais j'étais par trop à cran, tellement resserré sur moi-même que ma propre peau me faisait l'effet d'une prison. J'entendais le tigre qui arpentait sa cage, les pelotes de ses pattes frottant doucement sur le grillage. Ses yeux luisaient jaunes dans l'obscurité, son souffle aussi fétide qu'une viande abandonnée au soleil.

Il m'arrivait de l'imaginer qui rôdait au milieu des ténèbres entre les arbres de la forêt morale de William Blake, son corps rayé électrifié d'une lumière vorace. Mais je savais qu'il ne devait rien au talent créateur du poète : il était né de mes propres frayeurs, mes propres énergies auto-destructrices d'alcoolique, qui se résumaient pour l'essentiel à ma peur devant mon état de mortel et mon incapacité à influer sur la destinée de ceux que je ne pouvais me permettre de perdre.

C'est alors que Bootsie roula tout contre moi. Je sentis sa main qui effleurait ma cuisse avant de toucher mon sexe. J'ôtai caleçon et maillot et m'allongeai près d'elle avant de glisser un bras dans son dos et de blottir mon visage contre ses cheveux. Son corps était chaud de sommeil. Elle écarta une jambe dont elle crocheta mon mollet, me plaça en elle et pressa la paume de sa main au creux de mes reins. Lorsque nous faisions l'amour, j'avais toujours à l'esprit plusieurs images de Bootsie que je ne voyais jamais comme un seul être unique, peut-être parce que nous nous connaissions depuis l'âge de dix-neuf ans. Je me souvenais d'elle, vêtue d'une robe du soir en organdi, des rougeurs éclatantes de ses épaules brûlées par le soleil sous les lampions japonais lors de notre première rencontre, au cours d'un bal du lycée aux abords de Spanish Lake, je revoyais l'innocence craintive qui baignait son visage lorsque nous avions perdu notre virginité ensemble dans le hangar à bateaux de mon père, tandis que dégouttait la pluie des branches des cyprès, martelant les eaux mortes avec autant de force que la chamade de nos deux cœurs ; et je revoyais toujours la douleur envahir son regard lorsque je l'avais rejetée, en lui faisant si mal qu'elle en avait épousé un autre, par ma seule faute, à cause du mépris que j'avais de moi-même et de mon incapacité à expliquer à quiconque le paysage psychologique noir et tourmenté où je n'avais cessé d'errer en tous sens depuis que j'étais enfant.

Mais de la même manière qu'Alafair m'avait été donnée au milieu d'une grosse bulle d'air instable sous la surface du Golfe, j'avais la conviction que mon Tout-Puissant m'avait rendu Bootsie à un moment où j'avais perdu tout droit sur elle : il avait défait pour moi toutes mes erreurs de jeunesse en me rendant ce merveilleux été de 1957 aussi immédiat, aussi tangible, toujours aussi vivace que les belles-de-nuit qui s'épanouissaient chaque jour fini au clair de lune sur Bayou Teche.

Mais comment faire pour arracher l'oïdium à la rose ? songeai-je.

Bootsie entreleça ses jambes aux miennes et me tint serré au fond d'elle, bouche entrouverte, lèvres humides contre ma joue, et je vis en mon for intérieur une vague éclater dans un geyser d'écume contre les lignes dures d'une jetée lointaine, une boule de corail s'arracher au fond de l'océan, et le miroitement d'un nuage de poissons argentés minuscules en train de remonter de l'embouchure d'une grotte sous-marine.

* * *

Dès le lendemain après-midi, j'avais reçu les casiers judiciaires et les photos de Jewel Fluck et Eddy Raintree du Centre National d'Information Criminelle de Washington D.C., de divers services de police, Nouvelle-Orléans, Jackson, Biloxi ainsi que des pénitenciers de Parchman et Angola. Les deux hommes appartenaient à ce grand corps institué de personnes à la psychologie déformée que j'appelle la Mare. Les membres de la Mare laissent derrière eux des entrepôts entiers de paperasses officielles, témoignages matériels s'il en fallait de leur passage sur cette planète pendant une période de temps donnée. Leurs noms apparaissent très tôt dans les registres de l'assistance sociale comme autant de cas cliniques, à l'issue d'enquêtes pour violences sexuelles à enfants ou pour admission des ces mêmes enfants en hôpital suite à des morsures de rats ou pour malnutrition. Par la suite, ces mêmes personnes fournissent un emploi à une véritable armée : agents de scolarisation, psychologues, avocats commis d'office, responsables de mises à l'épreuve pour mineurs, ambulanciers, personnel de salle d'urgence, flics de rue, procureurs, geôliers, gardiens de prison, conseillers des cures de désintoxication drogue et alcool, prêteurs de caution, autorités de mise en liberté conditionnelle, et pompes funèbres du comté qui mettent le point final à la liste de leurs méfaits.

L'ironie de la chose, c'est que, sans la Mare, nous serions probablement obligés de justifier nos emplois en reportant toute notre attention vers d'autres secteurs pour coller sous les verrous les princes des taudis, les pollueurs de l'industrie, et la coalition d'entrepreneurs au service de la défense nationale et de militaristes qui considèrent le revenu national comme une caisse noire personnelle.

Je regardai les clichés anthropo de Fluck et Raintree. J'étais raisonnablement convaincu qu'il s'agissait bien là des mêmes hommes qui avaient pénétré au domicile de Weldon (Je dis « raisonnablement convaincu » parce qu'une inculpation représente souvent des sujets fatigués, furieux, ivres ou drogués, ou des récidivistes qui changent constamment de coiffure, portent et rasent moustaches et rouflaquettes ou qui enflent à vue d'œil avec le régime prison, fayots et couennes de lard, spaghettis et purée de pommes de terre...)

Mais le dossier de Fluck ne m'apprit guère plus que je ne savais déjà ou aurais été à même de deviner seul. À l'âge de dix-sept ans, il avait poussé un autre garçon dans l'escalier du Superdome : il lui avait brisé le bras, mais la plainte avait été retirée. Il avait été banni à vie de tous les hippodromes de Louisiane après avoir été pris en train de donner des amphétamines à un cheval ; il avait fait deux séjours à la prison municipale de La Nouvelle-Orléans, le premier pour avoir passé un chauffeur de taxi à tabac, le second pour distribution de films obscènes. Il était tombé pour de bon à Parchman, où il avait purgé une peine de cinq ans qu'il avait servie jusqu'au bout, « temps maxi » selon l'expression consacrée, ce qui pouvait signifier deux choses : ou bien il s'était créé constamment des ennuis auprès des matons et n'avait bénéficié d'aucune remise de peine, ou alors, il avait refusé la conditionnelle parce qu'il ne voulait pas retrouver la rue sous la surveillance de quiconque.

Mais parce qu'il avait été placé en « temps maxi », Parchman ne disposait d'aucune adresse, et il n'avait pas été arrêté à nouveau au cours des deux années qui s'étaient écoulées depuis sa remise en liberté. Ses parents étaient décédés et le nom de Fluck ne figurait ni dans l'annuaire téléphonique de La Nouvelle-Orléans, ni au registre des diverses compagnies de services publics comme le Gaz ou l'Électricité.

Le regard de la photo d'Eddy Raintree dans son dossier me sauta au visage au milieu d'une figure qui affichait une complexité et une profondeur morales digne d'un tas de béton frais. Sa scolarité s'était arrêtée en fin d'école primaire, il avait été libéré du corps des Marines avec un blâme et n'avait jamais tenu d'emploi plus qualifié que ceux de cuistot d'occasion et de manœuvre dans le bâtiment. Il avait séjourné dans les prisons des paroisses de Calcasieu, Baton Rouge Ouest et Ascension pour bigamie, émission de faux chèques, incendie criminel, et sodomie sur animaux. Il était tombé à Angola pour possession de tickets de nourriture volés, et avait purgé deux des trois années de sa peine sous haute sécurité en compagnie des grosses rayures après avoir été soupçonné de participation à un viol de groupe à l'issue duquel un jeune détenu de dix-neuf ans avait été retrouvé mort dans une cabine de douche.

Tout comme Jewel Fluck, il avait été placé en temps maxi et libéré trois ans auparavant ; pour lui non plus, n'existait pas d'adresse connue. Mais au bas du dossier-prisonnier de Raintree se trouvait une note du Capitaine Delbert Bean recommandant que l'homme soit reclassé au rang de grosse rayure sans possibilité de remise de peine qui lui aurait permis une libération anticipée.

Tôt le lundi matin, je me rendis à Angola, au nord de Baton Rouge sur le Mississippi, où je franchis la grille de sol empêchant le passage du bétail entre miradors armés et clôtures surmontées de rouleaux de fil de fer rasoir, avant de suivre la route étroite qui longeait le Block, énorme ensemble lui aussi clôturé où les balances aussi bien que les grosses rayures (les violents et les irrécupérables) étaient tenus au secret, au milieu des champs de patates douces, de maïs et de terres fraîchement labourées qui plongeaient en pente abrupte jusque dans le bassin du fleuve. Je laissai derrière moi le vieux cimetière de la prison, où ceux qui mouraient pendant leur incarcération purgeaient leur peine à Angola pour l'éternité ; les fondations dégagées au bulldozer et envahies de mauvaises herbes des cages à suées du camp A (il y en avait eu deux, deux lieux de torture qui se dressaient bien droit, cagibis étroits en fonte avec un trou du diamètre d'un cigare pour respirer, et un espace tellement resserré que si un détenu s'effondrait, genoux et fesses venaient se coincer contre les parois) ; les ruines affaissées de bâtiments de pierre, restes de la Guerre entre les États (qui, des années durant, avait servi à abriter les détenus nègres, parmi lesquels trois des meilleurs guitaristes de blues que je connaisse, ces princes de la douze cordes que sont Leadbelly, Robert Pete Williams et Hogman Mathew Maxie) ; et finalement, la vieille Red Hat House près de la berge du fleuve, bâtiment trapu et laid, d'un blanc passé, dont le nom prenait son origine dans les chapeaux de paille teints en rouge que portaient les grosses rayures – les forçats à la chaîne employés à la digue – qui étaient bouclés là avant que la bâtisse devînt le foyer de la chaise électrique, depuis lors déplacée dans un cadre plus moderne, aux murs carrelés, brillant de cette lumière propre et aseptisée chère aux cliniques médicales.

Le Mississippi était haut et charriait ses eaux boueuses en barrattant ses arbres déracinés au fil du courant. Sur le plat, au milieu des saules pleureurs, j'aperçus le Capitaine Delbert Bean sur sa monture, un Stetson gris perle sur la tête, qui surveillait l'ouvrage d'une équipe de détenus en train de remplir des sacs de sable depuis un camion benne avant de les aligner à la base de la digue.

Laquelle digue est également la sépulture d'un nombre inconnu de prisonniers assassinés, certains à titre de leçon pour les autres, par le personnel pénitenciaire. Demandez donc à quiconque a jamais travaillé à Angola ou fait son temps là-bas. Je ne citerai pas de noms, mais il y avait jadis deux matons, deux frères, des vieux de la vieille, armés de fusils, à qui il arrivait de se détremper leur cervelle vicieuse au whiskey de maïs, allant même parfois jusqu'à piquer un somme à l'ombre d'un arbre et qui, au réveil, se choisissaient au hasard quelque pauvre hère sans défense pour lui intimer de se mettre à courir avant de le tuer d'une balle.

Delbert Bean était un dinosaure, un vestige de cette époque-là. Il était gardien de prison depuis quarante-sept ans et je ne pense pas qu'il ait jamais, de toute son existence, voyagé plus loin de sa ferme-prison que La Nouvelle-Orléans ou Shrevenport. Il n'avait à ma connaissance ni famille ni amis, pas de cadre de référence autre que le sien, et il ne savait quasiment rien de ce qui avait pu changer dans le monde. Il avait des yeux d'un bleu délavé, la peau semée de taches brunes de la taille d'une pièce de dix cents, le foie rongé par la cirrhose. Son estomac ressemblait à une pastèque sous sa chemise bleue à longues manches. Il avait un accent de paysan du nord de la Louisiane, et parlait d'une voix aux certitudes absolues, le visage impassible et sans aménité.

Ce n'était pas le genre d'homme que l'on aime ou que l'on déteste. Presque toute sa vie s'était passée à garder des individus prisonniers et je soupçonnais qu'il existait, au centre même de son existence, une solitude et une perversion d'une telle intensité que s'il lui venait jamais l'idée de les reconnaître comme telles, ne lui resterait plus qu'à se faire sauter le caisson en envoyant gicler sa cervelle jusqu'au plafond de la maisonnette en bois où il vivait en compagnie d'autres pareils à lui dans le quartier des civils.

Il tendit les rênes de son cheval à un détenu noir et s'avança vers moi en s'aidant d'une canne le long d'un sentier au milieu des saules. L'embout de la canne était encastré dans un tube d'acier de trente centimètres. Une pipe de bruyère dépassait du ceinturon de son neuf millimètres automatique chromé. Il me serra la main avec la mollesse d'un homme peu accoutumé aux civilités convenues, bourra sa pipe en tassant le tabac du pouce tandis que ses yeux surveillaient les hommes qui remplissaient et transportaient les sacs de sable en dessous de nous. Je le connaissais depuis quinze ans, et je ne me souvenais pas qu'il m'eût une seule fois appelé par mon nom.

– Eddy Raintree, dit-il en guise de confirmation, en réponse à ma question. Ouais, ç'a été l'un des miens. Qu'est-ce qu'il y a ?

– Je crois qu'il a participé au meurtre d'un adjoint du shérif. J'aimerais bien lui mettre la main au collet mais je ne suis pas certain de savoir où commencer.

Il alluma sa pipe et regarda la fumée se perdre dans le vent.

– Les gens de son espèce claquaient jadis leur pognon par la biroute, à coups de bière et de femmes. Aujourd'hui, ils font ça avec la came. Je l'ai attrapé un jour, lui et un autre, en train de se faire chauffer quelques bleuettes avant de se les injecter au compte-gouttes. Ils utilisaient le coin d'un billet de un dollar comme joint pour l'aiguille. Pas plus de cervelle que Dieu n'en a donné aux navets.

– A-t-il participé à des règlements de compte entre races ?

– Quand on a du Négro et du Blandin dans la même cage, y'en a pas un seul dans le tas qui aimerait pas couper la gorge à l'autre.

– Savez-vous s'il appartenait à l'A.B. ?

– La quoi ?

– La Fraternité Aryenne ?

– On n'a pas ça ici.

– C'est drôle, ça. Partout ailleurs, c'est la grande mode.

J'essayai de sourire.

Mais il n'était pas homme à faire de l'humour sur son boulot.

– Laissez-moi m'asseoir. J'ai une hanche qui me fait mal.

Il leva sa canne en l'air et cria :

– Walnut !

Un détenu mulâtre, les bleus zébrés de boue et de sueur, laissa tomber sa pelle, ramassa un fauteuil pliant, remonta la pente au pas de course et ouvrit le siège en position pour le capitaine.

– Dis à M. Robicheaux pourquoi tu es ici, dit le capitaine.

– M'sieur ?

– Tu m'as entendu.

Le regard du détenu se fixa sur un arbre, au loin, sur la digue.

– Meurtre, deux fois perpète, dit-il paisiblement.

– Le meurtre de qui ? dit le capitaine.

– Mes gamins. Ils disent que j'ai tué mes deux gamins à coups de fusil. C'est ce qu'ils disent.

– Retourne au travail.

– Oui, m'sieur.

Le capitaine attendit que le prisonnier eût regagné la berge boueuse puis il dit, en pointant l'embout de sa canne :

– Vous voyez ce grand costaud là-bas plus loin, celui qui balance les sacs sur le sommet de la digue. Il a violé une femme de quatre-vingt-cinq ans, avant de lui tordre le cou. Vous dites aux Blandins qu'ils vont devoir partager leur cellule avec des Négros comme ces deux-là là-bas, sinon ils perdent le bénéfice de leur bonne conduite, qu'est-ce que vous croyez qu'il va arriver ?

– Je ne vous suis pas très bien.

Il tira sur sa pipe, les yeux voilés d'un savoir qu'il était seul à partager. Le ciel était lourd de nuages, et les lèvres du capitaine violacées et malsaines sur sa peau tavelée de marques hépatiques.

– Nous avons eu deux Blandins surinés au Block cette année. Le premier, un détenu de confiance, le second, une grosse rayure. On pense que c'est le même Négro qui s'est fait les deux, mais on ne peut pas le prouver. Si z'étiez une personne de race blanche à vivre ici, qu'est-ce que vous feriez ?

– Ainsi donc, il y a bien quelque chose qui *ressemble* à l'A.B. à Angola ?

– Appelez ça comme vous voulez. Ils ont des façons bien à eux. C'est cette foutue Cour Suprême qui est la cause de tout ça.

Il s'arrêta, puis reprit :

– Ils se taillent des croix gammées, des croix, des éclairs les uns sur les autres, ils versent de l'encre dans les plaies. Comme ça les Noirs évitent de leur chercher des noises. Attendez une minute, je vais vous montrer quelque chose. Shorty ! Amène-toi par ici !

– Yow patron !

Un détenu noir de charbon, le cou comme une bouche à incendie, des rigoles de sueur sur le visage, releva un sac de sable contre la digue et remonta péniblement la pente vers nous.

– Pourquoi le chef Gilbeau t'a-t-il placé en isolement ? demanda le capitaine.

– Une bagarre, patron.

– Et avec qui tu te battais, Shorty ?

– L'un des mecs de Ash [1].

Il sourit de toutes ses dents en détournant le regard.

– C'était un Blanc ou un homme de couleur, Shorty ?

– Il était blanc, patron.

– Montre un peu à M. Robicheaux comment tu t'es brûlé à ta sortie d'isolement.

– M'sieur ?

1. Ash : Frêne. Les dortoirs d'Angola portent des noms d'arbres. *(N.d.T.)*

– Remonte ta chemise, mon gars, et ne fais pas l'ignorant.

Le détenu surnommé Shorty déboutonna sa chemise de toile bleue tachée de sueur et remonta le pan arrière sur ses épaules. Il portait au travers de l'échine quatre plaies minces, grises et croûtées, comme si on lui avait marqué la peau au moyen de fils de fer ou de cintres métalliques chauffés.

– Comment t'as fait pour te brûler, Shorty ? dit le capitaine.

– Je me suis cogné dans le radiateur, Patron.

– Qu'est-ce qu'un radiateur pouvait bien faire à être en marche en plein avril ?

– Je ne sais pas, m'sieur. J'aurais ben voulu qu'y marche pas. Ça, pour sûr, qu'ça fait mal. Oui, m'sieur.

– Retourne là-bas rejoindre les autres. Et dis-leur d'arrêter, c'est l'heure du déjeuner.

– Oui, m'sieur.

Le capitaine cogna sa pipe contre son talon de botte et la replaça dans son ceinturon. Il contempla un instant la vaste étendue d'eau du fleuve d'un marron jaunâtre et l'épais rideau vert des arbres sur la rive opposée. Il ne dit rien.

– C'est donc comme ça que ça se passe ici, hein ? dis-je.

– Mis à part la came, le problème de Raintree, c'est sa queue. Il a toujours la cervelle en rut. Peu importe que ce soit mâle ou femelle, si c'est chaud et que ça remue, il aura envie de se le sauter. L'autre truc que vous pourriez peut-être rechercher, ce sont les diseuses de bonne aventure. Il avait des cartes astrologiques plein ses murs de cellule. À Magnolia, il refilait à un pédé une cartouche de cigarettes par semaine pour se faire lire les lignes de la main. À propos, c'est pas l'A.B. qu'y vous faut avoir en tête. Les mecs aux croix gammées dont je vous causais, y reçoivent du courrier d'une église là-bas dans l'Idaho qui s'appelle l'Identité Chrétienne. Hayden Lake, Idaho.

Il se redressa en prenant appui sur sa canne, me signifiant par là que l'entrevue était terminée. C'est tout juste si je n'entendis pas ses os craquer.

– Je vous remercie pour votre temps, Capitaine, dis-je.

Comme pris d'une arrière-pensée, il dit :

– Si vous agrafez ce gars-là, dites-lui donc qu'y ferait aussi bien de se pendre tout de suite plutôt que de revenir ici pour avoir tué un policier.

Ses pupilles étaient comme deux cendres noires au milieu de ses yeux bleus délavés.

* * *

Je regagnai mon bureau juste à temps pour remuer quelques papiers sur mon bureau avant de signer le registre de sortie à dix-sept heures. J'étais fatigué par mon long périple jusqu'à Angola ; j'avais toujours mal à l'épaule là où Eddy Raintree m'avait frappé de sa pince-monseigneur et je voulais rentrer à la maison, souper, aller courir sur le chemin de terre le long du bayou et peut-être voir un film à Lafayette en compagnie d'Alafair et Bootsie.

Mais je trouvai garée tout contre ma camionnette une Cadillac d'un rouge de camion à incendie, la carrosserie lustrée, la capote de toile d'un blanc immaculé soigneusement repliée sur l'arrière. Un homme en pantalons de toile, couleur de crème glacée blanche, était allongé presque de tout son long en travers des sièges en cuir, une botte en daim mauve appuyée contre le montant de portière, une guitare à paillettes avec motif de soleil flammé sur la poitrine.

– *« Allons à Lafayette, pour voir les 'tites françaises »* chanta-t-il avant de se redresser.

Il ôta ses lunettes de soleil de sa main mutilée et m'offrit un grand sourire.

– Bonjour, Lyle.

– Viens faire un tour avec moi.

– Tu en possèdes combien du même genre ?

– En fait, elles appartiennent à l'église.

– Je l'aurais parié.

– Viens faire un tour avec moi.

– Je me rentre à la maison.

– Tu peux te prendre quelques minutes. C'est important.

– Est-ce que tu as quelque chose contre le fait de me parler pendant les heures de bureau ?

– Quelqu'un a pénétré chez Drew la nuit dernière.

– Je n'ai rien entendu à ce sujet. A-t-elle signalé l'effraction auprès de la police de la ville ?

– Non.

– Et pourquoi ?

– Peut-être que je t'expliquerai pourquoi. Viens faire un tour avec moi.

Il reposa sa guitare sur la banquette arrière. J'ouvris la portière et m'installai sur le siège de cuir profond, couleur chair, à côté de lui. Après avoir franchi dans un bruit de ferraille le pont mobile sur Bayou Teche, nous sortîmes de la ville par East Main. Lyle ramassa un gobelet à limonade posé au sol et le porta à ses lèvres. Une odeur familière m'assaillit les narines dans l'air chaud.

– Tu t'es accordé une dispense aujourd'hui ? dis-je.

– Je prêche contre l'ivrognerie, pas contre le fait de boire. Ça fait une grosse différence.

– Où allons-nous, Lyle ?

– Pas très loin. Juste là-bas, dit-il.

Il pointa un doigt au-delà d'un champ de canne à sucre en direction d'une grange effondrée, une éolienne immobile et quelques poteaux de briques qui avaient jadis soutenu une maison. Le champ derrière la grange était resté en friches et s'y trouvaient une demi-douzaine de puits de pétrole.

Nous quittâmes la route paroissiale pour nous engager dans un chemin de terre mangé d'herbe qui ramenait à la grange. Lyle coupa le moteur et sortit de sous le siège une bouteille de bourbon d'un demi-litre dont il dévissa la capsule du pouce. Sa chevelure, qu'il portait devant la caméra plaquée et ondulée d'une manière qui me faisait penser à une planche à laver, flottait au vent et lui retombait dans les yeux.

– Je suis propriétaire d'un tiers de tout ça et aussi d'un tiers des puits qui s'y trouvent, dit-il. Mais je n'aime pas beaucoup revenir ici. Pour sûr que j'aime pas.

– Alors pourquoi sommes-nous venus ?

– Il faut toujours revenir là où vivent les dragons si tu veux te débarrasser d'eux.

– J'ai déjà essayé de mettre les choses au clair, Lyle. Je sympathise avec les problèmes que ta famille a connus par le passé, mais ce qui me préoccupe en ce moment, c'est le meurtre d'un officier de police.

– Drew est rentrée chez elle hier après sa réunion d'Amnesty International et elle a remarqué que la lumière du perron arrière était éteinte. Elle est entrée dans la maison et il y avait un mec dans la cuisine, qui la regardait dans l'obscurité. Il tenait quelque chose à la main, un tournevis ou un couteau. Drew est sortie en courant par l'avant de la maison et elle est allée chez le voisin où elle a essayé de joindre Weldon, puis elle m'a appelé à Baton Rouge.

– Pourquoi n'a-t-elle pas appelé les flics, Lyle ?

– Elle croit qu'elle protège ainsi Weldon contre quelque chose.

– Et quoi donc ?

– Je ne suis pas sûr. Ni elle ni lui ne sont vraiment convaincus par ma conversion religieuse. Ils ont tendance à croire, qui sait, que les cellules de mon cerveau se sont un peu trop détrempées aux Osley mauves [1] à mon retour du Vietnam. Ce qui fait qu'ils ne me confient pas toujours tout. Mais ça n'a pas d'importance. Je sais qui c'était, le mec en question.

– Ton père ?

– Sans l'ombre d'un doute.

– Tu es bien le seul. Tout le monde semble convaincu du contraire, moi le premier.

Il but une gorgée à sa bouteille et tourna la tête vers le soleil rouge sur le bayou au lointain. Le vent était chaud, je sentais l'odeur des brèmes en train de frayer et la puanteur de gaz naturel des puits.

– Qu'est-ce que dit Drew ? À quoi ressemblait-il, ce mec ? demandai-je.

– Elle n'a pas vu son visage.

– J'irai lui parler demain. Je ferais bien de rentrer maintenant.

– Très bien, je vais tout te raconter. Ensuite tu pourras en faire ce qui te plaira, nom de Dieu,

1. Du nom d'Osley, chimiste qui synthétisa le LSD dans les années 60. *(N.d.T.)*

Lieut'. Mais par le Seigneur, d'abord, tu vas m'écouter.

Les cicatrices en gouttes dégoulinant sur le côté de son visage ressemblaient à de petits fragments bien lisses de verrerie rouge aux reflets du soleil couchant.

5

Et voici le récit de Lyle tel qu'il me l'a fait, ou tel que je l'ai reconstitué.

Sa mère était rentrée furieuse de sa journée comme serveuse dans un bar à bière en plein air un après-midi brûlant de juillet. Sans même ôter son uniforme rose, elle s'était mise à tuer des poulets sur le billot de l'arrière-cour avant de les plumer dans un chaudron d'eau bouillante. Le père, Verise, était rentré plus tard qu'il n'aurait dû : il avait garé sa camionnette à côté de la grange et franchi le portail torse nu, sa chemise roulée en boule pendant de la poche révolver des ses Levi's, les épaules, le dos, la poitrine zébrés de coulures de poils noirs collés par la sueur.

La mère était assise sur une chaise en bois, les genoux écartés devant le chaudron d'eau bouillante, les avant-bras couverts de plumes de poulet mouillées. Des poulets décapités jonchaient l'herbe.

– Ch'sais qu't'as été avec elle. Ça parlait bien au rade à bière. Comme si qu't'étais une sorte ed grand homme à femmes, dit-elle.

– J'ai pas été avec personne, dit-il, sauf avec ché moustiques qu'j'ai claqués tout l'journée din ché marais.

– T'as dit qu't'allais la laisser tranquille.

– Les enfants, vous rentrez à la maison !

– Ça va t'soulager t'conscience ed renvoyer ché gamins, ti ? Un de ces jours, al va t'couper t'gorge. Al a été chez les cinglés à Mandeville. Te va ver, Verlise.

– J'l'ai pon vue.

– Espèce de salaud, ch'sins s'n'odeur sur ti, dit la mère.

Elle attrapa un poulet décapité par les pattes dont elle lui fouetta la poitrine et le jeans, laissant au passage une diagonale sanguinolente.

– Ch'est pas une chose à m'faire devant mes infants, ti, dit-il.

Il se dirigea vers elle puis s'immobilisa.

– J'vous ai dit à tartous d'rintrer. C'est entre elle et mi.

Weldon et Lyle étaient habitués aux querelles de leurs parents, et ils se dirigèrent d'un air renfrogné vers la maison ; mais Drew était restée silencieuse et effrayée, figée sur place sous le pacanier, son chat pressé fort contre sa poitrine.

– Allez, viens, Drew. Viens voir dans la maison. On va jouer au Monopoly, dit Lyle en essayant de la tirer par le bras.

Mais le corps de Drew était pétrifié, ses pieds nus immobiles dans la poussière.

Et Lyle vit alors la main carrée de son père, grande comme un battoir, se lever dans les airs, il la vit s'abattre avec violence contre la joue de la mère, il entendit le bruit des sanglots de celle-ci tandis qu'il essayait de se placer dans le champ de vision de Drew pour venir la presser, elle et son chat, tout contre son corps, afin qu'ils restent là, tous les trois ensemble, serrés l'un contre l'autre, coupés du déchirement ininterrompu des sanglots de la mère.

Trois heures plus tard, la voiture de sa mère fracassait la rembarde du pont qui franchissait la rivière Atchafalaya. Lyle avait rêvé cette nuit-là qu'une énorme poche d'eau marron remontait des profondeurs de la carcasse submergée ; lorsqu'elle avait éclaté à la surface du marais, le souffle noyé de sa mère était venu frapper son visage, aigre, humide et rance comme les relents de gaz au sortir d'un tombeau.

* * *

La femme qu'on appelait Mattie portait shorts et chemisier sans manches auréolé de sueur sous les aisselles. Même pendant la journée, elle donnait toujours l'impression d'avoir des bigoudis dans les cheveux. En passant d'une pièce à l'autre, elle emportait avec elle son cendrier dans lequel elle ne cessait de secouer la cendre de ses Chesterfield baguées de rouge à lèvres. Elle avait le corps dur et musclé et ne fermait jamais complètement la porte de la salle de bains lorsqu'elle se lavait ; un jour, Lyle l'avait aperçue, à genoux dans la baignoire, en train de frotter ses épaules et sa poitrine larges à l'aide d'une grande brosse plate. L'espace au-dessus de sa tête était occupé par le réseau entrecroisé des cordes à linge improvisées d'où dégouttaient ses dessous mouillés. Elle avait rivé son regard au sien, et il crut un instant qu'elle allait le réprimander pour l'avoir ainsi surprise et observée ; au lieu de quoi son visage luisant à l'ossature marquée s'était contenté de le contempler en retour avec une indifférence telle dans le regard vide qu'il s'était senti obscène.

Lorsque Verise n'était pas en ville le vendredi ou

le samedi soir, elle préparait le souper des enfants, mettait son tailleur bleu et allait s'installer seule dans le salon où elle écoutait le Grand Ole Opry [1] ou le Louisiana Hayride [1] tout en buvant de l'alcool d'abricot dans une tasse à café. Elle ne manquait jamais de faire tomber ses cendres sur son tailleur et il lui fallait passer le tissu au détachant liquide avant de partir pour la soirée au volant de son vieux coupé Ford. Les enfants ne savaient pas où elle se rendait ces vendredis ou samedis soirs-là, mais un garçon qui vivait un peu plus loin sur la route leur dit que Mattie travaillait au bar de Broussard sur Railroad Avenue, le quartier mal famé de New Iberia, où les femmes installées sous les galeries des hôtels de passe, avec, à la main, le verre de bière qu'elles emplissaient à même les seaux posés par terre, hurlaient à l'adresse des ouvriers du chemin de fer et du pétrole de passage.

Puis, un matin, tandis que Verise se trouvait à Morgan City, un homme vint la voir au volant d'une berline Chevrolet couleur argent flambant neuve. Il faisait chaud et il gara sa voiture à cheval sur l'herbe pour la tenir à l'ombre. Il portait rouflaquettes, pantalons zazou marron à rayures, chaussures à deux tons et chemise rose sans veste, coiffé d'un feutre qui jetait une ombre sur son visage étroit. Tout en parlant à Mattie, il posa une chaussure sur le pare-chocs de la voiture et en essuya la poussière d'un chiffon. Puis les voix montèrent d'un cran et il dit :

– T'aimes bien la grande vie. Admets-le donc. Y t'a toujours pas passé l'alliance au doigt, pas vrai ? On n'achète pas l'vache, non, quand on peut la traire à travers la clôture.

1. Programmes de musique country and western. *(N.d.T.)*

– Je suis actuellement engagée auprès d'un monsieur. Je ne sais pas de quoi tu parles. Et tout ce que tu peux dire ne m'intéresse pas.

Il balança le chiffon dans la voiture dont il ouvrit la portière.

– C'est toujours pareil, chérie, dit-il. Tu montes le miché, tu bosses ou tu valses. Mêmes règles ici que sur Railroad. Y te fait faire la négresse nounou pour ses gamins, Mattie.

– Est-ce que tu me traiterais de noiraude ? dit-elle d'une voix paisible.

– Non, je te traite de cinglée, ce que tout le monde dit, d'ailleurs. Non, j'retire ça, mi. Je t'traite de rien du tout, pasque tu finiras par revenir. T'es faite pour la grande vie, Mattie. Ch'est ti qui vas me téléphoner de revenir ici, de te ramener au créchoir et de te frotter le dos avant de te refiler à nouveau dans les veines un peu de ce truc qui fait si chaud au corps. Y'a-t'y donc personne d'autre qui a fait tout cha pour ti, hein ?

À son retour dans la maison, elle avait obligé les enfants à sortir toute la vaisselle des placards, toute propre qu'elle était, et à la relaver jusqu'à la dernière assiette.

Ce fut le vendredi suivant que la directrice de l'école catholique primaire appela au sujet d'une grosse trace de coup sur la joue de Lyle. Mattie était déjà habillée, prête à sortir. Elle ne se soucia même pas de baisser le volume de la radio en décrochant le combiné, et fut presque obligée de hurler dans le téléphone pour réussir à couvrir la voix de Red Foley[1].

– M. Sonnier n'est pas ici, dit-elle. M. Sonnier est parti pour affaires à Port Arthur... Non, M'dam'. Je

1. Chanteur country. *(N.d.T.)*

ne suis pas l'employée de maison. Je suis une amie de la famille, c'est moi qui m'occupe des enfants... Je ne vois pas ce que ce garçon peut bien avoir... Êtes-vous en train de me dire qu'il y a quelque chose qui ne va pas, que je fais quelque chose de mal ? Qu'est-ce que je fais de mal ? Je voudrais bien le savoir. Quel est votre nom ?

Lyle était pétrifié par la terreur dans le vestibule tandis qu'elle se penchait avec colère vers le micro, les jointures serrées sur le combiné. Un orage soufflait en provenance du Golfe, l'air sentait l'ozone, et l'horizon au sud était noir de nuages de tonnerre semés de filaments blanchâtres d'électricité. Lyle entendit le vent déchirer les arbres de la cour tandis que les noix de pacane s'écrasaient sur le toit de la galerie comme des rafales de petits plombs.

Lorsque Mattie raccrocha le téléphone, sa peau était tendue comme peau de tambour sur les méplats osseux du visage et un œil liquide se rétrécissait sur Lyle comme sur une cible dans la ligne de mire d'une carabine.

* * *

Cet hiver-là, Verise prit un emploi à horaires réguliers, ce qu'il appelait un « boulot d'intérieur », dans une usine chimique de Port Arthur. Les enfants ne le voyaient que le week-end. Mattie ne préparait que le repas du soir, laissant à la charge des enfants l'entretien de la maison et les deux autres repas de la journée. Weldon commença à avoir des problèmes en classe. Son professeur de quatrième, une laïque, appela pour dire qu'il avait punaisé pendant la classe la robe d'une élève à son pupitre : la fille avait failli complètement arracher son vêtement du corps à la sonnerie, et Weldon devait rembourser la robe, sinon il serait renvoyé. Mattie lui raccrocha le téléphone au nez et deux jours plus tard, le père de l'élève, un adjoint du shérif, était venu jusqu'à la maison, obligeant Mattie à lui donner quatre dollars sur le perron.

Elle rentra dans la maison en claquant la porte, le visage rouge de colère, agrippa Weldon par le col de son T-shirt et le traîna jusque dans l'arrière-cour où elle l'obligea à rester debout sur un cageot à pommes retourné, deux heures durant, jusqu'à ce qu'il mouille son pantalon.

Plus tard, après qu'elle l'eut autorisé à revenir dans la maison, il changea de sous-vêtements et de blue jeans, sortit seul dans l'obscurité, sans souper, et alla s'asseoir sur le billot de boucher, où il se mit à frotter des allumettes qu'il lançait aux poulets. Avant que les enfants s'endorment, il était resté longuement assis sur le bord de son lit, tout près de celui de Lyle, au milieu d'un carré de lune, les poings serrés en boules sur ses cuisses. Des nœuds de muscles roulaient à l'arrière de ses bras et derrière ses oreilles. Mattie lui avait tondu les cheveux très courts en coupe grossière et la tête de Lyle avait l'air aussi ferme et rasée qu'une balle de baseball.

– Demain, c'est samedi. On va écouter le match L.S.U.-Rice [1], dit Lyle.

– Y'a des gamins de couleur sur la route, quand ils m'ont vu, ils ont rigolé.

– Je me fiche pas mal de ce qu'ils ont fait. T'es un

1. Rice University, à Houston, Texas. *(N.d.T.)*

brave, Weldon. T'es plus brave que n'importe lequel d'entre nous.

– Elle, je vais lui régler son compte.

Sa voix fit peur à Lyle. Les branches des pacaniers étaient squelettiques, pareilles à des doigts rabougris sur fond de lune.

– Pense pas à des choses pareilles, dit Lyle. Tout ce qu'on va gagner, c'est qu'elle va encore faire pire. Elle se venge sur Drew. Elle l'a obligée à se mettre à genoux dans le coin de la salle de bains parce qu'elle n'avait pas tiré la chasse.

– Dors, Lyle, dit Weldon, les yeux mouillés. Elle nous fait du mal parce qu'on la laisse faire. C'est de notre faute. On te fait du mal quand tu ne relèves pas la tête. Tout comme c'est arrivé à Maman.

Lyle l'entendit renifler dans le noir. Puis Weldon se tourna vers le mur opposé. On aurait cru que son crâne avait été taillé d'un bloc de bois gris sous le clair de lune.

* * *

Trois jours plus tard, la directrice de l'école vit la brûlure de cigarette que portait Drew à la jambe pendant l'heure de cantine et signala le fait au bureau d'assistance sociale de la ville. Un échalas sec comme un coup de trique à l'allure de tuberculeux, en complet bleu semé de pellicules, se rendit à leur domicile et questionna Mattie sur le perron de la maison avant d'interroger les enfants en présence de Mattie. Drew lui dit qu'elle avait été brûlée par une braise qui avait jailli d'un feu d'ordures dans l'arrière-cour.

L'homme lui releva le menton du doigt. Ses cheveux noirs étaient raides de gomina.

– Est-ce bien ce qui s'est passé ? demanda-t-il.

– Oui, Monsieur.

La brûlure était croûtée, pareille à une larve lovée sur elle-même posée sur la peau.

Il sourit et lui lâcha le menton.

– Alors tu ne devrais pas jouer près du feu, dit-il.

– J'aimerais savoir qui vous a envoyé ici, dit Mattie.

– C'est confidentiel.

Il toussota, la main devant la bouche.

– Et pour vous dire la vérité, je ne sais pas exactement. Mon supérieur ne me l'a pas dit.

Il toussa à nouveau, une quinte forte et bruyante, et Lyle sentit au passage une odeur de nicotine venue des profondeurs des poumons.

– Mais tout me paraît très bien par ici.

Les yeux de Weldon étaient durs comme des billes, mais il ne parla pas.

L'homme s'éloigna vers sa voiture, accompagné de Mattie, et Lyle eut le sentiment que les portes venaient de se refermer avec fracas sur eux. Mattie, la jambe en appui sur le marche-pied, posa un bras en extension sur le toit de la voiture tout en parlant, de sorte que ses seins étaient dressés, tendant le tissu du chemisier, la robe marquée d'un large repli en arc entre les jambes.

– Viens, on va lui dire, dit Lyle.

– Tu plaisantes ou quoi ? Regarde-le. Il serait prêt à lui bouffer sa merde à la petite cuillère, à Mattie, si elle voulait, dit Weldon.

Ce fut à l'issue du premier cours, le lendemain matin, qu'ils apprirent le désastre de Port Arthur. Un bateau chargé d'engrais avait pris feu dans le port. Les badauds sur les quais de déchargement regardaient les bateaux à incendie pomper des geysers d'eau sur les ponts du navire lorsque les flammes avaient touché la cale. L'explosion avait rempli le ciel de fusées de fumée et un parapluie de flammes était tombé sur l'usine de produits chimiques. La puissance de la seconde explosion avait été telle que toutes les vitres de Beaumont, à trente kilomètres de là, s'en étaient trouvées soufflées.

Mattie s'enivra ce soir-là et s'endormit dans le fauteuil du salon près de la radio. À leur retour de l'école l'après-midi du lendemain, Mattie attendait les enfants sous l'auvent de la galerie : elle leur apprit qu'un homme de l'usine de produits chimiques avait téléphoné et déclaré que Verise était porté manquant. Elle avait les yeux roses, de sa gueule de bois ou des larmes versées, le visage bouffi, aussi rond et blême qu'un ballon.

– Votre père est peut-être mort. Est-ce que vous comprenez ce que je suis en train de vous dire ? L'homme qui a téléphoné occupe un poste important dans la compagnie. Il n'aurait pas appelé si l'affaire n'était pas aussi grave. Est-ce que vous comprenez ce qu'on est en train de vous dire, les enfants ?

Weldon racla la poussière de sa chaussure de tennis et Lyle plongea le regard dans un coin d'espace à quinze centimètres de ses yeux.

– Il a bossé comme un Nègre pour vous, il a peut-être perdu la vie pour vous. Vous n'avez rien à dire ?

– Peut-être qu'on devrait commencer à nettoyer nos chambres. Tu voulais qu'on nettoie nos chambres, dit Lyle.

– Restez dehors. Ne vous avisez pas de mettre un pied dans la maison, dit-elle.

– Il faut que j'aille aux toilettes, dit Weldon.

– Alors tu peux faire ça dehors, par terre, comme un noiraud, dit-elle.

Elle rentra dans la maison et mit le loquet à la porte-moustiquaire derrière elle.

* * *

Le lendemain après-midi, Verise était toujours porté manquant. Mattie se prit de bec avec quelqu'un au téléphone, peut-être l'homme aux pantalons zazou et chaussures à deux tons qui avait dû être son maquereau à une époque : elle lui dit qu'il lui devait de l'argent et qu'elle ne reviendrait pas travailler chez Broussard avant qu'il la paie. Elle raccrocha et se mit à haleter, le souffle court, devant l'évier, à fumer sa cigarette, les yeux fixés sur la cour. Elle fit sauter le bouchon d'une bouteille de Jax qu'elle vida à moitié d'un trait, la glotte allant et venant, en une seule longue gorgée, en surveillant Lyle du coin de l'œil.

– Viens ici, dit-elle.

– Quoi ?

– T'as sali toute la cuisine avec tes chaussures. T'as pas tiré la chasse non plus, quand tu t'es servi de la cuvette.

– Si, je l'ai tirée.

– Tu as fait quoi ?

– J'ai tiré la chasse.

– Alors c'est l'un des deux autres qui ne l'a pas fait. Et puis, venez ici tous autant que vous êtes. Tout de suite !

– Qu'est-ce qu'il y a, Mattie ? On n'a rien fait, dit-il.

– J'ai changé d'avis. Allez, tous dehors. Tous

autant que vous êtes. Weldon, toi aussi, tu sors tout de suite. Où est passée Drew?

– Elle joue dans la cour. Qu'est-ce qui ne va pas, Mattie? dit Lyle.

Au dehors, le vent soufflait dans les arbres, aplatissant les bouquets mauves de la glycine qui poussait contre le mur de la grange.

– Vous allez aller jusqu'à la haie vous choisir et couper la baguette que je vais utiliser pour vous corriger.

C'était sa forme de punition préférée. S'ils se cassaient une grosse tige, elle frappait un plus petit nombre de coups. S'ils revenaient avec une baguette petite ou trop fine, ils se faisaient fouetter jusqu'à ce qu'elle ait l'impression d'avoir atteint une sorte de juste équilibre entre taille et nombre.

Ils restèrent immobiles; Drew jouait avec son chat. Elle avait noué un morceau de ficelle autour du cou du chaton et tenait l'extrêmité de la cordelette à la manière d'une laisse, ses genoux et chaussettes blanches sales d'avoir joué dans la poussière.

– Je t'ai déjà dit de ne rien attacher autour du cou de ce chaton, dit Mattie.

– Ça fait pas mal. De toute façon, c'est pas ton chat, dit Weldon.

– Ne me réponds pas comme ça, dit-elle. Je vais t'apprendre à me répondre. Vous allez tous apprendre à me répondre.

– Je vais pas me couper de baguette, dit Weldon. T'es cinglée. C'est maman qui l'a dit. C'est à l'asile qu'il faudrait t'enfermer.

Elle regarda d'un air féroce droit dans les yeux de Weldon et un bref instant, son visage blême donna l'impression d'avoir soudain compris quelque chose, comme si elle avait reconnu en Weldon une volonté farouche et vicieuse dont l'intensité de plus en plus grande égalait la sienne. Puis elle se passa la langue sur les lèvres qu'elle pinça violemment en frottant ses mains sur ses cuisses.

– Nous allons voir qui commande ici, dit-elle.

Elle cassa une grosse brindille dans la haie de myrte et en arracha feuilles et fleurs à l'exception d'une pousse verte à son extrémité.

Drew leva les yeux dans l'ombre de Mattie et lâcha la ficelle qu'elle tenait à la main.

Mattie la tira violemment par le poignet et lui fouetta les jambes nues une demi-douzaine de fois. Drew se tordait, impuissante, accrochée au poignet de Mattie, les pieds dansant en l'air à chaque cinglement. La baguette laissait à chaque impact des marques rouges grosses comme des mille-pattes.

Soudainement, Weldon se rua de tout son poids sur Mattie, et lui enfonça dans le dos, entre les omoplates, son bras raidi qui l'envoya bouler sur le côté en renversant au passage un seau plein de rognures de poulet. Elle reprit son équilibre et le regarda de tous ses yeux, bouche bée, la baguette pendante au bout d'une main molle. Puis son regard s'embrasa d'une lueur aux intentions malfaisantes, et elle crispa les mâchoires, muscles noués comme un rouleau de pièces de dix cents.

Weldon franchit comme une fusée le portillon arrière et prit la fuite le long du chemin de terre entre les champs de canne, faisant voler la poussière sous les semelles de ses chaussures de tennis sales.

* * *

Elle l'attendit longtemps à surveiller au travers de la moustiquaire le crépuscule mauve qui tombait sur les arbres et les lueurs du soleil couchant qui embrasaient de flammes les nuages à l'ouest de l'horizon. Puis elle emporta une bouteille d'alcool d'abricot dans la salle de bains et s'installa dans la baignoire pendant presque une heure, ouvrant et fermant le robinet d'eau chaude au point de vider l'accumulateur. Lorsque les enfants éprouvèrent le besoin d'aller aux toilettes, elle leur répondit d'aller régler leurs problèmes au dehors. Elle finit par émerger et apparut dans le vestibule, vêtue de son seul soutien-gorge et de sa culotte, les cheveux noués d'une serviette, le contour sombre de sa toison parfaitement visible.

– Je vais maintenant m'habiller pour aller en ville avec un monsieur de mes amis, dit-elle. Demain, nous allons changer de régime dans cette maison. Croyez-moi, plus jamais il ne se reproduira ce qui s'est passé ici aujourd'hui. Vous pouvez transmettre ça au jeune M. Weldon de ma part.

Mais elle ne se rendit pas en ville. Elle se contenta de mettre son tailleur bleu, un chemisier imprimé à fleurs, des bas nylon et se mit à arpenter de long en large la galerie, la cigarette en l'air à la manière d'une actrice de cinéma.

– Pourquoi tu ne prends pas tout simplement ta voiture ? demanda doucement Lyle à travers la moustiquaire.

– Il n'y a plus d'essence. Et puis, de toute manière, un monsieur va passer me chercher d'une minute à l'autre, répondit-elle.

– Oh.

Elle souffla sa fumée, tête basculée en arrière, le visage hautain au profil plat sur fond de pénombre.

– Mattie ?

– Oui ?

– Weldon est derrière la maison. Est-ce qu'il peut entrer ?

– Les souris, ça revient toujours là où se trouve le fromage, dit-elle.

À cet instant, Lyle souhaita qu'il arrive quelque chose de terrible à Mattie.

Cette dernière pivota sur un talon aiguille, un coude en appui au creux de la main opposée, la cigarette à deux centimètres des lèvres, la chevelure tressée de guirlandes de fumée.

– As-tu une raison pour me dévorer des yeux comme ça à travers la moustiquaire ? demanda-t-elle.

– Non, dit-il.

– Quand tu seras plus grand, tu pourras bien faire ce qui t'occupe la tête. Entre-temps, ne laisse pas tes pensées se montrer sur ta figure. T'es un petit vicieux.

La suggestion qu'elle venait de faire lui répugna au point de lui gonfler les yeux de larmes. Il se recula de la moustiquaire avant de faire demi-tour et de s'enfuir par l'arrière de la maison jusque dans la cour, où Weldon et Drew étaient assis contre le mur de la grange, sous la glycine éclairée de lucioles au-dessus de leurs têtes.

Personne ne vint chercher Mattie ce soir-là. Elle resta assise dans le fauteuil capitonné de sa chambre, à maquiller ses lèvres de couches successives de rouge jusqu'à ce que sa bouche eût le dessin forcé de celle d'un clown, déformée par la couleur écarlate. Elle fuma un paquet entier de Chesterfield et passa son temps à essuyer les cendres tombées sur son tailleur bleu d'un gant de toilette trempé de détachant ; puis elle s'enivra jusqu'à l'inconscience.

Il faisait chaud, cette nuit-là, les éclairs de tonnerre bondissaient depuis l'horizon jusqu'au sommet de la voûte de ciel bleu-noir au-dessus du Golfe. Weldon était assis sur le bord de son lit dans l'obscurité, les épaules voûtées, les poings serrés entre ses cuisses blanches. Ses cheveux taillés court comme à la serpe ressemblaient à des plumes qu'on aurait plantées sur son crâne à la lueur vacillante des éclairs à travers la fenêtre. Lyle dormait presque lorsque Weldon le secoua pour le réveiller et lui dire :

– Il faut qu'on se débarrasse d'elle. Tu sais qu'il faut qu'on le fasse.

Lyle mit l'oreiller sur sa tête et roula sur lui-même en s'éloignant de Weldon, comme s'il allait plonger instantanément dans le sommeil et se lever le matin dans un monde différent noyé de beau soleil.

Mais aux lueurs de la fausse aurore, il se réveilla avec le visage de Weldon près du sien. Les yeux de Weldon se creusaient dans ses orbites, son haleine empestait. La brume était épaisse et humide autour des pacaniers de l'autre côté de la vitre.

– Elle va plus jamais faire de mal à Drew. Est-ce que tu vas m'aider ou pas ? dit-il.

Lyle le suivit dans le vestibule ; il se sentait sombrer à l'idée de ce qu'il allait entreprendre en toute conscience, le corps aussi engourdi que s'il avait été assommé par une injection de novocaïne. Mattie dormait dans le fauteuil capitonné, les bas roulés aux genoux, un verre renversé sur le tapis tout à côté du bidon de détachant.

Weldon enjamba sans bruit le tapis, dévissa la capsule du bidon qu'il posa sur le flanc devant les pieds de Mattie avant de se reculer. Le détachant liquide se renversa en large tache sombre circulaire à l'entour du fauteuil, l'odeur aussi forte et piquante que l'essence de pétrole.

Weldon ouvrit une boîte d'allumettes de cuisine et ils en prirent chacun une qu'ils raclèrent contre le frottoir et, pleins du sentiment qu'en cet instant précis, leurs vies venaient de changer à jamais, ils les lancèrent aux pieds de Mattie. Mais les allumettes enflammées tombèrent à l'extérieur de l'auréole. Lyle arracha la boîte des mains de Weldon, serra une demi-douzaine d'allumettes au creux du poing qu'il frotta contre le côté de la boîte et les lança sur les pieds de Mattie.

Le fauteuil se trouva enveloppé d'un cône de flammes d'où jaillit une Mattie, bras écartés, comme si elle repoussait un rideau à l'aveuglette, bouche ouverte et yeux exorbités par la terreur. Ils sentirent l'odeur de ses cheveux qui brûlaient lorsqu'elle passa en courant à côté d'eux avant de s'écraser au travers de la moustiquaire pour continuer à fuir sous la galerie et dans la cour. Elle battait ses vêtements en flammes et passait les doigts en peigne dans ses cheveux comme s'ils bourdonnaient d'un essaim de frelons.

Lyle et Weldon restaient sur place, pétrifiés, une angoisse mortelle au cœur devant ce qu'ils venaient de faire.

Un Nègre qui se rendait au travail à pied sortit de la brume de la route et fit tomber Mattie par terre avant d'éteindre les flammes de sa robe à grandes claques tout en l'épinglant au sol de ses genoux écartés comme s'il était en train de la violer. La fumée montait des vêtements et des cheveux brûlés, comme l'image de la silhouette d'une damnée sur une image pieuse.

Le Nègre se remit debout et s'avança vers la galerie, un filet sanglant solitaire coulant sur sa joue noire, à l'endroit où Mattie l'avait griffé.

– Vot' maman al est pon fort blessée. Allez ker du beurre ou du gras de lard. Ça va aller bien, z'allez ver, dit-il. Ch'est point la peine ed trembler comme ça. Où ce qu'il est, vot' papa ? Ça va aller bien, mes petits Blancs. Z'avez pas à vous in fair' pour rin du tout, les enfants.

Il sourit pour bien leur montrer que tout se passerait très bien.

– Ils l'ont mise chez les fous à Mandeville, dit Lyle, le visage tourné vers la brise chaude qui soufflait du bayou. Elle y est morte, une dizaine d'années plus tard, j'ai entendu dire.

– Et tu t'es senti coupable pendant tout ce temps ? demandai-je.

– Pas vraiment.

– Non ?

– Nous étions gamins. Personne ne voulait nous aider. C'était elle ou nous. En plus, je crois que mes péchés ont été pardonnés.

– Je ne sais pas quoi te dire, Lyle. Je n'arrive tout simplement pas à croire que ton père soit réapparu après toutes ces années pour vous faire à tous du mal. On ne revient pas après tant d'années pour se venger.

Il but à la bouteille et secoua tristement la tête.

– Le fi' de garce, c'était le mal en personne. Si jamais Satan a pris forme humaine, il a choisi mon vieux, dit-il.

– Bon, je vais toucher un mot à Drew à propos de l'intrus. Mais je veux te demander une chose pendant que nous sommes ici tous les deux.

– Vas-y. Je n'ai pas de secrets.

– Si tu es vraiment redevenu religieux, est-ce à

cause de quelque chose qui s'est passé au Vietnam et dont je ne suis pas au courant ?

Les puits de pétrole claquaient sous le va-et-vient des balanciers dans le champ en friche maintenant rose des restes du soleil couchant.

– Tu crois peut-être que tu as eu quelque chose à y voir ? demanda-t-il. Ne te donne pas une telle importance, Dave.

Puis il se pinça l'arête du nez, se moucha sans morve et toucha chaque narine de la jointure d'un doigt.

– J'ai tué une nonne, dit-il.

– Tu as fait quoi ?

– Je ne t'en ai jamais parlé. J'étais descendu dans ce que je croyais être les boyaux d'un souterrain, mais un des tunnels rejoignait une pièce qu'ils devaient utiliser comme poste de secours médical parce que le sol était jonché de compresses de trousse d'urgence ensanglantées. J'ai vu quelque chose passer devant la porte et j'ai ouvert le feu. C'était une nonne, une Blanche. Elles étaient deux dans ce trou. L'autre était blottie contre le mur, tremblant de tous ses membres. Elles venaient certainement de l'école du hameau. Tu te souviens qu'il y avait quelques religieuses françaises dans ce hameau ?

J'acquiesçai en silence.

– Quand je suis remonté au jour, Charlie s'est mis à tirer depuis le hameau et le capitaine a demandé un soutien d'artillerie, dit-il. Et après ça, on s'est tous tirés les fesses de là. Tu te souviens ? Ç'a été juste. Martinez y est resté. Alors je n'ai jamais rien dit à personne. Le lendemain, on s'est fourrés dans le champ de mines. Ça n'était déjà plus très clair dans ma tête.

– Ce n'était pas de ta faute, Lyle. Tu étais un bon soldat.

– Non, je te l'ai déjà dit, j'ai creusé mon trou tout seul dans la terre. Le Cajun fou, en train de ramper dans les galeries pour coller à Charlie un tison rouge en guise de lavement. Super, comme branlette.

– Je vais te donner le même conseil que celui qu'on m'a donné un jour. Sors-toi le Vietnam de ta vie. Nous avons livré notre guerre, nous nous sommes battus. Laisse donc les chagrins et les remords à ceux qui l'ont déclenchée.

– Je n'ai ni chagrin ni remords. Je suis convaincu que j'ai réussi à renaître, une seconde fois. Peu m'importe que tu l'acceptes ou pas. Je donne à tous ces gens quelque chose qu'y z'ont pas réussi à trouver ailleurs. Et je ne pourrais pas le leur donner si Dieu ne me l'avait pas donné en premier. Et si Lui me l'a donné, ça signifie que j'ai été pardonné.

– Et qu'est-ce que tu leur donnes donc ?

– Du pouvoir. L'occasion d'être ce qu'ils ne sont pas. Ils se réveillent, tous les matins de leur vie, la trouille au ventre. Je leur montre qu'il n'est pas nécessaire que ça continue comme ça. J'ai grandi sans faire d'études, dans les foyers d'adoption, j'ai fourgué la came dans les rues, j'ai fait deux séjours en prison, j'ai fait la plonge avec cette main difforme pour vivre et, fils, je m'en suis pas tiré si mal... Désolé, c'est le mot que j'arrive pas à me sortir de la bouche.

– Ça me paraît un petit peu vain, tout ça, Lyle.

– J'ai jamais dit que j'étais parfait. Écoute, fais-moi une promesse. Protège ma sœur. Je te soupçonne d'avoir de l'affection pour elle, de toutes manières. Je me trompe ?

– Je ne suis pas sûr de bien comprendre.

– Elle a dit que tu l'avais sautée à l'époque où vous étiez étudiants.

Je regardai le profil de son visage, les cicatrices qui semblaient goutter comme une fuite de larmes d'un œil, puis je tournai la tête vers le bayou où un Noir pêchait en pirogue en martelant des doigts le cuir du siège.

– Je ferais bien de rentrer maintenant, dis-je. La prochaine fois que tu auras des renseignements à me communiquer, je te serais reconnaissant de venir me les donner à mon bureau.

– Ne te monte donc pas martel en tête. Drew s'est envoyé des tas de mecs. Dont tu as fait partie. Pourquoi prétendre que tu es né à l'âge de cinquante ans ?

– J'ai changé d'avis. Ce n'est pas vraiment nécessaire que tu me raccompagnes en voiture jusqu'à la maison, Lyle. Dépose-moi simplement aux quatre coins. Je vais demander à Bootsie de me rejoindre en ville pour quelques écrevisses.

– Comme tu voudras, Lieut'.

Il revissa la capsule de sa bouteille de whiskey qu'il posa sur le siège avant de démarrer le moteur.

– Tu penses peut-être que j'ai la tête pleine d'araignées. Si c'est le cas, je ne m'en cache devant personne. Tu vois ce que je veux dire ?

– Je veux que tu prennes ça du bon côté, Lyle. Tu n'as pas l'exclusivité de la culpabilité sur le Vietnam et tu n'es pas le seul mec sur terre à avoir vu sa vie remise sur les rails par une puissance extérieure à lui. Je crois que le problème, c'est de refiler ça aux gens contre de l'argent.

– Tu as déjà vu un évêque conduire une Volkswagen ?

– Je vais descendre juste là, au coin. Merci beaucoup pour la soirée.

Je sortis sur la route gravillonnée, refermai la portière et me dirigeai vers un bar aux murs de bardeaux qui vibraient sous le bruit venant de l'intérieur. La décapotable rouge incendie de Lyle se fit de plus en plus petite dans le lointain avant de disparaître complètement dans les ombres violacées entre les champs de canne à sucre.

Je dus attendre avant de pouvoir utiliser le téléphone payant du bar et je bus un 7-Up à une table en coin d'où j'observai une jeune fille en blue-jeans aux cheveux noirs, ivre, danser solitaire devant l'estrade de l'orchestre. Son corps mince ondulait dans un halo de fumée de cigarettes.

Je n'avais pas voulu me conduire en grand juste sûr de son droit avec Lyle. J'étais sincèrement de cœur avec lui et sa famille pour tout ce qu'ils avaient enduré de la main du père et de la prostituée nommée Mattie, mais Lyle me rendait également furieux d'une manière que je ne pouvais pas m'expliquer totalement. Ce n'était pas simplement le fait qu'il faisait l'article à un public de gens ignorants et craintifs ou qu'il faisait mauvais usage de l'argent qu'ils lui donnaient ; c'était plus profond que cela. Peut-être s'agissait-il du fait même que Lyle avait pénétré en plein cœur de la tempête de feu : il avait vu les comportements des hommes dans ce qu'ils avaient de meilleur et de pire, au fond d'un tunnel, il avait commis une erreur à l'issue de laquelle sa conscience s'était vue envahir par une douleur qui ne pouvait se comparer qu'aux souffrances de celui auquel on arrache la peau par lambeaux avec une paire de pinces. Et c'est tout cela qu'il vendait à vil prix, aussi bon marché que les fleurs en plastique qui décoraient la scène de son spectacle télévisé.

Oui, c'était bien cela, me dis-je. Il avait monté une entreprise mercantile en se servant d'une expérience qui ne se partage avec personne, hormis ceux-là mêmes qui l'ont aussi connue. Je ne pense pas non plus qu'il s'agisse d'une attitude élitiste. Il est des événements dont on est le témoin, ou auxquels on a pris part, et qui restent à jamais sacro-saints et inviolés dans la mémoire, aussi douloureuse soit-elle, à cause du prix qu'on a payé, ou que d'autres ont payé afin d'être là à l'instant où le diaphragme de l'objectif s'était refermé avec un déclic.

Comment aller dire à quelqu'un qu'une jeune ouvrière ivre en train de danser dans un bar de bas étage en Louisiane, sa chevelure noire roulée autour du cou comme un cordage, vous rappelle une fille vietnamienne, morte sur la piste, à trois kilomètres de son village. Elle portait des sandales, des shorts noirs trop grands, un chemisier blanc et était allongée sur le dos, une jambe repliée sous elle, les paupières fermées comme par le sommeil, avec, pour seul désordre apparent, un filet de sang séché qui remontait en boucle de la commissure des lèvres comme un serpent rouge. Pourquoi se trouvait-elle là ? Je ne sais pas. Avait-elle été tuée par les Américains ou le feu ennemi ? Je ne le sais pas non plus. Je me souviens seulement, sur l'instant, d'avoir voulu voir une arme près de son cadavre, pour me permettre de croire qu'elle était l'une des *autres*. Mais il n'y avait pas d'arme et, selon toute vraisemblance, il s'agissait d'une écolière, de retour de visite dans un autre village, lorsqu'elle avait été tuée.

Cela se passait à mon troisième jour sur le terrain. Cela se passait voici vingt-six ans. J'avais quelque chose à apprendre à Lyle. Il se montrait peut-être sincère à propos des araignées qui grouillaient dans sa tête, mais il n'allait certainement pas s'en débarrasser en essayant de les vendre au travers d'un tube cathodique. Offre donc leur le vrai de vrai, l'article authentique, Frère Lyle, dis-leur la véritable histoire de ce qui est arrivé là-bas, et ils te colleront dans une cage avant de te vider la cervelle à la cuillère à crème glacée.

6

Le lendemain matin, je téléphonai à Drew pour l'interroger sur l'intrus qui avait pénétré dans sa cuisine. Pas de réponse. Un peu plus tard, je passai à son domicile : elle n'était pas chez elle. Je coinçai ma carte au coin de sa moustiquaire.

Comme je revenais sur East Main, sous la voûte des chênes en marquise, je la vis qui trottinait sur le trottoir en T-shirt et short mauve, la peau hâlée luisante de sueur. Elle leva un bras et me fit signe, ses gros seins ronds contre le tissu, mais je n'arrêtai pas. Elle pourrait m'appeler si elle le désirait, me dis-je.

Je rentrai déjeuner à la maison et arrêtai mon camion à la boîte aux lettres du chemin de terre, au bas de ma propriété. Parmi lettres et factures, je trouvai une lourde enveloppe marron sans timbre ni tampon de poste, marquée de mon seul nom sans adresse. Je coupai le moteur, triai pubs et courrier poubelle avant d'ouvrir l'enveloppe marron à l'aide de mon canif. Se trouvaient à l'intérieur une lettre dactylographiée et vingt billets de cent dollars. La lettre disait,

Nous estimons que ceci a dû tomber de votre poche au domicile de Weldon Sonnier. Nous estimons que vous devez le récupérer. Le flic du sous-sol, c'était un accident. Personne ne voulait que ça se

passe comme ça. Il aurait dû s'en aller calmement, mais il a voulu jouer au dur. Sonnier, c'est un mauvais payeur et un fumier. Si vous voulez lui servir de planche de salut, vous êtes libre. Mais nous estimons que vous devriez faire une croix sur toutes ces conneries et rester à New Iberia. Ce que vous avez là, c'est deux plaques qui feront des petits par la suite, avec aussi quelques bonnes affaires à la clé si vous faites signe dans la bonne direction. Laissez Sonnier se noyer dans sa propre merde. Si vous ne voulez pas de l'argent, vous pouvez toujours en faire des mouchoirs en papier. Ça nous est bien égal. Nous voulions simplement vous offrir une solution de rechange intelligente en cessant de vous laisser baiser par Sonnier dans les grandes largeurs.

Je replaçai les billets de cent dollars et la lettre dans l'enveloppe, mis l'enveloppe dans ma poche revolver et descendis jusqu'au ponton. Batist était accroupi sur les caillebotis de planches au soleil et écaillait une filée de perches bleues à l'aide d'une cuillère. Le soleil se reflétait brûlant à la surface de l'eau, et la sueur dégoulinait entre ses omoplates.

– Est-ce que tu as vu quelqu'un à part le facteur près de la boîte aux lettres ? demandai-je.

Il plissa les yeux sous la lumière aveuglante et réfléchit un moment. Le dos de ses mains pleines de mucus de poisson luisait au soleil.

– Un homme y passe sur une motocyclette, dit-il.

– Est-ce qu'il s'est arrêté ?

– Ouais, ch'crois ben qu'y s'a arrêté. Ouais, sûr que si.

– À quoi ressemblait-il ?

– Ch'sus pas ben sûr. J'y a pas fait beaucoup d'attention, Dave. Y'a quelq'chose qui va pas ?

– Rien qui vaille la peine de s'en faire.

Batist tapota sa cuillère sur le ponton.

– J'em souviens qu'y étau 'billé drôle, dit-il. Y l'avait pas de chemise, mais y portait ces trucs sur son froc, comment t'appelles ça déjà, ces trucs, on les voit dans les films.

J'essayai de me représenter ce qu'il voulait dire, mais j'en étais incapable. Je ne comprenais pas, comme il arrivait souvent lorsque j'essayai de bavarder avec Batist en anglais ou en français.

– Quels films ? dis-je.

– Les films de cow-boys.

– Des jambières ? Des grands machins larges et souples qui se mettent sur les jambes ?

– Ouais, c'est ça. Y z'étaient noirs, ses trucs, et lui l'avait des tatouages su' l'dos. Et pis aussi des longs cheveux.

– Quel genre de tatouages ?

– Ça, je m'en rappelle pas.

– Okay, collègue. Ce n'est pas mal.

– C'est quoi qui est pas mal ?

– Rien. Ne te fais pas de bile.

– D'la bile pour quoi faire ?

– Pour rien. Je remonte déjeuner à la maison. Si tu revois ce mec, tu m'appelles. Mais ne t'approche pas de lui. Okay ?

– C't'un mauvais, ce mec ?

– Peut-être bien.

– Ce mec, c't'un mauvais, mais Batist, lui, y doit point s'faire ed' souci, nan. T'es vraiment queq' chose, Dave. Par le Seigneur, ça oui.

Il se remit à gratter le poisson de sa cuillère. Je m'apprêtai à ajouter quelque chose mais j'avais appris depuis bien longtemps déjà à laisser Batist en paix lorsque je l'avais offensé pour avoir sous-estimé sa perception d'une situation.

Je remontai jusqu'à la maison et déjeunai en compagnie de Bootsie à la table de séquoïa sous le mimosa de l'arrière-cour. Bootsie avait revêtu une robe d'été fleurie, maquillé ses lèvres et mis des boucles d'oreilles, chose qu'elle faisait rarement au milieu de la journée.

– Que penses-tu de ton sandwich ? demanda-t-elle.

– Vraiment très bon.

Et c'était vrai. Jambon, oignon et raifort, l'un de mes préférés.

– Quelque chose est arrivé aujourd'hui ?

– Pas vraiment.

– Il n'y a rien eu ?

– On a déposé de l'argent dans la boîte aux lettres. C'est une tentative de corruption. Batist croit qu'il s'agissait d'un mec à moto. Un gars avec jambières en cuir et tatouages sur le dos. Alors ouvre l'œil, mais je doute qu'il revienne.

– Est-ce que cela concerne Weldon Sonnier ?

– Ouais, je crois que nous avons secoué le cocotier de quelqu'un, Clete et moi, en allant rendre visite à Bobby Earl à son domicile.

– Tu penses que c'est Bobby Earl qui essaie de t'acheter ?

– Non, il est plus finaud que ça. Ça vient probablement d'ailleurs, peut-être de quelqu'un qui a des rapports avec lui. Je n'en suis pas sûr.

– Tu as eu un coup de fil de Drew Sonnier.

– Oh ?

– Pourquoi a-t-elle appelé ici, Dave ?

– J'ai laissé ma carte à son domicile ce matin.

– À son domicile. Je vois.

– Lyle m'a dit que quelqu'un était entré chez elle.

– Est-ce que ça ne concerne pas la police municipale, et pas les services du shérif ?

– Elle ne leur a pas signalé l'effraction.

– Je vois. Alors c'est toi qui enquêtes.

Je regardai les cols verts en train de s'ébattre dans la mare à l'arrière de notre propriété.

– J'ai promis à Lyle que j'irais parler à Drew.

– Lyle t'a fait promettre ? C'est bien ça ? J'avais l'impression que tu tenais Lyle en piètre estime.

– T'excites pas, Boots. Cette affaire est suffisamment enquiquinante comme elle est.

– J'en suis sûre. Pourquoi n'inviterions-nous pas Drew à passer un jour ? Il y a bien longtemps que je ne l'ai vue.

– Parce que ça ne m'intéresse pas de voir Drew.

– Je pense, moi, qu'elle est charmante. J'ai toujours beaucoup apprécié sa compagnie.

– Qu'est-ce qu'il faudrait que je fasse, Boots ? Prétendre qu'elle ne fait pas partie de l'affaire ?

– Et pourquoi ferais-tu une chose pareille ? Je ne pense pas du tout que ce soit ce que tu doives faire.

Je vis cet étrange voile s'abattre sur ses yeux, à croire qu'à l'intérieur de sa tête elle venait de voir une pensée ou une conclusion qui aurait dû être, pour le reste du monde, aussi évidentes qu'elles l'étaient pour elle.

– Allons à l'hippodrome, ce soir, dis-je.

– D'accord. Tu veux bien appeler Drew cet après-midi ? Je crois que tu devrais.

J'essayai de lire ce que disaient ses yeux. Les changements d'humeur inopinés, les perceptions déformées ou chargées d'effroi arrivaient parfois aussi vite qu'un oiseau à tire-d'aile jouant à entrer et sortir d'une cage.

– Je lui parlerai peut-être, dis-je en posant ma main sur les siennes, mais je ne pense pas qu'elle soit d'une grande utilité dans cette affaire. Les Sonnier ne font pas confiance aux autres. Mais il faudra que j'essaie de faire ce que je pourrai.

– Mais bien sûr, Dave, personne n'a dit le contraire.

Et elle tourna la tête en direction des pervenches en floraison sous les ombrages près de la coulée. La lumière de son regard lui était aussi personnelle qu'un cierge solitaire en train de brûler dans une église.

– Nous pourions emmener Alafair chez Possum pour une *étouffée* avant d'aller à l'hippodrome, dis-je. Ou peut-être que nous pourions rentrer simplement à la maison et louer un film.

– Ce serait merveilleux.

– Les sandwiches étaient vraiment très bons. C'est un véritable plaisir de revenir à la maison et de déjeuner avec toi, Boots. Lorsque j'aurai bouclé cette affaire, je prendrais peut-être bien congé du service, qui sait. Nous nous en sortons plutôt pas mal au ponton.

– Ne te fais donc pas d'illusions. Jamais tu ne cesseras d'être flic, Dave.

Je plongeai à nouveau mon regard dans le sien. Ses yeux s'étaient soudain éclaircis, à croire que la brise venait de souffler au loin quelque forme sombre qui obscurcissait son champ de vision.

Je lui pressai la main, me levai du banc de bois et allai derrière elle. Je lui embrassai les cheveux et la tint serrée contre moi. Je sentais son cœur battre sous mes bras.

* * *

Arrivé au bureau, je donnai au shérif l'enveloppe contenant les deux mille dollars et la lettre non signée.

– La bande ne doit pas rouler sur l'or, dit-il. On pourrait croire qu'ils iraient offrir un peu plus que ça pour se mettre un flic dans la poche.

Il avait dirigé une entreprise de nettoyage à sec avant de devenir shérif. Sans compter qu'il était également maître boy scout et qu'il appartenait au Lions Club, non pour des raisons politiques, mais bien parce qu'il appréciait pleinement d'être maître boy scout et d'appartenir au Lions Club. C'était un homme de mesure, pondéré et réfléchi, et c'est toujours avec déplaisir que je corrigeais ses erreurs ou me trouvais amené à suggérer que sa carrière au poste de policier élu se limiterait toujours à une formation apprise sur le tas.

– Habituellement, on procède par petites touches successives lorsqu'on veut séduire, dis-je. Un flic peut refuser cinquante bâtons mais il arrive parfois qu'il en accepte deux. Et un jour il se retrouve tout en bas de la pente sans même pouvoir se rappeler à quel endroit il a pris un virage brutal à gauche.

Il portait lunettes, à grands verres sans monture, et son estomac protubérant débordait du ceinturon. À travers la fenêtre située derrière son bureau, je voyais deux Noirs, deux détenus de confiance de la prison de la paroisse, en train de laver des voitures de patrouilles dans le parc de stationnement. Le shérif se gratta d'une pointe d'ongle les veines bleues et rouges de sa joue molle.

– De qui crois-tu que ça vienne ? demanda-t-il.

– De quelqu'un qui a des projets à long terme, quelqu'un qui n'aura de cesse tant qu'il ne se sera pas offert un flic à vendre. Probablement la pègre ou quelqu'un qui en fait partie.

– Pas de Bobby Earl ?

– Les gens de son espèce paient seulement

lorsqu'on les surprend en train de sodomiser un mouton. Je suis pratiquement certain que nous avons affaire ici aux affranchis.

– Et que crois-tu qu'ils vont faire maintenant ?

– Si je me tiens à distance de La Nouvelle-Orléans, il y aura probablement une seconde enveloppe à la clé. Ensuite, ils m'offriront un boulot quelconque comme membre de la sécurité dans l'une de leurs boîtes de nuit ou dans l'une des salles de l'hippodrome où l'on comptabilise les recettes.

Il plaça, sans l'allumer, une cigarette entre ses lèvres et se mit à la faire tourner entre ses doigts.

– Tout ça ne me plaît pas beaucoup, dit-il. Sûr que ça ne me plaît pas.

– Pourquoi ?

– Ne sous-estime pas les possibilités de Bobby Earl. Je l'ai rencontré à une ou deux reprises il y a dix ou douze ans, à l'époque où il se présentait encore vêtu d'une robe du Klan. Ce mec serait capable de faire chanter les fours et ricaner les brasiers s'il s'en donnait la peine.

– C'est possible. Mais je n'ai encore jamais rencontré un mec de cette engeance qui ne soit pas un lâche, au physique comme au moral.

– J'ai vu le corps de Garrett avant l'autopsie ; j'ai eu bien du mal à regarder, et pourtant, j'ai fait la Corée. Fais gaffe à tes fesses, Dave.

Ses yeux ne cillaient pas derrière ses verres sans monture.

* * *

À quatorze heures, la température extérieure atteignait trente-cinq degrés ; le soleil sur le ciment brillait avec l'éclat d'une flamme blanche ; les palmiers avaient l'air desséché, brûlés par le vent chaud ; et ma propre journée commençait tout juste à s'échauffer.

J'appelai à nouveau Drew ; cette fois, elle répondit. J'étais prêt à une prise de bec, prêt à lui faire la leçon à propos du manque de coopération de Weldon dans cette affaire, voire à la rendre responsable des quelques moments difficiles que j'avais eus avec Bootsie au cours du déjeuner. En fait, sans préambule, ma première phrase fut la suivante :

– Qui c'était, ce mec dans ta cuisine, Drew, et pourquoi ne l'as-tu pas signalé ?

J'entendis son souffle dans le combiné.

– Lyle t'a appris ? dit-elle.

– Pour autant que Lyle puisse m'apprendre quoi que ce soit, sans essayer de me vendre dans le même temps des bibles fluo. Je vais te dire la vérité, Drew, je commence à en avoir sérieusement ma claque de l'attitude de ta famille. Je ne veux pas me montrer méchant, mais vous vous comportez tous les trois comme si vous passiez le temps à vous défoncer au Drano [1] liquide.

Elle resta à nouveau silencieuse, puis je l'entendis qui commençait à sangloter.

– Drew ?

Mais elle continua à pleurer sans répondre, de sanglots implacables et étouffés qui sortent des profondeurs de la poitrine.

– Drew, excuse-moi. J'ai mon comptant de mes propres soucis et j'essayais de m'en libérer en m'en prenant à toi. Je suis sincèrement désolé pour ce que j'ai dit. C'était stupide et irréfléchi.

Je me pressai les tempes entre pouce et majeur.

1. Liquide corrosif destiné à déboucher les tuyauteries. *(N.d.T.)*

– Drew ?

Je l'entendis déglutir et prendre une profonde inspiration.

– Il m'arrive parfois de ne pas me montrer très intelligent, dis-je. Tu sais que je t'ai toujours admirée. Tu as plus de courage politique que tous ceux que j'aie jamais connus.

– Je ne sais pas quoi faire. Jusqu'ici, j'ai toujours eu le choix. Plus maintenant. Et je suis incapable d'affronter ça.

– Je ne comprends pas.

– Parfois on est pris au piège. Parfois il n'y a pas de porte de sortie. Jamais encore je n'avais laissé une telle chose m'arriver.

– Est-ce que tu veux passer au bureau, Drew ? Est-ce que tu veux que je passe te voir là-bas ? Dis-moi ce que tu veux faire.

– Je ne sais pas ce que je veux faire.

– Je vais passer te voir chez toi. Est-ce que tu es d'accord ?

– Il faut que je ramène la bonne chez elle, et je lui ai promis de m'arrêter au magasin en chemin. Est-ce que tu peux passer vers seize heures ?

– Bien sûr.

– Ça ne te dérange pas ?

– Non, bien sûr que non.

– Ça ne te gêne en rien ?

– Non, pas du tout. C'est stupide de penser une chose pareille. Alors, arrête.

Après avoir raccroché, je contemplai d'un air maussade l'empreinte moite de ma main sur le combiné. Versait-elle ses larmes sur son frère, ou sur elle-même ? Je me posai la question. Mais d'un autre côté, quel droit avais-je de la juger ?

Oh Seigneur, songeai-je.

J'avais presque franchi le seuil de la porte lorsque le répartiteur me rattrapa dans le couloir.

– Décroche ton téléphone, dit-il. Un sergent du Premier District de La Nouvelle-Orléans est resté en ligne, en attente.

– Prends le message, je rappellerai.

– Vaudrait mieux que tu prennes, Dave. Il dit que Cletus Purcel a été passé à tabac et qu'il a reçu une branlée de première.

* * *

Lorsque j'en eus terminé avec le sergent de La Nouvelle-Orléans – lequel n'était pas personnellement chargé de l'enquête – il ne put guère m'apprendre grand chose hormis le numéro de chambre de Clete à l'hôpital non loin de St Charles ainsi que le fait que Clete voulait me voir et qu'on l'avait méchamment travaillé à coups de tuyaux. Je demandai au répartiteur d'envoyer un adjoint en uniforme au domicile de Drew et d'appeler Bootsie pour lui dire que je rentrerais tard et que je lui passerais un coup de fil de La Nouvelle-Orléans.

Le vent qui soufflait par les fenêtres de mon camion était brûlant tandis que je traversais le marais d'Atchafalaya par la voie sur digue. L'air avait un goût de laiton, comme lorsqu'il se chargeait d'ozone, et je sentais les relents de poissons morts sur les berges des îlots de saules et l'odeur de saumure en provenance du Golfe. Les saules pleureurs paraissaient flétris sous la chaleur, et les quelques pêcheurs de sortie avaient placé leurs barques à l'ombre chaude des plates-formes pétrolifères qui parsemaient la surface des baies.

Je repensai à un épisode de ma vie passée

lorsqu'elle était au plus bas, un souvenir vieux de près de quinze ans. On m'avait envoyé à Las Vegas prendre livraison d'un détenu de la prison du comté pour l'escorter jusqu'à La Nouvelle-Orléans. Mais les paperasseries et la levée d'écrou contresignée par le tribunal avaient demandé presque deux jours et j'étais sorti du palais de justice dégoûté, pour emprunter un boulevard bordé de palmiers par une température de quarante-cinq degrés jusqu'à un casino et la fraîcheur de son bar, où je m'étais attaqué à une série de vodka collins que j'avalais comme s'il s'agissait de limonade. Jusqu'à perdre soudain connaissance : blackout complet, sans cause traumatique apparente à mes yeux, et sept heures avaient disparu de ma journée. Je me réveillai dans une voiture de location en plein désert, vers vingt-deux heures, la tête et le corps engourdis, privés de toute sensation, aussi déconnecté de ma journée que si j'avais été insensibilisé de la tête aux pieds à la novocaïne, tandis que la ville de néon au lointain flamboyait dans le cirque mauve des montagnes.

J'avais du sang sur la chemise et les jointures des mains et un poudrier de femme traînait sur le plancher de la voiture. Mon portefeuille avait disparu, avec tout mon argent, mes chèques de voyage, cartes de crédit et pièces d'identité, sans oublier, pour faire bonne mesure, ma plaque et mon .38 spécial. Je ne me rappelais rien hormis d'avoir quitté le bar pour me diriger vers une table de vingt-et-un, le verre à la main, et m'installer au milieu d'un groupe de joueurs corrects et polis venus d'Ocala, Floride.

Je rentrai en tremblant à l'hôtel et essayai de regagner un semblant de sobriété à l'aide du Jim Beam de l'établissement. Arrivé minuit, je fus pris d'une crise de délirium tremens au point de me convaincre que la lumière rouge de mon téléphone – qui s'allumait à réception d'un message – signifiait que je venais, une nouvelle fois, de recevoir un appel interurbain des membres de ma section morts au combat. Lorsque je parvins finalement à regagner un semblant de raison et de logique pour décrocher le combiné et m'adresser à la réception, on me dit que j'avais un message de Cletus Purcel.

Il me fallut les deux mains pour parvenir à composer son numéro, tandis que la sueur dégoulinait de mon visage en grosses gouttes, rondes comme des billes à jouer. Six heures plus tard, Clete se tenait devant moi, dans ma chambre d'hôtel, en bermuda Budweiser, sandales, feutre rond et T-shirt du L.S.U. sans manches qui faisait sur lui le même effet qu'un débardeur sur un hippopotame.

Il s'assit au bord du lit et écouta le récit de mon histoire une nouvelle fois, à mâcher son chewing-gum et hocher la tête, les yeux fixés au sol, entre ses genoux ; puis il sortit et ne revint que le lendemain après-midi vers quinze heures. Il me déposa un sac en papier sur la commode et me dit en souriant :

– C'est l'heure de récupérer notre prisonnier et de prendre la route sans traînailler. La Chinoise s'est tirée avec les chèques de voyage, mais j'ai récupéré ton argent, tes cartes de crédit, ta plaque et ton calibre. L'Américain qui bossait en duo avec elle a pris la route de retour vers la côte en bus Greyhound avec de grands projets à long terme de rafistolage dentaire. Il m'a dit qu'il était impatient que le dentiste se mette au travail. Et pas de paperasses à remplir pour le coup, mon.

– Quelle Chinoise ? De quoi parles-tu ?

– Elle et son mac t'ont levé dans un parc de stationnement devant un bar à l'extrémité du Strip. Tu étais trop ivre pour démarrer ta voiture. Ils t'ont dit qu'ils allaient te ramener à l'hôtel. Tu as de la chance que le mec t'ait pas viandé d'un coup de schlass. Je l'ai soulagé d'un étripeur dont la lame devait bien mesurer vingt centimètres de long.

– Je ne me souviens de rien.

J'avais toujours l'impression d'avoir les mains aussi épaisses que des morceaux de bois lorsque j'essayais de les ouvrir et de les refermer.

– On ne gagne pas à tous les coups. Oublie ça. Allez, viens, on va se manger un steak et se tirer de ce trou à merde. Je crois qu'ils ont dû trouver les architectes de ce truc dans un centre de désintox.

Puis il se tourna vers moi, calmement, sans rien dire et je vis la pitié se mêler au souci dans son regard.

– T'as fait macérer ta cervelle dans une cruche d'alcool quelques heures durant, dit-il. La belle affaire. À l'époque où je travaillais aux Mœurs, je me suis fait rouler dans la farine par l'une de mes propres indics. Et en plus elle m'a refilé la chaude-pisse. Ce qui me tracasse, c'est que je crois que je savais à l'époque qu'elle était poivrée quand je me suis collé au pieu avec elle.

Il sourit et lâcha un filet de fumée de cigarette dans l'air rance et réfrigéré.

C'était lui, mon vieux partenaire, avant que le whiskey, les amphets et les usuriers ne le fassent s'évader de son propre service de police.

* * *

Son visage blanchit lorsqu'il essaya de se redresser dans son lit pour atteindre le verre d'eau et sa paille, posés sur la table de nuit.

– N'essaie pas de bouger avec des côtes cassées, Clete, dis-je en lui tendant le verre.

Ses yeux verts étaient enflammés autour des paupières et ils clignaient comme ceux d'un oiseau surpris tandis qu'il aspirait par la paille du coin des lèvres. On lui avait rasé des touffes de cheveux sur la tête, et le cuir chevelu était suturé de points en une demi-douzaine d'endroits.

– Mec, quelle galère, dit-il. Ils me disent que je suis censé rester ici encore deux jours. Je ne crois pas que je pourrai y couper. Tu devrais voir mon infirmière de nuit. Elle ressemble à la bête de Buchenwald. Elle a essayé de me fourrer un thermomètre dans l'arrière-train pendant que j'étais endormi.

– Ils t'ont frappé à coups de tuyau ?

– Non, le petit mec avait des coups de poing en laiton, et Jack Gates, celui que j'ai cadré à coup sûr, avait un bidule.

– Le flic auquel j'ai parlé m'a dit qu'ils t'avaient tabassé à coups de tuyau.

– Alors c'est qu'ils se sont trompés dans le rapport. On dirait la même troupe de nullards incompétents que ceux avec lesquels on a travaillé jadis.

– Comment sont-ils entrés dans ton appartement ?

– En trafiquant la serrure, j'imagine. En tous cas, Jack Gates était derrière la porte lorsque je suis entré. Il m'a touché en plein sur l'oreille d'un coup de son bidule. Nom de Dieu, qu'est-ce que ça a fait mal. Je me suis effondré sur ma télé toute neuve. Et ensuite c'est le petit enculé qui m'est tombé sur le rable. La dernière chose dont je me souvienne, c'est que je dégringolais au milieu des meubles en essayant de dégager mon calibre de ma veste tandis que le coup de poing en laiton me rebondissait sur le crâne et Gates qui essayait d'avoir assez de champ libre pour me choper à travers le cou. C'est à ce moment-là que je lui ai agrippé la tête pour arracher le bas qui lui couvrait le visage. La première chose que j'aie vue, c'est tout ce métal qu'il avait sur les dents. Après ça, extinction des feux pour Cletus. Ce merdaillon en réduction m'en a collé un à la base du crâne.

« C'est exactement ce que tu as décrit : c'est pas une bouche qu'il a, Gates, mais un chantier de ferraille. J'aurais dû faire le rapprochement bien avant. Il a travaillé comme porte-flingue pour Joey Gouza, mais j'ai entendu dire qu'il était parti pour Fort Landerdale ou bien Hallendale il y a deux ou trois ans de ça et qu'il s'était fait viander au pic à glace par une poule ou quelque chose dans ce goût-là. Mais c'était bien Jack Gates, mon, un vrai seau à gerbe. Je me suis laissé dire que Joey Gouza avait surpris son beau-frère en train d'écrémer la recette de ses putes, alors il a demandé à Jack Gates de lui monter une belle leçon de choses à titre d'exemple. Le beau-frère en question était un gros mec tout mou, un vrai tas de guimauve incapable de grimper un escalier sans s'accrocher à la rampe des deux mains. Gates l'a invité à dîner chez Copeland, belle bouffe et vins fins, il l'a complètement saoulé sans cesser de lui faire l'article sur les super nanas mexicaines de Galveston avec le feu au cul. Alors le gros tas s'est enflammé des ovaires, et le voilà parti en compagnie de Gates jusqu'à un aéroport privé à Kenner, et le Gates qui n'arrêtait pas de lui décrire tout ce que ces nanas allaient pouvoir faire pour sa vie sexuelle. Puis ce bon vieux Jack l'a accompagné sur la piste d'envol et lui a allumé un cigare avant de le pousser dans une hélice d'avion.

– Tu crois qu'il travaille pour Gouza aujourd'hui ?

– Je ne vois pas d'autre solution. On ne démissionne pas de chez Joey Meatballs et son club de bouffeurs de boulettes. C'est un boulot pour la vie.

– Où est-ce qu'il a déniché ce nom-là ?

– Son vieux tenait un rade à spaghettis sur Felicity. En fait, Joey est toujours propriétaire de trois ou quatre restaurants italiens en ville. Mais l'histoire veut qu'à l'époque où il était gamin à la maison de redressement, un péquenot de gardien obligeait toujours Joey à lui cuisiner des boulettes de viande. Sauf que Joey ne manquait jamais de cracher dans la viande ou d'y écraser quelques cafards. Tu l'as déjà vu ? Sa mère a dû se faire tringler par un lampadaire le jour où elle l'a fabriqué.

– Le petit mec au coup de poing américain en laiton, il s'agit probalement de Fluck, non ?

– Peut-être bien. Mais un bas nylon, ça fait ressembler tout le monde à la crème de l'humanité. Tout ce que je peux te dire, c'est que je crois qu'il cherchait à m'arracher les yeux... Pourquoi tu prends cet air ?

– C'est moi qui t'ai collé là-dedans, Clete.

– Non, c'est faux. C'est à moi que revient l'idée d'aller jusque chez Bobby Earl pour lui tirailler la bistouquette. Mais j'avais raison pour les liens qui rattachent Earl et Gouza, pas vrai ? Je t'ai dit que le larbin à la grille avait fait la mule à came pour Gouza. Je crois que nous avons là la plus belle enfilade d'enculés et de torche-culs de toute la Louisiane – des membres du Klan, des nazis et des affranchis.

– Tu t'es fait tabasser à ma place.

– Conneries.

– Tu ne connais pas encore toute l'histoire. On a essayé de m'acheter. J'ai reçu ça par la poste un peu plus tôt aujourd'hui. Deux bâtons dans ma boîte ainsi qu'une lettre me suggérant de passer beaucoup plus de temps du côté de New Iberia.

– Ah, dit-il.

Le tramway passa en brinquebalant sur les voies de St Charles.

– La carotte et le bâton.

– Je crois bien.

– Et j'ai eu droit au bâton.

– Ils n'aiment pas passer les flics à tabac.

– Ils ont aussi fait autre chose, Dave, peut-être bien une sorte de signal qui t'était destiné pour te donner une idée de leur potentiel pour l'avenir. Une fois qu'ils m'ont étalé pour le compte, ils ont éparpillé à travers toute la pièce un sac de tricolores et de beautés noires pour faire croire qu'il s'agissait d'un deal qui aurait mal tourné entre camés. J'ai tout nettoyé avant d'appeler le Premier District... Dave, je n'aime pas ce que je vois sur ton visage.

– De quoi parles-tu ?

– On croirait que t'as un morceau de barbelé derrière les yeux. Fais-moi le plaisir de te sortir ces idées-là du crâne.

– Tu te trompes.

– Des queues, je me trompe. Je sais ce que tu vas penser avant même que tu le penses. Ce bon vieux Belle-Mèche met en marche son presse-purée et il en devient presque cinglé à force de ressasser ses petites idées, juste avant d'aller leur frotter une allumette aux roubignolles. Attends donc que je sois sorti d'ici et on ira affronter ces mecs ensemble, tous les deux. Est-ce que c'est bien compris, podjo ?

Je contemplai le carré de lumière que dessinait le

soleil sur ses draps. Dehors, derrière la fenêtre, les palmiers se soulevaient, redressés par la brise.

– Je ne suis pas censé être de la partie ? dit-il.

– Tu veux que je t'apporte quelque chose ?

– Ne va pas t'attaquer à Gouza de front et en solo. Une plaque de shérif d'Iberia, c'est de la merde de chiot pour ces mecs-là.

– Qu'est-ce que tu veux que je t'apporte ?

– Mon calibre. Il est dans un petit tiroir à chaussettes sous mon lit.

Il prit ses clés sur la table de nuit et les laissa tomber dans le creux de ma main.

– Il y a aussi une bouteille de vodka et une cartouche de cigarettes sur le plan de travail de la cuisine.

– Je reviendrai dans un moment.

– Dave ?

– Oui ?

– Gouza, c'est un fêlé et un bizarro, un sacré mélange. Il a un glaçon au milieu du crâne quand il s'agit de parler affaires, mais c'est aussi un parano sadique. Y'a tout un paquet de têtes d'huile dans cette ville qui ont la trouille du bonhomme, à ne plus pouvoir en chier.

* * *

J'allai jusqu'à l'appartement de Clete sur Dumaine dans le Carré, mis son révolver .38, son étui d'épaule, sa vodka et ses cigarettes dans un sac en papier et je revenais sur mes pas par le balcon lorsque j'aperçus le gardien de l'immeuble en train de balayer son pas de porte en chassant ses poussières par la rembarde dans la cour en contrebas. L'homme avait la peau sombre et les cheveux noirs, des yeux turquoise et une mauvaise dentition. Je lui présentai ma plaque et lui demandai s'il avait vu les hommes qui avaient passé Clete à tabac.

– Ouais, pour sûr que j'z'a vus. J'z'a vu descendre l'escalier in courant, dit-il.

Il s'exprimait avec un fort accent cajun.

Je lui demandai à quoi les mecs ressemblaient.

– Un des hommes, j'la point ben vu, non, y'est parti à pied sur Dumaine. J'y a point fait 'tention pasque ch'savau pon qu'y avaut queq' chose pas bien, mi. Mais y'en avait un petit, un gars aux cheveux blonds, y m'a bousculé din ch'l'escalier et y'est sorti in courant din l'rue où y'a monté sur une moto avec un aut' gars.

– À quoi ressemblait le gars sur la moto ?

– Un balèze, dit-il avant de se tapoter le biceps d'un doigt. Il avait un tatouage, un tigre. Y'étau jaune et rouge. Et j'l'a bien vu en plus, pasque j'avau pas aimé me faire bousculer dans l'escalier par le petit mec.

– À qui avez-vous parlé de tout ceci ?

– Mi, j'a pon rin dit à personne.

– Et pourquoi ça ?

– Pasqu'y a personne qui m'a demandé.

Je déposai mon sac en papier avec l'arme, les cigarettes et la vodka de Clete. À ma sortie de l'hôpital, le soleil était bas dans le ciel, rougeoyant derrière les chênes de l'avenue St Charles, et les hirondelles tournoyaient dans le crépuscule. Je pris une chambre dans une pension de famille bon marché à deux blocs de St Charles, sur Prytania, qui est probablement l'une des plus belles rues du monde. J'appelai Bootsie et lui appris que je devais passer la nuit sur place. Je serais de retour le lendemain après-midi.

– De quoi s'agit-il ? demanda-t-elle.

– J'ai deux petites choses à régler. Des corvées, pour l'essentiel. Tu n'auras pas de problèmes ?

– Bien sûr que non.

– Est-ce que tu vas bien, Boots ?

– Oui. Tout va parfaitement ce soir. Il a fait chaud aujourd'hui, mais ça se rafraîchit un peu ce soir. Il pourrait peut-être même pleuvoir cette nuit. Il y a des éclairs au-dessus des marais.

Je sentais mon corps rompu par la fatigue de la journée. Je fermais et ouvrais les yeux. Le bourdonnement de l'appel interurbain dans le téléphone me faisait l'effet d'un sable mouillé dans mon oreille.

– Tu veux bien appeler le répartiteur pour moi ? dis-je.

– D'accord. Ne t'en fais donc pas, Dave. Nous allons très bien.

Après avoir raccroché, je fis ma prière à l'adresse de mon Tout-Puissant en lui demandant de veiller sur mon foyer en mon absence, puis j'appelai Clarisse, une mulâtresse âgée qui travaillait pour ma famille depuis que j'étais enfant, et lui demandai de faire un saut chez Bootsie ce soir et de revenir au matin faire le ménage.

Je pris ma douche dans une encoignure aux parois en fer blanc. L'eau était si froide que j'en eus le souffle coupé. J'enfilai les mêmes vêtements, déjà portés toute une journée, mangeai une assiette de riz, saucisses et haricots chez Fat Albert sur St Charles, puis démarrai mon odyssée nocturne sous les lueurs des néons, ma tournée des bars de motards des paroisses de Jefferson et Orléans.

* * *

Étrange univers à visiter, aux mœurs tribales et ataviques. Pris individuellement, ses membres sont habituellement de malheureuses créatures infortunées et emportées, nées sous le signe de la malchance, dont les plus grandes réussites se résument le plus souvent à ne pas se retrouver derrière les barreaux, à régler leur prêteur de caution, et respecter leurs rendez-vous auprès des responsables de conditionnelle et des représentants de l'assistance sociale. Que la plupart d'entre eux soient laids et stupides n'est probablement pas une coïncidence. Mais collectivement, ils sont à la fois source d'effroi et de fascination pour tous ceux qui s'interrogent de savoir à quoi pourrait bien ressembler leur quotidien s'ils abandonnaient leurs existences rangées et sans surprises et leur routine bien réglée pour venir embrayer sur une vie en marge, en se vautrant dans la canaille.

Le premier bar sur ma route était situé en dehors de la ville, sur Airline Highway. Imaginez un parc de stationnement au sol de coquillages concassés, couvert de Harley surbaissées dont les chromes et les laques noires semblaient briller de reflets irisés sous les lumières de la nuit ; un pied chaussé de botte en cuir en train d'enfoncer un kick de démarrage, un rugissement à vous rompre les tympans au sortir des pipes d'échappement rectilignes, le tintement d'une canette de bière balancée au travers des ramures d'un grand chêne, un homme en train d'uriner bruyamment sur les coquilles écrasées devant les phares d'une camionnette à plateau, les jambes musculeuses vêtues de blue-jeans largement écartées avec l'auto-satisfaction viscérale d'un gladiateur conquérant ; l'intérieur d'une bâtisse doublée de bardeaux bondé d'hommes en gilets Levi's sans manches et bottes gainées de plaques métalliques, sur pantalons de cuir noir retaillés au pubis qui dessinent les parties génitales et battent sur les jambes à la manière des jambières d'un picador ; des corps ceints de chaînes et de croix de fer, couverts de poils et de tatouages, croix gammées et serpents tenant enserrés entre leurs crocs à venin des crânes d'humains ; une odeur de tabac à chiquer, de tabac à priser, de fumée de cigarettes imprégnant les vêtements comme si on les avait patinés à la nicotine mouillée, à laquelle se mêlent des relents de graisse, d'huile à moteur, de joints de marijeanne et quelques traces de testostérone et de sperme séché.

J'étais sûr que l'homme au tatouage de tigre qui avait quitté l'immeuble de Clete en moto était Eddy Raintree, mais ce n'était pas lui le motard qui avait déposé l'argent du pot-de-vin dans ma boîte aux lettres. Ce qui signifiait qu'il existait en toute probabilité un lien entre les motards, la Fraternité Aryenne, des ex-détenus, Bobby Earl et Joey Gouza. Le rapport était logique. La plupart des motards hors-la-loi que j'avais connus étaient des fascistes sexuels, toujours en quête d'une nouvelle cible sans défense sur laquelle libérer la colère et le sang sombre qui leur battaient les reins comme un oiseau palpitant dans sa cage.

Mais je n'arrivai pratiquement à rien au bar de Airline Highway, pas plus que dans tous les autres de mon périple jusqu'à trois heures du matin. Personne ne connaissait Eddy Raintree, personne n'avait entendu parler de lui ou cru reconnaître même vaguement sa photographie. Mais dans le dernier établissement que je visitai, une salle de billard étroite aux murs de briques, tenue jadis par des Noirs, située entre deux entrepôts sur l'autre rive du fleuve à Algiers, une femme ivre au bar me laissa lui offrir un bol de chili et essaya de se montrer serviable à sa triste manière.

Ses cheveux étaient teints couleur platine, sombres aux racines, et elle arborait un 69 tatoué sur son bras. Elle portait un T-shirt jaune sans manches sur une poitrine sans soutien-gorge, et une paire de Levi's délavés à l'eau de javel accrochés sur ses hanches aussi bas qu'un bikini. (Je n'avais jamais réussi à comprendre les femmes qui traînaient leurs guêtres avec les motards hors-la-loi, car, assez régulièrement, elles se faisaient violer par la bande tout entière, fouetter à coups de chaîne et se retrouvaient paumes clouées aux troncs d'arbres ; mais elles revenaient toujours et en redemandaient, obéissantes, anesthésiées, mortes d'ennui, comme autant de spectatrices de leur propre démembrement.)

Elle ne cessait de lever une cuillère pleine de chili à ses lèvres pour oublier de la manger, tandis que son regard essayait de refaire sa mise au point sur mon visage et la photographie d'Eddy Raintree que je tenais dans ma paume.

– Qu'est-ce que vous lui voulez, à cette merde débile ? demanda-t-elle, d'un ton flegmatique, comme un dialogue de film au ralenti.

– Pourriez-vous me dire où il se trouve ?

– En prison, probablement. Ou alors en train de baiser les chèvres ou quelque chose du même genre.

– Quand l'avez-vous vu pour la dernière fois ?

Elle tira sur sa cigarette et garda la fumée comme si elle prenait une biffe de joint.

– Vous n'allez quand même pas perdre votre temps avec une merde débile comme lui, dit-elle.

– J'aimerais vraiment beaucoup parler à Eddie. Et je vous serai très reconnaissant si vous pouviez m'aider.

– Il est fana d'astronomie ou quelque chose. Il est loufdingue. Et moi, j'ai assez de dinguerie dans ma vie pour me passer d'une merde débile comme lui.

C'est alors que son petit ami revint des toilettes. Il était énorme, la barbe broussailleuse, et vêtu d'une salopette à rayures sur son torse nu. Ses épaules massives se crénelaient de poils; il dégageait une odeur incroyable.

– Qu'est-ce que tu crois que t'es en train de faire, mec? dit-il.

– Je terminai ma conversation avec cette dame, c'est tout.

– Elle est finie, la conversation. Salut.

Je laissai deux dollars sur le comptoir pour le chili et ressortis dans la nuit. La chaleur du jour s'était finalement levée des rues et des immeubles de béton, le vent était frais qui soufflait depuis la rive opposée du fleuve, et je voyais filer les feux rouges et verts des barges à pétrole sur le fleuve tandis que rougeoyait La Nouvelle-Orléans sur fond de nuages.

* * *

Je dormis jusqu'à neuf heures le lendemain matin, pris café et *beignets* à une table bien fraîche sous l'auvent du Café du Monde, et observai le spectacle des gerbes d'eau des arroseurs en train de cliqueter contre la clôture en fer de lance qui entourait le parc dans Jackson Square avant de se laisser emporter dans un brouillard d'arc-en-ciel au milieu des myrtes et des bananiers. Puis je me rendis au quartier général du Premier District à quelques blocs de distance pour y consulter le dossier de Joey Gouza. Encore une nouvelle étude dans le domaine de l'échec institutionnalisé, le genre de document qui vous fait douter de vos propres convictions, au point de vous mettre à penser que les demeurés d'extrême-droite ont peut-être raison lorsqu'ils recommandent de s'attaquer aux complexités sociales à la tronçonneuse.

Depuis l'âge de treize ans, il avait été arrêté quarante-trois fois. À dix-sept ans, il avait été incarcéré à la maison de redressement de Louisiane, il avait fait deux séjours à Angola et était tombé pour trois ans pour crime fédéral à Lewisburg. Il avait été arrêté pour violation de domicile avec effraction, vol d'automobile, agression, coups et blessures, possession d'instruments de cambriolage, vol à main armée, vol avec violences, revente de tickets d'alimentation volés, possession de fausse monnaie, proxénétisme, fraude fiscale et meurtre. C'était l'un de ces criminels de carrière qui, dès leur plus jeune âge, s'intéressent du plus près possible – et participent – à toutes les catégories d'activités illégales qu'une petite ville se trouve à même de leur offrir. Mais à la différence de la plupart des voleurs au petit pied, fourgues sans grande envergure et artistes du vol avec bris de vitrine, Joey s'était mis à graviter sur une orbite régulière bien définie qui lui avait fait gravir les échelons du crime organisé de La Nouvelle-Orléans et il avait affiné un talent qui, à une époque, suscitait révérence et admiration dans le monde de la pègre, celui du perceur de coffre-fort. À l'évidence, il avait fait sauter puis découpé nombre de coffres au chalumeau dans quatre États et n'était tombé qu'à une seule occasion, une caisse forte dans une boutique de prêt sur gages à Baton

Rouge qui lui avait gagné quatre-vingt-six dollars et deux ans de travaux forcés à Angola.

Il n'était pas difficile à trouver. Il était propriétaire d'un petit café-snack italien situé dans un vieil immeuble en brique et fer forgé ouvragé en volutes à l'ombre des chênes d'Esplanade. L'intérieur sentait l'origan et la sauce à la viande, le ragoût de crabes, les crevettes sautées, le fromage et le salami, les huîtres frites, les tranches d'oignons et de tomates qui entraient dans la composition des torpilles, ces maxi-sandwiches servis au comptoir dans les vapeurs de café des machines à expresso. Le café était vide à l'exception d'un cuisinier noir, du barman et d'un couple en train de prendre le petit déjeuner à l'une des tables aux nappes à carreaux.

Je demandai Joey Gouza.

– Il est dans son bureau. C'est quel nom ? demanda le barman.

– Dave Robicheaux.

– Une minute.

Il alla au bout du comptoir et s'adressa à quelqu'un derrière une porte entrouverte.

– Qui c'est, le mec ? dit une voix étrange, aux inflexions grasses.

– Je ne sais pas. Rien qu'un mec.

Le barman tourna la tête vers moi.

– Alors, demande-lui qui il est, dit la voix.

Le barman se retourna à nouveau dans ma direction. Je lui présentai mon étui à plaque ouvert.

– C'est un flic, Joey, dit le barman.

– Alors dis-lui d'entrer, pour l'amour du ciel.

Je contournai le comptoir et franchis la porte. Joey Gouza, installé derrière son bureau, leva les yeux vers moi. Il était grand, la peau fortement hâlée, le visage allongé, presque en forme de cruchon, les cheveux poivre et sel taillés à la mode militaire, en brosse courte bien raide sur le crâne, les yeux aussi noirs qu'une peinture fraîche. Il portait des pantalons de toile grise à plis, un polo lavande, des mocassins marron aux reflets rougeâtres ; un panama de couleur crème était posé à l'envers sur un coin de bureau. Le cou était anormalement long, comme un col de cygne, arborant chaînes et médaillons en or, et le col du polo ouvert exposait la trame serrée des veines et tendons de la poitrine et des épaules, pareille à celle d'un coureur de fond ou d'un lanceur de javelot.

Mais c'était les yeux qui retenaient toute l'attention : ils étaient d'un noir absolu et ne cillaient jamais. Et la voix. L'accent venait droit des quartiers pauvres de l'Irish Channel, mais s'y nouaient des inflexions bizarres, à croire que les cordes vocales étaient obstruées de muqueuses infectées.

Le sourire était facile, aussi décontracté que l'allumette que l'homme faisait rouler sur le bout de la langue. Un gros homme à la peau sombre, une visière sur le front, fumant cigare, était assis à une table à jouer installée en coin et comptabilisait ses reçus sur une calculette.

– J'ai encore oublié de payer mes P.V. pour stationnement interdit ? dit Gouza.

Je lui montrai mon insigne pour qu'il ne s'y trompe pas.

– Non, Je suis Dave Robicheaux et j'appartiens aux Services du Shérif, Paroisse d'Iberia, M. Gouza. Ma visite n'a rien d'officiel. Puis-je m'asseoir ?

S'il reconnut mon nom, il n'en fit pas montre, ni dans les yeux, ni dans le sourire.

– Faites donc, si le fait de me voir travailler ne vous dérange pas. Il faut qu'on prépare quelques trucs pour le percepteur.

– Je suis à la recherche de Jack Gates, dis-je.
– Qui ça ?
– Ou bien Eddy Raintree ?
– Qui ?
– Que diriez-vous de Jewel Fluck ?
– *Fluck* ! Est-ce que vous seriez en train de vous payer ma figure ?
– Reprenons plutôt avec Jack Gates. Vous n'avez jamais entendu parler de lui ?
– Non.
– C'est drôle ça. J'ai entendu dire qu'il avait collé votre beau-frère dans une hélice d'avion en marche.
– C'est une belle histoire. Il y a des années que je l'entends circuler. Mais c'est des conneries, dit-il. Mon beau-frère a été tué dans un accident d'avion en se rendant à Disneyland. Une grande tragédie pour toute la famille.

L'homme assis à l'autre table était tout sourire et hochait la tête sans interrompre un instant son décompte de reçus. Puis Joey Gouza remit l'allumette entre ses lèvres et baissa le menton pour étouffer son gloussement. Son regard brillait d'une lueur amusée au fur et à mesure que les yeux faisaient l'inventaire de ma personne en me balayant de la tête aux pieds.

– Vous avez dit Paroisse d'Iberia ? dit-il.
– C'est exact.
– Vous avez tous arrêté de vous raser, ou quoi, dans le coin ?
– Nous autres, dans les paroisses, sommes moins à cheval sur le règlement. Mais venons-en au fait, Joey. Il y a longtemps que vous êtes casseur de coffiots, un artiste de la vieille école. Pourquoi cette dent contre Weldon Sonnier ?
– Weldon Sonnier ?

– Lui non plus, vous ne le connaissez pas ?

– Tout le monde le connaît à La Nouvelle-Orléans. C'est une cloche et un roi de l'ardoise.

– Qui vous l'a dit ?

– C'est ce qui se raconte. Il emprunte des paquets de blé, mais il n'allonge pas les intérêts. C'est le genre de choses qui peut vous amener des ennuis dans cette ville. Vous voulez dire quoi, au juste ? Que je suis en rapport avec lui ?

– À vous de me le dire.

– Je connais votre nom mais ça remonte à loin. Vous étiez au Premier District, pas vrai ?

– C'est exact.

– Alors je pense que vous avez peut-être entendu raconter des choses à mon sujet. Vous avez probablement lu ma collante en détail avant de venir ici ce matin, je me trompe ? Vous savez que je suis tombé une paire de fois, vous savez que j'ai cramé un coffiot ou deux. Vous avez entendu toutes ces vieilles conneries sur la manière dont j'ai attrapé cette voix, comment une fiotte en taule m'avait collé un cachet de Sani Flush dans ma tasse à café. Comment la fiotte en question s'est retrouvée avec le troufignon ouvert sous la douche deux jours plus tard ? Vous l'avez entendue, celle-là, non ?

– Bien sûr.

Il sourit et dit :

– Non, ce n'est pas vrai, mais je vous la refile gratis, quand même. Le fait est que ce n'est pas vrai. Je n'ai jamais été une grosse rayure, j'ai fait mon temps facile, sans problème, je me suis toujours retrouvé prisonnier de confiance dans toutes les taules que j'ai faites. Mais ce qui est important, c'est le mot *faites*. C'est du passé. *J'ai fait* mon temps. Ça fait sept ans que je me tiens à carreau. Écoutez...

Il fit rebondir sa paume de main sur la pointe d'une pique à reçus et regarda d'un air pensif par la fenêtre des enfants noirs en train de faire du skateboard sous les chênes.

– Je suis un homme d'affaires, poursuivit-il. Je suis propriétaire d'un paquet de restaurants, un service de blanchisserie, un cinéma, une entreprise de plomberie et la moitié des parts d'une compagnie de machines distributrices. Sommes-nous bien sur la même longueur d'ondes ?

Il remua les narines comme si les muqueuses en étaient obstruées et se frotta d'un doigt la peau granuleuse de la mâchoire.

– Je vais essayer une nouvelle fois, dit-il. Vous l'avez dit il y a une minute, j'ai été débrideur de coffiots. J'en ai dépecé, forcé, cramé. Et je suis tombé au trou deux fois à cause de ça. Mais le perçage des coffres-forts est devenu un art du passé il y a bien longtemps déjà. Aujourd'hui, il n'y a plus que les stupéfiants.

– Et c'est tout mauvais ? dis-je en lui retournant son sourire.

– Qui suis-je pour pouvoir juger ? dit-il. Allez donc faire un petit tour dans les lotissements de l'assistance sociale et essayez de voir qui dirige tout le trafic. Uniquement des mômes de couleur. Ils vous raclent le fond des pipes à crack, ils appellent ça le bazooka ou quelque chose, et ils vous revendent le truc à un sac la dose. Personne avec assez de jugeotte pour se sortir la tête d'un sac en papier mouillé ne va aller se mettre sur les rangs pour voler le marché.

– Peut-être que mes renseignements ne sont pas très bons. Ou peut-être aussi que j'ai un peu perdu le contact, avec le temps. Mais à ce que j'ai cru comprendre, vous êtes en rapport avec Bobby Earl, et Jack Gates fait partie de votre troupe comme exécuteur des basses œuvres.

Il s'appuya contre le dossier de son fauteuil et regarda une nouvelle fois par la fenêtre. Il sortit l'allumette qu'il avait dans la bouche et la jeta à la poubelle.

– J'ai essayé d'être poli, dit-il. Vous venez de loin, vous aviez des questions à me poser, j'ai essayé d'y répondre. Vous ne croyez pas que vous abusez un peu de la situation ?

– Je suis venu ici pour vous transmettre une ou deux petites observations, Joey. Quand vous essayez de soudoyer un flic en lui refilant une enveloppe, et que vous ne connaissez rien de lui, trouvez-vous quelqu'un pour lui prêter de l'argent, ne vous contentez pas de déposer le fric dans sa boîte aux lettres.

– De quoi est-ce que vous parlez ?

– Les deux mille dollars se trouvent dans le tiroir du bureau du shérif d'Iberia. À la fin de l'année, on fera probablement don de la somme au programme d'aménagement des jardins publics de la ville.

À nouveau, il affichait un sourire éclatant.

– Vous voulez me faire comprendre que j'ai essayé de vous acheter ? Vous avez fait tout ce chemin jusqu'ici pour me raconter que quelqu'un a gâché deux misérables bâtons en vous les refilant ? C'est ça, le grand message ?

– Prenez ça comme vous l'entendez.

– Ç'a été une vraie partie de plaisir que de discuter avec vous. Hé, je ne vous ai pas dit ? Je suis propriétaire aussi de deux terrains de golf miniature. Vous aimez ça, le golf miniature ? Ça commence à bien prendre à La Nouvelle-Orléans. Hé, Louis, donne-lui donc deux tickets.

L'homme au cigare et à la visière verte, le visage barré d'un large sourire, hochait toujours la tête. Il sortit une épaisse liasse de billets de sa poche de chemise, en dégagea deux de sous l'élastique qui les tenait et les plaça sur le bureau devant moi.

Joey Gouza plaça ses deux mains en triangle et se mit à tapoter des doigts les uns contre les autres.

– J'ai entendu dire que vous étiez quelqu'un d'intelligent, Joey. Mais à mon humble avis, vous n'êtes qu'une merde stupide, dis-je.

Son regard s'éteignit, les yeux plats et vides, le visage brutalement voilé.

– Vous avez joué au con avec Cletus Purcel. C'est probablement la pire erreur que vous ayez jamais faite de toute votre existence insignifiante, dis-je. Si vous ne me croyez pas, renseignez-vous donc sur ce qui est arrivé à Julio Garcia et à son garde du corps il y a quelques années de ça. Je crois qu'ils ont tous les deux regretté de pas être restés à Managua pour tenter leur chance avec les Sandinistes.

– Et c'est ça qui doit me foutre une trouille bleue ? Vous entrez ici comme si on vous avait viré tout droit d'un panier de linge sale, et je suis censé mourir de trouille ?

Il pointa quatre doigts bien raides sur son propre sternum.

– Vous croyez que j'en ai quelque chose à branler d'un privaillon de merde ? Dites-moi, sérieux, je dois pisser de trouille et me coller des couches au cul parce qu'il a dessoudé un espingo sur lequel personne à La Nouvelle-Orléans n'irait gâcher sa salive pour lui cracher dessus ?

– Ce n'est pas Clete qui a tué Garcia. Mais son partenaire.

Je vis une lueur de reconnaissance se faire lentement jour dans son regard.

– Dites à ces trois clowns qu'ils passent au trou pour le meurtre d'un adjoint du shérif, dis-je. Tenez-vous bien à l'écart de la Paroisse d'Iberia. Tenez-vous à l'écart de Purcel. Si vous tombez une nouvelle fois, Joey, je vais faire en sorte que ce soit pour de bon, perpète au pénitencier. Quatre fois récidiviste, la question ne se pose même pas : emprisonnement à vie.

Je lui balançai d'une pichenette ses tickets de golf par le travers du plastron. L'homme à la visière verte était figé comme une statue, le cigare mort pendu aux lèvres.

7

À mon retour à New Iberia, je me douchai, me rasai, enfilai des vêtements propres et déjeunai en compagnie de Bootsie dans l'arrière-cour. J'aurais dû m'estimer satisfait et content de ma journée ; ce n'était plus la grande chaleur de la veille, les arbres résonnaient de chants d'oiseaux, le vent était chargé des parfums de pastèque, les roses de mon jardin étaient aussi grosses que des poings. Mais mon regard n'enregistrait que ce qu'il n'avait nul raison de voir : un feu qui brûlait au milieu des marais, là où il n'avait nul lieu d'être ; des busards en troupe, amassés autour de la dépouille d'un lapin au milieu du champ, leur bec crochu et jaunâtre occupé à sa tâche de charognard ; un gamin avec son fusil à air comprimé sur la rive du bayou en train de prendre soigneusement en ligne de mire un merle.

Pourquoi ? Parce que nous devions partir pour Lafayette et y revoir le spécialiste. Le traitement du lupus, dans notre cas d'espèce, ne consistait pas tant à trouver les bons médicaments que le bon dosage. Bootsie avait besoin de corticostéroïdes afin de maîtriser la maladie qui dévorait ses tissus conjonctifs, mais des quantités mal adaptées de ses médicaments entraînaient ce qu'il est convenu d'appeler une psychose aux stéroïdes. Son traitement n'était pas sans rapport, à nos yeux, aux tentatives répétées de celui qui essaierait de composer correctement un mot en plongeant sa cuillère au hasard dans un potage aux vermicelles-alphabet.

Sans compter qu'il était des moments où j'éprouvais une grande colère contre elle. Elle était censée éviter le soleil, mais il m'arrivait fréquemment de rentrer du travail pour la trouver en train de désherber les parterres de fleurs en short et dos nu. Lorsque nous sortions sur la grande salée pour pêcher la crevette à la seine, elle ne tenait plus ses promesses : non seulement elle quittait la cabine, mais se déshabillait et plongeait du plat-bord, complètement nue, en direction de quelque banc de sable lointain, jusqu'à ne plus être qu'une petite tache sur l'eau que je devais aller récupérer.

Nous revînmes de Lafayette à seize heures. Bootsie avait dans son sac une demi-douzaine de nouvelles ordonnances. Je m'assis, complètement amorphe, sous l'auvent du perron de façade et contemplai d'un œil vide la fumée qui se levait toujours vers le ciel depuis les cyprès en train de se consumer dans les marais. Pourquoi personne ne l'avait-il éteint, ce feu ? songeai-je.

– Qu'est-ce qui ne va pas, Dave ? demanda Alafair.

– Rien, petit mec. Comment va ?

Je lui enserrai sa petite taille du bras et la serrai contre moi. Elle avait fait du cheval, et je sentais le soleil dans ses cheveux et la sueur de sa monture sur ses vêtements.

– Pourquoi y'a un feu là-bas ?

– Un éclair a dû probablement toucher un arbre cette nuit, dis-je. Le feu s'éteindra tout seul, quand il n'y aura plus rien à brûler.

– Est-ce qu'on peut aller acheter quelques fraises pour le dessert ?

– Il faut que je repasse au bureau. Peut-être qu'on fera un saut en ville après souper pour se payer une bonne glace. Qu'en dis-tu ?

– Dave, est-ce que le docteur a dit que Bootsie avait quelque chose de grave ?

– Non, elle va très bien s'en sortir. Pourquoi penses-tu des choses pareilles ?

– Pourquoi elle a fait ça avec, comment appelles-tu ça, déjà, avec ces trucs que le docteur lui donne ?

– Ses ordonnances ?

– Ouais. Je l'ai vue balancer son sac à main sur le lit. Et puis elle a chiffonné et fait une boule de toutes ses 'donnances. Quand elle m'a vue, elle a tout remis dans son sac à main et puis, elle est allée dans la salle de bains. Elle a fait couler l'eau pendant un bon moment. Il fallait que j'aille aux toilettes et elle n'a pas voulu me laisser entrer.

– Bootsie est malade, petit mec. Mais elle va aller mieux. Il faut que tu acceptes de vivre un jour à la fois, une journée après l'autre. Allez, saute sur mon dos et on va aller voir ce que fabrique Batist. Ensuite, il faut que j'y aille.

Elle remonta les marches et m'escalada le dos comme une petite grenouille pour venir s'installer sur mes épaules. Nous partîmes au galop, pareils au cheval et son cavalier, jusqu'au ponton. Mais il était difficile de feindre la joie ou la confiance, dans l'instant comme dans le jour écoulé.

Le vent changea de direction et je sentis la puanteur brûlante de bois de cyprès calciné dans les marais.

* * *

J'allai au bureau où je m'entretins brièvement avec le shérif au sujet de ma visite à La Nouvelle-Orléans, ma visite des bars de motards à la recherche d'Eddy Raintree, et ma conversation avec Joey Gouza.

– Tu crois que c'est lui qui tire les ficelles dans cette affaire ? demanda le shérif.

– Il est impliqué là-dedans d'une manière ou d'une autre. Je ne suis pas très sûr de savoir encore comment. Il a la haute main sur tout ce qui se passe et qui rapporte dans cette partie de la Paroisse d'Orléans. Les mecs qui ont passé Clete à tabac n'auraient jamais fait une chose pareille sans les ordres ou la permission de Gouza.

– Dave, je ne veux pas que tu recommences à coller un bâton dans la cage à Gouza et à faire le remue-ménage. Si nous parvenons à l'épingler, ce sera grâce à un mandat d'arrêt, en travaillant en collaboration étroite avec les Services de Police de La Nouvelle-Orléans. C'est un homme dangereux, aux réactions imprévisibles.

– Les familles de La Nouvelle-Orléans ne s'attaquent pas aux flics, Shérif. C'est une vieille tradition.

– Va donc raconter ça à Garrett.

– Garrett a mis les pieds là-dedans par inadvertance. En 1890, la Main Noire a assassiné le chef de la police de La Nouvelle-Orléans. Une foule déchaînée a fait sortir onze des responsables de la prison de la paroisse : elle en a pendu deux à des lampadaires de rue, avant de passer à tabac et d'abattre les neuf autres jusqu'à ce que mort s'ensuive. Ce qui explique que les flics, comme moi, se font acheter par des pots-de-vin et les mecs comme Clete ont droit aux coups-de-poing en laiton.

– Ne déclenche donc pas un précédent.

J'allai inspecter le contenu de ma boîte aux lettres près du bureau du répartiteur. Il était dix-sept heures quinze. Il me suffisait simplement de jeter un coup d'œil à mon courrier, de passer en revue mes messages téléphoniques et de donner un coup de fil, et j'étais sûr qu'en décrochant son combiné, Drew serait calme, voire désolée, la bouche pleine d'excuses quant à son comportement affolé de la veille. Ne me resterait plus qu'à reprendre le chemin de la maison pour le dîner.

Je me trompais.

Le répartiteur avait noté le message de Drew à l'encre bleue sur la première fiche du bloc à messages en papier rose : *Dave, est-ce que tu t'en fous complètement ?*

La maison de Drew était située à deux blocs du pont mobile que je devais emprunter pour rentrer à la maison, me dis-je. J'allais m'accorder un quart d'heure pour passer chez elle. L'amitié et le passé réunis exigeaient de moi un certain degré d'obligation, même s'il ne s'agissait, dans le cas présent, que d'un acte rituel de pure gentillesse destiné à la rassurer, de ces actes qui n'ont rien à voir avec la fidélité conjugale. Rien, rien du tout, me répétai-je en moi-même.

Elle s'affairait à son barbecue de l'arrière-cour. Elle était pieds nus, vêtue d'un short de tennis blanc et d'une chemise en coton à rayures. À voir son visage, elle donnait l'impression d'avoir chaud dans la fumée, et sa nuque hâlée était emperlée de transpiration. La table de pique-nique était couverte d'une nappe en tissu fleuri au milieu de laquelle trônait une cuvette pleine de glace pilée d'où émergeaient des bouteilles de Jax à long col. Les chênes et les myrtes étaient pleins de lucioles et au-delà des troncs grisâtres des cyprès qui s'alignaient sur la rive, j'aperçus des gamins qui faisaient du ski nautique, accrochés à un bateau à moteur sur Bayou Teche.

– Peut-être que je débarque au mauvais moment, dis-je.

– Non, non, c'est très bien. Je suis contente que tu sois venu, dit-elle en chassant la fumée de son visage. Weldon et Bama arrivent à vingt heures. Reste à souper si tu veux.

– Merci. Il faut que je reparte dans une minute. Je suis désolé de ne pas t'avoir rappelée, mais j'ai été obligé d'aller à La Nouvelle-Orléans. Est-ce qu'on ne t'a pas envoyé un adjoint en uniforme hier ?

– Si. Il a passé trois heures dans mon salon à lire des revues.

Elle prit une bouteille ouverte posée sur la table et but à même le goulot. La bouteille était emperlée d'humidité et je regardai la mousse couler du col de la canette jusque dans sa bouche.

– Il y a de la limonade dans le réfrigérateur, dit-elle.

– Ça va bien.

Elle replaça le goulot entre ses lèvres, les yeux posés sur moi. Je détournai la tête avant de prendre une fourchette et de coller un poulet sur le grill. La *sauce piquante* grésilla avec éclat au milieu des flammes et monta en nuage de vapeur chassé par le souffle de la brise.

– Pourquoi n'as-tu pas signalé l'effraction, Drew ?

– Je ne sais pas qui a fait ça, alors, à quoi bon ?
– Est-ce que c'était ton père ?
– S'il est toujours en vie, ce n'est pas à moi qu'il va s'intéresser.
– Crois-tu qu'il s'agisse d'un des mecs de la clique à Joey Gouza ?
– Le gangster de La Nouvelle-Orléans ?
– C'est bien lui. J'ai le sentiment que lui et Weldon s'appellent par leur petit nom. Arrête ton cinéma, Drew. Il est difficile d'être shootée jusqu'aux yeux un jour et le lendemain, de recommencer son petit numéro de sourde et muette.
– Je n'aime pas que tu me parles sur ce ton, Dave.
– Tu as fait en sorte de transmettre tes sentiments sur la question au vu et au su de tout le monde par l'intermédiaire du répartiteur. Le service de police n'est pas très grand, Drew. Et la ville n'est pas très grande non plus.
– Je n'ai pas à me soucier de ces choses-là, Dieu merci. Je suis désolée si pour toi c'est le cas.
Elle sortit un bandana de sa poche et essuya la transpiration de sa nuque. Son visage prit soudainement une expression douce et fraîche dans la lumière mauve qui se reflétait du bayou.
– Je n'allais pas très bien, hier, dit-elle. Peut-être que je n'aurais pas dû t'appeler. Et je n'aurais pas dû non plus donner à tout ça un côté aussi personnel.
– Écoute, quand un inconnu se faufile en douce au domicile de quelqu'un, c'est pour l'une des deux raisons suivantes : pour voler, ou pour agresser physiquement la personne en question, ou peut-être pour les deux à la fois. Quand la chose arrive, elle fait peur. On se sent violé. Au point de sortir tout ce

qu'il y a dans les placards et les tiroirs et de faire une grande lessive.

Elle décapsula une nouvelle bouteille de Jax et s'assit sur le banc de la table à pique-nique. Mais elle ne porta pas la bière à ses lèvres. Elle se contenta de tracer du bout d'un doigt une ligne dans les perles d'humidité sur le verre.

– J'ai séjourné dans le nord du Nicaragua, dit-elle. Quand les contras « violaient » quelqu'un, on retrouvait le corps coupé en morceaux.

– J'essayais simplement de te dire que ta réaction était compréhensible, Drew.

– J'ai acheté un pistolet ce matin. La prochaine fois qu'un individu essaie de pénétrer dans ma maison, je le tue, ce salopard.

– Ce n'est pas ça qui va résoudre ton plus gros problème. Tu protèges Weldon de quelque chose, et dans le même temps, tu sais que si on ne l'aide pas, il va probablement se ramasser. Je crois que tu as aussi un autre problème. Un problème de conscience. Weldon a fait quelque chose qui va à l'encontre de tes principes profonds, et d'une manière ou d'une autre, il t'a attirée dans ses filets.

– J'aimerais bien disposer du don d'omniscience. Ça doit être merveilleux de posséder un don comme celui-là.

– Est-ce qu'il s'est trouvé mêlé aux contras ?

– Non.

Je la regardai droit dans les yeux, sans ciller.

– J'ai dit non, répéta-t-elle.

– Je vais te dire une chose qui ne te plaira probablement pas. Weldon a travaillé pour la CIA. C'est Air America qui assurait tous les vols dans le Triangle d'or. Parfois il leur arrivait d'assurer le passage des seigneurs de guerre, lesquels transportaient des stupéfiants. Les chefs de station étaient au courant, les pilotes étaient au courant. Weldon a été mêlé à des entreprises pas très propres. Peut-être le temps est-il venu pour qu'il paie, de sa personne. Je crois qu'il ne vaut pas un pet, c'est un dégonflé, à se cacher comme il le fait derrière sa sœur.

– Pourquoi as-tu laissé filer tout ce qu'il y avait entre nous ?

– Je te demande pardon ?

– Tu disais qu'il ne vaut pas un pet. Moi, je croyais que tu étais le soleil en train de se lever au petit matin. C'est ce que je croyais que tu étais.

Je sentis la peau de mon visage se tendre dans l'air humide.

– Je suis parti au Vietnam. Tu te souviens de ce que tu pensais de ceux qui partaient au Vietnam ? dis-je.

– Ça ne se résume pas qu'à ça, et tu le sais très bien. Tu avais tout foiré avec Bootsie, et moi, « je n'étais que de passage ». Je ne valais pas un pet, c'est ça que ça veut dire.

– Tu te trompes.

Elle but une gorgée à la bouteille et tourna la tête vers le bayou pour que je ne puisse pas voir son visage.

– Je t'ai toujours respectée, dis-je. Tu planais bien haut hier, tu n'étais pas toi-même parce que sous ta carapace, tu as le cœur tendre, Drew. On ne peut exiger de quiconque d'être soldat sur le pied de guerre tous les jours de sa vie. Une journée sur deux, je démarre par une dépression nerveuse.

Elle me cachait toujours son visage, mais je voyais son dos secoué de spasmes sous sa chemise.

Je posai doucement la main sur son épaule. Sa main se leva et ses doigts vinrent couvrir les miens pour s'y reposer un instant puis elle ôta ma main de sous la sienne et la laissa retomber.

– Il est temps pour toi de partir, Dave, dit-elle.

Je ne répondis pas. Je traversai le tapis épais de sténotaphrum sous les ombrages, au milieu des vols de lucioles dans les arbres. Je me retournai et regardai Drew avant de m'éloigner. Je ne voyais plus une femme aux pieds nus qui se frottait les yeux sous la fumée, mais la petite fille cajun d'un passé aujourd'hui bien lointain dont les jambes nues dansaient dans les airs tandis qu'une baguette venait en cingler les chairs.

* * *

Tôt le lendemain matin, j'envoyai deux adjoints en uniforme faire la tournée des missions et des refuges des paroisses d'Iberia et Lafayette à la recherche d'un homme qui aurait été défiguré dans un incendie. Je leur dis également d'aller inspecter les vieilles jungles à clodos et chemineaux le long de la voie du Southern Pacific.

– Que fait-on si on le trouve ? dit un des adjoints.

– Demandez-lui de vous accompagner.

– Et s'il ne veut pas venir ?

– Appelez-moi et je viendrai en personne.

– La moitié des mecs dans cette jungle de clodos ont l'air d'avoir été tabassés à la batte de base-ball par leur mère.

– Le visage du mec en question ressemble à un masque de caoutchouc rouge.

– Peut-on l'inviter à déjeuner ?

L'adjoint souriait de toutes ses dents.

– Que diriez-vous de vous y mettre ?

– Oui, monsieur.

J'appelai ensuite Clete dans sa chambre d'hôpital à La Nouvelle-Orléans, mais je m'entendis répondre par une infirmière qu'il était en train de passer des radios. Je demandai à la femme de prévenir Clete afin que ce dernier me rappelle en P.C.V. une fois de retour à sa chambre. Quinze minutes plus tard, je buvais du café en mangeant un beignet, le regard posé sur un Noir par la fenêtre qui vendait des pastèques à peau zébrée et des fraises à l'arrière de sa camionnette, lorsque mon téléphone se mit à sonner. C'était Weldon Sonnier.

– Qu'est-ce qui t'a pris d'aller faire pression sur ma sœur ? dit-il.

– Je crois que tu inverses les choses.

– Qu'est-ce que tu as été lui raconter ?

Je posai mon beignet sur une serviette.

– Je dirais que ce ne sont pas tes oignons, dis-je.

– Vaudrait mieux te convaincre que si, nom de Dieu.

– Alors pourquoi n'arrêtes-tu pas une bonne fois pour toutes de décharger tes ordures dans son existence ?

– Écoute, Dave...

– On a essayé de m'acheter et l'argent était accompagné d'une lettre anonyme. Le mec qui m'a écrit a mentionné ton nom. Il disait aussi que tu étais un fumier et un mauvais payeur.

Il resta silencieux.

– Ensuite, je suis allé bavarder avec Joey Gouza. Lui aussi t'a traité de mauvais payeur.

– Pense un peu à celui qui t'a dit ça.

– La question qui m'intéresse, c'est de savoir pourquoi je n'arrête pas de voir ou d'entendre le mot « mauvais payeur » quand ton nom arrive dans la conversation.

– Quand est-ce que tu as vu Gouza ?
– C'est pas tes oignons.
– Il ferait le candidat idéal à une lobotomie. Je ne me risquerais pas à aller lui écrabouiller les valseuses.
– Pourquoi fricotes-tu avec Gouza ?
– Qui a dit que je le connaissais ? Le mec est célèbre. Gouza est à La Nouvelle-Orléans ce que la merde de babouin est au parc zoologique.
– Weldon, le véritable problème, c'est que tu marches en déblayant ta propre merde, et ensuite tu t'en débarrasses sur les autres. Je pense que tu as placé ta propre sœur en mauvaise posture. Et à mon humble avis, c'est une chose dégueulasse à faire.
– Ouais ? C'est bien vrai, ça ? Peut-être bien que si tu te sors un jour le nez de ton trou pour respirer l'air ambiant assez longtemps, je pourrai te mettre un peu au parfum sur les choses de la vie sous les tropiques.
– Je crois que c'est toi qui as cherché les ennuis qui t'empestent l'existence. Personne ne t'a jamais obligé à voler pour Air America. Tu t'es sali les mains en Indochine. Et je crois qu'aujourd'hui encore tu as les mains sales.
– J'aimerais bien avoir l'exclusivité de la bonne conscience et de la vertu. Il ne t'est jamais arrivé à ce que je crois de demander un barrage d'artille au canon de 105 sur un hameau perdu ? Tiens-toi à distance de ma sœur, putain de merde, si t'es pas capable de te comporter un peu mieux que tu ne l'as fait hier.

Il raccrocha. Cette fois, ce fut mon tour de sentir mes mots et ma colère se nouer dans ma gorge comme une nasse d'hameçons enchevêtrés. Inconsciemment, je roulai en boule une feuille de papier posée sur mon bureau et la lançai vers la corbeille à papier avant de m'apercevoir que l'heure était venue pour moi d'aller chercher mon chèque de salaire.

* * *

Il était treize heures passées de quelques minutes et la pluie avait recommencé à tomber lorsque Clete m'appela de l'hôpital. J'avais ouvert mes fenêtres, et le vent soufflait une fine bruine par les moustiquaires.

– Peux-tu venir à La Nouvelle-Orléans ce soir ? demanda-t-il.

– Je pensais venir demain.

– Que dirais-tu d'aujourd'hui ?

– Tu as du nouveau ?

– J'ai eu quelques informations sur Bobby Earl qui pourraient peut-être nous conduire aux pets foireux qui m'ont travaillé au corps.

– Attends une minute. Où es-tu en ce moment ?

– Chez moi.

– L'hôpital t'a laissé partir ?

– Je me suis laissé partir tout seul. Je ne sais pas comment ça se fait, mais l'odeur de bassin hygiénique ne va pas bien avec la purée de pommes de terre et les carottes bouillies. Oublie l'hôpital. Écoute un peu : tu te souviens de Willie Bimstine et de Nig Rosewater ?

– Les prêteurs de caution ?

– C'est ça. Il m'arrive de leur retrouver de temps en temps des mecs qui se sont fait la belle sans payer. Alors, ce matin, je les appelle pour leur demander s'ils n'auraient pas un peu de boulot pour moi, dans la mesure où je n'ai pas d'assurance médicale et ma facture d'hôpital est un véritable cauchemar. Mais ces deux mecs sont en même temps une vraie mine d'informations sur toutes les raclures de bas étage de La Nouvelle-Orléans. Aussi, quand j'ai eu Nig au bout du fil, je lui ai demandé ce qu'il savait au sujet des torche-culs qui m'ont collé des agrafes à travers tout le crâne. Il n'a pas été d'un grand secours, cependant. En fait, m'a-t-il dit, il pensait que Raintree et Fluck n'étaient plus en ville parce que, quand ces deux-là sont en ville, on en entend parler. Fluck tout particulièrement. De toute évidence, il aime foutre leur branlée aux gens.

« Alors, j'ai demandé à Nig dans quel genre de combine Bobby Earl pouvait bien grenouiller, et il m'a raconté l'intéressante histoire que voici. Nig a allongé une caution de vingt-cinq mille dollars pour une nana d'Algiers. La nana s'était fait piquer avec quatre kilos de sucre à blair, de la blanche colombienne pure. Mais ce n'est pas à son sujet que Nig se fait du souci. La nana a un avocat qui coûte chaud, c'est sa première arrestation, et elle sait qu'elle peut passer un marché sans même faire un jour de prison, donc l'argent de Nig est en sécurité. Ce sont les deux frères de la fille, les problèmes. Nig a craché un gros paquet pour sortir les deux mecs inculpés de vol, et ils lui ont tous les deux joué la fille de l'air.

« Tout homme d'affaires brillant qu'il soit, Nig s'en va raconter à la nana qu'elle se débrouille pour lui ramener ses deux frangins, sinon il lui retire sa caution et elle attendra son procès enfermée dans la prison de la paroisse. Chose que la fille n'avait pas du tout envisagée, dans la mesure où la nana est un sacré morceau de fesse bien brûlant que les vrilles gouines vont se dépêcher de dévorer tout cru. Et donc Nig se dit qu'il la tient à sa pogne et que la fille va se dépêcher de lui amener ses deux frères sous vingt-quatre heures. Mais la nana a joué un sale coup au Nig, lequel ne s'y attendait pas du tout.

« Elle lui dit que s'il se met à foirer sa caution, s'il la menace à nouveau ou s'il vient lui pomper l'air à propos de n'importe quoi, elle va se dépêcher d'avoir une petite conversation sur l'oreiller de Bobby Earl, et la licence d'état de Willie et Nig ne va pas tarder à flotter au vent. Nig a pris ses renseignements. C'est la régulière de Bobby Earl de l'autre côté du fleuve. Une fois par semaine, il se pointe à sa crèche, précis comme une horloge. La nana se fait mousser sur le sujet auprès des raclures en racontant à qui veut l'entendre qu'elle baise le Bobby à lui retourner les yeux au plafond.

– Je ne te suis pas, Clete. Qui ça intéresse ? Ça ne nous rapproche toujours pas de Fluck, Gates ou Raintree. Dis à Nig d'aller raconter son histoire au *Picanyune* au moment des élections.

– Attends le reste de l'histoire. Nig dit que les frangins de la nana sont motards et qu'ils appartenaient tous deux à l'A.B. quand ils étaient à Angola et Huntsville.

– Je ne suis pas sûr que ce soit une bien grosse piste.

– T'as autre chose ? On est jeudi. Nig dit que le jeudi, c'est la nuit de la chatte fraîche pour Bobby à Algiers. On le file jusque là et on regarde ce qui se passe. Allez, amène-toi, Bobby Earl n'est qu'un amateur. On lui fera jaillir le sang du front à grosses gouttes.

Je contemplai la pluie qui déchirait les arbres et réfléchis un instant. Le vent soufflait des rafales de gouttes sous l'auvent du camion du Noir qui vendait ses pastèques et ses fraises. Au sud, sur fond de ciel noir, les éclairs éclataient au-dessus du Golfe.

– Très bien, dis-je.
– Pourquoi tout ce temps à réfléchir ?
– Sans raison. Je serai à ton appartement dans trois heures environ.

Clete avait suffisamment de problèmes personnels et il n'avait pas besoin de connaître jusqu'au plus petit détail d'une enquête de police, me dis-je. J'appelai Bootsie pour lui dire que je devais me rendre à La Nouvelle-Orléans, mais je lui promis d'être de retour dans le courant de la nuit, même très tard. Et j'étais sincère.

* * *

C'est la vieille Plymouth délabrée de Clete qui nous servit pour la filature. Nous étions garés à un bloc de l'allée de Bobby Earl dans sa rue ; le ciel était toujours noir de nuages et les eaux de pluie couraient, hautes et sombres, dans les ruisseaux. Au loin sur le lac Ponchartrain, j'apercevais les hublots éclairés des cabines d'un yacht rouler sous la houle. Clete avait une cigarette aux lèvres et soufflait sa fumée par la vitre ouverte dans l'air semé de pluie. Son feutre rond cachait les zones rasées et les points de suture de son cuir chevelu, et il avait revêtu une chemise à rayures mauves et blanches ainsi que des pantalons en crêpon de coton remontés haut sur les chevilles. Il ne cessait de se frotter la nuque en étirant les muscles du cou.
– Il y a quelque chose qui ne va pas ? dis-je.
– Ouais. J'ai mal de la tête aux pieds. Mec, je dois commencer à me faire vieux pour me laisser avoir par des loubards de cette espèce.
– On ne gagne pas toujours.
– T'es sans cesse en train de me citer Heming-

way. Tu sais ce qu'il a répondu à son môme quand le môme lui a posé une question sur l'importance d'être un bon perdant ? Il a dit : « Fils, être un bon perdant ne demande qu'une seule chose – de la pratique ».

– Clete, on fait ça dans les règles ce soir.

– Qui a dit le contraire ? Mais faut toujours leur coller la suée, mon. Quand ils te voient arriver, y'a quelque chose au fond d'eux-mêmes qui doit essayer de se tailler en douce pour aller se planquer.

– Le voilà. Essaie de garder un bloc de distance avec lui, dis-je.

Clete démarra la Plymouth. Le silencieux d'échappement, bouffé de rouille et tenu à la caisse au moyen de cintres métalliques, faisait un boucan de camion d'éboueurs. La Chrysler blanche remonta la rue à la lueur des phares et tourna au coin en direction de Lakeshore Drive.

– Ne te fais pas de bile, il ne va pas nous repérer, dit Clete. Notre homme n'a qu'une seule chose en tête, se faire réviser l'aspirateur. Il va falloir que je reluque cette nana d'un peu plus près. Nig me dit qu'elle ressemble à une vedette de cinéma. Quand j'étais aux Mœurs...

– Il ne va pas à Algiers. Il ne prend pas le bon chemin.

– Il va probablement s'acheter quelques capotes.

– Clete...

– Je ne t'ai pas traîné jusqu'ici pour pisser dans un violon. Te fais pas de mouron.

Nous observâmes la Chrysler qui se dépêchait sur le boulevard mouillé en bordure du lac avant de ralentir, tourner et franchir les grilles de fer du yacht club. Les feux arrière disparurent au bout d'une allée bordée de palmiers qui conduisait à un énorme bâtiment blanc surmonté d'une verrière en dôme près d'un terrain de golf. Clete se rangea contre le trottoir et regarda d'un air sinistre au-delà du pare-brise. Les vagues au loin à la surface du lac étaient vert sombre, couronnées d'écume que le vent déchirait en bandelettes. Clete inspira bruyamment par le nez.

– Ça va bien, dis-je.

– Des clous que ça va. Je vais me le faire, cet enculé.

– Nous n'avons pas besoin de lui pour parler à la fille.

– Je ne sais pas où elle est. Il la retrouve dans des bars différents, et ensuite ils vont dans un motel.

– On va lui laisser un peu de temps. Peut-être qu'il prendra la route d'Algiers un peu plus tard.

– Ouais, peut-être bien.

Son regard alla se perdre parmi les fairways vallonnés et les chênes, le parc de stationnement qui faisait face au bâtiment principal, les bateaux à voile à l'ancre qui montaient et retombaient au bout de leurs amarres.

– Il y a deux ou trois sorties à cet endroit. On ferait mieux d'entrer. Je vais m'offrir une petite discussion un peu plus tard avec Nig sur la crédibilité. C'est ça le problème quand t'es enquêteur privé, t'as à peu près autant de portée dans le boulot que les raclures. J'ai toujours l'impression de ne ramasser que des miettes et des restes.

Nous franchîmes la grille pour aller nous ranger au fond du parc de stationnement, là où était garée la Chrysler, à deux rangées de distance, sous une lampe à sodium. Clete tendit le bras sur la banquette arrière vers sa glacière en polystyrène d'où il sortit deux torpilles aux huîtres frites, une boîte de

Jax pour lui et un Dr Pepper pour moi. Il n'arrêta pas d'essuyer les miettes de son plastron de chemise tout en mangeant. Lorsqu'il eut fini sa première bière, il écrasa l'emballage dans son énorme main, balança la boîte dans le parking et en décapsula une autre. Il plissa un œil dans ma direction.

– Dave, est-ce que tu as autre chose de prévu à ton programme ? demanda-t-il.

– Pas vraiment.

– Tu ne vas pas aller revoir Joey Meatballs en oubliant d'inviter ton vieux partenaire à la fête, pas vrai ?

– Gouza n'a pas les foies. Il ne lâchera pas le morceau. Il va falloir qu'on se chope quelqu'un de son entourage.

– Ç'a déjà été essayé. Et en général, les mecs ont bien plus la trouille de Joey que de nous. J'ai entendu dire qu'il avait fait sauter toutes les dents d'un indic à Angola au marteau de carrossier. Tous les loubards, les camés et les pervers de La Nouvelle-Orléans connaissent aussi l'histoire.

– Jusqu'à quel point est-il mêlé au trafic de crack ?

– Il ne l'est pas. Il y a bien trop d'intermédiaires qui se prennent leur pourcentage avant que ça arrive dans les lotissements. Gouza est à l'autre bout de l'échelle. De grosses cargaisons, de la came pure, directement de Floride ou d'Amérique du Sud. Je me suis laissé dire que ses troupes distribuent la came à peut-être quatre ou cinq mecs de la Paroisse d'Orléans, ils font leur bénef sur la quantité livrée et se retirent du circuit de distribution avec un minimum de risques. Même les têtes d'huile ne mettent pas les pieds dans les lotissements de l'aide sociale. Il a fallu que je course un mec en cavale de caution pour Nig jusqu'au St Thomas. Deux mômes sur un toit ont rempli une poubelle de cent litres de flotte et me l'ont balancée dessus, le cul en premier. Ça m'a raté de trente centimètres pour venir raplatir un tricycle de gamin comme une crêpe... Mais t'as pas vraiment répondu à ma question, preux chevalier. Je crois que t'as autre chose sur ton carnet de bal et tu ne veux pas partager l'enfant avec ce bon vieux Cletus.

– Toute cette affaire n'est qu'une succession d'impasses, Clete. Lorsque j'aurai appris quelque chose, je te le dirai. Mon gros problème pour l'instant, ce sont les Sonnier. J'ai envie de les boucler tous autant qu'ils sont comme témoins matériels.

– Peut-être que ce ne serait pas une mauvaise idée. Prendre sa douche en compagnie de tabasseurs d'enfants et de taulards bon crin têteurs de triques, ça aide parfois à remettre les choses à leur juste perspective.

– Je ne pourrais pas justifier l'incarcération. En fait, ils n'ont été témoins de rien du tout.

– Alors laisse-les vivre dans leur merde.

– Ça me laisse toujours un cadavre de flic sur les bras.

Nous restâmes assis un long moment sous la pluie. La bande de lumière cobalt sur l'horizon perdit petit à petit de son intensité sous la morsure des nuages d'orage, et le lac s'obscurcit avant de briller sous les reflets jaunes des lumières de la salle de bal du club. Je sentais le goût de sel dont le vent s'était chargé. Je rabattis mon chapeau de pluie sur les yeux et m'endormis.

Je revois Bootsie, alors âgée de dix-neuf ans, la chevelure rouge comme le cuivre sur l'oreiller, son corps nu rose et tendre comme une fleur nouvellement éclose. Je mets la tête entre ses jeunes seins.

Lorsque je me réveillai, la pluie avait complètement cessé, la lune s'était arrachée des batteries de nuages sur le lac et transparaissait par une déchirure de ciel. Clete n'était plus dans la voiture. J'entendais la musique d'orchestre en provenance de la salle de bal. Puis je l'aperçus, en silhouette, son dos large encadré par les montants de la portière conducteur ouverte de la Chrysler de Bobby Earl, les coudes relevés, les deux bras pointant en direction de son bas-ventre. Il tournait la tête sur le pivot de la nuque à croire qu'il était posté, indifférent au lieu, dans un urinoir public. Même à cette distance, je voyais le ruissellement gicler sur le tableau de bord, le volant, les sièges en cuir. Clete se secoua, plia les genoux et remonta la fermeture à glissière de sa braguette. Il plaça son Zippo en coupe entre les mains et alluma une cigarette qu'il se mit à tirer à grosses bouffées du coin des lèvres en revenant vers la voiture, plissant les paupières d'un air approbateur vers le ciel en train de s'éclaircir au-dessus de sa tête.

– Je n'arrive pas à le croire.

– Un mec comme Bobby, faut que tu le préviennes que t'es dans le coin, dit-il en reclaquant la portière derrière lui. Ah, regarde donc un peu ça, notre homme a touché son lot au bout du compte. M'est avis que c'est l'un de ces mecs qui ont dans l'idée de se marier au-dessus de leur condition mais qui baisent bien au dessous.

Bobby Earl traversa le parc de stationnement, arborant complet blanc, chemise anthracite et cravate à rayures noires et blanches. Une rousse en robe du soir à paillettes s'accrochait à son bras et essayait de contourner les flaques de pluie en talons aiguilles. Tout comme Bobby Earl, elle tenait précautionneusement en équilibre un verre de champagne à la main. La femme riait sans retenue à quelque chose que lui racontait Bobby Earl.

Earl lui ouvrit la portière côté passager puis s'installa au volant. La lumière de la lampe à sodium brillait à travers la vitre de sa portière et je vis Bobby Earl en silhouette à contre-jour se figer soudain, puis les épaules se raidir, à croire qu'il venait tout juste de prendre conscience qu'une fissure géologique venait de s'ouvrir sous son automobile. Puis il sortit de son véhicule, à contempler d'un air incrédule les paumes de ses mains tournées vers le ciel, les zébrures mouillées sur son costume, les empreintes humides de ses chaussures.

Clete mit le contact et le silencieux rongé de rouille gronda sur l'asphalte comme un coup de tonnerre pour se répéter en échos entre les rangées de voitures. Il s'engagea dans l'allée et passa lentement à côté de la Chrysler, la caisse et le moteur cliquetant et grinçant comme verre brisé.

– Qu'est-ce qui se passe, Bob ? demanda-t-il.

Puis il balança sa cigarette en une longue courbe semée d'étincelles avant de se coller une cassette de rock dans l'auto-radio et d'offrir à Bobby Earl ses deux pouces dressés en guise de salut.

Le visage de Bobby se glissa par la vitre ouverte, pareil à un ballon gonflé par l'outrage. La femme en robe du soir à paillettes se dépêchait de retourner vers le club-house, d'un pas pressé, ses talons aiguilles cliquetant dans les flaques de pluie.

* * *

Tous les hommes ont une religion ou des totems de quelque sorte. L'athée lui-même s'engage dans un acte de foi par sa conviction que l'univers s'est créé de lui-même et que la création d'une vie intelligente qui s'en est suivie n'était qu'un simple accident biologique. La démarche votive d'Eddy Raintree dans ses essais à la métaphysique n'était qu'un peu plus excentrique que la plupart. Le garde-chiourme d'Angola aussi bien que la fille du motard à Algiers avaient déclaré que Raintree était très branché sur l'astronomie et les trucs bizarros. À La Nouvelle-Orléans, si vos passions vous portaient vers les ovni (ce que les enthousiastes de la chose appelaient « ufologie »), le vaudou des îles, la sorcellerie, la téléportation au moyen de l'œil pinéal, la lecture des paumes de la main, l'étude des ectoplasmes, la théorie qui voulait que les Atlantes vivent au milieu de nous dans une autre dimension, et les cures d'herbes et de tisanes comme panacées censées guérir depuis les tumeurs du cerveau jusqu'aux dents de sagesse incluses, vous finissiez un jour ou l'autre par atterrir dans la librairie des sciences occultes de Tante Marjorie dans la rue Royale du Vieux Carré.

Tante Marjorie était grosse de partout et tellement noire que sa peau luisait de reflets violacés. Elle zébrait ses pommettes hautes de rouge et portait des lunettes de grand-maman ; ses cheveux, qu'elle tirait bien serrés en chignon, avaient viré au gris de sorte qu'ils avaient la couleur patinée du métal d'un canon de fusil. Elle habitait au-dessus de son magasin en compagnie d'une autre lesbienne, une Blanche âgée, et quinze chats installés partout, sur les meubles, les rayonnages de livres, le radiateur antique, au milieu des traînées de litière qui souillaient tout l'appartement.

Elle servit le thé dans un service en argent, puis examina avec soin la photo d'Eddy Raintree. Les battants de sa porte-fenêtre étaient ouverts sur le balcon et j'entendais les bruits qui montaient de la rue. Je connaissais Tante Marjorie depuis presque vingt ans et je n'avais jamais réussi à lui faire prononcer mon nom correctement.

– Tu dis qu'il a un tigre sur son bras ? demanda-t-elle.

– Oui.

– J'me souviens de lui. Y venait ici tous les trois, quat' mois. C'est ben lui. J'l'a pas 'blié. Y'a peur des Noirs.

– Pourquoi dis-tu ça ?

– Y veut toujours qu'j'lui lise la main. Mais quand ch'te la lui prends entre mes doigts, elle s'agite comme une grenouille. Et j'lui disais bien, pourtant, c'est point poli du tout, mon lapin. Ça va-t-y pas t'déteindre dessus. Pourquoi que tu cherches après lui ?

– Il a aidé à assassiner un adjoint du shérif.

Elle contempla par la porte-fenêtre la jungle de potées de géraniums, philodendrons et bananiers sur son balcon.

– J'lui ai dit que c'était pas un accident qu'y avait ce tigre sur son bras. Je lui ai dit que le tigre, ça brûle chaud et clair dans les forêts de la nuit. Tout comme dans la Bible, à briller comme un feu de braises, perdu au milieu des arbres. C'tigre, y va le dévorer.

– Je respecte ta sagesse et ton expérience, Tante Marjorie, mais j'ai besoin de trouver cet homme.

Elle tortilla une mèche de cheveux entre ses doigts et contempla d'un air songeur une chatte tachetée de noir et de roux en train d'allaiter une demi-douzaine de chatons dans une boîte en carton.

– Tous les mois, j'envoie des horoscopes aux gens

de ma liste, dit-elle. Lui, il en fait partie. Mais Raintree, c'est pas le nom qu'y m'a donné. Je m'rappelle pas le nom qu'y m'a donné. Peut-être bien que c'est pasque t'as pas à le retrouver, monsieur Belle-Mèche.

– Je m'appelle Dave, Tante Marjorie. Pourrais-je voir ta liste ?

– Ça va pon t'aider. Son espèce, ça débarque avec un visage, comment qu'y s'appellent, ç'a pas d'importance. Y sortent du ventre de leur mère sans nom, sans un coin pour vivre dans la maison où y sont nés, et y'a pas de place pour eux à l'église, à l'école, y'a pon non plus de boulot qui les attend chez l'épicier du coin, y'a pas un endroit, y'a même pas personne avec qui y se sentent chez eux dans tout ce monde tout rond. Jusqu'au jour où qu'y tournent el tête et qu'y regardent que'qu'un à l'arrêt de bus, ou au saloon, ou bien qui est assis à côté d'eux dans l'hôtel de passe, et y voient alors l'animal qu'on n'a pas nourri dans les yeux de c'te personne. C't' à ce moment-là qu'y comprennent qui y z'ont toujours été.

Puis elle alla au fond de cet appartement et revint avec une liasse de feuilles de papier machine dans la main.

– J'ai peut-être bien deux cents personnes ici, dit-elle. Al viennent ed partout en Lou'siane et même aussi du Mississippi.

– Eh bien, pourquoi ne pas jeter un coup d'œil, dis-je. Tu vois, Tante Marjorie, ce qui est intéressant chez ces mecs-là, c'est leur ego. Alors quand ils utilisent un pseudonyme, ils gardent habituellement leurs initiales. Ou peut-être que leurs pseudonymes sonnent aussi vrai à leurs oreilles que leurs véritables noms.

Sa liste était classée par ordre alphabétique. Je triai les pages pour arriver aux R.

– Que penses-tu d'Elton Rubert ? demandai-je.

– M'en souviens pas, monsieur Davis. C'est mon employé qui a dû le noter, et y travaille plus ici.

– Mon nom, c'est Dave, Tante Marjorie. Dave Robicheaux. Où est ton employé aujourd'hui ?

– Il a déménagé, il est parti dans l'Ohio, enfin une ville là-bas dans le Nord.

Je notai l'adresse postale d'Elton Rubert, une taverne de quartier dans un petit hameau sur le bassin d'Atchafalaya à l'ouest de Baton Rouge.

– Voici ma carte, dis-je. Si l'homme de la photo repasse par ici, pour se faire lire les lignes de la main ou autre chose, alors, appelle-moi une fois qu'il sera parti. Mais n'essaie pas de l'interroger ou de lui tirer les vers du nez, Tante Marjorie. Tu m'as déjà beaucoup aidé.

– Donne-moi ta main.

– Je te demande pardon ?

Elle tendit le bras et me prit la main avant d'en fixer la paume du regard en la malaxant de ses doigts. Puis elle la caressa comme si elle lissait une boule de pâte à pain.

– Y'a queq' chose que j't'a pas dit, dit-elle. La dernière fois que c't' homme y est passé ici, j'y ai lu la main, juste comme j'te lis la tienne. Y m'a demandé ce que donnait sa ligne de vie. Ce que je lui ai pas dit, ce qu'y savait pas, c'est qu'il avait pas de ligne de vie. Elle était plus là.

Je la regardai.

– Tu m'as pas compris, mon chou, dit-elle. Quand y z'ont pus de ligne de vie, les gens de son espèce s'en retrouvent une en la volant à quelqu'un.

Elle replia mon pouce et mes doigts en boule de

poing qu'elle enserra entre ses paumes. Je sentais la chaleur grasse de sa peau.

– Et accroche-toi bien ferme, monsieur Belle-Mèche. Le tigre, y se fiche pas mal de qui il dévore.

* * *

J'avais eu des problèmes à trouver une place de stationnement à mon arrivée et j'avais laissé ma camionnette près de Rampart Street, non loin du lotissement de l'action sociale d'Iberville. En tournant au coin de la rue, je vis la portière passager grand-ouvert, la vitre fracassée en morceaux qui jonchaient le sol, la brique enveloppée de flanelle abandonnée dans le ruisseau. La boîte à gants avait été nettoyée et la radio-cassette stéréo arrachée de l'habillage, en même temps que la plupart des fils d'allumage, qui pendouillaient sous le tableau de bord comme des morceaux de spaghettis sectionnés.

Le quartier général du Premier District n'était qu'à deux blocs de distance, ce qui explique qu'il ne me fallut qu'une heure pour obtenir d'un agent en uniforme qu'il se déplace jusque là pour rédiger le rapport de vol que ma compagnie d'assurances allait exiger. Puis je me rendis dans un drugstore sur Canal, appelai la Triple A pour demander un camion de remorquage et passai un coup de fil à Bootsie pour lui apprendre que je ne pouvais rentrer le soir même comme je le lui avais promis et qu'avec un peu de chance, la camionnette serait réparée, dans le meilleur des cas, le lendemain en fin de journée.

– Où vas-tu passer la nuit ? demanda-t-elle.

– Chez Clete.

– Dave, si le camion n'est pas réparé demain,

prends le bus pour rentrer à la maison et nous passerons rechercher le camion plus tard. Demain, c'est vendredi. Si on se passait un gentil petit week-end ?

– Je serai peut-être obligé d'aller vérifier une piste que j'ai eue sur le trajet de retour. C'est peut-être un tuyau crevé, mais je ne peux pas laisser ça en suspens.

– Est-ce que ç'a un rapport avec Drew ?

– Non, pas du tout.

– Parce que je ne voudrais pas me mêler de ça.

– Il s'agit peut-être du mec qui a essayé de me décoller la tête à coups de pince-monseigneur.

– Oh, Seigneur, Dave, laisse tomber, au moins pour un moment.

– Ça ne marche pas de cette façon. L'autre camp ne s'arrête pas pour te laisser courir ta chance.

– Comme c'est intelligent, dit-elle. Je laisserai le répondeur branché si jamais nous sortons en ville.

– Allons, Boots, on ne va pas se quitter aussi brutalement.

– La journée a été longue. Je suis fatiguée tout simplement. Je ne pense pas vraiment ce que je dis.

– Ne t'en fais pas, tout va bien aller. J'appellerai dans la matinée. Dis à Alafair que nous partons pêcher le crabe dans la baie samedi.

Je m'apprêtais à lui souhaiter bonne nuit, lorsqu'elle ajouta, d'une voix qui paraissait surgir des brumes :

– Tu te souviens ce qu'on nous enseignait à l'école catholique sur la virginité ? On nous disait qu'il valait mieux rester vierge jusqu'au mariage pour ne pas avoir à faire de comparaisons. Est-ce qu'il t'arrive jamais de faire des comparaisons, Dave ?

Je fermai les yeux et déglutis, ainsi que pourrait le

faire celui qui, levant les yeux par une belle journée ensoleillée, sent soudain l'enveloppe extérieure toute froide d'un glacier qui vient se glisser inéluctablement au cœur de son existence.

* * *

À l'époque où je récupérais des séquelles de la mine anti-personnel qui m'avait valu de quitter le Vietnam pour retourner dans mes foyers, tandis que commençait ma longue cour des insomnies, je me surprenais parfois à rêvasser sur la nature des images ou des degrés de peur les plus intenses dans l'ordre du pire que mes rêves étaient à même de venir m'offrir. Je me disais que si je me révélais capable de les affronter à la lumière du jour, de les imaginer comme autant de gargouilles amicales assises au pied de mon lit, voire de tenir avec elles une conversation sensée, je ne serais plus obligé de boire et de me droguer nuit après nuit pour me réfugier dans une autre dimension où les monstres se voyaient transformés en zèbres roses et girafes en gambade. Mais toutes les trois ou quatre nuits, je me retrouvais de retour auprès des hommes de ma section, aux abords d'un hameau vide qui puait la merde de canard et la dépouille de buffle d'eau laissée à pourrir à l'air libre ; tandis que nous nous pressions sur le flanc d'une digue crevée dans l'air surchauffé, immobile, sans un souffle de brise, nous prenions soudain conscience qu'un responsable de la batterie d'artillerie avait méchamment foiré car la trajectoire des projectiles de .105 qui pleuvaient était un peu courte.

Le rêve d'un barrage d'artillerie peut revêtir la même intensité que l'expérience réelle. L'envie vous saisit de vous enfouir dans le sol comme un insecte; vous avez remonté les genoux au menton comme un fœtus, les bras crispés enserrant le casque. Votre peur est tellement intense que vous vous imaginez la moelle des os du crâne qui se fend comme une bûche, les artères du cerveau prêtes à éclater sous leur propre dilatation, le sang sur le point de jaillir du nez comme une fontaine. Vous promettez alors à Dieu tout et n'importe quoi pour être épargné. Juste derrière vous, des geysers de boue éclatent dans les airs et les corps des soldats réguliers du Nord Vietnam jaillissent de leurs tombes sous la force des explosions, leurs corps irradiant d'une lumière de vase gluante et verdâtre tandis que grouillent les asticots dans les chairs.

J'avais vu des civils vietnamiens qui avaient survécu à des raids de B-52. Ils n'étaient plus à même de dire une parole; ils tremblaient de la tête aux pieds, à geindre, à miauler, à gémir leurs mélopées au-delà de toute parole, comme autant de bruits et de sons que vous n'aviez nulle envie d'emporter avec vous. Lorsque je me réveillais de mes rêves, j'avais les mains qui tremblaient si fort que j'étais à peine capable de dévisser la capsule de la bouteille de whiskey que je gardais cachée sous mon matelas.

Cette nuit-là, que je passai sur le canapé de Clete, mon sommeil vint m'offrir une autre des créations de mon inconscient qui n'en était pas pour autant moins difficile que les vieilles bandes d'actualité du Vietnam et leurs images granuleuses. Dans mon rêve, je sentais Bootsie à mes côtés, son corps nu et chaud et lisse sous le drap. Je plongeais mon visage dans sa chevelure, je lui embrassais les tétons, caressais son ventre et ses cuisses, et elle souriait alors dans son sommeil pour me prendre de sa main et me placer en elle. J'embrassais le haut de ses seins, je voulais la caresser par tout le corps alors que nous faisions l'amour, regrettant qu'elle ne fût pas deux au lieu d'une seule dans ma rage de désir ; lequel montait à l'intérieur de moi pareil à un arbre qui s'arrache d'une rive dans un grand craquement pour se dresser vers le ciel dans le courant chaud. Elle se mettait alors à sourire, encore somnolente, pleine d'espoir, en attente, ses yeux se fermaient et son visage se faisait tendre et doux et de plus en plus petit tandis que sa bouche devenait aussi vulnérable qu'une fleur.

Mais ses yeux se rouvraient alors sur un regard aussi vide et opaque qu'un verre laiteux. Une excroissance écailleuse, pareille aux ailes rouges d'un papillon, venait masquer son visage et son corps allait se raidissant, crênelé de crêtes osseuses : elle était pleine de mort jusqu'au plus profond de son être.

Je me redressai dans l'obscurité du salon de Clete : le sang battait à mes poignets, j'ouvrais et refermais la bouche comme si l'on m'avait entraîné sous la surface de l'océan. Je regardai fixement par la fenêtre de l'autre côté de la cour, une lampe posée sur une table derrière un rideau que soulevait la brise d'un ventilateur. Je voyais une ombre qui se mouvait derrière le rideau. Je voulais absolument me convaincre qu'il s'agissait bien là de l'ombre d'un être bon et gentil, peut-être un homme qui se préparait à partir au travail ou quelque femme âgée sur le point de prendre son petit déjeuner avant d'aller à la messe à la cathédrale St Louis. Mais il était quatre heures du matin ; le ciel par-dessus le toit était noir, sans offrir encore la moindre trace de la fausse aurore à venir ; la nuit appartenait toujours aux gargouilles, et la personne de l'autre côté de la cour était probablement une racoleuse ou un ivrogne qui s'apprêtait à cuver sa biture d'une nuit.

Je mis chemise et pantalons et enfilai mes mocassins. Je voyais la forme massive de Clete encore couché, un oreiller sur la tête, son feutre rond accroché à un pied du lit. Je refermai doucement la porte derrière moi. L'air de la cour était électrique, lourd des parfums de magnolia.

Le bar était un peu plus loin, sur Decatur, l'un de ces endroits qui ne ferment jamais, là où nul ne trouve jamais allégresse, colère, ni espoir, pas plus que jugement et mesure extérieure de ses propres pertes et échecs.

Les bouteilles de bourbon, vodka, rhum, gin, rye et cognac brillaient de lumière le long du miroir. Les tireuses de bière pression à manettes en bois de chêne comme les grandes chopes givrées dans le réfrigérateur auraient pu être un poème. Le barman tendit les bras d'un geste impatient sur le bord de l'évier à vaisselle.

– Je veux bien vous servir, mais il faut que vous me disiez ce que vous voulez, dit-il.

Il regarda un autre client, haussa les sourcils puis retourna la tête dans ma direction. En souriant, cette fois.

– Alors, qu'est-ce que ce sera, mon pote ?

– J'aimerais une tasse de café.

– Vous voulez une tasse de café ?

– Oui.

– Ça ressemble à un endroit où on boit du café ? Trop, c'est trop, dit-il avant de se mettre en devoir d'essuyer le comptoir d'une lavette.

J'entendis rire derrière moi tandis que je ressortais dans la rue. Je m'assis sur les rails de chemin de fer derrière le Marché Français et contemplai le lever du jour, l'aurore qui venait frôler la ligne d'horizon, éclairer la rivière, les docks, les chalands, là-bas, à Algiers et changer le ciel couleur d'os pour finalement emplir le levant d'une rougeur brûlante pareille aux rayons d'une grande roue. Le fleuve paraissait large et jaune d'alluvions, et j'apercevais de temps à autre flaques de pétrole et poissons morts flottant le ventre en l'air dans le courant.

8

Mon camion ne fut pas réparé avant dix-huit heures le vendredi soir. Lorsque j'arrivai au sud de Baton Rouge, le soleil faisait déjà une boule rouge en fusion sur le ciel à l'ouest. Je franchis le Mississippi et quittai la route inter-États à Port Allen pour poursuivre mon chemin au milieu du bassin d'Atchafalaya par l'ancienne grand-route. Le bar qu'Eddy Raintree était susceptible d'utiliser comme boîte aux lettres se situait sur un chemin de terre jaunâtre qui s'enfilait en méandres entre d'épais bouquets morts et de flaques d'eau stagnante couleur de cuivre.

La bâtisse était rafistolée de bric et de broc, un mélange de bardeaux, contreplaqué et papier goudronné, les portes moustiquaires rouillées et avachies, les vitres marquées des impacts des gravillons chassés par les pneus des voitures de passage ; les murs reposaient en appui sur des parpaings et la flèche du toit donnait au bâtiment l'aspect d'un éléphant au dos brisé. Une demi-douzaine de Harley étaient rangées sur le côté et sur l'arrière, un groupe de motards s'offraient un barbecue dans un baril à pétrole sous un chêne. La poussière jaunâtre du chemin était chassée par le vent autour de leur feu.

Le bassin de l'Atchafalaya est de ces lieux où l'on se réfugie lorsqu'on n'a plus sa place nulle part. Il s'étend sur des centaines de kilomères carrés, ensemble de bayous, canaux, sablonnières, ilôts de saules, baies immenses à l'intérieur des terres, et bois inondés où des volées de moustiques vous bourdonnent autour de la tête comme un casque frémissant tandis que vous écrasez vos bras de claques et de tapes jusqu'à vous couvrir la peau d'une pâte visqueuse où se mêlent le rouge et le noir. À vingt minutes de Baton Rouge, une heure et demie de La Nouvelle-Orléans, vous êtes à même de percer un trou dans notre dimension et retomber dans le vieux Sud des pauvres bouseux de Blancs, coonass et péquenots primates dont vous pensiez qu'il avait été complètement dévoré par les promoteurs immobiliers des banlieues de la Sunbelt, la Ceinture du Soleil. Chaque jour, l'espace s'en restreint un peu plus, mais il y reste toujours un groupe qui s'y accroche avec une ténacité désespérée et effrayante.

Je glissai mon .45 dans ma ceinture, au creux de mes reins, à côté de mes menottes, enfilai ma veste en crépon de coton et pénétrai dans le bar. Le jukebox jouait Waylon et Merle ; les joueurs de billard enfilaient leurs boules dans les trous comme s'ils cherchaient à faire mal au bois et au cuir qu'ils frappaient ; et un énorme drapeau confédéré se gonflait sous son propre poids, épinglé qu'il était de punaises au plafond.

Une enseigne métallique, de la taille d'un autocollant de pare-chocs, affichait *Pouvoir Blanc* au-dessus de la porte des toilettes pour hommes. J'allai à l'urinoir. Au-dessus des cuvettes, soigneusement rédigé sur un morceau de carton accroché au mur, on trouvait le texte suivant : *Ceci est le seul chiotte que nous ayons. Alors démerdez-vous pour garder l'endroit propre.*

Le barman était un homme de petite taille, le teint sombre et hâlé, prématurément chauve, les bras grêles sans chemise, simplement vêtu d'un gilet défraîchi par de trop nombreux lavages. Il arborait sur l'avant-bras droit un tatouage du Corps des Marines, un globe et une ancre. Il ne me demanda pas ce que je désirais ; il se contenta de pointer sur moi deux doigts enserrant une cigarette.

– Je cherche Elton Rupert, dis-je.

– Je ne le connais pas, dit-il.

– C'est étrange. C'est ici qu'il reçoit son courrier.

– C'est bien possible. Je ne le connais pas. Qu'est-ce que vous prenez ?

– Un 7-Up, ce serait possible ?

Il sortit du réfrigérateur une bouteille, dont il fit sauter la capsule et la posa devant moi avec un verre.

– La machine à glaçons ne marche pas, alors y'a pas de glace, dit-il.

– Ça va bien.

– Ça fait un dollar.

Je posai quatre pièces de vingt-cinq cents sur le comptoir. Il racla la monnaie de la main et commença à s'éloigner.

– On dirait que vous avez quelques lettres qui attendent dans la boîte, là en haut. Voudriez-vous vérifier si Elton est passé prendre son courrier ? demandai-je.

– Comme je vous l'ai dit, je ne connais pas cet homme.

– C'est bien vous le barman habituel, vous êtes ici la majeure partie du temps ?

Il éteignit sa cigarette dans un cendrier en l'écrasant méthodiquement, puis il tourna la tête vers la porte en façade ouverte, le regard perdu jusqu'au-delà de la route, comme si je n'existais pas. Il ôta un brin de tabac de sa langue.

– Je vous serais reconnaissant de bien vouloir répondre à ma question, dis-je.

– Vous feriez peut-être aussi bien de demander ça aux mecs du barbecue, là-bas derrière. Il se pourrait qu'ils le connaissent.

– Vous avez fait partie du Corps ?

– Ouais.

– On ne fait son temps qu'une fois chez les Marines, ça suffit.

– Vous avez été dans les Marines ?

– Non, j'étais dans l'armée de terre. Ce n'est pas ce que je veux dire. Dans L'A.B. aussi, on ne fait son temps qu'une seule fois.

Il alluma une nouvelle cigarette et mordilla un coin d'ongle du pouce.

– Je ne vois pas ce que vous voulez dire, mon pote, mais vous avez pas vraiment choisi le putain de bon endroit pour pomper l'air à quelqu'un, dit-il.

Une barmaid entra par une porte sur le côté, mit son sac à main dans un meuble bas et sortit un sac poubelle plein d'ordures vers le fond de la bâtisse.

– Vous essayez de me dire que vous ne comprenez pas et que mes questions vous mélangent les idées dans la tête ?

– Qu'est-ce qui vous démange, mec ? On vous a fourré un frelon dans le cul ?

– Quel est ton nom, podna ?

– Harvey.

– Tu te comportes avec moi comme si j'étais stupide, Harvey. Tu commences à me les gonfler.

– J'ai pas besoin de toutes ces conneries, mec.

Il regarda par la porte du fond en direction des hommes en jeans, vestes en toile à manches coupées, et bottes de motocycliste, en train de boire leurs boîtes de bière dans la fumée de barbecue sous l'arbre.

– Ça ne concerne que toi et moi, Harvey. Ces mecs n'ont rien à faire dans cette histoire, dis-je.

La barmaid revint dans le bar. Elle donnait l'impression d'avoir acheté sa tenue de travail dans un bazar à dix francs. Ses cheveux roux étaient rasés sur un côté du crâne, les pointes orangées à la mode punk ; ses ongles étaient vernis de noir brillant et elle portait chandail rose sans manches, short en vinyl noir, grosses lunettes-chouettes à monture rouge et boucles d'oreilles fabriquées à partir de douilles chromées de .38.

– Donne à ce mec un 7-Up gratis s'il en veut un. Je vais me payer un bock, lui dit Harvey.

J'attendis un moment avant de le suivre dans les toilettes pour hommes dont je repoussai le verrou. Il se tenait dans l'unique cabinet et urinait bruyamment dans la cuvette.

– Remonte ta braguette et sors un peu de là, Harvey, dis-je.

Il ouvrit la porte du cabinet et me dévisagea, bouche bée. Je lui collai mon insigne à la figure.

– Le véritable nom du mec, c'est Eddy Raintree, dis-je. Alors arrête de me la faire au plus con. Où est-il ?

– Vous pouvez m'arrêter, vous pouvez me botter le cul, ça n'a pas d'importance. Je le connais pas, ce fils de pute, dit-il. Y'a des mecs qui reçoivent leur courrier ici, ils vont derrière le comptoir et récupèrent leurs lettres. Je ne sais pas qui ils sont, je ne pose pas de questions. Allez donc inspecter de près les matous qu'y a derrière la boutique, mec. Y'a un des mecs de la troupe qui a transpercé le poumon d'un autre d'un coup de queue de billard.

– Où habite mon gars, Harvey ?

Il secoua la tête, d'avant en arrière, les lèvres serrées en ligne mince. Je posai une main sur son épaule et le regardai droit dans les yeux.

– Qu'est-ce que tu vas faire quand tu sortiras d'ici ? dis-je.

– Qu'est-ce que vous voulez dire, j'vais...

– Tu crois que tu peux prendre mon cul pour une serpillière ?

– Écoutez, mec...

Il recommença à secouer la tête.

– Peut-être que tu vas aller te faufiler en douce jusqu'à la cabine téléphonique et passer un coup de fil ? Ou offrir une tournée de bières aux tarés en pleine fiesta là-dehors en leur glissant au passage que la flicaille se sirote de la limonade à l'intérieur ?

– Je suis neutre. J'ai rien à gagner là-dedans.

– C'est exact. Alors c'est l'heure pour toi de partir. D'aller dire à la dame derrière le comptoir que tu pars plus tôt et que tu prends ta soirée. Nous nous sommes bien compris, d'accord ?

– C'est vous qui commandez. Je fais ce que vous dites.

– Mais si je découvre que tu as parlé à quelqu'un malgré mes ordres, je reviendrai. Ça s'appelle complicité et obstruction au cours de la justice. Et ça signifie que je te ramènerai avec moi jusqu'à la prison de la Paroisse d'Iberia. Le responsable, c'est un homosexuel noir de cent trente kilos qui a un certain sens de l'humour en choisissant les cellules où il colle les détenus.

Il se frotta la bouche. Sa main fit un bruit sec en raclant ses favoris.

– Écoutez, je ne vous ai pas vu. Je ne vous ai pas parlé, dit-il. Okay ? Je rentre, je ne me sens pas bien.

Ce que vous avez dit de l'A.B., c'est vrai, c'est pour la vie. Si un mec ne vous descend pas, c'est un autre qui le fera. Je suis barman et je sers de la bière pour quatre sacs de l'heure. J'ai des ulcères et une hernie discale. Tout ce que je veux, c'est un peu de paix.

– Tu l'as dit, collègue. Tiens-toi à l'écart du téléphone ce soir, regarde beaucoup la télévision, écris quelques lettres à ta famille.

– Qu'est-ce que vous diriez de me traiter avec un peu de dignité, mec ? Je fais exactement ce que vous voulez. Ch'suis pas un criminel, ch'suis pas votre problème. Je suis juste qu'un petit mec qui cavale en rond dans une poêle à frire.

– T'as probablement raison sur un point, Harvey.

Je déverrouillai la porte et le regardai retourner au bar où il dit quelque chose à la barmaid avant de sortir par une porte latérale et de reprendre le chemin de terre au volant d'une camionnette à plateau sans couleur. La poussière du parc de stationnement revint voler par bouffées au travers des moustiquaires rouillées à la lumière de cette fin d'après-midi. Une fois qu'il aurait disparu à ma vue, Harvey ne prendrait pas longtemps à décider que ses loyautés à l'égard des motards et d'Eddy Raintree avaient bien plus d'importance pour sa santé et son bien-être que les craintes momentanées que j'avais éveillées en lui par ma présence et la mention de la prison de la Paroisse d'Iberia.

Je retournai au bar et demandai à la barmaid un crayon et un bout de papier. Elle arracha d'un bloc-notes posé près du téléphone une page qu'elle me tendit. Je griffonnai deux ou trois phrases au dos avant de plier le feuillet une fois, puis deux fois.

– Voudriez-vous donner ceci à Elton de ma part ? dis-je.

– Elton Rupert ?

– Ouais.

– Bien sûr.

Elle prit le feuillet que j'avais dans la main et le laissa tomber dans la boîte aux lettres derrière le comptoir.

– Vous venez probablement de le rater de peu. D'habitude, il passe vers quatre heures.

– Ouais, c'est ce que me disait Harvey. C'est pas de chance de l'avoir raté.

– Pas de chance ? dit-elle avant d'éclater de rire. Vous avez les narines bouchées ou quoi ? Ou bien vous cherchez à vous dégager les sinus ?

– Quoi ?

– Ce mec a des rag capables de faire sortir les morts de leur tombe et de les faire fuir à toutes jambes.

– Il a des quoi ?

– Des relents d'aisselle de gorille. Z'êtes sûr de connaître Elton ? Il crèche dans une cahute près de la digue et il ne se lave jamais sauf quand la pluie lui tombe dessus. Je ne sais pas pourquoi il prend un tel pied à casser du négro, il y passe tout son temps.

– J'aime bien vos boucles d'oreilles.

– Je les ai eues juste l'autre jour. Elles vous plaisent vraiment ?

– Bien sûr. Je n'en avais jamais vu fabriquées dans des douilles de .38.

– C'est mon petit ami qui les a faites. C'est un fêlé d'armes mais il est vraiment doué pour faire des bijoux et des trucs comme ça. Il songe à monter une petite entreprise de vente par correspondance.

– Elton n'a pas le téléphone, si ?

– Il n'a même pas l'eau courante. Je ne vois pas pourquoi il aurait un téléphone.

Je regardai ma montre.

– Peut-être que j'ai le temps de passer chez lui, rien qu'une minute. Ce n'est pas très loin, je crois.

– Sur la route qui mène à la digue. Vous ne pouvez pas le rater. Fiez-vous à votre odorat ! Hah !

– À propos, comment va l'œil d'Elton ?

– On dirait qu'il a été bouffé par les vers. Vous bossez dans quelle branche ? Le missionnariat ou quoi ?

L'air violacé était lourd d'insectes tandis que je descendais le chemin de terre jaune en direction de la digue et des marais. La route traversait la voie ferrée de la Southern Pacific avant de longer une digue herbeuse couverte de boutons d'or. De l'autre côté de la digue courait un canal semé l'ilôts de saules pleureurs et de bancs de sable ouvrant sur une baie pleine de cyprès morts. À trois cents mètres du passage à niveau se dressait une cahute de pêcheur, petite bâtisse cubique délabrée avec galerie et avant-toit affaissés, cabinets extérieurs et baril métallique en guise de poubelle débordant d'ordures sur l'arrière. Une pirogue et une barque à moteur étaient amarrées à des pieux de bois enfoncés dans la vase. Une Harley surbaissée était rangée à l'autre extrémité de la galerie, rutilant de tous ses chromes aux dernières lueurs rouges du soleil couchant. Le ciel était noir d'oiseaux.

Je rangeai le camion au bout de la digue, sortis mes jumelles japonaises de la Seconde Guerre de ma boîte à outils verrouillée – que les gamins des taudis d'Iberville n'avaient pas réussi à forcer – et attendis. La nuit allait être lourde et chaude. L'air était d'une immobilité parfaite, brûlant de tout le soleil du long après-midi, rance des relents d'insectes d'eau et de lépidostées morts que les pêcheurs avaient rejetés sur la rive. J'examinai la cahute au travers de mes jumelles. La poubelle bouillonnait de mouches, un chat orangé dégustait une tête de poisson dans une gamelle sur le perron arrière, un homme passa devant une fenêtre. Et disparut avant que j'aie pu faire le point sur son visage.

Finalement, la nuit tomba, et l'homme dans sa cabane alluma une lampe à pétrole, ouvrit une boîte de conserve à sa table et se mit à manger à même la boîte à l'aide d'une fourchette, dos tourné vers moi. Puis il urina depuis le perron arrière, une bouteille de bière à la main, et je vis, en contre-jour sur fond de lumière par la porte ouverte, sa grosse tête massive et graniteuse et les muscles qui gonflaient ses épaules, pareils à des nœuds de tuyaux emmêlés.

Lorsqu'il rentra dans sa cabane, je sortis du camion, le .45 à la main, traversai la digue et avançai dans l'obscurité en direction de la cahute. Les saules étaient immobiles, gravés en noir sur fond de lune jaune, et j'aperçus un mocassin gros comme mon poignet se dérouler du rondin où il s'était posté et se laisser glisser dans le marais avant de nager en traçant un V argenté à la surface de l'eau en direction d'un cadavre de ragondin tué par une hélice de bateau. La silhouette de l'homme passa devant la fenêtre et je manœuvrai délicatement la culasse pour faire monter une balle à tête creuse dans le canon avant de remonter rapidement le talus boueux jusqu'au perron arrière. J'entendis un bruit de wagons qui s'entrechoquaient, puis le ronflement d'une locomotive en marche arrière sur les rails à l'autre bout de la jetée.

Maintenant, me dis-je. Je montai les trois marches d'un bond, et déboulai à l'intérieur de la cahute pour plonger au milieu de relents de sueur rance puant la grisaille et le renfermé comme un gant de coton humide. La tête de l'homme se releva de l'illustré qu'il tenait ouvert sur les genoux. Je pointai le .45 en plein dans la figure d'Eddy Raintree.

– Les mains derrière le dos, le nez au sol ! Allez, allez, allez ! criai-je.

La peau à l'entour de l'œil était piquée de plaies blanchâtres. Je le bousculai de sa chaise au milieu d'un étalage de journaux, de boîtes de bière et d'emballages de fast-food. Le plancher de la cahute fléchit sous le poids de son corps.

– De tout ton long, le nez au plancher, Eddy, dis-je en commençant à dégager les menottes de l'arrière de mon ceinturon.

Les choses auraient dû logiquement se terminer là. Mais je me montrai imprudent. Peut-être que mes rêves d'alcoolique et mon insomnie de la nuit précédente en étaient responsables, ou encore cette odeur qui remplissait la pièce au point de vous faire monter les larmes aux yeux, ou bien le fracas soudain des wagons de marchandises dans les ténèbres. Mais dans le laps de temps qu'il fallut aux menottes pour glisser d'entre mes doigts, à mon regard pour perdre de vue un instant l'arrière de sa tête, il pivota sur lui-même pareil à un animal tournant dans une boîte, agrippa le .45 des deux mains et verrouilla sa mâchoire sur la jointure de mon pouce droit.

Il avait les yeux petits et rapprochés comme ceux d'un porc à la lumière de la lampe à pétrole, les mâchoires nouées de boules de cartilage, tremblant de toute la pression exercée. Le sang gicla sur le dos de ma main ; je sentais ses dents mordre jusqu'à l'os. Je frappai sa nuque épaisse à coups redoublés, en désespoir de cause. Mais sa peau huileuse et épaisse me faisait l'effet d'une plaque de caoutchouc sous mes jointures.

J'étais sur le point de lâcher mon arme lorsqu'il me défonça la poitrine d'un coup de bélier de son épaule avant de plonger tête la première au travers du rideau de la fenêtre en façade.

J'étais incapable de maîtriser les palpitations de ma main droite. Je ramassai le .45 de la main gauche et franchis la porte d'entrée pour me lancer à sa poursuite. Il courait le long de la jetée tout à côté d'un train de marchandises arrêté qui devait bien s'étirer sur près de deux kilomètres. La locomotive baignait dans un halo de lumière blanche et de panaches de vapeur tandis que devant elle, un groupe de cheminots réparaient la voie à la lueur rouge de torches enflammées.

Eddy Raintree avait probablement été libéré – sans les honneurs – du Corps des Marines avant qu'un sergent instructeur lui eût recommandé de se garder des crêtes et des chemins en surplomb et de ne jamais courir en ligne droite lorsqu'on est pris pour cible en bout de mire.

La sensation me fut étrange de faire feu du .45 de la main gauche. Le pistolet bondit en l'air malgré ma prise, à croire qu'il était animé d'une vie autonome. Les deux balles couinèrent dans une gerbe d'étincelles en s'écrasant sur les flancs d'un wagon au chassis ouvert et Eddy Raintree continua à courir, la tête dans les épaules. Je mis un genou au sol au milieu des herbes, visai bas en prenant en compte le recul de l'arme au sortir de la balle, relâchai lentement mon souffle et écrasai la détente. Sa jambe droite s'affaissa sous le poids de son corps comme s'il venait d'être frappé par une batte de base-ball, et il dégringola de l'autre côté de la jetée sur le ballast de la voie ferrée.

Je descendis à mon tour en glissade le long de la

pente et lorsque j'arrivai à lui, il tenait la paume serrée contre sa cuisse et essayait de se remettre debout en s'accrochant au barreau d'une échelle à l'extrémité d'un wagon. Sa main luisait, brillante et humide et le visage avait déjà blanchi sous le choc. Une odeur fétide et doucereuse s'échappait du wagon et c'est alors que je vis les cloisons montées à claire-voie et les cages qui se trouvaient à l'intérieur.

– Assieds-toi, Eddy, dis-je.

Il respirait en bouffées saccadées par le nez. Les yeux brillaient, méchants et vicieux, le blanc moucheté de sang.

– C'est terminé, collègue. Ne t'y trompe pas, pas la peine d'avoir d'arrière-pensées sur le sujet. Et maintenant, assieds-toi et donne-moi ton poignet.

Il essaya de ne pas grimacer en se laissant doucement glisser sur le gravier. Je menottai son poignet, passai la chaîne autour du barreau métallique du wagon et menottai le second. Puis je le passai à la fouille.

– Putain, mais qu'est-ce qu'y transporte, ce foutu train ? dit-il.

Je fendis sa jambe de pantalon à l'aide de mon couteau Puma. L'orifice d'entrée de la balle était noir, guère plus gros que le bout de mon petit doigt. Mais mon mouchoir roulé en boule fut nécessaire pour couvrir la blessure au sortir du projectile. Je glissai ma ceinture autour de sa cuisse et la resserrai en garrot au moyen d'un bâton.

– Putain, y'a quoi, dans ce wagon ? dit-il.

Ses longs cheveux pendouillaient du crâne comme autant de ficelles sur un potiron.

– Je vais t'expliquer comment je vois les choses, Eddy. Tu pisses le sang et ç'a l'air méchant. Je vais courir jusqu'à la tête du train et demander aux mecs de passer un appel radio pour une ambulance. Même s'il s'avère impossible d'en avoir une tout de suite, je crois qu'il faudrait te charger dans mon camion, direction Baton Rouge.

Un tic tressauta sur sa joue.

– À quoi on joue ? demanda-t-il.

– À rien du tout. On ne joue pas. T'as un gros trou dans le corps. Tu vas avoir besoin de sang.

– Et c'est tout ? Et je dois faire quoi, avoir la trouille ? Un négro de maton m'a fait suer la couenne avec un aiguillon à bestiaux jusqu'à épuisement des piles. Va te faire foutre.

– Prends ça comme tu veux. Je vais aller en tête du train, ensuite je reviens et je te charge dans mon camion.

Il tordit le cou à un bruit en provenance de l'intérieur du wagon.

– Putain, mec, mais c'est des lions ou des tigres qu'y a là-dedans, dit-il.

– Ils appartiennent à un cirque. Ils sont en cage, ils ne peuvent pas te faire de mal.

– Et si jamais ils font reculer ce putain de train pendant que tu seras parti en balade ?

– C'est toi qui as distribué les cartes, Eddy. À toi de vivre avec ça. Garde la ceinture bien serrée et ne bouge pas la jambe.

– Hé, mec, viens ici. Attache la menotte au lampadaire qu'y a là-bas.

– Il est trop loin pour que je te déplace.

– Qu'est-ce que t'as, bordel ? T'aimes bien voir les gens souffrir ou quoi ?

– Je reviens, Eddy.

– Très bien, mec. Je passe un marché. C'est Jewel qui a effacé le flic dans le sous-sol. Mais moi, je n'y suis pour rien. Je n'ai rien fait. J'étais juste là pour passer la crèche à la fouille. Tu m'as vu, je n'étais même pas chargé.

– Ça ne vaut pas tripette comme marché.

Il attendit un moment avant d'ajouter :

– Y'a un contrat de lancé. Deux têtes à éliminer. Sonnier et la nana. Tous les deux.

– Quelle nana ?

– Sa sœur.

Il se mouilla les lèvres.

– Je ne peux pas le jurer, mais je crois que le contrat est ouvert. Toi aussi, t'es sur la liste. Tu gênes le mauvais mec, comme un poil qui lui pousserait de travers.

– Quel mec ?

– C'est tout ce que t'auras, enfoiré. Si je passe un marché, ce sera à l'abri, en taule, avec un avocat et le procureur.

– Je crois que t'es une outre pleine de vent, Eddy, mais je n'ai aucune envie de te voir mourir de peur.

Je détachai un poignet avant de lui menotter les deux bras dans le dos.

– Reste là et ne bouge pas. Je vais demander à deux de ces cheminots de m'aider à te mettre dans le camion.

– Hé, mec, ces animaux reniflent mon sang. Hé, mec, reviens ici !

Il était allongé sur le flanc, dans le gravier et les herbes, le visage creusé, moite et luisant de sueur dans l'air humide. Ses bras entravés se nouaient de muscles comme des cordes, à croire qu'on l'avait suspendu très haut au-dessus du sol, au point que ses tatouages donnaient l'impression de vouloir jaillir et éclater de sa peau. Une brise se mit à souffler par le travers de la digue ; je sentis l'odeur moite de déjections animales et j'eus presque sur les lèvres le goût de la peur qu'éprouvait Eddy Raintree pour ceux de son espèce.

Il me fallut parcourir trois cents mètres pour arriver en tête de train ; je montrai mon insigne à l'ingénieur et lui dis de passer un appel radio à Baton Rouge pour faire venir une ambulance. Puis je demandai à deux cheminots noirs de m'aider. Leurs maillots de corps étaient zébrés de traînées sales et leur peau noire semée de gouttes de sueur qui brillaient aux lueurs rouges des torches. Ils consultèrent du regard le contremaître de leur équipe, qui était blanc.

– Allez-y, les gars, dit-il.

J'ouvris le chemin et retournai à l'endroit où Eddy Raintree gisait sur le flanc à même le gravier et l'herbe. J'entendis le feulement rauque d'un lion ou d'un tigre porté par le vent. Je me retournai pour lancer une petite plaisanterie aux Noirs, lorsque l'un d'eux pointa un doigt au loin.

– Y'a quelqu'un qui arrive par ici sur une moto, dit-il.

J'aperçus le phare, et, à la lueur des étoiles, les silhouettes de la moto et de son conducteur de petite taille qui rebondissaient en contrebas de la digue en s'approchant brutalement de la file de wagons arrêtés. Je voyais déjà Eddy Raintree en train d'essayer de se redresser sur un genou tandis qu'il prenait conscience qu'un tour de manège supplémentaire à la foire aux plaisirs était à nouveau envisageable. Les choses allèrent très vite dès lors.

Je dégageai le .45 de mon ceinturon et me mis à courir. La moto dépassa Eddy Raintree, dérapa dans le gravier et fit demi-tour pour repartir dans la direction d'où elle était venue, à la lueur de son phare qui venait rebondir sur les flancs des wagons.

Je crus tout d'abord que le motard de petite taille allait essayer de faire monter Eddy derrière lui au passage, un peu à la manière dont un cavalier de rodéo ramasse en pleine course un cow-boy projeté à terre; c'est alors que j'aperçus dans sa main, un objet rigide, d'environ soixante centimètres, un objet qu'il étendit à bout de bras, latéralement, et je crus en toute naïveté qu'il s'agissait, qui sait, d'un coupe-boulon, que Raintree allait lever ses poignets entravés et que le petit motard allait le libérer d'un coup de son outil pour me laisser sur place, pantelant et épuisé par ma course tandis qu'ils s'enfuiraient de l'autre côté de la digue dans l'obscurité.

Mais je me trouvais maintenant suffisamment proche pour voir qu'il s'agissait en fait d'un fusil de chasse dont on avait scié le canon juste au ras du mécanisme à pompe. Eddy Raintree était parvenu à se redresser sur un genou, pétrifié dans l'éclat du phare, pareil à un manchot qui essaierait de faire une génuflexion dans l'église, lorsque le fusil rugit, pointé de bas en haut, à quelques centimètres de son menton.

Et le petit motard ouvrit alors les gaz, une botte glissant sur les rochers pour garder son équilibre, et fit pivoter la moto en pleine pente avant de gravir la digue dans un nuage de poussière, de mottes de terre et de boutons d'or. Je haletais, le souffle court, les bras tremblants, en lâchant deux balles sur la silhouette miniature juste avant qu'elle n'accélère plein pot, tête baissée sur le guidon, pour disparaître sous un long roulement de tonnerre qui s'en alla diminuant entre la digue et les îlots de saules pleureurs.

Eddy Raintree s'était effondré au sol, les fesses collées aux talons. Il avait la tête tournée vers le côté opposé, comme s'il essayait de cacher l'expression de son visage ou quelque secret qu'il aurait aimé emporter ailleurs avec lui. Les bêtes du wagon du cirque, prises de panique, venaient s'écraser contre le grillage de leurs cages

Je touchai doucement Eddy Raintree à l'épaule, et sa tête pivota lentement vers le sol sous son propre poids, simplement retenue par quelques tendons sectionnés du cou.

L'un des cheminots vomit.

– Oh, Seigneur Dieu, r'gardez, c'qu'y z'ont fait à ce pauv' homme, dit l'autre. Il a la figure qui pend du mauvais côté de la tête.

9

Minuit était passé lorsque j'en eus enfin terminé avec les infirmiers, les adjoints du shérif local, un inspecteur furieux qui m'accusa d'avoir opéré dans sa juridiction sans avoir au préalable pris contact avec son bureau et le médecin légiste de la paroisse qui, pareil en cela à nombre de ses congénères, manifestait des aspirations à devenir acteur comique.

– L'odeur corporelle de ce mec, on pourrait s'en servir comme arme chimique, les Iraniens ne s'en relèveraient pas, dit-il. Quelques piqûres contre la rage seraient à envisager.

Lorsque je montai dans mon camion, je savais que je devais rentrer immédiatement à New Iberia. C'eût été la chose logique et raisonnable. Mais aux heures avancées de la nuit, je n'avais jamais fait preuve de raison ni de logique, aussi bien comme alcoolique pratiquant qu'ivrogne repenti.

Moins d'une heure plus tard, je me trouvais sur Highland Drive, à l'ouest du campus de L.S.U. à Baton Rouge, et je quittais le long couloir ombragé de chênes pour m'engager dans une allée à voitures au sol briqueté, bordée d'une clôture en treillage et de rosiers. Elle conduisait à une énorme maison blanche affichant des prétentions d'avant la guerre de Sécession qui aurait pu être montée cinq minutes auparavant comme décor d'un studio de Hollywood.

La bordure de la porte d'entrée était peinte en rose, les ferrures de laiton aussi brillantes et prétentieuses que s'il s'était agi d'or pur. L'air était électrique, lourd des parfums de magnolia.

Lorsqu'il ouvrit la porte d'entrée en pyjamas, la brise fit jouer le lustre suspendu au plafond de bruit et de lumière.

– Bootsie a besoin de ton aide, dis-je. Non, ce n'est pas tout à fait la vérité. J'ai besoin de ton aide pour elle. Je suis perdu, tu es ma dernière chance, Lyle.

10

Le lendemain était un samedi. J'aurais dû avoir congé pour la journée mais le répartiteur m'appela à neuf heures du matin.

– Qu'est-ce que tu veux faire des quatre mecs que Levy et Guillory ont mis en cellule ?

– Quels quatre mecs ?

– Les clodos que Levy et Guillory ont ramenés des asiles de nuit. Levy a dit que tu cherchais des mecs qui avaient participé au concours de Monsieur Laideur. T'as quelques beautés qui t'attendent, Dave.

J'avais complètement oublié.

– Où sont-ils en ce moment ? demandai-je.

– Dans la cage à poivrots.

– Et ils sont là depuis quand ?

– Depuis hier.

– Fais-les sortir. J'arrive tout de suite.

Quinze minutes plus tard, j'étais au bureau. J'empruntai le couloir qui conduisait à une cellule de détention provisoire, où les quatre hommes m'attendaient patiemment, assis sur le seul et unique banc de bois. Au milieu de la cellule, à même le sol, se trouvait l'orifice des toilettes souillé de traînées d'urine. Les quatre hommes affichaient les traits émaciés de ces gens dont les existences ne survivent que sur une droite ligne menant du centre de transfusion sanguine au magasin de vins et spiritueux. Pareils en cela à la plupart des clochards professionnels, émanait d'eux une étrange odeur aux relents chimiques, à croire que leurs glandes avaient depuis longtemps déjà cessé de fonctionner correctement pour ne plus secréter qu'un ersatz synthétique, simple substitut des fluides corporels naturels. J'ouvris la porte à barreaux.

La tête d'un des hommes était déformée, enfoncée sur un côté comme une coque de noix ébréchée ; le visage d'un autre était dévoré par une maladie de l'épiderme qui ressemblait à un cancer de la peau ; le troisième avait un bec-de-lièvre fortement marqué et il ne lui restait du nez que la chair, les cartilages pratiquement disparus ; mais ce fut le visage du quatrième homme assis sur le banc qui me fit grimacer intérieurement.

– Vous avez mangé, les mecs ? dis-je.

Ils acquiescèrent en opinant du chef, à l'exception de celui qui s'était installé en bout de banc. Ses yeux ne cillaient pas et il ne me quittait pas du regard.

– Je suis désolé de la manière dont les choses se sont passées, dis-je. Je n'avais nullement l'intention de vous faire boucler. Je voulais juste vous parler, mais je n'étais pas en ville et mes ordres ont été mal compris.

Pas de réponses. Ils remuèrent les pieds sur le sol de béton, les yeux fixés sur le dos de leurs mains. Puis l'homme à la maladie de peau dit :

– C'est pas mal. Y'a la télé.

– En tout cas, excusez-moi, les gars, dis-je. Un des adjoints va vous ramener là où vous le désirez. Il vous donnera également un bon-repas valable dans un café en ville. Voici ma carte. Si vous voulez vous gagner quelques billets à poncer des bateaux, appelez à ce numéro.

Ils se levèrent comme un seul homme pour franchir la porte de la cellule restée ouverte.

– Dis, podna, tu veux bien rester encore une minute ? dis-je au dernier homme du banc.

Il se rassit d'un air indifférent et se mit en demeure de rouler une cigarette. Je pris une chaise dans le couloir et m'installai en face de lui. Sa tête donnait l'impression d'être sortie tout entière d'un haut fourneau. Les oreilles étaient brûlées, réduites à l'état de moignons ; des tissus cicatriciels rougeâtres du crâne chauve, on aurait pu croire qu'ils avaient été appliqués par couches successives sur la boîte crânienne au moyen d'une spatule ; une opération chirurgicale l'avait privé d'une partie de ses lèvres de sorte que dents et gencives restaient figées en un rictus permanent.

Il roula son tabac en cylindre serré, mouilla la partie encollée de la feuille et resserra les deux bords l'un sur l'autre. Il releva la tête et ses yeux se rivèrent aux miens. On aurait dit des yeux de caméléon, sans paupières, aussi fuyants et aussi liquides. Il craqua une allumette sur l'ongle du pouce. Un ongle épais et violacé comme une carapace de tortue.

– Ma figure vous plaît ? demanda-t-il.

– Comment t'appelles-tu ?

– Vic.

– Vic comment ?

– Vic qu'est-ce qu'on en a à branler ? Tous les noms se valent, je dirais.

– Que dirais-tu de me donner ton nom de famille ?

– Benson.

– Comment as-tu été blessé, podna ?

Il plaça la cigarette dans l'orifice dont les lèvres

avaient été parées par le bistouri, au coin de la bouche. Le papier était mouillé sur toute la longueur du bord collé. Il souffla sa fumée vers les barreaux de la cage.

– Dans un tank, dit-il.

– Tu as fait l'armée ?

– C'est exact.

– Où as-tu servi ?

– En Corée.

– Ton tank s'est fait avoir ?

– Vous l'avez dit.

– Où ça, en Corée ?

– Le deuxième jour, sur Heartbreak Ridge. C'est à propos de quoi, tout ça ?

– Des personnes ont déclaré avoir vu un homme répondant à ton signalement qui les observait à travers la fenêtre.

– Ouais ? Ça doit être mon frère jumeau.

Il éclata de rire et un paquet de salive apparut sur ses gencives.

– Il y a un prêcheur à Baton Rouge qui pense qu'un homme te ressemblant pourrait bien être son père...

– J'ai eu un fils jadis. Mais j'ai jamais élevé de prêcheur.

– T'as déjà entendu parler d'une femme du nom de Mattie ?

Il ôta délicatement la cigarette de ses lèvres et fit tomber les cendres entre ses genoux.

– Tu m'as entendu, podna ? dis-je.

Ses yeux se posèrent sur moi avec un regard paisible.

– Z'avez rien donc d'autre à faire, vous autres, que des trucs comme ça ? demanda-t-il.

– As-tu connu une femme du nom de Mattie ?

– Non.

Il gratta une croûte sur l'intérieur d'un avant-bras déchiqueté.

– Tu vas vendre ton sang tous les combien ? demandai-je.

– Une ou deux fois par semaine. Ça dépend combien y'a de centres en ville. Y notent sur leurs registres.

– Où reçois-tu tes chèques d'ancien combattant ?

– Quoi ?

– Tes chèques d'invalidité.

– J'en touche pus. Ch'suis pus allé pour m'inscrire, ça fait cinq ou six ans.

– Et pourquoi ?

– Pasque j'z'aime pas les salopards.

– Je vois, dis-je avant de m'adresser à lui en français.

– Je le parle pas, dit-il.

– Je pense que tu me dis pas la vérité, Vic.

Il laissa tomber sa cigarette sur le béton et l'écrasa du pied.

– Ma vie vous intéresse, z'avez qu'à vérifier mes empreintes, dit-il en me présentant les paumes de ses mains. On s'est fait allumer quand ils nous en ont collé un dans le blair. J'ai été le seul à sortir de la caisse. Le couvercle du sas m'a brûlé jusqu'à l'os quand je l'ai poussé pour l'ouvrir. Et ch'connais pas de prêcheur, sauf à la mission. Vous me dites que je reluque par les fenêtres des maisons. Vous êtes un foutu menteur.

Il avait l'haleine rance, les yeux pareils à des billes surchauffées enchassées dans son visage rouge de mannequin.

– Où dors-tu ? dis-je.

– À la Sally [1], à Lafayette.

1. L'Armée du Salut. *(N.d.T.)*

– Je n'ai rien contre toi pour te garder ici, Vic. Mais je vais te demander de te tenir à l'écart de la paroisse d'Iberia. Si les mêmes personnes continuent à être embêtées par un homme qui te ressemble, je veux être sûr que tu ne seras plus dans les parages. Est-ce que nous sommes bien d'accord sur ce point ?

– J'vais où j'veux.

Je tapotai mon stylo-bille entre paume et doigts, puis me remis debout pour lui tenir la porte grande ouverte.

– Très bien, podna. L'adjoint qui est au bout du couloir va te ramener à Lafayette, dis-je. Mais je vais te donner à réfléchir sur un point. S'il se trouve que tu sois bien Verise Sonnier, ne rejette pas la faute sur tes enfants comme s'ils étaient responsables de ton malheur. Eux aussi ont eu leur part de détresse. Tu pourrais peut-être même apprendre à être un peu fier d'eux.

– Écartez-vous de mon chemin, dit-il.

Il passa devant moi en replaçant sa chemise dans son pantalon sur ses hanches décharnées.

* * *

Je rentrai à la maison, mis en marche l'aérateur de fenêtre dans la chambre et dormis quatre heures. Aux confins de mon sommeil, j'entendais Alafair et Bootsie arroser les parterres de fleurs sous les fenêtres, marcher sur les feuilles, racler les cendres de la fosse du barbecue. À mon réveil, Bootsie était sous la douche. Sa silhouette transparaissait en brun, les contours délicatement flous, au travers du verre translucide et je la voyais se laver les bras et les seins avec un gant de toilette et un pain de savon rose. J'ôtai mes sous-vêtements et la rejoignis dans le bac; je lui frottai les muscles lisses du dos et des épaules, massai son échine de mes pouces écartés, embrassai la moiteur de ses cheveux sur son cou. Puis je la séchai comme je l'aurais fait d'une petite fille, alors qu'il m'arrivait plus souvent qu'à mon tour de me sentir un cœur d'enfant en faisant l'amour. Je m'allongeai à ses côtés par-dessus les draps tandis que l'aérateur faisait gonfler le rideau en soufflant sa brise sur nos deux corps. J'embrassai ses cuisses, son ventre, je pris ses têtons dans ma bouche. Lorsque je la pénétrai, son corps était brûlant au point que j'aurais pu la croire dévorée par la fièvre.

Un peu plus tard, j'emmenai Alafair à la cathédrale pour la messe du soir, puis me rendis à une réunion des A.A. Lorsqu'arriva mon tour de prendre la parole, j'exécutai en partie une cinquième étape devant le groupe, à savoir admettre à la face de soi, d'autrui et de Dieu la nature exacte de nos mauvaises actions.

Pour quelle raison?

Parce que je m'étais rendu au domicile de Lyle Sonnier à Baton Rouge, compromettant ainsi ma foi dans mon Tout-Puissant. Je lui avais manqué, et ce faisant – en allant demander l'aide de quelqu'un que je considérais comme un charlatan – j'avais manqué à Bootsie par la même occasion. Lyle était allé jusqu'à me le dire en personne.

Lorsqu'il avait appuyé sur l'interrupteur de la cuisine, les chromes, les plastiques jaunes, l'émail blanc et le papier peint à fleurs avaient repris soudain vie avec l'éclat d'une ampoule électrique. Lyle avait sorti une bouteille de lait et une tourte aux noix de pacane du réfrigérateur, installé fourchettes, assiettes et verres de cristal sur la table puis il s'était assis face à moi, le visage tiré, fatigué, de toute évidence incertain de savoir par où commencer.

– Nous pouvons parler longtemps, Dave, mais je pense qu'il faut que je te dise tout de suite que je suis incapable de te donner ce que tu veux, dit-il.

– Alors, c'est que tu es *vraiment* un escroc.

– Le mot est dur à encaisser.

– Tu as dit que tu pouvais guérir, Lyle. Je te demande de m'en faire la preuve.

Je sentis une bulle de salive se rompre dans ma gorge.

– Non, tu ne comprends pas. J'ai *été* un escroc. J'étais complètement défoncé, arcs-en-ciel, mauves Osley, beautés noires, à toi de choisir, je fourguais dans la rue, je volais dans les voitures en stationnement, j'allais traîner dans les quartiers homo de Sud Los Angeles Street à L.A., si tu vois où je veux en venir, quand j'ai rencontré un roi de l'arnaque complètement engnôlé du nom de Révérend Jimmy Bob Clock.

« J'ai tourné avec Jimmy Bob à travers tout le Sud, de chapiteau en chapiteau. Il était capable de te remonter une foule entière, à coups de trique et de fouet, jusqu'à les rendre tous hystériques, puis il descendait l'allée au sol en sciure dans son complet blanc qui dansait sous la lumière du projecteur pointé sur lui et il agrippait alors le front d'un pauvre gars assis là, entre ses deux mains, et il serrait, il serrait, au point de lui faire jaillir la cervelle par les oreilles. Quand il le relâchait, le mec tremblait comme une feuille, de la tête aux pieds, et avait des visions qui descendaient sur lui à travers la toile du chapiteau.

« Avant le spectacle, il me faisait aller jusqu'au

fond de la salle pour demander à quelques-uns des vieux installés là s'ils ne préfèreraient pas un fauteuil roulant pour aller s'asseoir au premier rang des spectateurs. Je les transportais jusque-là dans leur fauteuil et à mi-parcours de son sermon, Jimmy Bob bondissait soudain de la scène, leur prenait la main et les faisait se lever et marcher. C'est alors qu'il s'écriait : « Quelle heure avez-vous ? » Et ils s'écriaient en retour : « C'est l'heure de chasser le démon et de le faire courir autour du bloc, avec le Révérend Jimmy Bob Clock ».

« Jimmy Bob était un sacré pistolet, fils. Devant la caméra, il t'agrippait quelqu'un à pleines mains et il lui secouait les bajoues tremblotantes comme un paquet de gélatine avant d'annoncer qu'il venait de le guérir du cancer. Il soulevait les jambes d'un spectateur en chaise roulante et les tenait à l'oblique pour donner l'illusion que l'une était plus courte que l'autre, puis il étirait les deux jambes en question, bien droit, priant sans discontinuer, les yeux fermés, avant de hurler à la face de la foule que l'homme né handicapé était maintenant capable de marcher sans boîter.

« Sauf que Jimmy Bob s'est fait coincer à Hattiesburg pour une histoire de faux chèque, et c'est moi qui ai dû assurer le spectacle suivant à Tupelo, tout seul, comme un grand. Le chapiteau était bourré à craquer, et j'avais l'intention de tenir jusqu'au bout en faisant le coup d'arnaque de la chaise roulante et peut-être bien aussi en guérissant quelqu'un de sa surdité ou de son mal de dos ou un truc quelconque que personne ne pouvait voir, parce que si la foule n'a pas, d'une manière ou d'une autre, son petit miracle, elle ne crache pas au bassinet quand on fait passer les paniers pour la quête. Mais au beau milieu du sermon, a débarqué une vieille Noire au beau milieu de l'allée, appuyée sur ses deux cannes et j'ai compris tout de suite que j'avais un problème.

« Elle s'est mise à me tirer par le bas du pantalon et elle a levé sur moi ses yeux bleus mangés de cataracte, à ouvrir et fermer la bouche comme un oisillon encore au nid. Et tout le monde sous le chapiteau a commencé à regarder dans sa direction. Il n'y avait plus aucun moyen d'y échapper, il fallait que je fasse quelque chose.

« J'ai dit : " Qu'est-ce qui t'amène ici, Tantine ? " en lui tendant le micro.

« Elle a dit : " J'ai les vertèbres fondues, y'a rien à faire pour la douleur. La couverture électrique, l'y fait rien, le chiropracteur, l'y fait rien, la mo'phine, l'y fait rien. Et j'veux pus qu'mourir. "

« Elle portait des lunettes à gros verres qui brillaient des taches de cataracte, et les larmes lui coulaient sur le visage. J'ai dit : " Ne dis donc pas des choses pareilles, Tantine ".

« Et elle a dit : " *Toi*, tu peux guérir la vieille que je suis. Dieu, y t'a choisi, y t'a marqué d'son signe. C'est pas pus différent qu'si j'Lui touchai l'ourlet de Sa robe. "

« Elle a laissé tomber ses cannes et posé les mains sur mes chaussures.

« Je croyais que la came m'avait dévoré la conscience depuis bien longtemps. mais je voulais que Dieu m'emporte loin de cette planète, là, sur le moment. Je voulais dire à tous les présents sous le chapiteau que l'homme qu'ils avaient devant les yeux était tombé aussi bas qu'un crachat sur le trottoir. Les paroles ne me venaient plus, je ne savais plus quoi faire, je ne voyais plus rien, rien que ces tâches de cataracte qui me brûlaient les yeux. Alors je suis tombé à genoux et j'ai posé les mains sur la tête de cette vieille femme. Elle avait les cheveux gris, mouillés de sueur, je sentais le sang qui lui battait les tempes. Je priai Dieu, à travers le toit de toile, Punis-moi, Seigneur, mais guéris cette dame.

« C'est à ce moment-là que je l'ai ressenti pour la première fois. Comme une décharge qui m'a secoué les bras à croire que j'avais mis les deux mains sur une clôture électrique. J'en avais les dents qui claquaient. La vieille femme a redressé le dos, et toute la douleur, toute la misère ont quitté son visage comme si quelqu'un avait lavé l'intérieur de son corps d'une injection d'eau froide. Je n'avais jamais rien vu de pareil. Je tremblais tellement fort que je suis resté à genoux, incapable de me relever. Quelque chose s'est cassé en moi et je me suis mis à pleurer. Le chapiteau tout entier a été pris de folie. Mais j'ai *su*, même à ce moment-là, que le pouvoir était descendu sur cette vieille femme et qu'il l'avait traversée de part en part, il avait percé la foi de cette vieille tête tourmentée noyée de sueur. Parfois, il m'arrive encore dans mon sommeil de sentir ses cheveux dans la paume de mes mains.

« Ça ne marchera pas pour toi, Dave. Tu es venu chercher ici de la magie. Tu ne crois pas au monde auquel j'appartiens. Et en plus, tu auras des remords d'être venu ici.

Je n'avais pas touché à la tourte. Je la repoussai du dos du poignet et tournai la tête vers la fenêtre latérale en direction d'une voiture dont la lumière des phares blancs cliquetait le long de la rangée sombre des chênes de Highland Drive.

– Ce que je veux dire, c'est que tu as renoncé à tes propres convictions en venant ici, dit-il. Mais ça ne sert à rien de te faire du mal et de te le reprocher.

Tu étais désespéré et tu es venu ici pour chercher de l'aide pour quelqu'un d'autre, pas pour toi. Retourne simplement à celui que tu étais avant. Parfois il faut crapahuter bien longtemps avant de pouvoir sortir du territoire ennemi, Lieut'.

Je baissai la tête et regardai le linoléum entre mes genoux. Jamais encore je ne m'étais senti aussi fatigué, me sembla-t-il.

– Je te suis reconnaissant, pour le temps que tu m'as consacré, Lyle.

Il toucha la cicatrice en gouttes qui descendait de son œil droit.

– Puisque tu es là, j'ai un aveu à te faire. Il y a une chose que je veux que tu saches, dit-il. La dernière fois que je t'ai vu, j'ai essayé de te forcer la main. Je veux dire par là, quand j'ai parlé de ma sœur et du fait que tu l'avais sautée.

– J'ai déjà oublié.

– Non, tu ne sais pas tout, Dave. Drew avait le béguin pour toi quand vous étiez étudiants, et peut-être qu'elle l'a toujours. Mais peut-être aussi pour une raison que tu ne comprends pas. Tu ressembles beaucoup à Weldon.

Je relevai la tête pour le regarder.

– Tous les deux, vous êtes grands et beaux gosses, dit-il. Tous les deux, vous avez été officiers pendant la guerre. Ni l'un ni l'autre vous n'aimez les règlements ou le fait qu'on vous dise ce qu'il faut faire. Et tous les deux vous avez les terminaux qui grésillent d'étincelles électriques.

Je le fixai droit dans les yeux.

– En grandissant, nous n'avons jamais eu personne, à part nous-mêmes, dit-il. Ça vous fait foirer la tête. Ce qui, pour les uns, est un comportement de malade, c'est pour d'autres de l'amour. Nous ne nous préoccupions pas de ce que les autres disaient être le bien ou le mal. C'étaient les mêmes qui nous brûlaient avec leurs cigarettes ou nous collaient dans les foyers d'adoption. Weldon et Drew n'ont pas simplement été frère et sœur l'un pour l'autre. Et je ne suis pas non plus innocent dans l'affaire. Mais c'est toujours Weldon qu'elle a aimé.

Je détournai la tête pour ne plus voir le petit grain de douleur dans son regard.

– Pourquoi crois-tu que je me sois marié trois fois ? demanda-t-il. Ou pourquoi Weldon a épousé une droguée qui se raccroche à lui comme une enfant ? Ou bien pourquoi Drew s'envoie en l'air avec le premier venu qui a un peu de poils qui lui ressortent du col ? C'est comme si on t'avait cuit la tête au micro-ondes. Chaque fois que tu fais l'amour à quelqu'un, tu piques une rage et tu lui en veux. Essaie de bien comprendre ça.

« Dave, t'as l'esprit sain et verrouillé à double tour. Ne viens pas voir les gens de notre espèce pour essayer de mieux comprendre.

Il mit un morceau de tourte au fond de la bouche et se mit à mâcher en silence, sans quitter un seul instant des yeux mon visage gêné qui refusait de croiser son regard.

* * *

Dimanche matin, je partis en compagnie de Bootsie et Alafair à la pêche au crabe le long de la côte. Nous avions attaché des cous de poulets à l'intérieur des balances en grillage lestées, dont les côtés retombaient une fois posées sur le fond avant de reprendre leur position initiale sous la traction du cable enfilé au travers d'un anneau fixé à leur sommet. En trois heures de temps, notre baignoire était pleine de crabes à pointes bleues que nous avons ensuite passés au jet d'eau dans l'arrière-cour avant de les bouillir dans un chaudron de fer noir posé sur le dessus de mon barbecue en briques. La brise soufflait au travers des chênes et le ciel brillait de reflets bleutés, pareil à une tenture de soie tendue, tandis que des nuages blancs s'empilaient aussi hauts que des montagnes sur l'horizon à l'ouest.

Ce fut une merveilleuse journée. J'étais allé à la messe et j'avais communié la veille au soir. J'avais accompli ma cinquième étape sur mon manquement à ma foi dans mon Tout-Puissant et je m'étais déterminé une nouvelle fois à cesser de tenir un compte exact et détaillé de la lutte incessante que je livrais au monde, au temps et à mon état de mortel, pour simplement me contenter de remercier la providence pour toutes les bonnes choses qui m'étaient advenues sans que j'y fusse pour rien.

Eddy Raintree, aux instincts de taulard endurci et d'animal pris au piège, avait essayé de marchander quelques renseignements au sujet d'un contrat passé aux noms de Weldon, Drew et peut-être moi-même. Jusqu'à présent, je n'avais pas eu l'occasion de discuter avec l'un ou l'autre de l'éventualité d'un contrat sur leurs deux têtes dont Raintree pouvait avoir connaissance, essentiellement, en fait, parce que c'était une perte de temps. Je les avais déjà prévenus tous deux à plusieurs reprises des éventuelles conséquences d'un refus de coopérer à l'enquête ; et j'étais fatigué de les voir me donner congé comme si je n'étais qu'un simple adverbe dans leurs existences.

En outre, je n'avais pas pris Raintree au sérieux. Le premier sociopathe ou récidiviste venu, lorsqu'il se voit sur le point de se retrouver pour un bon moment derrière les barreaux, se sent soudain avoir accès à toutes sortes de renseignements divers, braquages de camions blindés, juges soudoyés par le syndicat, l'assassinat de John Kennedy ou les reventes de came à un vice-président des États-Unis.

Il était dans mes intentions de laisser mon dimanche intact, de le garder comme la belle journée qu'il avait été en laissant simplement demain et ses incertitudes se prendre en charge eux-mêmes. Sous la lumière qui virait au violet, nous sommes partis pour New Iberia où nous avons mangé une glace sous un chêne aux larges ramures près de Bayou Teche aux accords d'un groupe cajun qui jouait dans le jardin public. J'ai serré fort Bootsie et Alafair contre moi.

– Pourquoi tu fais ça ? dit Alafair, les yeux plissés par le sourire qui lui barrait la figure.

– Il faut que je m'assure que mes deux mecs ne vont pas se sauver, dis-je.

À vingt-trois heures ce soir-là, au moment précis où les gouttes de pluie ont commencé à s'écraser contre l'aérateur de la fenêtre de notre chambre, le shérif a appelé pour me dire qu'on avait retrouvé Drew Sonnier clouée au belvédère de son arrière-cour.

11

Un voisin l'avait découverte, assise sur les marches, à moitié inanimée, en état de choc, blanche comme un linge, la main gauche empalée sur une pointe de cent plantée dans le plancher, une flaque de vomi sur les genoux.

– Hé, tu vas bien ? dit le shérif.

– Oui.

– Elle est à l'hôpital, elle se remet. Ça va, vu les circonstances.

– Qui a fait ça ?

– Je ne sais pas si tu es prêt à entendre ce que je vais dire.

– Les mecs de la tuerie Garrett ?

– Joey Gouza en personne. Ou tout au moins, c'est lui qui a donné les ordres et il a assisté au spectacle pendant que deux de ses sbires la maintenaient avant de lui clouer la main.

– Quoi ? dis-je, incrédule.

– Elle a dit que c'était Gouza. Elle peut l'identifier, elle témoignera contre lui. Peut-être qu'on a simplement touché le gros lot cette fois... Qu'est-ce qui se passe ?

– Elle est capable de cadrer Joey Gouza ? Comment le connaît-elle ?

– Tout ce que je sais, c'est ce que m'ont dit les flics de la ville, Dave.

– Et quel est le mobile?

– Comme c'est ton jour de congé, j'allais envoyer quelqu'un d'autre prendre sa déposition. Mais je crois qu'il vaut mieux que ce soit toi qui le fasse. Ou est-ce que tu préfères laisser ça à un autre?

Tout brave homme qu'il pût être, il n'était au fond qu'un administratif bien plus soucieux de la nécessité d'une politesse toute professionnelle que des exigences des réalités quotidiennes.

– Je serai là-bas dans quelques minutes, dis-je. Mis à part le voisin, qui est arrivé en premier sur les lieux?

– Je crois que ce sont les infirmiers, puis les flics de la ville.

Il resta un instant silencieux. La pluie martelait maintenant la tôle galvanisée du toit de la galerie.

– On est en train d'établir un mandat d'amener au nom de Gouza. Je me fiche bien qu'il atterrisse dans la prison de la ville ou dans la nôtre, mais je veux voir ce salopard en cage. Personne ne fera une chose pareille à une femme de ma paroisse tant que j'en serai le shérif.

Je fus surpris. Il n'était pas dans ses habitudes de jurer ou de se mettre en colère. J'avais dans l'idée que Joey Meatballs n'allait pas tarder à regretter de s'être mêlé des affaires de la famille Sonnier et de la rusticité sans recherche de la Paroisse d'Iberia.

* * *

Je me rendis à l'hôpital, mais je ne montai pas jusqu'à la chambre de Drew. J'interrogeai d'abord l'un des infirmiers qui l'avaient amenée. Je m'assis près de lui sur un banc de bois près de l'entrée des urgences pendant qu'il buvait son café en gobelet de polystyrène. Il me dit qu'il avait été militaire dans la marine avant de travailler comme infirmier pour la paroisse. Le visage était jeune et rasé de frais, et il me rappela la plupart des toubibs, pompiers ou parachutistes du service des Eaux et Forêts des États-Unis que j'avais connus. Tous étaient amoureux de cette petite poussée d'adrénaline soudaine qui les faisait sortir d'eux-mêmes, à vivre à leurs limites, mais ils avaient tous tendance à être des hommes paisibles et modestes : à l'inverse de nombre de flics, ils n'avaient pas d'obsessions autodestructrices.

– Qu'avez-vous vu sur les lieux, mis à part Mme Sonnier ? demandai-je.

– Je vous demande pardon ?

– Avez-vous vu un marteau ?

Il regarda par la porte vitrée la pluie qui tombait sur le bayou.

– Non, répondit-il. Je ne crois pas. Mais la nuit commençait à tomber.

– Que croyez-vous qu'on ait utilisé pour lui clouer la main ?

– Je ne sais pas. Mais celui qui a fait ça l'a enfoncé jusqu'à faire toucher la peau à la tête du clou. C'a été une vraie saleté à arracher des planches. J'ai été obligé de lui plaquer la main au sol pendant que mon collègue essayait d'extraire la pointe à l'aide d'une paire de pinces. La pauvre dame a perdu connaissance pendant qu'on faisait ça.

– Est-ce qu'elle donnait l'impression de s'être battue contre ses agresseurs ? Portait-elle des traces de coups, ou de griffes ?

– C'est possible, mais je ne l'ai pas remarqué. Je

pensais à la manière d'arracher ce clou qu'elle avait dans la main.

– Vous a-t-elle dit quelque chose ?

– Elle était en état de choc. Quand une chose comme celle-là arrive, on a l'impression que la personne a été traînée derrière une voiture. Peut-être que vous devriez parler aux flics de la ville. Ils sont montés il n'y a pas longtemps.

– C'est ce que je vais faire. Merci pour le temps que vous m'avez consacré. Voici mon numéro de téléphone au cas où il vous reviendrait à l'esprit un détail important.

– C'est une dame très gentille. Je la vois passer devant chez moi de temps en temps quand elle fait son jogging. Elle a dû probablement tomber entre les pattes d'un méchant. Peut-être qu'ils étaient tous les *deux* ivres quand il lui a fait ça. J'ai vu quelques trucs dégueulasses depuis que j'ai pris mon poste ici, mais rien qui ressemble à ça.

– Qu'est-ce que vous voulez dire, *ivres* ?

– Elle a dû dégueuler trois quarts de litre de gin et de vermouth. Impossible de se tromper sur l'odeur.

Je décidai de ne pas prendre la déposition de Drew dans l'immédiat. Il arrive parfois que les avocats criminels soient fidèles à l'axiome : « Ne jamais poser de question dont on ne connaisse la réponse par avance ». La chose n'est pas vraie de manière aussi absolue pour un officier de police, mais il faut effectivement connaître certaines réponses afin de juger de la précision ou de la véracité des autres.

Je me rendis jusqu'au poste de police de la ville et lus le rapport établi par le policier chargé de l'enquête. En tout et pour tout, un paragraphe, plein de fautes de grammaire et d'orthographe, qui ne décrivait pratiquement rien de la scène du crime ou du crime proprement dit, hormis la nature de la blessure infligée à la victime et le fait qu'à l'hôpital, celle-ci ait identifié ses agresseurs comme deux Blancs de taille et corpulence moyennes et un troisième homme du nom de Joey Gouza, qui avait assisté à la scène en spectateur par la fenêtre conducteur de son automobile.

La seule preuve matérielle récupérée ou remarquée sur les lieux du crime était la pointe de cent.

La maison de Drew était plongée dans l'obscurité et la pluie tombait à l'oblique entre les arbres tandis que j'avançais au milieu du jardin latéral, une grosse torche à la main. Je m'accroupis sur le plancher du belvédère et éclairai du faisceau de ma torche les planches près du bord supérieur des marches. Elles étaient barbouillées de traînées de sang coagulé comme des queues de cheval miniatures et l'une d'elles était percée d'un trou de clou de couleur blonde. Je retournai sous la pluie et fouillai les buissons de myrte autour du belvédère. Le faisceau de ma torche accrocha au passage une bouteille de limonade pleine de terre, deux briques cassées, et ce qui ressemblait à des éclats d'une planchette de bois provenant d'un cageot à pommes qui gisait là, appuyé contre des branches de myrte à la base du belvédère.

Mais il n'y avait pas de marteau.

Je me penchai au cœur des buissons humides et examinai les briques que je retournai à l'aide de mon couteau de poche avant d'éclairer toutes leurs faces de ma torche. Mais je ne vis pas traces d'éclats ou d'égratignures qui auraient indiqué que l'une ou l'autre avaient servi à enfoncer un clou dans un revêtement de bois de feuillu.

Je fouillai parmi les chênes, dans les parterres de fleurs et à la surface de la pelouse sans y trouver le moindre marteau, chose logique, somme toute, me dis-je à moi-même car un autre détail que je ne voyais toujours pas me tracassait autrement plus. Aux termes du rapport, Drew avait déclaré aux flics de la ville que Gouza avait assisté à l'agression depuis la fenêtre de son automobile. Je retournai jusqu'aux marches du belvédère et éclairai la maison du faisceau de ma torche. La longue allée d'accès ainsi que le garage étaient bouchés à ma vue par une haie et deux énormes bouquets de bananiers. Si le belvédère avait été directement dans le champ de vision de Gouza installé dans sa voiture, ce dernier avait obligatoirement dû contourner le garage pour ranger son véhicule sur l'herbe derrière la maison.

Et il n'y avait pas de marques de pneus sur la pelouse. Mais il avait plu, me dis-je, et les brins d'herbe couchés par le poids avaient peut-être repris leur place.

Je découvris cependant quelque chose dans les mauvaises herbes au pied d'un lime : un mouchoir mouillé tâché de sang. Je le plaçai dans un sachet plastique à fermeture à glissière, sans avoir la moindre idée de la signification de ma découverte.

* * *

Le lendemain matin, je m'assis près du lit d'hôpital de Drew et posai une demi-douzaine de clichés anthropométriques, visage contre le drap, tout à côté de sa main valide. Son autre main, la gauche, enveloppée de pansements épais, était posée sur un oreiller. Drew n'était pas maquillée, les cheveux en désordre, le visage encore bouffi de sommeil.

– Je pensais que tu aurais peut-être pu attendre que l'heure du petit déjeuner soit passée, dit-elle. Veux-tu m'excuser une minute ?

Elle se rendit dans la salle de bains dont elle ressortit quelques minutes plus tard, en se tapotant le visage d'une serviette tandis qu'elle essayait d'écarquiller les yeux. Elle se remit au lit et tira le drap jusqu'à son estomac.

– Regarde les photos, Drew.

Elle les retourna mécaniquement, l'une après l'autre. Avant d'en prendre une qu'elle laissa tomber devant moi.

– Tu es certaine de ne pas te tromper de mec ? demandai-je.

– Pourquoi ne me le dis-tu pas toi-même, Dave ? Est-ce que c'est Joey Gouza ou non ?

– C'est Joey Gouza.

– Alors, arrête-le.

– Quelqu'un d'autre s'en occupe. Est-ce que les flics de la ville t'ont montré des photos anthropo hier soir ?

– Non.

– Alors comment pouvais-tu savoir qu'il s'agissait de Gouza ?

– Il assistait à une soirée que Weldon a donnée à La Nouvelle-Orléans.

– J'ai déjà mentionné son nom devant toi à une occasion, et cette fois-là, tu m'as paru bien vague à son sujet.

– C'est lui, l'homme qui fumait sa cigarette pendant que ses deux espèces de merdes essayaient de me crucifier.

Je ramassai les photographies que j'enserrai d'un

ruban élastique. L'herbe par la fenêtre était d'un vert brillant, et le soleil paraissait brûlant sur les arbres encore humides de la pluie de la nuit précédente.

– Pourquoi crois-tu qu'ils aient fait ça ? demandai-je.

– Gouza a dit « Dis à ton frère de payer ses dettes ».

– Comment était sa voix ? Est-ce qu'il a un accent ?

– Pourquoi me demandes-tu des choses pareilles ?

– Le représentant du ministère public va te le demander, tout comme l'avocat qui le défendra. Pourquoi trouves-tu à redire à mes questions ?

– Il a le même accent que toutes les raclures de La Nouvelle-Orléans.

– Je vois. Ce serait logique, pas vrai ?

– Non, ce que tu demandes en réalité, c'est autre chose. Il y a un truc qui cloche dans sa voix. À l'entendre, on croirait qu'il a la gorge prise, comme si elle était enflammée par une infection. Non, c'est pis que ça. On dirait que ses cordes vocales ont été brûlées par l'acide.

– Voici d'autres clichés de l'identité, Drew. Regarde si l'un de ces mecs ressemble aux deux hommes qui t'ont blessée.

Elle parcourut les photos de la liasse une à une, en les regardant soigneusement l'une après l'autre. Parmi les six clichés se trouvaient les visages de Jewel Fluck, Eddy Raintree et Jack Gates. Drew secoua la tête négativement.

– Je n'ai jamais vu aucun de ces hommes, dit-elle.

Elle frôla le bout de mes doigts tandis que je ramassais les photographies posées sur le drap.

– Qu'est-il arrivé à ton pouce ?

– Un homme me l'a mordu l'autre soir.

– Peut-être que la maladie gagne.

– Il a jadis travaillé comme garde du corps pour Bobby Earl.

– Qu'est-ce que tu as fait de lui, tu l'as enfermé à la fourrière ?

– Non, je n'en ai pas eu l'occasion, Drew. Je lui avais passé les menottes au bord d'une voie ferrée quand un mec du nom de Jewel Fluck lui a fait sauter la majeure partie de la figure d'un coup de fusil de chasse. Il s'appelait Eddy Raintree. C'était l'un des mecs dont je viens de te montrer les photos. Est-ce que tu veux bien me donner le signalement des deux gars qui t'ont blessée ?

– Est-ce que tu sais ce qu'est le viol de la victime ? demanda-t-elle.

– Oui.

– Je suis un peu crevée pour l'instant. Tu as dit de moi un jour quelque chose comme quoi j'étais un soldat. Ce n'est pas vrai. Je tremble encore au fond de moi. Et je ne sais pas si cela s'arrêtera jamais. Si tu veux essayer de m'entraîner à faire la course de haie malgré tout, tu peux. Mais je pense que tu te conduis comme un vrai salaud.

– Le shérif m'a dit de venir jusqu'ici la nuit dernière et de prendre une déposition. Mais je ne l'ai pas fait. Je me disais bien que les flics de la ville devaient t'avoir plutôt éreintée avec leurs questions. Peut-être faudrait-il que tu saches qui sont tes vrais amis, Drew.

Elle tourna la tête sur l'oreiller et regarda par la fenêtre. J'aperçus une larme brillante perler au coin de sa paupière.

– Je reviendrai plus tard, dis-je.

Elle acquiesça, d'un simple hochement de tête, le visage toujours tourné vers la fenêtre. Sa peau paraissait terne à la lumière du soleil.

Je m'arrêtai avant de franchir le seuil de la porte.

– Tu es prête à témoigner contre Gouza au cours de son procès, Drew ?

– Oui, dit-elle d'une voix paisible.

– Tu sais aussi qu'ils feront également venir Weldon à la barre, n'est-ce pas ?

Elle tordit la tête sur l'oreiller pour me regarder en face. Je vis alors que toutes ses projections sur l'avenir n'avaient pas encore pris en compte cette dernière éventualité. Elle but une gorgée de son verre d'eau et remonta les genoux sous le drap. Son visage affichait l'expression vide et divorcée de celle qui a pu vivre d'une seule et unique manière toute son existence durant, pour s'éveiller au bout du compte, un beau matin, et découvrir qu'aucune des expériences qu'elle avait connues ne comptait vraiment, qu'elle n'était livrée qu'à elle-même, coupée de tout et de tous, sans voix, abandonnée en un lieu où nul autre ne vivait.

En sortant de l'hôpital, je m'arrêtai à la boutique cadeaux et fis envoyer un vase de fleurs dans sa chambre. Je signai la carte « de la part de tes nombreux amis d'Amnesty International ».

* * *

On ramena Joey Gouza de La Nouvelle-Orléans, les pieds entravés, une chaîne autour de la taille. L'audience préliminaire eut lieu l'après-midi même, et au milieu d'une foule de photographes, de journalistes d'information et de badauds, au comportement digne des spectateurs d'un combat de coqs, on le traîna pratiquement depuis la salle de tribunal jusqu'à une cellule de la prison municipale. La caution fut établie par le Juge Robert Landry, un coonass de droite au caractère de cochon également connu sous le sobriquet de Whiskey Jim.

À sa sortie du tribunal, chemise rose, pantalons crème et large cravate noire à points blancs, maintenu par des flics qui lui tenaient les deux bras, Gouza parvint à dégager une main avant de s'agripper le phallus et de cracher dans l'objectif d'une caméra de télévision.

Je déposai mon .45 auprès d'un garde qui manœuvra les leviers libérant la porte barrée d'un couloir, lequel conduisait à trois cellules de détention provisoire et la cage à poivrots.

– J'aimerais entrer avec lui, dis-je.

– Alors vous feriez bien de vous munir d'un pistolet paralysant, dit le garde.

– Qu'est-ce qu'il a fait ?

– Regardez par vous-même, regardez par terre. Le salopard.

Le sol du couloir devant l'une des cellules était éclaboussé d'un mélange de spaghetti, de café et de tourte qu'on avait de toute évidence balancé en même temps que le plateau en plastique et les conteneurs en polystyrène du tablier de métal dans la porte de la cellule.

J'empruntai le couloir et me postai devant la cellule de Joey Gouza, un bras en appui contre les barreaux. Gouza était assis sur une couchette suspendue, tenue par des chaînes scellées au mur ; sans cravate ni ceinture, il fumait méthodiquement une cigarette dont il pinçait le papier du bout des doigts comme s'il tirait des bouffées d'un joint, ses yeux noirs et furieux rivés au cœur de la pénombre.

C'est alors qu'il m'aperçut.
– C'est vous.
– Qu'est-ce qui t'arrive, Joey ?
– J'aurais dû comprendre que vous étiez venu fourrer votre nez dans cette histoire.
– Tu te trompes. Je ne joue pas dans cette partie-ci. On dirait que cette fois, tout se passe entre toi et d'autres personnes.
– Quelles personnes ? Putain de merde, qu'est-ce qui se passe, mec ?
– Tu aurais dû te tenir à l'écart de la Paroisse d'Iberia.
– Vous avez perdu la tête ou quoi ? Vous croyez peut-être que j'ai un intérêt quelconque dans ce trou du cul du monde qui compte les moustiques dans sa population ? Dites-moi un peu ce qui se passe, bordel de merde.
Sa voix rauque se cassa avec un bruit humide au fond de sa gorge. Il inspira profondément pour reprendre son élan.
– Écoutez, je ne me contente pas de rester assis tranquillement pendant qu'on me défonce la couenne. Z'avez pigé, Jack. Alors, dites-moi quelle putain de partie est en train de se jouer là.
– Je ne pense pas qu'il y ait même de partie en cours. Je crois que, tout simplement, tu as un peu trop remué la merde et tu l'as fait voler trop loin, cette fois. Ça se goupille parfois de cette manière-là.
– Ça se goupille parfois ? Z'avez quoi dans le crâne, de la crème glacée à la place de la cervelle ? Ce juge, je ne l'avais jamais vu, et il en bandait déjà pour ma pomme avant qu'on m'enlève les chaînes. Il m'a qualifié d'animal sauvage, en face de tout le monde, de tous ces gens. Et la caution ! Un million

sept cent mille dollars ! Ça fait cent soixante-dix mille à cracher au prêteur de caution. Et vous venez me raconter que ces gens-là, y z'essaient pas de me ferrer en me collant l'hameçon en plein dans les couilles ? Ces deux mecs qui m'ont agrafé, ils m'ont collé leur arme en pleine figure dans mon propre restaurant. Vous avez de sérieux problèmes, pas à dire, y'a des mecs qui ont complètement disjoncté.

– Tu as de bons avocats. Ils feront baisser ta caution.

Il balança d'une pichenette sa cigarette sur le mur au milieu d'une pluie d'étincelles et noua les deux mains. Son cou long et ses épaules se tissèrent d'un réseau de veines.

– Vous êtes descendu jusqu'ici pour quoi faire ? Pour balancer des écorces de cacahuètes aux singes en cage ? dit-il. Allez donc dire au maton qu'il n'y a pas de papier hygiénique ici.

– Je croyais que tu aurais peut-être envie de me parler.

Il se leva de sa couchette, en soufflant bruyamment par le nez, et se dirigea vers moi.

– Cette nana ment, dit-il.

– Elle s'est montrée plutôt convaincante.

Son regard se vissa au mien, ses paupières se rétrécirent.

– Vous savez que c'est une entube. Je le vois sur votre figure, mec, dit-il. Vous venez m'offrir quelque chose ?

– Quelqu'un lui a pourtant fait ça. Je ne pense pas qu'il s'agisse d'un mec du coin. Tous ceux avec qui je discute pensent que tu es le candidat numéro un, Joey. Et je pense qu'il n'y a pas erreur sur la personne en cellule.

Sa main jaillit au travers des barreaux et se noua en poing serré autour de ma chemise. Son haleine était lourde et chargée de l'ordinaire servi aux taulards. Mon bouton de col sauta et tomba au sol.

– Je vais pas me laisser entôler pour un motif bidon. Vous lui direz ça à la nana, dit-il. Vous direz à son frère qu'il se débrouille pour qu'elle me lâche.

Je m'arrachai à sa prise.

– Vous comprenez ce que je dis, mec ? dit-il. Je me couche pas quand on me pousse. Essayez et je vous colle les cheveux sur le papier peint.

– Raconte donc tout ça à tous les présents au tribunal, Joey. Ça fait un bon numéro de théâtre dans une cour de justice.

Il frappa les barreaux du plat du poing. Le visage était livide, noué de boules de cartilage.

– Vous essayez de m'entortiller, mec. Qu'est-ce que vous gagnez dans l'affaire ? Qu'est-ce que vous gagnez dans cette putain d'affaire ? dit-il.

– Pourquoi ces mecs sont-ils allés fouiner au domicile de Weldon Sonnier ?

Il se mit à arpenter sa cage de long en large, les narines de plus en plus dilatées.

– Je vais vous l'écrire noir sur blanc, en capitales d'imprimerie, dit-il. Je suis un homme d'affaires, je ne vais pas fouiner en douce dans les maisons, je ne me déplace pas jusqu'à un trou perdu en bordure de route pour aller rameuter une troupe de branlotins de la cambrousse. C'est le genre de mecs à vous expédier à la chaise électrique et ensuite à retourner tranquillement arroser leur jardin. Écoutez, vous avez été flic à La Nouvelle-Orléans. Vous savez comment ces choses-là se pratiquent. Quelqu'un n'arrête pas de vous gonfler l'air et refuse de se montrer raisonnable, vous en parlez à un autre mec et ensuite vous oubliez. Vous ne cherchez même pas à savoir qui va passer aux actes. Si vous êtes un malade que ça fait bander de se faire quelqu'un, vous aurez droit aux Polaroïd et puis vous les brûlez.

« Et c'est comme ça que ça marche. Vous ne prenez pas votre bagnole pour aller dans l'arrière-cour d'une nana avant de clouer la demoiselle à un belvédère. Vous ne finissez pas devant un tribunal de bouseux avec Elmer Fudd qui vous assomme sur place en vous collant une caution de un virgule sept millions de dollars. Ce qu'il faut dire, c'est que les gens qui se trimbalent de la pâtée pour chiens entre les deux oreilles sont dangereux, et je ne déconne pas avec eux. Est-ce que ça commence à se faire plus clair dans votre tête maintenant ?

Il se colla une cigarette dans la bouche et se mit en chasse d'une allumette dans ses poches de chemise.

– Donnez-moi du feu, dit-il.

– Comment t'es-tu retrouvé mêlé à Bobby Earl ? dis-je.

Il ôta de sa bouche la cigarette qu'il agita dans ma direction.

– Arrêtez un peu de me tirer sur la laisse, dit-il. Vous voulez savoir comment je me suis récupéré cette voix ? Un queutard frétillant du gland a essayé de faire de moi sa fiotte quand j'étais une bleusaille en taule. J'avais dix-sept ans. Je l'ai chopé dans la douche avec un bout de ressort affûté. Sauf que le mec était un affranchi, et je ne savais rien des règles à l'époque, pour ce qui était des affranchis, et ses amis m'ont pendu dans ma cellule avec un cintre. Ça m'a écrasé les cordes vocales. Mais je ne me suis pas couché, mec, et aujourd'hui non plus, je ne me couche pas.

« Expliquez donc à la nana que je suis déjà tombé trois fois. Si je repique en pénitencier, j'aurais plus rien à perdre. Ça signifie que je peux passer tous les marchés qu'ils veulent et emmener Sonnier avec moi dans la dégringolade. Et je ferai en sorte qu'il se ramasse une peine bien duraille, et moi, je serai derrière les barreaux avec lui tout le temps de sa peine. Qu'elle réfléchisse un peu à ça.

– T'es dur comme mec, Joey.

– Allez donc dire au maton là-bas qu'il s'occupe de mon cas et m'expédie loin d'ici ou alors qu'il me refile du papier hygiénique.

Il se gratta l'intérieur de la narine de l'ongle du pouce et souffla pour se dégager le nez. Il avait déjà perdu tout intérêt à ma présence, mais une lumière sombre persistait sur son visage, à croire qu'il respirait un air malsain, et ses yeux enflammés et brûlants, les nœuds de veines au creux du cou, l'odeur de son corps mal lavé, le raclement en sourdine de ses mocassins sur le ciment, sa tête en cruchon qui se découpait en silhouette contre la fenêtre de la cellule me firent songer aux créatures du cirque qui arpentaient les ténèbres obscures tout en assistant au dénouement de l'existence d'Eddy Raintree depuis leurs cages.

* * *

Un peu plus tard, j'appelai Weldon à son bureau et m'entendis répondre qu'il se trouvait sur les terres de la vieille ferme Sonnier, en compagnie d'une équipe de forage.

Je descendis le chemin de terre qui longeait le

moulin à vent rouillé et les piles de briques effondrées, là où s'était dressée la maison avant que Weldon n'engage une équipe de Noirs ivres afin qu'ils la mettent en pièces à coups de masse et de pinces-monseigneur avant d'en brûler les restes. Je garai ma camionnette près d'un bourbier de résidus vaseux et une cahute ouverte aux quatre vents où s'entassaient tuyaux et sacs de boues à forer, avant de remonter les marches métalliques d'une plate-forme qui rugissait des bruits du moteur de forage.

Les manœuvres au sol dégoulinaient de boue et de vase, pliés en deux vers la tête du puits, en plein ouvrage, avec la concentration d'hommes qui connaissent le résultat d'un instant d'inattention sur une plate-forme de forage, lorsqu'une paire de tenailles ou un fouetté de chaîne métallique peut vous sectionner tous les doigts de la main ou vous briser les os aussi facilement que des allumettes. Un ouvrier me posa un casque sur la tête.

– Où est Weldon ? m'écriai-je en m'adressant à lui.

– Quoi ?

– Où est Weldon Sonnier ?

Je criai de nouveau pour couvrir le rugissement du moteur.

Il pointa le doigt vers le haut du derrick.

Presque au sommet de la tour, j'aperçus Weldon en combinaison de travail et casque qui travaillait en compagnie du responsable du derrick sur la moufle mobile. Ce dernier avait clipsé son baudrier de sécurité à une poutrelle. Weldon apparemment n'en portait pas. Son visage était petit, rond comme une bille sous son casque jaune lorsqu'il baissa les yeux sur moi.

Quelques instants plus tard, il posa un pied sur le treuil, agrippa le cable de traction d'une main et descendit jusqu'à la base du derrick. L'une de ses pommettes était marquée d'une traînée de graisse luisante, pareille à une peinture de guerre.

– Pause café, hurla-t-il à l'adresse des hommes au sol.

Quelqu'un coupa le moteur de forage et j'ouvris et fermai la bouche pour me déboucher les oreilles. Weldon ôta ses gants de sécurité et ouvrit les fermetures à glissière de sa combinaison avant de s'en extraire. Il portait un pantalon de toile et un polo ; ses aisselles et le milieu de sa poitrine étaient assombris de sueur.

– Allons là-bas, il y a de l'ombre, dit-il. Il doit bien faire trente-cinq degrés aujourd'hui.

Nous allâmes jusqu'à l'extrémité de la plateforme pour nous appuyer contre la rambarde à l'abri d'un auvent de toile. L'air était aigre des relents de gaz naturel.

– Je croyais que tu avais foré ce champ en long, en large et en travers, dis-je.

– Partout où il y a eu un océan, il y a du pétrole. Y suffit simplement de descendre assez profond pour le trouver.

Je contemplai les balanciers des puits qui pompaient dans le lointain et les longueurs de conduites couleur argent chargées de gaz naturel qui suaient d'humidité froide.

– Avec le prix du brut qui a chuté, il y a des tas de puits qui ont fermé aujourd'hui, dis-je.

– C'est leur affaire, pas la mienne. Pourquoi es-tu venu jusqu'ici, Dave ?

– Pour te transmettre un message.

– Oh ?

– En fait, je me contente de te transmettre une simple observation, c'est tout. Es-tu passé voir Drew aujourd'hui ?

– Ouais, y'a un petit moment de ça.

– Tu sais dans ce cas que tu vas te retrouver à la barre des témoins au cours du procès de Gouza ?

– Et alors ?

– J'ai le sentiment que tu es convaincu que quelqu'un va t'arranger la situation d'un coup de baguette magique et que tu n'auras jamais à expliquer les relations qui te lient à Gouza. Il ne peut pas conclure d'arrangement avec le procureur. Ce qui l'attend, c'est perpète à Angola. Ses avocats vont y aller à la tronçonneuse quand ils vous feront témoigner à la barre, Drew et toi.

– Et qu'est-ce que je suis censé faire pour y changer quelque chose ?

– Réfléchis donc un peu à ce que Drew est en train de faire.

Il s'essuya la graisse de son visage d'un chiffon propre.

– Dis à Gouza qu'il n'essaie pas de sortir sous caution, dit-il. Crois-moi, il n'a aucune envie de me voir face à face, à moins d'avoir quelques flics autour de lui.

– Alors tu marches dans le truc ?

– Tu crois qu'elle s'est fait ça elle-même ? T'as le bon mec sous les barreaux. Fais simplement en sorte qu'il y reste.

– Voici mon problème pour l'instant, Weldon. Joey Gouza est ce qu'on appelle un affranchi. C'est assez inhabituel pour un mec comme lui. Il n'est pas né dans ce milieu-là, il n'a pas eu d'appuis ou d'alliés politiques pour lui graisser les rouages de la machine. Il a fait son chemin tout seul, en démarrant comme petit loubard de maison de redressement. Ce qui signifie que dans le monde où il gravite, il est bien plus intelligent que beaucoup. Allons, tu le sais bien, tu le connais, Weldon, est-ce que tu crois qu'il se serait laissé prendre au piège tout seul pour tomber de cette manière ?

Weldon replia le chiffon rose de mécano soigneusement, en carré, avant de le suspendre sur la rambarde, bien symétrique. Puis il le déplaça et le remit en équilibre.

– Fini le moment de tergiverser, collègue, dis-je. Ta sœur a mis la bande sur avance rapide.

– Donc tu es venu ici pour m'apprendre que Drew est une menteuse ?

– Non, je suis venu ici pour te dire qu'elle est une victime. Et j'utilise ce mot dans un sens large, qui plus est. Il existe une sorte de processus qui fait d'un être une victime et qui commence dans l'enfance. La personne a beau vieillir, elle n'est plus jamais capable d'apprendre un autre rôle. À l'exception peut-être d'un seul. Qui se définit par une simple expression : permettre à l'autre de faire, lui donner les moyens.

– Vaudrait mieux que tu en viennes au fait, Dave.

Il se tourna vers moi et posa la main sur la rambarde métallique.

– Lyle comprend très bien et pourtant il a quitté le lycée avant la fin de ses études.

– Je vais te demander de choisir la moindre de tes paroles avec le plus grand soin, Dave.

Je pris une profonde inspiration. L'air piquait les narines, chargé de gaz naturel, âcre et acide des relents de boues de pétrole et de mauvaises herbes en train de sécher au soleil.

– Écoute, Weldon, si moi, je suis au courant de

ton histoire familiale, si je connais quelques-uns de ses éléments les plus complexes, est-ce que tu crois que les avocats de Gouza n'auront pas accès aux mêmes renseignements, et qu'ils n'oseront pas les utiliser pour démolir ta sœur et la casser en morceaux ?

– Dis les choses clairement, sinon ferme ta putain de gueule et fous le camp d'ici.

– Drew n'est pas simplement et uniquement ta sœur. Pour elle, dans son esprit, elle est ton épouse, ton amante, ta mère. Elle fera n'importe quoi pour toi. Pour elle, c'est une manière de vivre. Et tu le sais très bien, espèce de saloperie de pourriture.

Il avait déjà les pieds bien ancrés lorsqu'il lâcha son crochet. Il me toucha au menton. Ma tête claqua en arrière sous le choc, mon casque tomba et se mit à rouler sur le plancher de la plate-forme.

Je me redressai, une main sur la rembarde, et regardai Weldon droit dans les yeux. Sa peau était tendue sur les pommettes du visage et les plis de chair hâlée au coin des yeux marqués de lignes blanches.

Les ouvriers au sol nous regardaient, l'air incrédule.

Je pressai mon pouce sur le côté du menton.

– Ils vont te frire comme gras à lard au tribunal, Weldon, dis-je. Gouza n'aura même pas à passer à la barre. Bien au contraire. C'est toi et Drew qui serez en jugement, et les avocats de la défense vont vous faire passer pour pis qu'un rêve érotique de pornographe.

Je vis sa main bouger, ses yeux cligner une fois encore comme s'il venait de recevoir une gifle.

– Ce n'est même pas la peine d'y penser, dis-je. Le premier coup était gratis. Tu remets ça une fois encore, et je ferai en sorte que tu te retrouves à l'ombre pour voies de fait sur un officier de police.

Je ramassai sur le sol de la plate-forme le casque que je fourrai entre ses mains en lui enfonçant la poitrine au passage.

– Merci pour la petite visite du derrick. Une dernière recommandation : trouve-toi un bon avocat et renseigne-toi de savoir s'il est bien sage de commettre un parjure par subornation de témoin. Ou alors, trouve-toi un boulot de pilote dans un pays qui n'est pas lié aux États-Unis par un contrat d'extradition. À te revoir, Weldon.

Je descendis les marches métalliques jusqu'à mon camion. J'entendais la toile de l'auvent claquer dans le vent chaud, une chaîne cliqueter de ses reflets brillants contre un bout de tuyau, au milieu du silence gêné des ouvriers sur la plate-forme du derrick.

* * *

Le lendemain matin, j'empruntai le pont de la I-10 qui franchissait le Mississippi, direction Baton Rouge. Le fleuve était haut, les eaux boueuses, larges d'un kilomètre et demi, et les barges pétrolières loin en contrebas paraissaient, le long de la rive Est du fleuve, aussi minuscules que des jouets, mais ce qui accrochait toujours mon regard avant tout autre chose, lorsque je franchissais le sommet du pont pour pénétrer dans Baton Rouge, c'était la spire du bâtiment du capitole qui se dressait au sortir des étendues plates et brumeuses d'arbres et de jardins publics dans la zone historique du centre ville. Tous les acteurs politiques de l'État depuis la Reconstruction étaient passés par là : populistes arborant bretelles et nœud papillon à agrafe, démagogues, bouffons alcooliques, racistes virulents, un chanteur de folk sorti du fin fond de ses collines qui allait se retrouver élu gouverneur à deux reprises, un autre gouverneur qui s'était échappé d'un asile d'aliénés dans l'intention de tuer son épouse, un gouverneur récent qui avait accordé son pardon à un détenu d'Angola, lequel avait remboursé sa dette en allant assassiner le frère du dit gouverneur, et le plus célèbre – et le plus énigmatique – d'entre tous les joueurs de la partie, le Kingfish [1], qui en aurait peut-être donné pour son argent à F.D.R. [2] s'il n'avait pas trouvé la mort, aux côtés de son assassin présumé, au milieu d'une giclée de quatre-vingt-une balles de mitraillette dans un couloir du vieux bâtiment de la capitale.

Je garai mon camion et m'installai dans la galerie pendant la session en matinée de la législature. J'observai la considération avec laquelle nombre de ses pairs traitaient Bobby Earl, les poignées de main chaleureuses, les tapes sur le bras ou l'épaule, l'expression de bonne volonté polie et élégante qu'affichaient tous ces hommes qui n'auraient pas dû s'en laisser compter ainsi. Je repensais à la déférence qui s'affiche parfois à l'égard d'un dur-à-cuire au petit pied dans une salle de billard ou d'un chef de la police dans la cambrousse. Les gens qui gravitent autour de lui connaissent parfaitement sa haine des Juifs, des intellectuels, des journalistes, des Asiatiques, des Noirs; personne ne met en doute l'étendue de ses talents lorsqu'il s'agit de manier la matraque plombée ou d'écraser une

1. Surnom du sénateur Huey Long, assassiné au capitole de Baton Rouge. *(N.d.T.)*
2. Franklin Delano Rooselvelt. *(N.d.T.)*

nuque sous une semelle cloutée. Mais ils se lient d'amitié avec le primate dans leurs rangs, sans se soucier de la violence avec laquelle le diapason qu'ils portent en eux vibre à l'unisson : ils absorbent de fait les puissances ténébreuses que cet homme sécrète, et se réjouissent en se délectant en secret de la peur qu'il inspire aux autres.

L'assemblée se retira pour l'heure du déjeuner, et je suivis Bobby Earl et un groupe de ses amis sur la longueur d'un bloc jusqu'à l'entrée d'un restaurant de luxe dont l'auvent s'étendait jusqu'à la rue en couvrant tout le trottoir. Les fenêtres étaient pleines de fougères et de cuivres suspendus. Une fois Earl et son groupe à l'intérieur du restaurant, j'enfilai ma veste en crêpon de coton, resserrai mon nœud de cravate, et entrai à mon tour. La plupart des tables étaient occupées, l'air vibrait du brouhaha des conversations, chargé des odeurs de gumbo des cuisines, du bourbon et des cocktails tropicaux du bar.

– Je crois que nous ne disposons pas de table pour une seule personne pour l'instant, monsieur. Aimeriez-vous attendre au bar ? dit le maître d'hôtel.

– J'accompagne le groupe de M. Earl. Ah, le voilà, je le vois à sa table, dis-je.

– Très bien. Suivez-moi, je vous prie, monsieur, dit-il.

J'accompagnai le maître d'hôtel jusqu'à la table de Bobby Earl. Le maître d'hôtel posa un menu à une place inoccupée déjà dressée avant de s'éloigner. Earl tourna la tête, interrompant la conversation qui l'occupait, puis sa bouche s'ouvrit lentement tandis qu'il relevait les yeux et prenait exactement conscience de celui qui s'était assis à sa table.

– Bonjour, M. Earl. Excusez-moi de revenir vous embêter, mais je suis juste de passage en ville et je ne voulais pas vous déranger à l'assemblée, dis-je. Comment allez-vous, messieurs ? Je suis l'Inspecteur Dave Robicheaux, des Services du Shérif de la Paroisse d'Iberia. J'ai juste besoin de poser à M. Earl une question ou deux. N'interrompez donc pas votre déjeuner pour si peu.

Ils se remirent à bavarder les uns avec les autres, à croire que ma présence en ces lieux était parfaitement naturelle, mais je voyais à leurs yeux, à la position de leur corps, qu'ils se dissociaient déjà de la réalité du moment.

Bobby Earl arborait un complet marron à fines rayures et une cravate en soie jaune, et son épaisse chevelure donnait l'impression de sortir du séchoir après une coupe récente.

– Qu'est-ce que vous faites ici ? dit-il.

– Savez-vous que Joey Gouza est en détention préventive ?

– Non.

Je posai mon calepin sur la nappe et feuilletai quelques pages. Il ne contenait que des notes relatives à des enquêtes anciennes ainsi qu'une liste de courses que j'avais établie au bureau la veille.

– Je l'ai interrogé dans sa cellule et votre nom est apparu dans la conversation, dis-je.

– Quoi ?

– Gouza est accusé d'avoir ordonné à deux hommes de clouer la main de Drew Sonnier à un belvédère. Lorsque je l'ai interrogé, votre nom est arrivé dans la conversation. Détail qui m'a troublé, monsieur Earl. Déclarez-vous ici-même que vous ne connaissez pas Joey Gouza ?

– Je ne déclare rien du tout. Qu'est-ce que vous êtes en train d'essayer de faire ici ?

Un homme en bout de table toussota discrètement, le poing sur les lèvres, et se rendit aux toilettes.

– Vous et Joey Gouza semblez avoir les mêmes amis. Vos deux itinéraires ne cessent de se croiser dans cette affaire, monsieur Earl. À l'origine, je vous avais interrogé sur Eddy Raintree. Il se trouve aujourd'hui que quelqu'un a fait sauter la figure d'Eddy d'une décharge de fusil de chasse. Vous étiez au courant, je présume ?

– Non, je ne sais absolument rien de tout ceci. Écoutez...

Il avait haussé la voix d'un ton et l'homme assis à son côté s'excusa pour aller bavarder avec des amis au bar.

– Vous me persécutez délibérément, reprit Earl. Je ne peux pas le prouver, mais je vous soupçonne d'avoir des motivations politiques pour faire ce que vous faites. Cela ne marchera pas. Tout ceci ne fera que conforter ma cause et la rendre plus forte. Si vous mettez ma parole en doute, appelez le *Morning Advocate* et renseignez-vous sur les sondages.

– Laissez-moi vous apprendre ce que Gouza a dit et vous en tirerez vos propres conclusions. C'était de *vous* que nous parlions, lorsque soudain il commence à me dire que s'il tombe pour ce qu'on appelle « perpète », c'est-à-dire une condamnation à perpétuité pour les récidivistes, il en emmènera d'autres avec lui dans sa chute. Qu'est-ce que cela semble-t-il vous suggérer, monsieur Earl ?

– Cela me suggère que vous allez vous retrouver avec une plainte pour diffamation sur le dos.

Son œil droit à monocle, à la pupille écarquillée semblable à une tache d'encre de Chine, était fixé sur mon visage. Le repli de peau qui courait le long du rebord inférieur tremblait de colère.

Je repliai mon calepin que je remis dans ma poche de chemise. Je me servis d'un sachet de biscuits croquants dans la corbeille à pain, avant de le laisser retomber au même endroit.

– Vous êtes un homme intelligent, et je vais vous dire la vérité, monsieur Earl, dis-je. Je crois que l'éventualité d'un entôlage n'est pas à écarter dans le cas de Joey. Il est peut-être sous le coup d'une inculpation bidon, montée de toutes pièces. Mais malheureusement pour lui, personne ne se soucie de savoir si un mec comme Joey est innocent ou non. Les gens veulent tout bonnement le savoir en cage pour longtemps, et ils se fichent pas mal de la manière dont la chose se fait. Le procureur y gagnera probablement un nouveau regain dans sa carrière politique, ses avocats s'enrichiront un peu plus à chacun de ses appels tandis qu'il coupera la canne à sucre à Angola, son épouse et ses maîtresses vont nettoyer ses comptes en banque et vendre tout ce qu'il possède, et les rigolos qui lui servaient d'hommes de main s'en iront travailler pour ses concurrents en oubliant jusqu'à son nom et son existence. Entre-temps, il se trouvera bien quelques matons sadiques qui vont éjaculer de plaisir à l'idée de faire trimer Joey dans leurs équipes de travail et de lui défoncer la couenne.

« Ainsi donc, si vous vous appeliez Joey Meatballs avec cette seule perspective pour avenir, ne seriez-vous pas prêt à passer un marché, n'importe quel marché, y compris jusqu'à aller coller votre propre mère sous le harnais d'un attelage de chiens ?

Les hommes encore présents à table s'étaient tus maintenant, en abandonnant tout faux-semblant de convivialité. Ils consultaient leur montre, se tapotaient nerveusement les lèvres de leur serviette, les yeux fixés sur quelque point éloigné du restaurant. Le prix à payer pour un déjeuner en compagnie de Bobby Earl n'était pas de ceux qu'ils avaient envisagés.

Je me levai de table.

– Vous êtes partisan des lois primitives et des vigilants comme solutions aux problèmes les plus complexes, dis-je. Peut-être venez-vous d'achopper sur l'une de vos propres créations cette fois. Mais je n'aimerais pas finir en tombant comme complice de Joey Gouza. Il se soucie peu des causes politiques. Il a fait hacher menu son propre beau-frère en le collant dans une hélice d'avion. Alors que croyez-vous que ses avocats puissent tenir en réserve pour vous ?

Les tables qui entouraient le groupe de Bobby Earl s'étaient tues elles aussi. Bobby Earl se tourna pour s'adresser aux hommes assis à ses côtés mais ces derniers tenaient leurs regards soigneusement rivés sur les compositions florales au centre de la table. J'appris alors, en cet instant précis, que Bobby Earl n'était pas homme à se laisser aisément emprisonner en public par une situation donnée. Il se leva de table, posa soigneusement sa serviette près de son assiette et s'éloigna en direction des toilettes pour hommes, le visage beau et élégant, presque plaisant, son épaisse chevelure marron balayée de vaguelettes sous l'effet des courants d'air froid du conditionnement d'air.

Je me rendis compte alors que Bobby Earl pouvait bien brûler au fond de lui-même de brasiers contenus, peut-être étais-je même effectivement parvenu à lui insérer dans le crâne quelque écharde qui finirait un jour par lui scier sa matière grise ; mais à la face d'un public, c'était un acteur de tragédie, silhouette protéenne à même de se créer sa propre émanation du simple effet de sa seule volonté, et devenir aussi sincère, photogénique et sanctifié par les grâces de l'histoire que Jefferson Davies dans la défaite.

J'avais le sentiment que cette fois rien n'était encore joué. Les choses n'allaient pas en rester là.

12

Ce soir-là, j'accompagnai Bootsie et Alafair à une fête à la chevrette – au menu, ragoût de crevettes – dans le jardin public sur Bayou Teche. L'air était chargé des odeurs de fleurs et d'herbe fraîchement coupée, les nuages marbrés de rose, les chênes d'un vert sombre alentour du pavillon de bois envahis d'oiseaux. L'école avait fermé pour les vacances d'été et Alafair jouait en compagnie de quelques gamins au ballon au pied sur le losange du terrain de base-ball, avec une conviction joyeuse allant de pair avec ses genoux sales et les nuages de poussière soulevés au passage qui est l'apanage très réservé des enfants au cours de l'été. En fait, l'agressivité dont Alafair faisait montre dans le cours du jeu me laissait songeur et je m'interrogeai de savoir si elle n'avait pas un penchant naturel pour la compétition. Ses joues salies de terre étaient empourprées par l'excitation ; elle chargeait sans sourciller le lanceur et se prenait le ballon de volley en pleine figure avant de se relancer à sa poursuite, allant jusqu'à projeter un enfant au sol sous le feu de l'action.

Les quatre derniers jours écoulés en compagnie de Bootsie avaient été merveilleux. Les nouveaux dosages de médicaments semblaient lui convenir et faire effet, et ses yeux m'accueillaient d'un sourire le matin. Elle se tenait bien droit et avait recouvré son assurance, et elle nous aidait, Batist et moi, au ponton et dans la boutique à appâts, pleine d'allant et de conviction. À peine une heure auparavant, en relevant les yeux de la tâche qui m'occupait, je l'avais surprise à un moment où elle n'avait pas conscience de mon regard posé sur elle, tout comme si je venais d'appuyer sur le déclencheur d'un appareil photo pour la figer dans l'attitude de la femme pleine de santé et insouciante dont j'avais appelé le retour par mes prières pour notre bien à tous deux. Elle venait de vider les bacs à vifs, sa chemise de toile bleue mouillée collant à ses seins dressés, et elle contemplait d'un regard vague le bayou au-delà de la moustiquaire, en dégustant un bâtonnet de carotte, les cheveux doucement caressés par la brise, une main coquettement arquée sur la hanche, les muscles du dos et du cou aussi fermes et puissants que ceux d'une poissonnière cajun.

C'est à cet instant que je pris conscience de mon erreur lorsque je pensais à Bootsie. Le problème ne résidait pas dans sa maladie, mais bien dans la mienne. Je voulais mettre un verrou à l'avenir; je voulais voir notre mariage au-dessus des lois qui nous gouvernaient tous, à savoir le hasard comme notre condition de mortels; et plus important que tout, au cours des insomnies qui me tenaient nuit après nuit à me faire souci de sa santé et de la fatigue noire que je traînais derrière moi jusque dans le jour à venir comme un tas de ferraille cahotant avec fracas, je n'avais jamais pris la peine de me montrer reconnaissant pour tout ce qui était mien.

Bootsie décortiqua la carapace d'une crevette qu'elle trempa ensuite dans une sauce au raifort avant de la porter à la bouche. Elle tendit le bras et me frôla délicatement le menton du bout de deux doigts, comme si elle examinait une marque sur ma peau.

– Est-ce que c'est là que Weldon t'a frappé ? demanda-t-elle.

– Je te demande pardon ?

– Oh, mais quelle innocence.

Je m'éclaircis la gorge.

– Je me trouvais au supermarché ce matin, dit-elle. Une femme dont le mari travaille sur la plate-forme de Weldon n'a pas pu s'empêcher de demander des nouvelles de ton état de santé.

Ses yeux se plissèrent au coin des paupières.

– Weldon ne se comporte pas toujours en homme raisonnable, dis-je.

– Pourquoi ne l'as-tu pas arrêté ?

– C'est un homme tourmenté, Boots. Personne ne devrait avoir à porter le fardeau qu'il a sur les épaules.

Boots cessa de mâchonner. Elle plongea son regard dans le mien.

– Lyle m'a appris certaines choses sur leur enfance, sur les rapports qui lient Weldon à Drew, dis-je.

Un pli soucieux lui barra le front, et elle reposa sa crevette entamée sur son assiette en papier. Les enfants sur le terrain de base-ball se roulaient dans la poussière, et l'écho de leurs cris joyeux rebondissait sur le mur en bout de champ.

– Ils ont la tête qui foire quelque chose de bien, dis-je. Weldon est un sacré emmerdeur, aucun doute là-dessus, mais je le soupçonne de s'éveiller chaque matin les tempes enserrées d'un rouleau de barbelés.

– Lui et Drew? dit-elle, sans qu'il y eût à se méprendre sur le sens de sa question qui remplit son regard de tristesse.

– Et Lyle aussi, vraisemblablement. J'ai dit des choses un peu dures à Weldon à ce propos. Alors il a eu droit à son coup gratis.

– C'est une histoire abominable.

– Mais ils ne diront jamais tout ce qui s'est réellement passé.

Bootsie resta silencieuse pendant quelques instants. Son regard était vide et sans expression, tourné vers l'intérieur; ses cheveux donnaient l'impression d'être caressés par des volutes de fumée sous les rais de lumière diffractée au travers des arbres.

– Lorsque tout ceci sera terminé, nous pourrions peut-être les inviter à dîner, dit-elle.

– Ce serait très bien.

– Ça ne te dérangerait pas?

– Non, bien sûr que non...

– Pourquoi personne n'a-t-il... commença-t-elle.

Elle s'interrompit, eut un toussotement d'arrière-gorge et dit :

– Jamais je ne me suis doutée. Pauvre Drew.

Je lui serrai la main, que je sentis sèche et molle au creux de la mienne. La bouche de Bootsie, les commissures des lèvres étirées vers le bas, affichait cette même expression que celui qui aurait ouvert la porte d'une chambre à un moment inopportun. Puis elle se leva et commença à nettoyer la table, le visage tout entier à son ouvrage.

– Je vais inviter Drew à venir faire quelques courses à Lafayette, dit-elle. Tu crois qu'elle aimerait ça?

– Qu'est-ce que tu veux parier? dis-je.

Tu seras toujours une dame de première, Boots, me dis-je en moi-même.

Au loin, sur le losange de base-ball, un grand cri d'enfant monta dans les airs lorsque l'un d'eux lança la balle de volley en plein dans le mur d'arrêt.

* * *

La nuit commençait à tomber à notre retour à la maison. L'air était lourd et frais, immobile, chargé des coassements sonores des grenouilles dans les cyprès. Je me garai sous les pacaniers dans la cour en façade ; Bootsie et Alafair se dirigèrent vers la maison tandis que je remontais les vitres du camion. Le ciel avait viré au bleu-noir, couleur de fer brûlé, et je sentis le baromètre qui recommençait à chuter au milieu des odeurs de soufre et de pluie dans le lointain. Alors que je m'engageais dans la petite montée qui conduisait à la galerie, un camion à plateau cabossé et délabré apparut, rebondissant d'ornière en ornière sur le chemin de terre, avant de s'engager dans mon allée. À l'arrière du véhicule se trouvait une énorme croix chromée, l'extrémité en appui sur le toit de la cabine et l'axe central attaché au plateau par une chaîne de serrage.

Lyle Sonnier coupa le contact et descendit tout sourire en sautant du marche-pied. Il portait une salopette à rayures sur son torse nu, et sa poitrine et ses épaules maigres étaient rouges de coups de soleil.

– Je me suis dit que j'allais te prendre rien qu'une minute de ton temps, dit-il. Qu'en pense-tu ?

– On dirait que ta croix a été fabriquée à partir de pare-chocs.

– Elle l'est. Moi et un vieux pote de Lafayette, on

a soudé une coque tout autour des poutres en bois. Qu'est-ce que t'en dis ?

Batist avait laissé allumée la filée d'ampoules électriques qui éclairaient le ponton, et la croix se crénelait de lueurs d'un bleu argenté sous leur lumière.

– On dirait une œuvre d'art. C'est beau, dis-je.

– Merci, Lieut'. C'est la seule chose que le Révérend Jimmy Bob Clock m'ait laissée avant qu'on l'expédie à Parchman Farm. Un jour qu'on était dans les faubourgs de New Albany, Mississippi, où quelques vicieux du Klan avaient brûlé une croix dans un champ, et que Jimmy Bob mangeait son hamburger dans le camion de l'autre côté de la route, le regard fixé sur cette croix noire, il a dit : « Y'a pas de raison de laisser se gâcher du bon matériau de construction ». Il a alors traversé la route et il a donné au fermier de couleur en train de labourer la pièce de terre un dollar pour la croix.

« Mais nom d'un chien, qu'est-ce qu'on va bien pouvoir faire de ce truc-là ? je lui dis.

Il me dit :

« Fils, l'endroit le plus excitant d'un trou à merde comme celui-ci, c'est le Dairy Queen [1] le samedi soir. Quand t'as la responsabilité d'un spectacle sous chapiteau où faut leur faire sortir leurs hallelujah, faut aussi leur offrir des lumières dans le ciel.

« Il est allé dans un supermarché où il a acheté trois rouleaux de papier aluminium, et il en a enveloppé la croix. Ensuite on est allé jusqu'à un chantier de ferraille où il a demandé à un mec de lui garnir son truc d'ampoules électriques. Ce soir-là, on a monté la croix au sommet d'une colline, en

1. Magasin de crèmes glacées. *(N.d.T.)*

haut de la pente qui remontait depuis le chapiteau, et on a branché le tout sur le groupe électrogène, et la croix était visible avec toutes ses lumières à huit kilomètres à la ronde malgré la brume.

J'acquiesçai d'un air absent et levai les yeux en direction de ma galerie éclairée.

– Bon... euh... je n'avais pas l'intention de te prendre toute la soirée, dit-il. Je voulais juste te dire que je ne me sentais pas très bien après ta visite de l'autre soir à Baton Rouge. Tu es venu à moi chercher de l'aide et je n'ai pas pu t'offrir grand-chose.

– Peut-être bien que si, Lyle.

Il me regarda curieusement avant de soulever du pouce une bretelle de sa salopette qui touchait ses coups de soleil.

– Je vais dresser ma croix sur mon nouvel institut biblique, dit-il. Je voulais l'appeler L'Institut Biblique Lyle Sonnier. Mais je crois que je vais simplement lui donner le nom de Collège Biblique de Louisiane du Sud. Qu'est-ce que t'en dis ?

– Ça sonne plutôt bien.

– Je t'ai déjà dit que ch'sus pas aussi mauvais que tu crois.

– Je pense que peut-être tu n'es pas mauvais du tout, Lyle.

Son regard se riva en coin au fond de mes yeux, puis il repoussa la poussière et les feuilles de l'allée de la pointe de la chaussure.

– Je te remercie, Lieut', dit-il.

– Tu veux entrer ? demandai-je.

– Non, mais merci quand même. Je suis juste passé en ville pour voir Drew à l'hôpital et récupérer ma croix à Lafayette. Weldon m'a appris qu'il t'avait frappé. Je suis désolé qu'il ait fait ça. Je sais que tu as été aussi juste et aussi bon qu'il était possible de l'être pour lui comme pour Drew. Mais tu as vraiment réussi à lui coller un rateau dans la cervelle.

– Il faut que Weldon cesse de se cacher derrière les autres et de les prendre pour des pantins. Il serait peut-être temps qu'il se ramasse tout seul comme un grand.

Lyle se mit à dessiner des lignes dans les feuilles et la poussière de la pointe de sa chaussure. Il posa sa main mutilée qui, sous les ombres allant s'approfondissant, ressemblait presque à un membre d'amphibien, sur la poignée de portière de son camion.

– Weldon m'a appris hier soir à quel genre d'affaire il était mêlé. C'est un foutoir absolu, aucun doute là-dessus, dit-il. Je crois qu'il veut t'en parler. Je crois qu'il commence à être à bout avec cette histoire.

– Est-ce que tu veux me dire de quoi il s'agit ?

– C'est sa galère. Il faudra qu'il te le dise lui-même. Sans vouloir t'offenser.

Il remonta dans la cabine de son camion et reclaqua la portière en la crochetant du dessous du bras. Il sourit.

– Vaudrait mieux que je parte d'ici avant que je m'attire des ennuis avec la justice. Tu sais pourquoi je garde cette croix brûlée, pourquoi je vais la monter sur le toit de mon collège biblique ? Elle me force à ne pas oublier d'où je viens et ce que j'ai l'intention de devenir. C'est comme ce que dit la chanson, « Je peux bien être un vieux bout de charbon, mais, un jour, je serai un diamant ». Donne sa chance à Weldon. Peut-être bien qu'à l'intérieur du parpaing qui lui sert de crâne, il veut que tu l'aimes.

– Ce que je peux penser n'a pas d'importance, Lyle. Ton frère va connaître son plus gros problème devant le tribunal. En tout cas, il y a une chose qu'il faut que je te dise avant que tu partes. On a fait amener un vieil habitué de la Sally à Lafayette, un mec qui a survécu à un incendie. Il se peut que ce soit le même mec que tu as vu dans ton public.

– Il t'a dit qu'il s'appelait Vic Benson?

– Tu le connais?

– Bien sûr. Je suis allé à Lafayette l'autre jour pour lui parler. Nous avons monté un asile à Baton Rouge et deux des nouveaux m'ont parlé de lui.

– Ce n'est pas ton père, alors?

Il sourit à nouveau et démarra son camion.

– Oh, c'est bien lui, pas de problème. Il a refusé de le reconnaître en disant qu'il n'avait qu'un fils et pas un merdaillon qui fait le prêcheur télé et qui ne vaut même pas le coup qu'il gaspille sa pisse sur lui.

Il secoua sa tête avec bohomie.

– Ce vieux sal... ce savré vieux fi' de garce sait toujours te caresser à contre-poil là où ça fait mal. Mais il a la cervelle en compote aujourd'hui. Il a passé sa vie à faire toutes les taules et les asiles d'aliénés du Texas, de la Louisiane et du Mississippi. En tout cas, c'est ce que disent les autres ramollis du cerveau. Ils disent qu'il a peut-être aussi un cancer du poumon. Alors qu'est-ce que tu veux faire, si ce n'est de se sentir désolé pour un mec comme ça? Faut que je me casse, Lieut'. Laisse-toi vivre.

Il reprit le chemin de terre sous le tunnel obscur des chênes tandis que sa croix chromée vibrait et claquait contre le toit de la cabine lorsque les premières gouttes de pluie venaient creuser de fossettes la surface du bayou.

* * *

J'étais fatigué, mais je dus me rendre à Lafayette ce soir-là pour prendre livraison d'un nouveau bac à vifs en aluminium et d'une pompe à eau pour la boutique à appâts. Sur le chemin du retour, à la sortie de la ville, je vis l'un des camions de la compagnie Weldon Sonnier se dégager de la circulation pour aller se ranger sous les arbres en face du foyer catholique pour enfants handicapés.

Weldon, vêtu de pantalons marron au pli-rasoir et d'un T-shirt moulant tel qu'en aurait porté un loubard des années cinquante, remonta l'allée piétonne jusqu'à la porte d'entrée, un grand sac à provision bourré à chaque bras.

Je m'arrêtai au feu, tapotai du bout des ongles sur l'avertisseur, mis la radio avant de l'éteindre au moins trois fois de suite, résolu en mon for intérieur de poursuivre ma route jusqu'à la maison sans jouer plus avant à l'intrus en allant piétiner l'univers de Weldon, sa fierté, son obstination obtuse et son petit magasin de misères et de malheurs très privés qu'il entretenait si soigneusement.

Le feu passa au vert, et je contournai le bloc pour aller me garer de l'autre côté de la rue, à l'opposé du camion de Weldon. La lune était levée, et au nord, là où la pluie n'avait pas encore commencé à tomber, le ciel ressemblait à un lavis d'encre de Chine illuminé. J'empruntai l'allée qui menait à l'entrée.

Pourquoi ?

Parce qu'il a besoin de savoir qu'on ne se débarrasse pas de ses problèmes en cassant la figure d'un officier de police sur une plate-forme de forage, me dis-je.

Mais ce n'était pas la bonne réponse. La vérité, c'est que je voulais croire en Weldon, de la même manière qu'il arrive parfois qu'on encourage un être cher à notre cœur à nous mentir. Ou peut-être encore voulais-je d'une certaine manière écarter de moi la crainte qu'un jour viendrait où je me verrais obligé de faire tomber Weldon du fait des manigances de Joey Gouza.

Mais qu'allais-je bien pouvoir trouver dans un foyer catholique pour enfants qui serait d'une quelconque valeur pour me permettre, au bout du compte, de libérer Weldon de l'enquête, de poursuivre les exécuteurs d'un adjoint du shérif ou de faire tomber un politicien raciste ?

Réponse : rien.

Au lieu de quoi, je franchis la porte d'entrée pour pénétrer dans un vestibule éclairé d'une lumière diffuse, au parquet de chêne d'une propreté immaculée, avec ses statues de St Antoine, Ste Thérèse et l'enfant Jésus sur leurs piédestals contre les murs. Deux grandes portes vitrées ouvraient sur une vaste salle de jeux.

Celle-ci était pleine des enfants dont personne ne voulait. Enfants retardés, handicapés moteurs, mongoliens, nés avec des membres difformes, verrouillés dans leurs bracelets de métal, connectés à des appareillages électroniques sur leurs fauteuils roulants. Le sol était jonché d'un enchevêtrement de papier cadeau déchiré, de rubans et de cocardes colorés et de boîtes qui avaient contenu toutes sortes de jouets. Weldon avait dû faire plusieurs voyages jusqu'à son camion.

Ni les nonnes ni les enfants ne regardèrent dans ma direction. Weldon avait ôté ses chaussures et marchait sur les mains au milieu de la salle. Son visage était presque violet de l'afflux de sang, ses muscles tremblaient sous la tension, tandis que pièces de monnaie et clés tombaient de ses poches et rebondissaient sur les tapis sous les hurlements de plaisir des enfants.

Lorsqu'il finit par se lancer en arrière et atterrir à plat dos, la bouche éclairée d'un sourire fou, les yeux brillants de fatigue, les enfants et les nonnes se mirent à applaudir comme s'ils venaient d'être témoins d'un numéro du meilleur acrobate du monde.

Il s'assit sur le sol et se frotta les genoux, toujours souriant. C'est alors qu'il m'aperçut.

Je lui fis signe de deux doigts. Il laissa son regard se poser sur le mien un instant, stupéfait, légèrement embarrassé peut-être, puis il se retourna vers les enfants et dit :

– Hé, les gars, l'homme aux crèmes glacées a fait une grosse livraison ce soir. Et Sœur Agnès dit que c'est l'heure de s'en mettre plein la lampe.

Je fis demi-tour et ressortis dans la nuit, sous un claquement d'éclair barrant le ciel et une odeur de pluie en train de frapper le béton chaud.

* * *

La pluie tomba avec violence durant la nuit, et au matin, le soleil se leva jaune et brûlant, tressé de guirlandes de brume au-dessus des marais. Je me levai tôt et descendis au ponton aider Batist à ouvrir la boutique avant de prendre le petit déjeuner en compagnie de Bootsie et d'Alafair dans la cuisine.

L'arrière-cour était mouillée, encore bleutée de pénombre, et le mimosa en pleine floraison brillait comme une tache de sang à l'endroit où le soleil frappait le sommet de l'arbre.

– Qu'est-ce que tu vas faire aujourd'hui, petit mec ? dis-je à Alafair.

– Bootsie m'emmène acheter un nouveau maillot de bains, ensuite nous allons pique-niquer dans le jardin public.

– Peut-être que je pourrais vous y retrouver un peu plus tard, les mecs, dis-je.

– Pourquoi ne le ferais-tu pas ? Nous serons sous les arbres, près de la piscine.

– J'arriverai vers midi, ou un peu plus tôt si je peux, dis-je.

Puis je clignai de l'œil à l'adresse d'Alafair.

– Tu veilles à ce que Boots n'aille pas au soleil, petit mec. Elle est déjà suffisamment bronzée comme ça.

– C'est mauvais pour elle ?

Bootsie me regarda et montra des signes d'impatience.

– Eh bien, il lui arrive parfois de ne pas nous écouter, alors il faut qu'on s'occupe d'elle à sa place, dis-je.

Bootsie me racla le dos de la main de sa cuillère, et les yeux d'Alafair se plissèrent de plaisir. Je lui rendis son sourire, puis, lorsque Bootsie commença à mettre la vaisselle dans l'évier, je m'approchai d'elle par-derrière et la serrai fort, à bras le corps, en l'embrassant dans le cou.

– Plus tard, plus tard, murmura-t-elle avant de me tapoter gentiment la cuisse.

La journée promettait d'être belle. J'embrassai Alafair et lui dis au revoir avant de jeter ma veste sur l'épaule. J'avais pratiquement franchi le seuil de ma porte lorsque le téléphone posé sur le plan de travail se mit à sonner. Bootsie décrocha.

– C'est le shérif, dit-elle avant de me tendre le combiné.

Je plaçai la main sur le micro de l'appareil et touchai Bootsie qui s'éloignait à l'épaule.

– Le pique-nique est à midi. Je serai là, je le promets, à moins qu'il ne m'envoie hors de la ville. Okay ? dis-je.

Elle sourit sans répondre et commença à faire la vaisselle.

– Je viens de parler au chef de la police de la ville, dit le shérif. Joey Gouza a dû être emmené à Iberia General à dix-neuf heures hier soir. Il a piqué une crise de folie furieuse dans sa cellule. À s'écraser contre les barreaux, se rouler sur le sol en donnant de grands coups de pied comme s'il avait une attaque et il lapait l'eau de la cuvette des toilettes.

– Vous voulez dire qu'il a eu une crise de psychose ?

– C'est ce qu'ils ont tous cru. Ils l'ont mis dans une camionnette pour l'emmener à l'hôpital et il a dégueulé à travers tout. Le toubib aux urgences a dit qu'il présentait tous les symptômes d'un empoisonnement, et il lui a fait un lavage d'estomac. Sauf que quand ils ont fini par lui enfiler le tube dans la gorge, il ne lui restait pratiquement plus rien dans l'estomac, à part le sang de ses muqueuses. En plus de tous ses problèmes, le mec a aussi des ulcères, on dirait.

– Qu'est-ce qui s'est passé, à votre avis ?

– Un gardien a trouvé une boîte vide de poison anti-fourmis là où on met la nourriture. Peut-être que quelqu'un lui a vidé le contenu de la boîte dans sa purée. Mais pour te dire la vérité, Dave, je ne pense pas que les gens de la ville soient bien pressés de reconnaître qu'ils sont incapables d'assurer la sécurité d'un prisonnier célèbre. Ils s'amusent beaucoup plus avec Joey Gouza qu'avec un troupeau de gorets en train de se rouler dans la boue.

– Que voulez-vous que je fasse ?

– Si Gouza est mêlé au meurtre de Garrett, alors faut lui clouer le cul au pilori avant qu'ils le sortent les pieds devant dans un sac en plastique. Même si la moitié de La Nouvelle-Orléans ne manquerait pas de fêter ça en allant se saoûler dans les rues.

J'allai jusqu'à Iberia General et empruntai le couloir jusqu'à la chambre de Gouza. Un flic en uniforme lisait une revue devant sa porte.

– Comment va, Dave ? dit-il.

– Pas mal. Comment est notre homme ?

– J'ai un fantasme qui me trotte. Je le vois en train de cavaler dans le couloir en chemise de nuit. Et je me vois lui en coller une belle en plein dans la boîte à ragoût. Est-ce que ça répond à ta question ?

– Il est aussi mauvais que ça ?

– Ça dépend probablement si tu es obligé ou pas de nettoyer sa pisse.

– Quoi ?

– Il a pissé un bock à côté de son lit, en plein milieu de sa chambre. En disant qu'il ne se sert jamais du pistolet.

J'entrai dans la chambre et refermai la porte derrière moi. Le poignet droit de Gouza était menotté à la barre de lit et une cheville était entravée d'une chaîne. Son visage oblong était blanc sur l'oreiller, les lèvres collées de mucus séchées aux commissures. Au milieu de la pièce se trouvait une zone humide de marques de serpillière encore fraîches. La chambre sentait mauvais et j'essayai d'ouvrir la fenêtre, mais celle-ci était scellée de verrous qui ne s'ouvraient qu'à l'aide d'une clé Allen.

Gouza se frotta le nez d'un doigt. Ses yeux noirs étaient caverneux au milieu de ses traits tirés.

– Vous n'aimez pas l'odeur ? demanda-t-il.

Sa voix siffla comme un souffle d'air qui se fraierait péniblement un chemin au travers d'un tas de sable.

– Ça fait plutôt renfermé par ici, collègue.

– Ils vous ont dit que j'avais pissé par terre ?

– On m'en a parlé.

– Ils vous ont dit qu'ils me gardaient enchaîné au lit, qu'ils ne me laissent même pas aller aux toilettes ?

– Je vais voir ce que je peux faire.

– Je ne peux pas élever la voix. Approchez-vous.

Je tirai une chaise près de son lit et m'assis. Son haleine rance et l'odeur qui se dégageait de sous ses draps me firent déglutir.

– C'est un contrat, dit-il.

– Sur qui ?

– Sur qui vous croyez, bordel de merde ?

– Peut-être était-ce un accident. Ça arrive. Les mecs qui préparent la nourriture en prison n'ont pas beaucoup travaillé dans les restaurants trois étoiles.

– J'ai été taulard trop longtemps, mec. Je sais quand un contrat a été lancé. Ça se sent. Ça se voit dans les yeux des gens.

– T'es une super vedette, Joey. Ils ne vont pas te perdre comme ça.

– Écoutez-moi bien. Hier après-midi, un prisonnier de confiance, une vraie fiotte, un môme avec le cul comme deux tranches de melon, était en train de balayer le couloir. Il s'arrête, regarde autour de lui, prudent, puis il s'approche de ma cellule et dit :

« – Hé, Joey, je peux t'avoir quelque chose.

« – Je lui dis : *Toi*, tu peux m'avoir queq' chose ? Quoi, un coup de sida ?

« – Il me dit : Un truc qui pourrait te servir.

« – Je lui dis : Le seul truc que je vois ici, c'est toi, mon mignon.

« – Il me dit : Je peux t'avoir un surin.

« – Je lui dis : Qu'est-ce que j'en ai à faire d'un surin d'une fiotte comme toi ?

« – Il me dit : Y'arrive parfois qu'y ait des durs pas commodes sous la douche, mec.

« – Je lui dis : Lave-toi la gueule de toutes ses merdes quand tu t'adresses à moi.

« – Il me dit : C'est juste une prison municipale, mais y'a deux mecs qui sont ici, c'est des méchants. Tu veux pas du surin, tu veux pas d'un ami, c'est ton affaire. J'essayais juste de t'aider.

« – Je lui dis alors : Quels mecs ? Mais il était déjà parti. Je reprends : reviens, espèce de petite salope, mais il tape sur la porte pour se la faire ouvrir par le maton et me colle un bras d'honneur. »

– Comme tu l'as dit toi-même, Joey, il s'agit probablement d'une fiotte qui cherche un boulot une fois qu'il sera sorti. Qu'est-ce qu'il y a de si terrible ?

– Vous pigez pas. Un mec comme ça ne colle pas un bras d'honneur à un mec comme moi. Il se passe quelque chose. Il y a des trucs qui ont changé...

Sa main s'agita vaguement dans les airs, en direction du soleil qui perçait la fenêtre.

– Là-bas, dehors, quelque part. C'est un contrat. Écoutez, je veux qu'on m'apporte une plaque chauffante et des boîtes de conserve.

Je vis alors dans son œil un petit quelque chose que je n'avais pas remarqué auparavant. Au coin de la paupière. Un tremblotement, une mouillure, un filet de lumière jaune pareil à un ver en train de se nourrir.

Lui et ceux de son espèce passent une vie entière à déguiser la peur qui vit au centre de leur être. C'est cette peur qui explique leurs manières de grand seigneur, leurs appétits sexuels insatiables, leur violence et leur cruauté imprévisibles. Mais presque toujours, lorsqu'on reste à leurs côtés suffisamment longtemps, vous la voyez, cette peur, qui suinte comme une gomme gluante sur l'écorce d'un arbre mort.

– Je te dois un aveu, Joey, dis-je.

– Vous me devez...

Il tourna la tête sur l'oreiller pour regarder dans ma direction.

– Ouais, je n'ai pas été honnête avec toi.

Un réseau de rides lui plissa le front.

– J'ai un peu cuisiné ta petite histoire à ma manière, dis-je. Tu voulais que je fasse savoir à Weldon que tu n'allais pas tomber tout seul. J'ai fait comme tu me l'as demandé, mais j'ai été raconter la même chose à Bobby Earl.

Sa tête se redressa de quelques centimètres sur l'oreiller.

– Vous avez raconté à Earl...

Son haleine était chargée de bile, sa voix râpeuse.

– Vous avez raconté *quoi* à Earl ?

– Que tu allais entraîner plusieurs personnes dans ta chute.

– Pourquoi vous essayez de me coller dans les pattes d'Earl ?

– Vous me donnez tous les deux l'impression d'avoir beaucoup de connaissances communes, Joey.

Son visage était gris, la peau, sèche. Son regard fouilla le mien.

– J'ai compris votre petit jeu, dit-il. Vous essayez de faire passer le mot à l'A.B. que j'allais m'allonger. C'est bien ça, hein ? Vous allez continuer à me passer les poucettes jusqu'à ce que j'accepte de passer une connerie de marché ou quelque chose du même genre. Vous savez ce que vous êtes en train de faire, mec ? L'A.B. ne fait pas partie de l'organisation. Ils croient que quelqu'un va cafter un de leurs membres ? Le contrat est ouvert. Ils sont présents dans toutes les taules du pays. Quand on est taulard et que l'A.B. a mis votre tête à prix, on fait son temps au frigo, bouclé à double tour. Et avec une porte pleine, en ferraille, mec, sinon ils vous allument à coups de cocktails Molotov à travers les barreaux. Et c'est ça que vous essayez de me coller sur le dos ? C'est pour ça que vous montez le bourrichon à Bobby Earl ? Putain, c'est une crasse dégueulasse que vous me faites, mec.

– Est-ce que Jewel Fluck essaierait de te descendre, Joey ?

Ses paupières se rétrécirent en fentes. Le regard se fit prudent.

– Je l'ai vu effacer Eddy Raintree. C'était plutôt déplaisant.

– J'ai pus rien à vous dire.

– Je ne peux pas te le reprocher. J'éprouverais la même sensation si toutes les portes se mettaient à se refermer sur moi. Mais essaie un peu de voir les choses de la manière suivante, Joey. T'es un affranchi. Il y a des flics qui respectent ça. Est-ce que tu vas accepter de rester derrière les barreaux pour un sacré bout de temps pendant qu'un mec comme Bobby Earl sera en train de siroter son Cold Duck avec sa photo au milieu de la rubrique des potins mondains ? C'est un nazi, Joey, du vrai de vrai, du nazi de première qualité. Et c'est pour un mec comme ça que tu vas accepter de retourner en taule ?

Il se pencha sur le côté du lit et cracha dans la poubelle. Je détournai la tête.

– Allez-vous faire voir, mec. Je ne sais rien de rien sur Bobby Earl.

J'étudiai son visage. Un visage à la peau granuleuse, mal rasée, animée de tics nerveux.

– Qu'est-ce que vous regardez comme ça ? dit-il.

– Jette-le aux loups.

– Vous avez quoi ? Une tumeur au cerveau ou quelque chose ? On dirait vraiment que rien de ce que je dis ne vous entre dans le crâne. Vous allez pas me faire un truc pareil, les mecs. Allez donc dire à ces clowns de bouseux que je vais me tirer de tout ça libre comme l'air. J'ai pas l'intention d'aller derrière les barreaux et je vais pas non plus me laisser descendre comme un lapin pendant ma préventive. Je vais certainement pas me laisser dessouder. Vous pouvez accepter ça, mon gars ?

– Les clowns de bouseux ne s'intéressent pas beaucoup à ta vision des choses, Joey. Il arrive de temps à autre qu'un porte-chapeau se ramasse une bûche et se retrouve dans l'oubliette, et on dirait que cette fois-ci, c'est sur toi que c'est tombé. Peut-être bien que ce n'est pas juste, mais c'est comme ça que ça marche. T'as encore jamais vu une populace en furie se précipiter à un bout de la ville pour accomplir une bonne action, pas vrai ?

Gouza essaya de se détourner de moi, mais son poignet entravé fit cliqueter la chaîne des menottes contre la barre de lit. Il frappa le matelas de son poing libre avant de se coller le bras sur les yeux.

– Je veux que vous me laissiez tranquille, dit-il.

Je me levai de ma chaise et allai jusqu'à la porte. Son pied droit entravé ressortait de sous le drap. Gouza essaya de s'éclaircir la gorge et finit tout au contraire par s'étrangler sur sa salive.

– Je verrai ce que je peux faire pour les conserves et la plaque chauffante, dis-je.

Il remonta le drap jusqu'au menton, le bras toujours pressé serré sur les yeux, et ne répondit pas.

* * *

J'arrivai au jardin public avant Bootsie et Alafair et m'engageai d'un pas oisif sous les arbres en bordure du bayou. La rive boueuse était semée de feuilles grisâtres et desséchées. Je m'accroupis et balançai quelques galets en direction de plusieurs lépidostées au corps effilé et au museau en aiguille qui tournaient dans le courant.

J'étais troublé, mal à l'aise, mais j'étais incapable de saisir à pleine main le souci premier qui me taraudait l'esprit.

Joey Gouza était sous clé, en détention, là où était sa place. Pourquoi m'en faire ?

Les policiers ont souvent de nombreux problèmes personnels. Les films télévisés se donnent bien du mal pour décrire des flics qui bataillent avec l'alcoolisme et les mariages ratés ou se font maltraiter à loisir par les libéraux, les minorités raciales, et les responsables de l'administration avec leurs beaux discours rabâcheurs.

Mais mon expérience personnelle m'a enseigné que le véritable ennemi du policier est la tentation de faire mauvais usage de son pouvoir. L'arsenal dont nous disposons est impressionnant – bidules plombés, matraques à ressort, gaz innervants, pistolets paralysants, M-16, fusils à lunette des tireurs d'élite, fusils d'assaut calibre .12, armes de poing automatiques surpuissantes et munitions blindées d'acier capables de faire sauter les cylindres d'un bloc moteur d'automobile.

Mais le véritable danger réside dans le pouvoir discrétionnaire qu'il nous arrive parfois d'exercer sur les individus. Je parle de ces gens que personne n'aime – les raclures de bas étage, les affreux, les obscènes, ceux dont le comportement est aberrant – et dont personne n'ira se soucier ou se plaindre si vous les bouclez en quartier de haute sécurité pour le restant de leur existence avec, au passage, un petit clin d'œil complice à la Constitution. Ou alors peut-être, si les choses vous tiennent réellement à cœur et que vous voulez les faire dans les règles, vous créez une situation telle que vous vous contentez de leur scier toutes leurs entraves avant de balancer un pistolet jouet que quelqu'un retrouvera toujours lorsque toute la fumée se sera éclaircie.

C'est le genre de chose qui arrive assez régulièrement.

Je vis Bootsie et Alafair qui sortaient la nourriture du pique-nique et dressaient la table près du losange du terrain de base-ball. J'allai les rejoindre. Alafair passa près de moi comme une flèche, le visage tout excité du plaisir qui l'attendait.

– Hé, où vas-tu comme ça, petit mec? dis-je.
– Jouer à la balle.
– N'aveugle personne.
– Quoi?
– Aucune importance.

Elle pivota sur les talons et plongea au beau milieu de la partie en expédiant au passage un enfant au sol. Je m'installai à l'ombre en compagnie de Bootsie et mangeai un morceau de poulet frit et deux ou trois bouchées de gros riz brun avant de laisser mon esprit battre la campagne.

– Il s'est passé quelque chose ce matin? demanda Bootsie.

– Non, pas vraiment. Joey Gouza est probablement en train de vivre sa journée dans le jardin de Gethsemanie, mais je dirais que c'est la règle du jeu.

– Est-ce que tu te sens mal à son sujet pour une raison ou pour une autre?

– Je ne sais pas ce que je ressens. Je suppose qu'il mérite amplement tout ce qu'il lui arrive.

– Alors de quoi s'agit-il?

– Je crois qu'il est en prison pour de mauvaises raisons. Je crois que Drew Sonnier ment. Je crois également que tout le monde se fiche bien que Drew mente ou non.

– Cela n'a pas de sens, Dave. Si ce n'est pas lui qui a fait ça, qui d'autre?

Sur le terrain, les gamins avaient arraché un tapis de base de ses attaches dans le sable où il servait de camp pour une des équipes. Alafair tenait la balle sous un bras et essayait de replacer le taquet de bois dans le sable sans se laisser prendre la balle par quiconque.

– Je ne sais pas qui a fait ça, dis-je. Peut-être que Gouza a commandé l'opération comme avertissement à Weldon, et ensuite Drew a menti en déclarant qu'il se trouvait sur les lieux. Mais un mec comme Gouza ne se déplace jamais en personne pour un boulot.

– C'est l'affaire de la ville. Ce n'est pas ta responsabilité.

– Je l'ai manipulé, je l'ai tordu en tous sens. J'ai fait croire à Bobby Earl que Gouza allait cracher le morceau à son sujet, et ensuite j'ai tout raconté à Gouza. Le mec est en train de faire une expérience douloureuse, il souffre, psychologiquement parlant. Il croit qu'on a lancé un contrat sur sa tête.

– Et c'est vrai ?

– Peut-être bien. Et si c'est le cas, je pourrais bien en être responsable.

– Dave, un homme comme lui, c'est un camion-poubelle humain. Tout ce qui peut lui arriver aujourd'hui est le résultat de choix qu'il a faits il y a des années de cela... Est-ce que tu écoutes ?

– Bien sûr, dis-je.

Mais c'est Alafair que je regardais. Elle ne pouvait pas maintenir le taquet de bois d'une main et l'enfoncer dans le sable sans relâcher la balle de l'autre. Aussi plaça-t-elle le taquet en équilibre contre son genou plié avant de le mettre en place de la base de sa paume libre.

– Qu'est-ce qu'il y a ? dit Bootsie.

– Rien, dis-je. Tu as raison pour Joey Gouza. Dans la vie d'un mec comme lui, il est difficile de tenir plus de place qu'une petite note en bas de page.

– Veux-tu encore un morceau de poulet ?

– Non, il est préférable que je retourne au bureau.

– Laisse donc les gens de la ville s'occuper de ça, *cher*.

– Ouais, pourquoi pas ? dis-je. C'est encore la meilleure solution.

Elle plissa un œil à mon adresse, mais je détournai les yeux.

* * *

Dix minutes après mon retour au bureau, le téléphone sonna.

– Dave ?

Sa voix était prudente, presque déférente, comme s'il craignait que je raccroche.

– Ouais, qu'y a-t-il, Weldon ?

Il lui fallut un moment avant de répondre. En fond sonore, j'entendais un juke-box qui passait *La Jolie Blonde* et le claquement de boules de billard.

– Tu serais partant pour un bol de gumbo chez Tee Neg ? demanda-t-il.

– J'ai déjà mangé, merci.

– Tu joues au billard ?

– Une fois de temps en temps. Qu'est-ce qui est arrivé ?

– Descends jusqu'ici, on se fera une partie tous les deux.

– J'ai un peu de boulot sur les bras, là, tout de suite.

– Je suis désolé, dit-il.

– À quel propos ?

– De t'avoir frappé. Je suis désolé d'avoir fait ça. Je voulais que tu le saches.

– Okay.

– C'est tout... « Okay » ?

– Je t'avais acculé et tu étais méchamment coincé, Weldon.

– Tu ne m'en veux donc plus pour ça ?

– Non, je ne crois pas.

– Parce que je ne voudrais pas que tu me fasses la gueule.

– Je ne te fais pas la gueule.

– Alors descends jusqu'ici, on se fera une partie.

– Fini de jouer, podna. Qu'est-ce que t'as derrière la tête ?

– Il faut que je me sorte de cette situation. J'ai besoin d'aide. Je n'ai personne d'autre à qui demander.

Je raccrochai et pris la route pour me rendre à la salle de billard de Tee Neg sur Main Street. L'intérieur n'avait guère changé depuis les années quarante. Un long bar d'acajou avec repose-pieds et crachoirs en laiton courait sur toute la longueur de la pièce. Sur le comptoir proprement dit étaient posés des pots de trois litres de grillons (qu'on appelle *graton* en Louisiane du Sud), d'œufs durs et de pieds de porc au vinaigre. Des ventilateurs à pales de bois s'accrochaient au plafond ; le sol était semé de sciure verte ; les tables de billard éclairées de lampes aux abats-jour en fer blanc. Au fond de la salle, sous les tableaux noirs qui affichaient les résultats des matchs de tout le pays, les vieux jouaient aux dominos et à la *bouree* aux tables garnies de feutre. Un Noir arborant tablier de porteur cirait les chaussures sur un escabeau en fer forgé au motif de volutes. L'air était épais et lourd des odeurs de gumbo, crevettes bouillies, bière pression, whiskey, garnitures de gros riz, tabac à chiquer, fumée de cigarettes et talc des tables de billard. Pendant la saison de football, des tickets de paris clandestins jonchaient littéralement le dessus du comptoir et le sol, et le samedi soir, après réception de tous les résultats, Tee Neg (qui, en français cajun signifie

« Petit Nègre ») étalait une toile cirée sur les tables de billard et offrait gratis gumbo de merle et gros riz bien épicé.

J'aperçus Weldon qui jouait au billard en solitaire à une table du fond. Il avait aux pieds une paire de brodequins de travail et portait pantalons kaki propres et chemise de toile bleue aux manches soigneusement remontées sur ses biceps hâlés. Il chassa la neuf dans le trou latéral.

– On ne doit jamais chasser une boule dans un trou latéral avec force, dis-je.

– Si t'as la trouille au ventre, tu ne gagnes jamais, dit-il.

Il s'assit à une table, la queue en équilibre sur la cuisse et vida cul-sec un petit verre de whiskey sans glace qu'il fit passer d'une gorgée de bière pression. Il s'essuya le coin de la bouche du poignet.

– Tu veux une bière, un truc frais ou quelque chose ?

– Non, merci. Qu'est-ce que je peux faire pour t'aider, Weldon ?

Il se gratta le front.

– Je veux tout laisser tomber, mais je ne veux pas aller en prison, dit-il.

– Il n'y a pas grand monde qui veuille.

– Ce que je veux dire, c'est que je suis *incapable* de faire de la prison. J'ai un problème avec les endroits étriqués. Du genre que si je me retrouve là-dedans, j'entends comme des bâtons de sucette qui claquent et qui cassent dans ma tête.

Il se signala au bar d'un geste de son verre à whiskey.

– Peut-être que tes peurs ont de l'avance sur toi, dis-je.

– Tu ne comprends pas. J'ai eu quelques ennuis là-bas.

– Où ça ?
– Au Laos.

Il attendit que le barman lui apporte un verre plein et sa bière pour faire passer. Il vida le whiskey dans la bière et observa l'alcool qui remontait comme un ballon du fond du verre en un nuage ocre.

– On avait la charge d'une sorte de service de taxi aérien pour quelques-uns des seigneurs de la guerre du coin. On transportait aussi certaines de leurs récoltes de matière organique domestique. Qui se retrouvait au bout du compte transformée en héroïne à Hong Kong. Et de ce que j'en sais, ce sont les GI's à Saïgon qui finissaient par se la coller dans les veines. Rien de très bon, jusque là, hein ?

– Continue.

– J'en ai eu assez. Ça me rendait malade. Au cours d'un voyage, j'ai dit à ce colonel, une moitié de Chinois du nom de Liu, que je n'allais pas lui charger sa came. Je l'ai viré de l'avion et j'ai repris la piste. Grosse erreur. Ils ont foutu la merde en nous tirant dessus et ils ont tué mon copilote et deux de mes aides. Je me suis sorti de la carcasse de l'appareil en compagnie d'un autre mec, et on a cavalé à travers la jungle pendant deux heures. Ensuite, l'autre mec, un môme vietnamien, a dit qu'il prenait la direction de la frontière vers son village. Je l'ai prévenu qu'à mon avis, les Nord-Vietnamiens étaient dans le coin, mais il est parti malgré tout. Je n'ai jamais réussi à savoir ce qui lui était arrivé, mais les têtes-de-poux de Liu m'ont rattrapé une heure plus tard. Ils m'ont fait marcher à bout de corde trois jours durant jusqu'à un camp dans la montagne, et j'ai passé les quatre-vingt-trois jours qui ont suivi dans une cage en bambou juste assez grande pour pouvoir y ramper.

« J'ai vécu dans ma propre puanteur, j'ai mangé du riz plein de vers et je passais la tête entre les bambous pour lécher l'eau de pluie à même la boue. Le soir, les têtes-de-poux se saoulaient à la bière chaude et cassaient les bouteilles contre ma cage. Et puis, un matin, j'ai senti une drôle d'odeur, portée par la fumée qui soufflait du feu de camp. On aurait dit des relents de cheveux ou de peaux de vache en train de brûler, mais quand le vent a fini de chasser la fumée, j'ai vu une demi-douzaine de têtes humaines fichées sur des pieux autour du feu. Je ne veux pas te dire à quoi ressemblaient les visages.

« Les trous-du-cul de Liu voulaient probablement m'échanger contre une rançon, mais en même temps, ils avaient peur de nos mecs parce qu'ils avaient abattu l'avion et tué trois membres de mon équipage. Alors je me suis dit qu'ils finiraient bien par se fatiguer de me casser des bouteilles de bière contre ma cage et de me pisser dessus à travers les barreaux et que ma tête allait peut-être aussi un jour se boucaner dans la fumée avec les autres.

« Je me réveillais tous les matins avec une peur invraisemblable. Je priais le soir de pouvoir mourir dans mon sommeil. Et puis, un jour, d'autres mecs ont débarqué dans le camp, des mecs qui savaient que j'étais un tas de fric sur pied et qui voulaient passer des arrangements avec la CIA. Ils m'ont racheté contre une caisse de Budweiser et six cartouches de cigarettes.

Il but sa bouillette, les yeux légèrement voilés de honte.

– C'est une drôle d'expérience à faire, dit-il. Tu te poses des questions sur ta vraie valeur.

– Laisse tomber, Weldon.

– Quoi ?

– On a déjà payé notre dû. Pourquoi passer ton temps à toujours te repasser la même bande ?

– J'ai été volontaire pour Air America. Je ne peux rejeter la faute sur personne d'autre.

– Tu n'as pas été volontaire pour être une mule à héroïne.

Il ôta la cellophane d'un cigare et la frotta entre les doigts jusqu'à la réduire à l'état de boulette.

– Si tu voulais passer un marché avec les fédés, à qui t'adresserais-tu ?

– Tout dépend de ce que tu as fait ?

– Je te parle d'armes et de came.

– Tu veux dire que tu as repiqué au truc ?

– Oui et non.

Je le regardai en silence. Il dessina de son verre à whiskey une série de cercles humides sur la table.

– La livraison d'armes et de came ne s'est pas faite, mais j'ai truandé des mecs de cent quatre-vingts bâtons, dit-il.

Son regard se détourna vivement du mien.

– Tu ne racontes pas de craques ? Tu as bien séché un groupe de trafiquants en leur fauchant une telle somme d'argent ? dis-je.

– Ouais, et je crois que pour eux, c'était comme qui dirait une première.

– L'un des mecs que tu as arnaqués se trouve ici-même, dans la prison municipale, n'est-ce pas ?

– Peut-être bien que oui, peut-être bien que non.

– Il n'y a pas de peut-être qui tienne. Je te conseille de t'adresser au SRS [1] ou au Service des Alcools, Tabacs et Armes à feu. Je connais un agent plutôt pas mal à Lafayette.

– C'est à peu près tout ce que tu peux suggérer alors, hein ? Pas de solution magique.

1. Service de répression des stupéfiants. *(N.d.T.)*

– Tu refuses de te confier à moi. Je ne vois pas comment je pourrais t'aider.

– Si je me confiais à toi, je me retrouverais probablement en état d'arrestation.

Il sourit d'un air triste et porta son verre à la bouche avant de le reposer.

– Je réfléchirai à ce que tu m'as dit, Dave.

– Non, j'en doute, Weldon. Tu feras à ta guise en suivant ta route jusqu'à te taper la tête et transformer ta cervelle en gelée.

– Je regrette de ne pas toujours savoir ce qui se passe sous le crâne des gens. Ce serait un grand avantage dans le pétrole.

* * *

Avant de retourner au bureau, je franchis à pied le pont mobile qui enjambait le Teche et regardai le courant entre les piles et le dos des lépidostées qui venaient casser la surface des eaux à la lumière du soleil. L'air était chaud, le ciel lumineux, chargé de brume et d'humidité tellement denses que mes yeux brûlaient de sel et ma peau me donnait l'impression qu'une masse d'insectes rampaient à sa surface. Même sous les arbres près de la vieille caserne en briques des pompiers, l'air était confiné et moite, comme une vapeur qui s'échapperait d'un fourneau.

Weldon avait ses problèmes. J'avais, moi aussi, les miens. Cette affaire dépassait de loin le cadre de la Paroisse d'Iberia, et apparemment s'y trouvaient impliqués personnes, pouvoir et politique d'une envergure telle que nos petits services de maintien de l'ordre auraient bien du mal à s'y attaquer de manière appropriée. Une fois encore, j'éprouvai le sentiment que le monde extérieur se jouait de nous à son gré, qu'il avait découvert en nous un point vulnérable et sensible, une zone de faiblesse, voire un désir caché, qui offraient champ libre aux adorateurs de l'argent et aux amoureux du clinquant et du faux-semblant et leur permettait de fait de nous abandonner en emportant une part de nous-mêmes, pour ne nous laisser qu'une vie de rabais, plus chiche que celle qui avait été nôtre, aussi douce sous la langue qu'une canne à sucre pelée, poignante à vous briser le cœur tandis qu'elle s'en allait à tout jamais, comme les paroles de *La Jolie Blonde* qui se dévidaient dans le juke-box de Tee Neg :

Jolie blonde, gardez donc c'est t'as fait.
Ta m'as quit-té pour t'en aller,
Pour t'en aller avec un autre que moi.

Jolie blonde, pretty girl,
Flower of my heart
I'll love you forever,
My jolie blonde.

On pourrait toutefois me faire remarquer que Joey Gouza se trouvait en détention sous la responsabilité de la ville de New Iberia et qu'il passerait le restant de ses jours à sarcler les patates douces sur les terres du pénitencier d'Angola si le bureau du procureur emportait la décision.

Mais un détail m'avait déjà tracassé à midi pendant que je regardais Alafair jouer dans le jardin public et il revenait me tarauder, cette fois à cause d'un simple coup d'œil désœuvré de l'autre côté du bayou où un jeune homme pêchait sous un cyprès. Je l'observais parce qu'il me rappelait tant de ces garçons cajun nés de familles ouvrières, au milieu desquels j'avais grandi. Il pêchait debout, torse nu, la peau olivâtre, le corps mince noué de muscles, son pantalon de treillis du Corps des Marines accroché bas sur les hanches, avec, au centre de la bouche, une cigarette qu'il fumait sans l'ôter. Son flotteur plongea et il ferra, relevant son bâton d'un coup sec, pour sortir un poisson-chat. Parce qu'il ne voulait pas se faire piquer par les nageoires du poisson-chat, il ramena la ligne à travers les nénuphars. C'est alors que je remarquais son bras gauche amputé au poignet : il lui fallait décrocher l'hameçon et enfiler sa prise d'une seule main. Mais il se montra plutôt doué à la manœuvre. Il déposa le poisson sur un rocher, dégagea l'hameçon du coin de la gueule et enfila à force une baguette fourchue de saule écorcé au travers des branchies jusqu'à ce que la pointe dure de bois blanc ressorte toute sanguinolente et couverte de membranes par la gueule. Puis, de sa main valide, il balança le poisson dans un trou d'eau et enfonça la fourche de saule dans les profondeurs de la vase.

* * *

Le shérif était assis sur le côté de son fauteuil pivotant, en train de lire un livre de régime et de se marteler l'estomac de trois doigts lorsque j'entrai dans son bureau. Il leva les yeux vers moi, rangea le livre dans un tiroir et se mit à farfouiller quelques papiers sur son repose-main. Comme beaucoup d'hommes cajun, le menton était rond, creusé d'une fossette, les joues rougeaudes et semées de petites veines.

– Je songeais moi aussi à me mettre au régime, dis-je.

– Quelqu'un a laissé ça ici. Je ne sais pas à qui ça appartient.

– Oh !

– Qu'est-ce qui se passe ?

Je lui dis que je retournais chez Drew Sonnier et lui fis part de mes soupçons à propos de ce qui s'était passé au belvédère.

– Très bien, Dave, mais assure-toi bien que Drew t'autorise à inspecter sa propriété. Si elle refuse de te donner la permission, alors, demandons un mandat. Nous n'avons pas besoin de preuves douteuses.

Il me vit hausser les sourcils.

– Quoi ? dit-il.

– Nous parlons bien de preuves à conviction que nous pourrions utiliser contre elle ?

– Ce n'est pas notre affaire. Si elle a porté une fausse accusation contre Joey Gouza, le procureur pourrait peut-être chercher à la lui coller sur le dos. Tu veux toujours aller là-bas ?

– Oui.

– Alors, vas-y. À propos, elle est sortie de l'hôpital ce matin, donc elle doit être rentrée chez elle maintenant.

– Okay, chef.

– Dave, un petit conseil. Essaie de mettre l'étouffoir sur tes sentiments personnels à propos des Sonnier. Ce sont des adultes aujourd'hui.

– Très bien, shérif.

– Il y a deux autres petites choses qu'il faut que je te dise. Pendant que tu étais sorti, le gardien-chef de la prison a appelé. Il semblerait qu'un des prisonniers de confiance ait décidé d'en cafter un autre. La nuit où Joey Gouza a piqué sa crise et vomi à travers toute sa cellule, le prisonnier de confiance qui préparait la nourriture s'était shooté à l'élixir parégorique et il a fait accidentellement tomber une boîte de poison anti-fourmis de l'étagère sur la table. Le poison s'est probablement mélangé à la nourriture de Gouza. Sauf que le mec de confiance n'a rien dit à personne. Au lieu de quoi il a essuyé la table et servi les plateaux comme si de rien n'était.

– Gouza est convaincu qu'on a lancé un contrat sur sa tête.

– C'est bien possible, après tout, mais cette fois, on dirait bien qu'il s'agit d'un accident.

– Où se trouve le préposé à la nourriture ?

– On est en train de le transférer à la prison de la paroisse. Je n'aimerais pas être dans la peau de ce mec quand Gouza découvrira que c'est lui qui lui a fait exploser ses ulcères.

– Aucune possibilité qu'un mec de l'A.B. ait été impliqué là-dedans ?

– Le mec qui a renversé le poison à fourmis est un ouvrier saisonnier qui purge une peine pour conduite en état d'ivresse... Tu as l'air presque déçu.

– Non, Je me disais juste que les mecs en chapeaux noirs commençaient peut-être à se cannibaliser les uns les autres. Au fait, il y avait autre chose ?

– Ouais, je crains bien que oui.

Il ne cessait de placer et replacer une main sur l'autre, attitude qui lui était coutumière lorsqu'il ne voulait pas blesser quelqu'un ou faire un reproche. Puis il remonta ses lunettes.

– J'ai eu trois coups de fil, deux de députés de l'État et un de l'avocat de Bobby Earl. Ils disent que tu persécutes Earl.

– Je ne vois pas les choses comme ça.

– Ils disent que tu lui as fait passer un sale quart d'heure dans un restaurant de Baton Rouge.

– J'ai eu une conversation avec lui qui a duré cinq

minutes. Je n'y ai rien vu de tellement inhabituel, considérant le fait que je suis convaincu qu'il est impliqué dans un meurtre.

– C'est là l'autre petite chose qui me tracasse, Dave. Nous n'avons aucune preuve qu'il existe un lien entre Earl et la mort de Garrett. Mais tu parais déterminé à vouloir mêler Earl à l'affaire.

– Dois-je le laisser tranquille ?

Je le regardai droit dans les yeux.

– Je n'ai pas dit ça. Je te demande simplement d'examiner tes motivations.

– Je veux...

Il lut la passion qui m'enflammait le visage.

– Je veux mettre sous les verrous les gens qui ont tué Garrett. C'est aussi simple que ça, shérif.

– Parfois, nous nous tenons à un programme que nous nous cachons à nous-mêmes. C'est humain, c'est tout.

– Peut-être est-il temps que quelqu'un s'attaque de front à un mec comme Earl. Peut-être que son laisser-passer lui dure depuis trop longtemps.

– Il va falloir que tu lèves le pied, Dave, sinon l'affaire ne sera plus de mon ressort. Je ne pourrai plus rien faire.

– Il a autant de pouvoir que ça ?

– Non. Mais si tu essaies de piper les dés, tu lui offriras une possibilité de représailles comme sur un plateau. Tu as commencé à son domicile, ensuite tu l'as mis dans une situation difficile dans un lieu public. Je ne veux pas me retrouver avec une plainte en justice contre le service, je ne veux pas que deux politicards de la cambrousse viennent me dire que j'ai sur les bras un flic qui fait sa loi. Il est temps pour toi de lever le pied de l'accélérateur, Dave.

Mes paumes de main vibraient de colère.

– Tu crois que je me montre trop dur avec toi ? demanda-t-il.

– Il faut bien que vous fassiez ce que vous estimez juste.

– Tu es probablement le meilleur flic que ce service de police ait jamais compté dans ses rangs. En sortant d'ici, ne crois pas que mon opinion ait changé en quoi que ce soit, Dave. Mais tu as la manière pour tout passer en surmultiplié.

– Si je comprends bien, ça revient à dire que nous lâchons la laisse à Bobby Earl.

– Tu m'as dit un jour que la meilleure manière de lancer au base-ball, c'est de varier son rythme. Pourquoi ne pas lâcher un peu le batteur et voir ce qui va se passer ?

– Lâchez le mauvais mec et il en profitera pour vous faire un beau trou en plein dans le sternum.

Il retourna les mains sur le buvard de son bureau.

– J'aurais essayé, dit-il avant de sourire.

Lorsque je quittai la pièce, j'eus l'impression que quelqu'un m'avait tenu une allumette brûlante sur la peau de ma nuque.

* * *

Drew ouvrit sa porte, vêtue d'une robe bain de soleil au tissu imprimé de fleurs jaunes. Ses épaules hâlées étaient couvertes de taches de rousseur grosses comme des pièces de un cent. Sa main gauche avait beau être toujours emmaillotée de pansements aussi épais qu'un gant de boxe, elle avait ombré ses paupières, maquillé ses lèvres et mis des pendentifs aux pierres écarlates. Elle avait une allure absolument superbe, une hanche bien ronde pressée contre le chambranle de la porte.

Je l'avais appelée un quart d'heure auparavant.

– Je ne veux pas te retenir si tu avais l'intention de sortir, Drew, dis-je.

– Non, ça va bien. Allons nous asseoir sur le perron. J'ai préparé du thé à la menthe fraîche.

– J'ai juste besoin d'aller inspecter l'arrière de la maison.

– Pour quoi faire ?

– Il se peut que j'aie raté quelque chose la première fois que je suis passé.

– Je pensais qu'un thé te ferait plaisir.

– Merci quand même.

– J'ai apprécié les fleurs.

– Quelles fleurs ?

– Celles que tu as fait monter dans ma chambre d'hôpital avec la carte d'Amnesty International. L'une des infirmières t'a vu les acheter.

– Elle a dû faire erreur.

– Je voulais te montrer que je pouvais être gentille.

– J'ai besoin d'aller inspecter ton jardin. Si tu me refuses la permission, il faudra que j'obtienne un mandat.

– Qu'est-ce qui t'a chauffé les plombs aujourd'hui ?

– La loi est parfois bien impersonnelle.

– Tu crois que j'essaie de te coller dans mon pieu ?

– Lâche-moi un peu, Drew.

– Non, réponds-moi honnêtement. Tu crois que je brûle pour toi comme une chienne en chaleur, que je vais te mener droit à ma chambre et ruiner ton mariage ? Est-ce que tu crois que toutes tes anciennes amies font la queue pour ruiner ton mariage ?

– Puis-je aller derrière ?

Elle posa sa main valide sur sa hanche. Sa poitrine se soulevait à chaque inspiration.

– Qu'est-ce que tu crois que tu trouveras que tous les autres auront laissé passer ? demanda-t-elle.

– Je ne suis pas sûr.

– Dans quel camp es-tu, Dave ? Pourquoi faut-il que tu nous consacres tant de temps et d'efforts, à moi et à Weldon ? As-tu le moindre doute qu'un animal comme Joey Gouza soit à sa vraie place derrière les barreaux ? De tous les gens de la paroisse, pourquoi es-tu le seul à nous mettre sur la sellette pour nous passer à la question ? Est-ce que tu t'es demandé pourquoi ?

– Faut-il que j'aille demander le mandat ?

– Non, dit-elle d'une voix paisible. Regarde où tu veux... Tu es un homme étrange. Tu comprends les choses de principe, mais je me demande à quel point tu es sensible aux douleurs des autres.

– C'est dégueulasse de dire une chose pareille.

– Pas de chance.

– Non, tu ne vas pas t'en tirer comme ça, Drew. Si Weldon et toi n'étiez pas mes amis, vous seriez l'un et l'autre depuis longtemps sous les verrous pour obstruction à la justice.

– Je crois que nous avons bien de la chance d'avoir un ami tel que toi. Je vais refermer la porte. Je regrette vraiment que tu n'aies pas voulu de thé. Je m'en faisais une grande joie.

– Écoute, Drew...

Elle me referma doucement la porte à la figure, puis je l'entendis qui mettait le verrou.

Je retournai à mon camion, sortis un tournevis et

trois sachets plastique à fermeture à glissière, et traversai la cour en pignon jusqu'au belvédère. Les treillis étaient lourds de bugle et de vigne vierge, et les buissons de myrte à leur pied en pleine floraison, chargés de fleurs mauves. Je m'agenouillai sur le sol humide et sondai les buissons jusqu'à retrouver les deux morceaux de brique que j'avais entrevus au cours de ma précédente visite. Je les plaçai tous deux dans un sac en plastique, puis retrouvai la lame brisée arrachée à un cageot de pommes que je ramassai en la tenant soigneusement par les deux bords. Elle était fendue longitudinalement depuis son extrémité jusqu'à un trou de clou en son milieu. Je retournai la lame de bois entre mes doigts. Malgré l'ombre profonde, je vis une tache sombre autour du trou sur le côté opposé. Je glissai la lame dans un autre sachet et m'extirpai des buissons de myrte pour regagner l'herbe.

Je regardai derrière moi et vis le visage de Drew à une fenêtre. Un visage qui disparut aussitôt derrière le rideau.

Chacune des marches de l'escalier du belvédère avait été montée avec un espace de cinq centimètres entre plat de marche horizontal et contremarche perpendiculaire. J'essayai de regarder au travers des ouvertures dans l'obscurité sous le belvédère mais je ne vis rien. Je me servis de mon tournevis pour dégager au pied du belvédère une partie du treillage que je soulevai des doigts. L'intérieur en était humide et frais et sentait l'eau stagnante et les nichées de néotomes. Je passai la main sous les marches et sentis la tête froide et métallique d'un marteau de carrossier.

Je me demandai si Drew avait essayé de le récupérer avant mon arrivée. Je parvins à extraire le marteau de sous les marches à l'aide du tournevis et le replaçai soigneusement à l'intérieur du troisième sachet de plastique. Puis je remontai le perron fermé d'une moustiquaire sur le mur pignon de la maison.

Voyant que Drew ne répondait pas, je frappai plus fort du plat du poing contre le mur.

– Qu'est-ce qu'il y a ? dit-elle en ouvrant la porte d'un geste brutal, le visage pincé par la colère et la défaite mêlées.

Je la laissai regarder sans aménité les deux morceaux de brique, la lame de cageot fendue et le marteau.

– Je vais t'exposer une ou deux hypothèses, Drew, mais je ne veux pas que tu dises quoi que ce soit à moins que tu n'acceptes que tes commentaires puissent être utilisés contre toi par la suite. Est-ce que tu comprends bien cela ?

Sa bouche était pincée en ligne mince, et je voyais son pouls battre sur le cou.

– Est-ce que tu me comprends, Drew ? Je ne veux pas que tu dises quoi que ce soit, à moins que tu n'aies pleinement conscience de la position difficile dans laquelle je suis susceptible de te mettre. Est-ce que nous nous sommes parfaitement compris sur ce point ?

– Oui, dit-elle, et sa voix se brisa presque dans sa gorge.

– Tu as enfoncé le clou dans la lame de bois, et tu as posé la lame entre les deux briques. Ensuite tu as mis la main sous le clou que tu as enfoncé jusqu'à le faire pénétrer dans la main. La douleur a dû être terrible, mais avant de t'évanouir, tu as dégagé la lame de bois en l'éclatant en deux au départ du clou et tu l'as fourrée avec les deux briques dans les buissons de myrte. Ensuite tu as fait tomber le marteau par le jour entre les marches.

Les yeux de Drew se mouillaient de larmes.

– Les briques et la lame de bois doivent probablement être couvertes de tes empreintes, mais cela ne signifie pas grand chose en soi, dis-je. Mais j'ai le sentiment qu'on ne découvrira sur le marteau aucune empreinte à l'exception des tiennes. Ce dernier détail pourrait, en revanche, se révéler difficile à expliquer, en particulier s'il y a des traces de sang sur le marteau et s'il s'avère qu'il s'agit bien de celui qui a servi à enfoncer le clou dans le plancher du belvédère.

Elle haletait presque maintenant, la gorge écarlate sous son souffle rapide, et son mascara s'était mis à couler. Elle se passa la langue sur les lèvres et s'apprêta à me répondre.

– Cette fois, écoute-moi une minute, dis-je. Je vais emporter ces divers objets au bureau du procureur qui pourra en faire ce qui lui convient. Entretemps, je te recommande d'abandonner tes accusations contre Joey Gouza. Fais-le, sans commentaires ni explications.

Elle acquiesça d'un hochement de tête. Ses yeux brillaient, mouillés de larmes qu'elle essayait de chasser des cils en battant des paupières.

– Ces choses-là arrivent tout le temps, dis-je. Les gens changent d'avis. Si quelqu'un essaie de monter une inculpation contre toi, garde un avocat à tes côtés et transforme-toi en statue. Tu crois que tu peux faire ça ?

– Oui.

J'avais envie de passer mon bras autour de ses épaules. De la serrer tout contre moi et de caresser ses cheveux.

– Est-ce que tout ira bien ? demandai-je.
– Oui, je crois que je m'en sortirai sans problème.
– Appelle Weldon.
– C'est promis.
– Drew ?
– Oui.
– Ne te mêle plus des affaires de Gouza. Tu es trop bien pour aller t'impliquer avec des raclures de bas étage.

Elle ne cessait d'ouvrir et de fermer sa main valide. Ses jointures étaient toutes blanches, aussi tendues contre la peau qu'une rangée de pièces de dix cents.

– Tu m'aimais bien, n'est-ce pas ? dit-elle.
– Quoi ?
– Avant que tu partes au Vietnam. Tu m'aimais bien, n'est-ce pas ?
– Une femme comme toi me fait regretter qu'on ne puisse être deux personnes à la fois et vivre plus d'une vie, Drew.

Je vis une perle de soleil dans ses yeux.

Quelques minutes auparavant, elle m'avait demandé dans quel camp j'étais. J'eus maintenant l'impression de connaître la réponse. La vérité était que je servais une vaste autorité légale et insensible qui paraissait déterminée à rendre la vie aux maladroits et aux vulnérables encore plus difficile qu'elle n'était, tandis que les frappeurs de plein champ se congratulaient, arrivés qu'ils étaient, en toute sécurité, sur leur plot de lancer.

* * *

Ce soir-là, le shérif m'appela à la maison pour me dire qu'on faisait sortir Joey Gouza de l'hôpital pour le ramener en cellule à la prison. Il m'apprit également qu'au vu des preuves que j'avais trouvées chez Drew Sonnier, le bureau du procureur allait probablement abandonner toute accusation contre Gouza le lendemain matin.

Lorsque j'arrivai à la prison sur East Main à la première heure le lendemain matin, le soleil était jaune et voilé de brume au travers de la marquise tendue de mousse des chênes qui surplombaient la rue. Des traînées de rosée zébraient le trottoir. Je gardai ma veste en crêpon de coton en pénétrant dans le bâtiment et m'arrêtai aux toilettes. Je sortis mon .45 de son étui, ôtai le chargeur du magasin, éjectai la balle engagée dans le canon et glissai le pistolet dans ma ceinture au creux des reins sous ma veste. Puis je dégrafai l'étui de ma ceinture et le mis dans ma poche.

J'attendis que le gardien ouvre la porte barrée qui donnait sur la rangée de cellules où l'on avait logé Joey Gouza.

– Tu peux me laisser ton arme, Dave ? demanda-t-il.

– Ils me l'ont gardée à l'entrée.

– On m'a dit qu'il allait peut-être s'en tirer blanc comme neige. C'est vrai ?

– Ouais.

– Bon Dieu, comment c'est arrivé ?

– Longue histoire.

– Ce salopard est en train de déguster ses œufs mollets. Tu te rends compte du culot ? Des putains d'œufs mollets pour un tas de merde comme ça.

Il ouvrit la porte puis m'accompagna dans le couloir jusqu'à la cellule de Gouza dont il déverrouilla la porte.

– T'es sûr que tu veux entrer dans la cellule de ce

mec ? demanda-t-il. Il refuse la douche. Il croit qu'on va le suriner s'il quitte sa cellule.

– Pas de problèmes. Je crierai un coup quand je voudrai sortir, dis-je.

Le gardien referma la porte derrière moi et s'éloigna. Gouza était allongé en slip sur sa couchette. Une ligne de poils sombres montait en ligne depuis le nombril jusqu'au sternum. Un bol vide tâché de jaune d'œuf et une poubelle pleine de papier journal déchiré et sali lui aussi étaient posés au sol près de la couchette. Son visage paraissait aussi gris que lors de son passage à l'hôpital. Ses yeux noirs qui semblaient dépourvus de paupières m'étudièrent tandis que je tirais l'unique chaise de la cellule pour m'y asseoir.

– Ils vont te relâcher, dis-je.

– Ouais, je vous en dois une.

– Tu crois vraiment qu'on va essayer de te faire la peau sous la douche ?

– Voyons les choses de la manière suivante. Un mec s'est fait empoisonner ici. Moi. Vos gens disent que c'est un accident. Peut-être bien. Mais moi, je ne veux plus d'accidents. Est-ce que ça vous paraît raisonnable ?

Je me penchai en avant, les avant-bras sur les cuisses.

– J'ai un problème, dis-je.

– C'est *vous* qui avez un problème ?

– Ouais, et sérieux, Joey.

– Qu'est-ce que vous rac...

– Tu es un affranchi. Et un affranchi, ça se préoccupe de respect et de l'opinion qu'ont les gens de lui.

– Et alors ?

– Quand tu sortiras d'ici, tu iras probablement

t'offrir un bon dîner quelque part, peut-être même boire un verre de vin ou encore te tirer quelques lignes avec une de tes putes. Et ensuite, au bout d'un moment, toutes sortes de pensées commenceront à te tourner dans la tête. Est-ce que tu me suis ?

– Non.

– Tu réfléchiras à quel point tu auras été humilié, comment une femme t'aura monté un beau coup d'arnaque pour te faire tomber, et la manière dont Elmer Fudd et compagnie t'auront fait passer pour moins que rien. Ensuite tu te souviendras de la trouille qui t'a prise au ventre, jusqu'à aller demander ta propre plaque chauffante et des boîtes de conserve en disant au maton que tu voulais rester bouclé au frigo. Tu te réveilleras en pensant à tout ça au beau milieu de la nuit, et ensuite tu en viendras à te demander si les gens qui t'entourent ne commencent pas à te prendre pour un mec sur le point de perdre sa manière, peut-être même un mec mûr pour être remplacé. C'est à ce moment-là que tu décideras que l'heure est venue de la leçon de choses. Et c'est bien ça qui me trotte dans la tête, collègue. Tôt ou tard, on va recevoir la visite d'un gars de ta troupe, un torpedo de Miami ou peut-être même un taré sexuel de l'A.B. que tu lâches sur les femmes.

Il se pencha par-dessus la couchette et cracha dans la poubelle avant d'avaler une gorgée d'une bouteille marron pleine d'un liquide crayeux dont il revissa la capsule.

– Pensez ce que vous voulez, dit-il. J'ai rien d'autre derrière la tête que de me faire soigner mes ulcères avant qu'on me découpe la moitié de l'estomac. Si j'ai à me plaindre de ce trou à merde, je laisserai mes avocats s'en occuper avec une demande de dommages et intérêts. Vous pouvez remercier Fudd et la nana si vous vous retrouvez tous obligés d'augmenter la TVA pour régler les indemnités.

– Ce que je suis en train d'essayer de faire, Joey, c'est de te présenter mes excuses.

Il releva sa tête oblongue en appui sur un coude. La peau à la commissure des lèvres se rida en sourire.

– Z'allez vous excuser ? Vous êtes doué, mec. Vous devriez vous trouver un petit numéro de cabaret. Je pourrai probablement vous trouver un engagement dans un ou deux endroits.

– Parce que j'allais me servir d'une petite ruse mesquine contre toi. J'allais te traiter comme un petit loubard et pas comme un affranchi. Alors je te présente mes excuses.

– Vous baratinez comme si vous aviez la chtouille au cerveau ou queq' chose. Qu'est-ce qui vous prend ? Ce que vous dites n'a ni queue ni tête. Vous ne pouvez pas vous adresser aux gens d'une manière sensée ?

Je portai la main dans le dos et dégageai mon .45 de sous la veste. Je le posai sur ma cuisse.

– Vous êtes pas censé amener ça ici, mec, dit-il.

– Tu as raison. C'est exactement ce que j'essaie de te faire comprendre. Je te présente mes excuses pour ce que j'avais dans l'idée de faire.

Il était raide comme une statue sur sa couchette. Je regardai délibérément au sol avant d'armer le chien du pouce et de relever le canon que je plaçai exactement au creux de sa joue, sous la pommette. Ses yeux se fermèrent, puis se rouvrirent, et sa pomme d'Adam se mit à danser la gigue accompagnée d'un claquement sec de sa gorge.

J'écrasai la détente, et le chien percuta la

chambre vide. Il eut un haut-le-cœur, bouche béante, et son visage eut un sursaut comme s'il venait d'être giflé.

– J'allais te jouer un petit tour minable de ce genre-là rien que pour te coller la trouille, dis-je. Mais tu es un affranchi, Joey, et tu mérites plus de respect que je ne t'en ai réservé. Et même si je te collais un petit coup de chocottes, un jour ou l'autre, tu reviendrais, pas vrai ?

Je lui adressai un clin d'œil.

– Tu reviendrais viander quelques tronches, je me trompes ou pas ?

– Vous avez la tête malade, mec, dit-il. Arrêtez vos conneries. Et foutez le camp de ma vie, bordel de merde.

Je sortis le chargeur de mon ceinturon et le posai contre ma cuisse. Les balles à tête creuse étaient bien en place, serrées les unes contre les autres par la pression du ressort. Je frottai du pouce, d'un geste distrait, la balle à l'extrémité supérieure du chargeur. Les doigts de mes mains laissaient de minuscules empreintes fines et délicates sur le mince film huileux qui recouvrait les surfaces métalliques du pistolet comme du chargeur. J'entendais la respiration bruyante de Joey qui soufflait par le nez, je sentais l'odeur de sa peur qui se dégageait de ses aisselles.

– Tu n'as pas fait l'armée, n'est-ce pas ? dis-je.

– Personne n'en a rien à branler.

– As-tu jamais tué quelqu'un face à face, à bout portant ?

Il ne répondit pas. Ses yeux allaient de mes mains à mon visage et retour. J'insérai le chargeur dans le magasin, manœuvrai le coulissant et fis monter une tête creuse dans la chambre.

– Je vais te donner ta chance, dis-je.
– Quoi ?
– De me faire la peau, ici même, dans cette cellule. J'ai menti au gardien, je lui ai dit que j'avais déposé mon arme à l'entrée. Donc tout le monde te croira quand tu leur raconteras que j'ai essayé de te tuer et que tu m'as pris mon arme pour me descendre.
– J'joue pas à ce jeu-là.
– Oh que si, tu vas jouer.
– Je veux le maton.
– Rien que toi et moi, Joey. Tiens, dis-je, en posant le .45 sur le matelas rayé tout à côté de son bras.

Ses mains tremblaient. Une goutte de sueur tomba de la pointe de son menton.
– Ch'touche pas à ce truc-là, dit-il.
– C'est la seule chance que tu auras de m'avoir. Si tu envoies une nouvelle fois quelqu'un dans la Paroisse d'Iberia pour régler tes comptes, je serai à ta porte deux heures plus tard. Et pas de manière officielle, qui plus est, Joey. Pas de mandat, pas de règlement, rien que toi et moi et peut-être aussi Clete Purcel comme petit extra pour clôturer le programme. Est-ce que tu vas le ramasser ?

Il pressa une main contre la peau nue de son estomac et fit la grimace en fermant les yeux sous la violence du spasme qui le traversa.
– Arrêtez de jouer à ça avec moi. Putain, foutez-moi la paix, dit-il d'une voix rauque.

Je tendis le bras et récupérai le .45 en laissant doucement retomber le percuteur. J'essayai de masquer la profonde inspiration qui me gonfla la poitrine.

Joey pencha la tête au-dessus de la couchette et

vomit dans la poubelle. La toison qui couvrait ses épaules nues était moite de sueur. Je mouillai quelques serviettes en papier au lavabo et les lui tendis.

– Toutes les vendettas que tu peux avoir contre les Sonnier s'arrêtent ici, Joey, dis-je. Nous sommes-nous bien compris ?

Il se redressa et s'assit sur sa couchette en s'essuyant la bouche de ses serviettes chiffonnées.

– Je vous donnerai ce que vous voulez, dit-il.

– Je ne te suis pas très bien.

– Je vous donnerai le mec que vous voulez. Vous aurez le mec.

– Quel mec ?

– Je vous le livrerai. Bien emballé. Vous aurez le mec.

– « Bien emballé » ? Qu'est-ce que tu veux dire par « bien emballé » ?

– Arrêtez de vous conduire en connard débile. Vous savez très bien ce que je veux dire.

– Tu es arrivé à quelques mauvaises conclusions. Ce n'est pas à toi de décider, ce n'est pas à toi de faire mon boulot.

– Vous avez un flic mort sur les bras. Vous voulez que ce soit réglé. Comme ça, les comptes seront bouclés. Et maintenant, arrêtez de me retourner les tripes.

Il pencha la tête au-dessus de la poubelle, une main tremblante posée sur la tempe. Son cou longiligne ressemblait au col recourbé d'un cygne.

– Tu ne peux pas sortir d'ici avec ce genre de fausses idées dans la tête, Joey. Tu m'entends ? Tu n'es pas ici pour faire du troc. Est-ce que tu m'écoutes ? Regarde-moi.

Mais il continua à fixer l'espace devant lui, entre

ses jambes, les yeux ternes et voilés, le regard tourné vers l'intérieur sur sa propre douleur.

* * *

Ce soir-là, onze heures après que Joey Gouza eut été relâché, quelqu'un essaya de garrotter Weldon Sonnier dans son hangar à bateau avec une corde à piano.

13

La salle de réunion des A.A. au-dessus de l'église protestante est empuantie de fumée de cigarettes. Sur les murs s'affichent les photographies encadrées de nos fondateurs, que nous continuons à appeler des sobriquets affectueux de Dr Bob et Bill W., comme s'il était besoin de protéger leur anonymat même au-delà de la mort. On trouve également sur les murs les douze étapes du programme des A.A. jusqu'à la guérison et les deux axiomes simples selon lesquels nous essayons de vivre : *Un Jour à la fois* et *Doucement mais sûrement.* La réunion est maintenant terminée et des volontaires lavent les tasses à café, vident les cendriers et essuient les tables. Je suis assis près d'un gros ventilateur posé au sol qui souffle la fumée par les fenêtres dans l'air du matin. Mon parrain des A.A., Tee Neg, à l'allure de mulâtre, est assis face à moi. Avant qu'il achète le bar et la salle de billard dont il est aujourd'hui propriétaire sur East Main, il était poseur de pipe-line et ouvrier du pétrole, et il lui manque à la main droite trois doigts, sectionnés par une chaîne de forage. Il n'a pas fait d'études, il sait à peine lire et écrire, mais il a du cran et de la volonté, il est intelligent et d'une loyauté sans faille à mon égard.

– T'es 'core furieux cont' queq' chose, Dave. C'est pas bien, dit-il.

– Je ne suis pas furieux.

– On s'enivre *contre* quelqu'un. Ou p't'êt' *contre* queq' chose. C'est comme ça que ça marche. C'est tous les ressentiments qu'on a en nous qui nous mélangent la tête. Et viens-t-y pas m'dire l'contraire, ti.

– Je le sais, Tee Neg.

– S'agit pas ce coup-ci de problèmes à propos de Bootsie. C'est queq' chose d'aut', pas vrai ?

– Peut-être bien.

– Tu veux savoir c'que ch'crois qu't'as en tête, podna ?

– J'ai comme l'impression que tu me le diras malgré tout.

– T'es tout le temps en train d'étudier cette affaire. Te crois qu'c'est ça, mais ça l'est pas. Tu te fais de la bile à cause de la manière que les choses al sont, la manière qu'on a tout le temps des problèmes avec les gens de couleur, te te fais de la bile pasque c'est pas comme ç'a été dans l'temps. Tu veux que la Louisiane du Sud, al reste comme al étaut quand ti, mi et tin papa on partait tout l'journée et qu'on allait partout sans dire un seul mot d'anglais. Tu te sauves quand t'entends les Blancs qui parlent mal des Nègres, comme si z'avaient pas dans l'cœur c'qu'y disent justement. Mais tu continues à prétend' que c'est encore comme c'étaut din l'temps, Dave, que toutes ces choses mauvaises, al' sont pas dans le cœur des Blancs, eh ben, tu vas passer le restant d'ta vie à t'sauver.

– Ça ne veut pas dire que je vais m'enivrer à cause de ça.

– Mi, j'ai eu sept ans de sobriété. Et pis j'ai commencé à réfléchir sur les doigts que j'ai laissés sur la foreuse. Je me levais l'matin avec ça dans la tête, juste comme quand on se réveille avec une femme laide et méchante. Et je me traînais ça toute la journée. J'les regardais, mes moignons roses, jusqu'à c'qu'y se mettent à palpiter. Pis un jour ch'sus parti pêcher dans l'après-midi ; ch'sus allé chez un homme de couleur qui avait une boutique à appâts pour acheter des vifs ; j'y ai dit à cet homme qu'j'allais m'attraper un cent de *sac-à-lait* avant qu'le soleil y tombe derrière les saules. Pis j'lui ai dit qu'j'avais changé d'avis, qu'y m'donne juste une bouteille de whiskey, plus rien à faire des vifs. J'ai pas dessoulé pendant cinq ans. Et j'ai passé après un an au pénitencier. Pique don' une rogne cont' c'que tu peux pas changer, et p't'êt' ben que tu feras tout juste comme Tee Neg il a fait.

Il me regarde d'un air pensif et se frotte les mains sur les cuisses en mouvements circulaires. Je fais tourner ma tasse à café sur un doigt avant qu'un des volontaires pour le nettoyage ne tende la main pour me la prendre.

– Ça ne veut pas dire que tu sois toujours obligé d'aimer ce que tu vois autour de toi, dis-je.

– Ça veut pas dire non pus qu'y faut qu'ça t'rend' malheureux.

– Je ne suis pas malheureux, Tee Neg. Lâche-moi un peu, tu veux bien ?

– Ça va jamais êt' pus pareil, Dave. C'te monde où qu'on a grandi, il a disparu. *Pa'ti avec la vent*, podna.

Je regarde par la fenêtre la rue pavée de briques, en contrebas, dans la lumière bleue du matin, les colonnades au-dessus des trottoirs, un Noir en train de pousser une charrette à bras chargée de fraises de sous le surplomb de branchages d'un chêne vert au feuillage sombre. La scène ressemble à une carte postale directement expédiée du dix-neuvième siècle.

* * *

Je me rendis au domicile de Weldon sur Bayou Teche à neuf heures du matin, le lendemain du jour où on l'avait attaqué dans son hangar à bateaux. Lorsqu'il ouvrit la porte, il était vêtu d'une paire de Levi's, de vieilles chaussures de tennis et d'un T-shirt. Un gant de base-ball plié dépassait de sa poche arrière.

– T'es partant pour un match ou quoi? demandai-je.

Un hématome rougeâtre courait autour de la gorge, comme une moitié de collier.

– Je me suis cloué un panier à pommes en haut du mur de la grange, dit-il. Ça me fait plaisir de voir que ma balle en fourche n'a pas perdu tout son jus.

– Tu as fait quelques lancers?

– Depuis à peu près deux heures. Mieux vaut ça que de fumer des cigarettes et commencer à biberonner la gnôle au petit matin.

– Ce n'est pas passé loin, cette fois? dis-je.

– Il m'a passé ça autour de la gorge et je me souviens que je ne pouvais plus respirer, et que j'essayais de passer le doigt sous le cable. Il m'a coupé l'arrivée du sang au cerveau, et je suis tombé sur le pont comme si j'avais reçu un coup de merlin. Tout ça s'est passé très vite. Ça te fait réfléchir de voir avec quelle rapidité ça peut arriver.

– Accompagne-moi jusqu'à ton hangar.

– Je ne sais pas qui c'était, Dave. Je ne l'ai pas vu, il n'a rien dit. Je me souviens juste du fil métallique qui m'a serré la trachée.

Il souffla bruyamment.

– Mec, difficile de se débarrasser de cette sensation. Quand j'étais outre-mer et que je me disais que j'allais me faire avoir, j'avais toujours dans l'idée que ce moment-là, je le verrais arriver d'une manière ou d'une autre, que je le maîtriserais ou que je le négocierais à ma façon, peut-être même que je réussirais à le convaincre qu'il me restait encore une saison à courir. Un peu cinglé comme manière de réfléchir, non ?

– Voyons si nous trouvons quelque chose dans ton hangar.

Nous traversâmes la pelouse sans nous presser en direction du bayou. Une fois arrivé au niveau de la vieille grange à l'arrière de sa propriété, Weldon se baissa et ramassa une balle de base-ball tout élimée aux coutures déchirées.

– Regarde ça, mon pote, dit-il.

Il mouilla deux doigts, prit un tour d'élan et fouetta la balle qui tomba comme un plomb de carabine au beau milieu du panier à pommes.

– Pas mal, dis-je.

– C'est ça qu'on aurait dû continuer à pratiquer en laissant à d'autres le soin de faire la guerre.

Il ramassa une nouvelle balle au sol.

– Selon le rapport, ce sont des gamins qui auraient fait fuir l'assaillant.

– Il faudrait probablement que je largue le pétrole et que je démarre mon propre magasin de base-ball en franchise. Tu te souviens des vieux Pélicans de New Iberia ? Bon sang, qu'est-ce que ça me manque, le base-ball en division d'honneur.

Il ramassa une nouvelle balle.

Qu'il lança sans élan, sous l'épaule, contre la porte de la grange, avant de fourrer les mains dans ses poches révolver en continuant à avancer à mes côtés en direction du hangar à bateaux.

– Ouais, des mômes de l'U.S.L. sont tombés en panne sèche sur le bayou et sont arrivés à la pagaie jusqu'à mon ponton. Sinon j'étais partant pour le grand plongeon. Mais ils ont été incapables de donner un signalement du mec. Ils ont simplement déclaré avoir vu un gars se tirer dans les buissons.

Nous montâmes sur son ponton avant de pénétrer dans le hangar. Rames et gilets de sauvetage pendaient aux crochets des chevrons, et l'intérieur de la bâtisse s'animait des jeux de lumière reflétée par l'eau au bas des murs.

– Es-tu certain qu'il n'ait rien dit ? dis-je.

– Rien.

– Est-ce que tu as vu une bague ? Une montre ?

– Tout ce que j'ai vu, c'est cette boucle de corde à piano qui m'est passée au ras du nez. Mais je sais que c'est un homme à Joey Gouza.

– Pourquoi ?

– Parce que j'ai de la marchandise que Joey veut récupérer. Joey est derrière tout ça depuis le début. Quant au mec à la corde à piano, il s'agit vraisemblablement de Jewel Fluck ou Jack Gates ou n'importe quel torpedo que Joey peut aller engager à Miami ou Houston.

– Donc tu es bien accroché à ces mecs-là ?

– Ça, c'est sûr. Mais j'en ai ma dose. Je me fiche pas mal de me retrouver au trou ou pas. Je ne peux plus continuer à mettre en danger ou à faire foirer la vie des autres. Donne-moi une minute et je t'invite au cinéma.

– Quoi ?

– Tu verras, dit-il.

Il déplaça une pirogue posée à l'envers sur des tréteaux, mit un genou au sol et souleva une lame de plancher du hangar. Une vidéo cassette soigneusement enveloppée dans un sachet plastique transparent était épinglée au dos de la planche. Il détacha la cassette d'un coup de canif.

– Viens jusqu'à la maison et je te fais une projection privée des Productions Tête d'Huile.

– De quoi s'agit-il, Weldon ?

– Tout ce que tu désires se trouve sur cette cassette. Et je vais te la donner.

– Peut-être faudrait-il que tu penses à appeler ton avocat.

– Il sera toujours temps plus tard. Amène-toi.

Je le suivis jusqu'à sa maison et dans son salon. Il alluma le poste de télévision et le magnétoscope ; il engagea la cassette et mit sur pause à l'aide de la télécommande qu'il avait à la main.

– Voici de quoi il s'agit, Dave, dit-il. J'avais foré deux fois de suite deux puits à sec, j'étais fauché et sur le point de perdre mon entreprise. J'ai emprunté tout ce que j'ai pu à la banque, mais ce n'était pas suffisant pour rester à flot. Alors je me suis mis à discuter avec deux prêteurs de La Nouvelle-Orléans. Avant même de comprendre, c'est à Jack Gates que j'avais affaire et il m'a offert un gros largage d'armes en Colombie.

– En Colombie ?

– C'est là que ça se passe. Bush livre là-bas un stock d'armes destiné à lutter contre les seigneurs de la drogue, mais le gouvernement colombien a une manière tout à fait personnelle de profiter de l'occasion pour dessouder quelques paysans au passage. Et il y a donc là-bas des opposants au gouvernement qui acceptent de payer de grosses sommes pour des armes, et je me suis dit que je pourrais faire une ou deux livraisons, vingt plaques par largage, sans me soucier de la situation politique et de ses complexités. Pourquoi pas après tout ? J'ai largué au Laos à peu près n'importe quoi, depuis des cochons jusqu'à du napalm fabriqué maison à partir d'essence et de détergent.

« C'est alors que Jack Gates m'a offert le grand coup, quatre-vingts plaques pour une livraison. Le plan prévoyait que je pilote un vieux C-47 jusqu'au Honduras, où les mecs traitent d'énormes quantités de coke, que je charge pour huit millions de dollars de blanche à bord et que je parachute les armes dans les montagnes avant de me diriger vers la mer.

« Mais j'ai dit à Gates que je voulais être réglé en chargeant la coke. Il a répondu que je serais payé en fin d'opération, et je lui ai dit, pas question, je ne marche pas, parce que je n'avais pas exactement confiance dans le genre de personnes qu'il représentait. Il a alors passé deux coups de fil pour annoncer finalement que c'était d'accord, dans la mesure où quatre-vingts bâtons, pour ces mecs-là, c'est comme un paquet de kleenex usagés. Gates et Joey Gouza pensaient aussi que nous allions rester en affaires un long moment. Sauf que je les ai menés en bateau. Assieds-toi. Ça va te plaire.

Il appuya sur la touche de sa télécommande et pendant quinze minutes sur l'écran défilèrent des séries de scènes et d'images qui auraient pu être montées à partir de films couleur pris en Asie du Sud-Est deux décennies auparavant : le vent qui faisait claquer les sangles d'amarrage et les filets de la soute vide d'un avion, l'ombre du C-47 en train de courir par-dessus pâturages jaunis, mamelons de collines, digues en terre et réservoirs marron, le vert sombre des plantations de café, un village de cabanes bâties de bois de rebut et de plaques de tôle ondulée qui brillaient avec le même éclat brûlant que des échardes de miroir brisé au soleil; puis l'approche au-dessus des crêtes d'une montagne mauve avant la descente au creux d'une longue vallée abritant une piste d'atterrissage ouverte dans la jungle au bulldozer depuis si peu de temps que les racines sectionnées au sol étaient encore roses et blanches de vie.

Les images qui suivirent donnaient l'impression d'avoir été prises sous un angle oblique depuis la cabine du pilote : des Indiens dégoulinant de sueur, en treillis de GI's recoupés, en train de traîner des caisses de grenades, de munitions et de fusils automatiques belges jusque dans la soute, un homme qui ressemblait à un Américain en surveillance à l'arrière-plan, le visage dans l'ombre de son chapeau de paille ; puis, soudain, changement brutal de cadre et de personnages. Le second chargement s'effectuait au crépuscule : des ballots de la taille d'un oreiller, enveloppés de vinyle noir, leurs extrémités repliées et soigneusement tenues à l'adhésif, que l'on montait à bord aussi amoureusement que s'il s'était agi de cadeaux de Noël.

– Ce que tu devrais voir ensuite, c'est tout un tas de parachutes qui s'ouvrent dans l'obscurité et toutes les caisses flottant en l'air en direction d'un cercle de pneus de camion en flammes au milieu des montagnes, dit Weldon. C'est là que j'ai apporté un changement au scénario. Regarde bien.

L'écran montra une côte maritime au clair de lune, les vagues qui remontaient en glissades sur la plage en une longue ligne d'écume, des monticules de récifs coralliens qui dépassaient de la surface des eaux comme des dos de baleines colorés de rose. Puis les aides commencèrent à balancer la cargaison hors du C-47.

– J'appelle ce passage : « Weldon trafiqua la cargaison et dit allez-vous faire foutre aux têtes d'huile », dit Weldon.

Le vent déchira les enveloppes des balles de cocaïne et couvrit la surface des eaux noires d'une pâte blanche en suspension. Les caisses d'armes basculèrent en vrac dans les ténèbres comme un chantier de ferraille volant. Quelques-unes d'entre elles firent jaillir des geysers d'écume du ressac ; d'autres s'éclatèrent contre les récifs exposés, semant le corail de cartouchières de balles calibre .50 comme autant de joyaux rutilants.

L'écran vira au blanc.

– C'est tout ? dis-je.

– Ouais. Qu'est-ce que t'en penses ?

– C'est après ça que Gouza en a ?

– Ouais, je leur ai annoncé à tous les deux que j'avais filmé toute l'opération sur cassette en leur disant de sortir de ma vie. Il était clair à mes yeux de toute manière qu'ils me devaient bien les quatre-vingts bâtons pour les largages précédents. Au cours d'une de ces opérations, je me suis pris trente-sept trous dans le fuselage. Qu'est-ce que tu en penses ?

– Pas grand chose.

– Quoi ?

– Qu'as-tu d'autre, mis à part cette bande ? demandai-je.

– C'est tout ce que j'ai, tout le cirque.

– As-tu quelque chose qui établisse le lien entre Gouza, les armes et le trafic de came ?

– Tout ce que j'ai, c'est cette bande.

– Es-tu prêt à faire une déclaration sous serment comme quoi tu as servi de pilote à Joey Gouza ?

– Impossible.

– Et pourquoi ?

– Tous les arrangements se sont faits par l'intermédiaire de Jack Gates. Gouza est resté en dehors de ça.

Je regardai par la fenêtre qui montait jusqu'au plafond les chênes verts dans la cour latérale de Weldon.

– Quel rôle joue Bobby Earl là-dedans ? dis-je.

– Aucun.

– Ne viens pas me raconter ça, Weldon.

– Bobby n'a rien à voir avec tout ça.

– Ce n'est pas le moment de couvrir ce mec, collègue.

– Bobby a deux choses en tête : le Sénat des États-Unis et sa pine. Sers-toi de ta cervelle, Dave. Pourquoi voudrait-il aller se mêler à des affaires de came et d'armes ?

– L'argent ?

– Il obtient tout ce qu'il veut des débiles d'extrême-droite et des péquenots de Louisiane du Nord. En outre, ce n'est pas ce qu'il cherche. Vous autres, libéraux, vous n'avez jamais percé le bonhomme à jour. Bobby se fiche pas mal des Noirs d'un côté comme de l'autre. Il n'en a jamais connus. Comment pourrait-il se trouver gêné ou dérangé par eux ? Ce sont les Blancs cultivés et intelligents qu'il n'aime pas. Dans son esprit, vous êtes tous exactement comme ses parents. Je ne pense pas qu'il se soit passé une seule journée de son existence où ils ne lui aient pas fait comprendre qu'il n'était qu'une merde. Il a deux amours sur cette terre : bourrer ces dames et provoquer la presse et les gens comme toi.

– Tout ça pourrait bien être vrai, mais Bobby Earl est en cheville avec Joey Gouza, et ça signifie qu'il est plongé dans cette merde jusqu'aux genoux.

– Tu te trompes.

– Tu me fatigues à toujours vouloir garder tes petits secrets, Weldon.

– Ce n'est pas le cas. Je t'ai tout dit. Qu'est-ce que tu veux que je te raconte encore ? Un mec a essayé de me couper la tête avec une corde à piano. Quand j'y repense, j'en ai encore des frissons, je ne peux pas m'en empêcher. Ça m'a vraiment marqué, mec. J'ai encore l'odeur du mec dans le nez.

– Qu'est-ce que tu veux dire par là ?

Il s'arrêta, les yeux dans le vague.

– Je n'y ai pas pensé avant, dit-il. Le mec avait une odeur. Du genre liquide à embaumer ou quelque chose comme ça.

– Redis-moi ça.

– Du liquide à embaumer. Ou des produits chimiques. Bon Dieu, je ne sais pas. Elle a été là, cette odeur, rien qu'une seconde, ensuite plus de son, plus de lumière.

– Ce n'était pas un homme à Gouza, Weldon.

Son front se barra d'un pli, et il toucha du doigt la ligne rouge qui lui cerclait le cou.

– Je crois que ton frère Lyle a raison depuis le début, dis-je. Je crois que ton père a fait une spectaculaire réapparition dans ton existence. Apporte cette cassette au SRS ou au Bureau des Douanes, si tu veux. Ça ne tombe pas sous ma juridiction.

– Ça ne t'intéresse pas, alors ?

– Nous avons déjà un mandat d'amener pour meurtre au nom de Jack Gates. Tu ne m'as rien dit ou montré qui m'aiderait à mettre les autres joueurs dans la partie sous les verrous.

– Tu veux dire que j'ai conservé cette pièce à conviction et que je me suis pris toutes ces emmerdes pour rien ? Et tout ce que tu as à me raconter, c'est que mon pauvre frangin avec sa cervelle complètement frite a raison depuis le début, et que mon père veut me couper la tête pour la ficher sur un pieu ?

– Je crains que ce ne soit à peu près ça, collègue.

– Non, ce n'est pas vrai, Dave, dit-il. Je crois que cette fois, j'ai finalement réussi à te percer à jour. Tu ne t'intéresses pas à Joey Gouza ou Jack Gates ou aux clowns de la Fraternité Aryenne. Tu veux clouer le cul de mon beau-frère au pilori. En fait, si tu pouvais faire à ta guise, tu le ferais voler en morceaux comme une merde, et en beauté, pas vrai ? Comme une mitrailleuse Gatling qui cadre sa ligne de mire sur Charlie au beau milieu d'un champ de riz.

Nous nous regardâmes en silence, regards verrouillés, pareils à une paire de serre-livres.

* * *

Je me rendis à l'asile pour vagabonds de l'Armée du Salut à Lafayette pour essayer de trouver Vic Benson. Un homme affable et corpulent, aux joues rouges arborant rouflaquettes, qui dirigeait l'asile me dit que Benson s'était bagarré à coups de poing avec un autre homme deux jours auparavant et on lui avait demandé de partir. Sa seule réaction avait été de faire son sac en silence et de passer la porte sans dire un mot ; il s'était alors arrêté, avait claqué des doigts à croire qu'il avait oublié quelque chose, et s'en était retourné au dortoir assez longtemps pour fourrer ses draps dans la cuvette des toilettes.

– Où croyez-vous qu'il soit allé ? demandai-je.

– Là où passe la Southern Pacific, dit l'officier de l'Armée du Salut.

– Puis-je parler aux autres occupants ?

– Je doute qu'ils sachent quelque chose. Mais vous pouvez toujours essayer. Ils avaient un peu peur de Vic. Il était différent du reste de la troupe. La plupart de nos pensionnaires sont inoffensifs. Vic vous donnait toujours l'impression qu'il ruminait quelque sombre pensée, comme s'il écrasait des grains de sable entre ses molaires. Un jour, il regardait la télévision...

Il s'arrêta, sourit et chassa le souvenir de son visage en secouant la tête.

– Allez-y, continuez, dis-je.

– Lui et quelques autres regardaient ce prêcheur quand Vic a dit : « Je lui verserais bien de la lessive dans la gorge, à celui-là, si son frère ne méritait pas pire ».

– Quel pasteur ?

– Ce gars de Baton Rouge, commet s'appelle-t-il déjà ?

– Lyle Sonnier ?

– Ouais, c'est bien lui. J'ai essayé de changer ça en plaisanterie en disant, « Vic, qu'est-ce que vous avez donc contre cet homme-là ? ». Il a dit : « La même chose que le coq contre le poussin qui croit que le nichoir lui appartient ». À discuter avec Vic, on avait parfois l'impression d'avancer au milieu de toiles d'araignées. Ou de passer sans le vouloir la main sur un nid de frelons.

Nous bavardâmes avec une demi-douzaine d'hommes du dortoir ; tous eurent la même réaction indifférente, avec la même expression vide, sans intérêt aucun, qu'ils arboraient et dont ils usaient d'une manière aussi naturelle que les identités et les histoires personnelles qu'ils s'étaient créées au fils des centaines de cages à poivrots et de jungles des bords de voie ferrée qu'ils avaient connues. Ils me rappelaient ces silhouettes d'une toile de Van Gogh ou de Munch. Palmes et feuilles de bananiers illuminées de soleil bruissaient contre les moustiquaires des fenêtres, mais, par contraste, ces hommes à l'intérieur de la bâtisse paraissaient desséchés par les vents, couleur de carton-pâte, immatériels et dépourvus de substance tant ils étaient émaciés, leurs poitrines creuses vides du cœur censé y battre, la peau des bras tendue aussi serrée sur les os de leur corps que les écailles d'un poisson. Leurs couchettes tirées au carré, qui ne jetaient aucune ombre vu la position du soleil, s'alignaient, aussi méticuleuses d'aspect qu'une rangée de cercueils.

Pourquoi ces sentiments morbides devant une poignée d'ivrognes ? Parce qu'ils me renvoyaient le savoir omniprésent dans mon existence que je n'étais qu'à un verre de connaître leur destin – désespoir, meurtre de l'âme, folie ou mort – et que cette conscience m'était pareille à un pouce furieux en train de me torturer le muscle cardiaque.

Je sortis du dortoir et regagnai le soleil et sa lumière en compagnie de l'officier de l'Armée du Salut, à respirer le vent propre qui soufflait au travers des chênes et des myrtes, au milieu des gouttelettes d'eau de l'arroseur circulaire posé sur l'herbe.

– Comment décririez-vous leur odeur ? demandai-je.

– Je vous demande pardon ?

– Cette odeur. Ils l'ont tous. Comment pourriez-vous la décrire ?

– Oh ! Ça vient des carafons de vin qu'ils boivent. À peine un cran au-dessus du dissolvant.

– C'est comme s'ils avaient le sang chargé d'antimites liquide, pas vrai ? dis-je.

– Ouais, ouais, quelque chose comme ça.

– Diriez-vous que c'est une odeur qui ressemble au liquide à embaumer ?

Il se gratta une rouflaquette de la pointe d'un ongle.

– Je n'ai jamais été croque-mort, dit-il, mais, ouais, ça paraît bien s'en rapprocher. Ouais, il y en a certains parmi les vieux habitués qui sont presque morts et ils ne le savent pas encore. Pauvres gars.

Il ne comprit pas où je voulais en venir avec mes questions, et je ne lui donnai pas d'explications. Je lui remis simplement ma carte en disant :

– Si Vic revient, appelez-moi. Ne vous mêlez pas de ses affaires. Je crois que vous ne vous trompez pas sur vos intuitions à son égard. Il s'agit probablement d'un homme dérangé et dangereux.

– Qu'est-ce qu'il a fait ?

– Je crois que seuls Vic Benson et Dieu seraient à même de répondre à cela. Je ne pense pas que nous aimerions même le savoir, tous autant que nous sommes. Il est de ces êtres qui font que vous cherchez à vous convaincre que toute l'humanité n'est pas tombée du même arbre.

– Ça a rapport avec les enfants, n'est-ce pas ?

– Comment le savez-vous ?

– Un vieux de la vieille m'a dit que Vic avait balancé une cigarette allumée au visage d'un petit garçon de couleur qui lui cassait les pieds. J'avais rangé ça comme qui dirait dans un coin de ma mémoire parce que je ne voulais pas le croire.

Un instant, son visage prit une expression triste,

puis il me serra la main et repartit sur la pelouse humide et brillante vers les sinistres ténèbres du dortoir.

* * *

Je retournai au bureau avec l'intention d'appeler Lyle Sonnier à Baton Rouge pour lui demander s'il avait la moindre idée de l'endoit où son père pouvait se trouver. À l'instant précis où je décrochais le téléphone, je regardai par la fenêtre et vis Clete Purcell ranger son automobile dans une zone à stationnement interdit, s'extraire de son véhicule et s'étirer bras écartés comme un ours sortant d'hibernation. Deux cannes à pêche pointaient par une fenêtre arrière. Je n'attendis pas qu'il entre dans mon bureau. Au mieux, mes collègues avaient de Clete l'image d'un animal de zoo heureux ; d'autres avaient l'art de disparaître d'une pièce dès qu'il y entrait.

Je le retrouvai sur l'allée, à l'extérieur du bâtiment.

– Quoi de neuf, Dave ? dit-il. Tu as déjà déjeuné ?

– Non.

– On va se manger quelques haricots rouges au riz et ensuite, on ira noyer le ver quand tu auras fini ta journée.

Il arborait une chemise tropicale sans manches, un short Budweiser accroché à son nombril et sa tourtière en feutre inclinée sur l'œil. Ses biceps énormes luisaient de coups de soleil.

– Nous descendons à Cypremort Point manger des crabes ce soir. Tu es le bienvenu si tu veux venir, dis-je.

Il eut l'air déçu.

– Ça va bien, dit-il. Je pensais que je pourrais pêcher encore un peu aujourd'hui, c'est tout. De toute façon, on va manger un morceau et je te mettrai au parfum sur certains trucs que j'ai découverts à propos de Joey Gouza et de l'espoir de l'homme blanc.

Nous prîmes la voiture jusqu'à un petit café plus bas dans la rue tenu par un Noir. Le plancher de la voiture de Clete était jonché de boîtes de bière écrasées, et je sentais son haleine embiérée.

– Ça tourne doucement, les affaires ? demandai-je.

– J'ai juste eu envie de me prendre un peu de liberté, c'est tout. Allons manger.

Nous prîmes des assiettes en papier garnies de haricots rouges, riz et chapelets de saucisses jusqu'à une table en planches sous un chêne vert. Le propriétaire du café ne possédait pas de licence pour l'alcool, et Clete alla jusqu'au coffre de sa voiture d'où il revint, chargé d'un pack de six bouteilles de Jax emperlées de buée. La chaleur était agréable à l'ombre des arbres, et la fumée d'un barbecue flottait en brume bleue au-travers des ramures en surplomb.

– J'ai fait quelques petites recherches sur les relations d'affaires de Joey en ville, dit Clete. Je te parle là de ses affaires légitimes – un service de blanchisserie, un cinéma sur Prytania, un paquet de restaurants rital, tous les endroits où il blanchit l'argent de la came pour les Services des Impôts. En tout cas, le bruit court que Joey et ses gens sont en train de mettre un paquet de blé pour la campagne de Bobby Earl au Sénat des États-Unis. En d'autres termes, les têtes d'huile font aujourd'hui dans les lobbys et les groupes de pression politiques.

Je hochai la tête.

– Ouais ? dis-je.

– C'est tout.

– Et alors ? Qu'est-ce qu'il y a de neuf ? C'est ce que nous pensions depuis le début.

– Tu lis ça de travers, noble preux.

– Comment ça ?

– Si Joey Meatballs refourguait un secteur de son trafic de came à Bobby Earl, il n'aurait pas à lui donner de l'argent par l'intermédiaire d'un paquet de groupes de pression politiques. Il aurait déjà le mec dans sa poche.

– Peut-être que c'est de cette manière qu'il blanchit la part d'Earl.

– Ils ne procèdent pas de cette manière-là, Belle-Mèche. Ils offrent quelque chose au mec, un truc auquel il est incapable de résister, ils le font entrer dans l'une de leurs affaires, leurs usuriers lui prêtent de l'argent, ils lui montent le coup avec une nana qui a le feu au cul, le tout en vidéo. Mais ils ne se lancent pas dans le commerce de la drogue avec le mec pour ensuite démontrer à tout le monde, avec dossiers et preuves à l'appui, qu'ils tiennent le mec à leur pogne, la bistouriquette en laisse attachée à la borne à incendie la plus proche.

– Tu as fait tout ce chemin jusqu'à New Iberia pour me dire que Bobby Earl a le nez propre ?

– Oh, ils ont tous les deux les mêmes relations, et il est certain que Joey aimerait bien se mettre un sénateur des États-Unis dans la poche, mais il n'y a pas de loi qui interdise ça, mon.

– Bobby Earl a les mains sales.

– Peut-être bien. Je te dis simplement ce que j'ai

découvert et ce que je crois. Le mec est un salopard, mais c'est vrai aussi de la moitié des hommes politiques de la Louisiane.

– J'ai le sentiment qu'il y a autre chose qui te tracasse, Clete.

Il arracha la capsule d'une nouvelle bière et alluma une cigarette sans avoir terminé son assiette.

– C'est dans la logique des choses. Rien de neuf sous le soleil, dit-il.

– De quoi s'agit-il ?

– Il se pourrait qu'on me retire ma licence de privé.

– Et pour quelle raison ?

Il se mordit un ongle et haussa les épaules.

– J'ai eu deux ou trois pépins que je me traîne depuis que j'ai ouvert mon bureau. C'est de ma faute, dit-il.

– Tu as toujours un pépin à la traîne, Clete. Pourquoi te fait-on des ennuis justement maintenant à propos de ta licence ?

– C'est ce que j'ai demandé au clown qui m'a appelé de Baton Rouge.

– Quel clown ?

– Le responsable des services officiels de l'État.

Il tourna la tête et son regard se posa sur mon visage.

– C'est Bobby Earl. Je me trompe ? dis-je.

– C'est une éventualité à envisager.

– Il n'y a pas d'éventualité qui tienne.

– En tous cas, ils ont reçu les plaintes et ils parlent d'une audition devant leur conseil.

– Quelles plaintes ?

– Ben, il y avait ce torpedo, un vrai tas de merde ambulant venu de Miami ; il a dessoudé deux jeunes Cubains qui allaient expédier sa foutue tête d'huile à Raiford. Il s'est tiré sous caution, avec une ardoise de deux cents plaques, et la rumeur disait qu'il se planquait à Ascension ou dans la Paroisse St James. Le prêteur sur caution de Miami m'appelle et me dit qu'il me refile cinq bâtons comme honoraires si je remets la main sur le mec et si je le ramène avant qu'on ne l'oblige à allonger les deux cents bâtons. Mais la seule piste qu'il puisse me donner sur l'ordure en question, c'est que le mec se trouve quelque part entre La Nouvelle-Orléans et Baton Rouge, qu'il est fana de Cadillac roses, et qu'il adore fumer de la came et frimer au mastard au milieu de nanas de bas étage.

« Je passe donc deux semaines à faire la tournée des rades sur Airline Highway. Juste comme j'étais sur le point de laisser tomber, j'aperçois un cabriolet Cadillac : superbe, aussi rose qu'un flamant, immatriculé en Géorgie, garé en face de ce club où passent sur scène des Blanches aussi bien que des mulâtresses. J'entre. De la fumée partout à l'intérieur et à peu près deux cents tarés qui donnent l'impression rien qu'à les voir qu'on les a méchamment passés à tabac à coups de trique. Mais je ne trouve pas mon bonhomme. Alors je retourne au parking et je fais sauter le verrou de la Caddy avec un rossignol. L'intérieur de la bagnole sent tellement fort qu'on croirait que quelqu'un a lustré les sièges avec de l'huile de hash. Je trouve dans la boîte à gants une boîte de capotes, une pochette d'allumettes avec l'adresse d'un bar de Fort Lauderdale, un pic à glace, et une douzaine de balles de .38 en vrac. Et je pense quoi en voyant tout ça ? Je me dis que ça doit être la bagnole de mon ordure.

« Sauf que je retourne au bar pour passer les clients en revue et que je ne trouve pas le mec. Ce qui veut dire qu'il porte probablement un déguisement. Trois heures du mat, mon ordure, toujours invisible, et moi complètement crevé. Alors j'ai comme qui dirait précipité les choses en foutant le feu à la Caddy rose.

– Tu as fait quoi ?

– Qu'est-ce que j'aurais dû faire à ton avis ? Passer le restant de la semaine là-bas ? Je travaillais au pif. Une série d'hypothèses. Tout ça pour te dire que la Caddy était en train de brûler comme un feu de joie dans le parc de stationnement, et les tarés sont sortis en foule de l'immeuble pour assister au spectacle, heureux comme des gorets en train de se vautrer dans la gadoue. Sauf, bien sûr, le proprio de la Caddy. Devine un peu ?

– Ce n'était pas le bon mec.

– Exact. C'était un représentant de commerce en articles de sport qui venait de Waycross. Mais pousse un peu plus loin la devinette. Au milieu de la foule, devine qui je vois ? Mon tas de merde. Deux minutes plus tard, je lui avais collé les menottes et je l'avais attaché à l'anneau scellé au plancher à l'arrière de ma voiture. Et donc, tout était pour le mieux dans le meilleur des mondes, au bout du compte, sauf que quelqu'un m'avait vu traficoter la Caddy et qu'il l'a dit aux flics et aux pompiers. Il a fallu que je revienne le lendemain pour répondre à quelques questions qui ne m'ont pas vraiment mis à l'aise.

« Ensuite Nig m'a collé dans...

– Nig ?

J'avais terminé mon repas et je regardais ma montre.

– Ouais, Nig Rosewater, le prêteur sur caution. Je suis désolé de t'embêter avec tous ces trucs, Dave, mais je n'ai pas un salaire qui tombe régulièrement, je dépends de mecs comme Nig pour pouvoir garder la tête hors de l'eau.

Je pris une profonde inspiration et le laissai poursuivre.

– Nig décide de se lancer dans les affaires comme tenancier de bistrot, dit Clete. Il ouvre un bar sur Magazine, juste à côté d'un quartier noir. Et quel genre de pancarte tu crois qu'il colle à sa vitrine ? « De 5 à 7 – Plus Pour Moins Cher – C'est la Gigue chez Nig[1] ». Et le premier soir, quelqu'un lui balance une poubelle à ordures en flammes à travers sa vitrine. Ils ont remis ça deux soirs de suite, même après que Nig a eu enlevé sa pancarte. Qui a fait ça, tu vas me dire. Ces foutus Crips. Non pas parce qu'ils sont très portés sur les droits civiques, mais parce que ça impressionne les loulous du quartier. T'as déjà eu affaire avec ces mecs-là ? Ils ont dessoudé un môme sur Calliope, et après ça, pour être sûr que le message passe bien, ils sont entrés dans le funérarium, devant toute la famille, et ils ont troué le cercueil comme une passoire. C'est vraiment des mecs spéciaux.

« J'ai donc retrouvé le môme qui avait ravalé la façade du bar de Nig. On le surnommait Ice Box. On lui a donné ce petit sobriquet parce qu'il a fait basculer le réfrigérateur sur sa grand-mère. Et je n'invente rien. Ce môme serait capable de te souffler la mèche aussi facilement qu'il tourne une page d'un illustré. En tout état de cause, j'ai eu une petite discussion avec Ice Box. Je le tenais par les chevilles, au bord de l'escalier à incendie, cinq étages au-dessus du sol. Je crois qu'il est reparti en Californie ces temps derniers. Mais sa grand-mère – ima-

1. Diminutif – également – de Nigger, Négro. *(N.d.T.)*

gine un peu le truc – avec des trous encore plein le crâne, a déposé une plainte contre moi.

« Tout ça pour te dire qu'il y a quelqu'un à Baton Rouge qui aimerait bien se payer une tranche de ma pomme. Comme je t'ai dit, je me suis collé là-dedans tout seul. J'ai appris chez les Marines qu'il ne faut pas aller se mettre en bisbille avec les scribouillards. Tu restes invisible. T'as le malheur de foutre en rogne un petit caporal au service du personnel et deux semaines plus tard, tu crapahutes avec une patrouille en embuscade du côté de Chu Laï.

– Donne-moi le nom du mec de Baton Rouge qui te cherche des crosses.

– Laisse tomber. Ça s'arrêtera probablement tout seul.

– Mais pas Bobby Earl.

– C'est là le problème, mon. On n'a aucune prise sur ce mec. On expédie les salopards au trou parce qu'ils sont nés pour se retrouver derrière les barreaux. Earl, lui, fait partie du système. Il y a des gens qui l'adorent. Tu crois que je te raconte des craques ? Est-ce que tu l'as vu dans le « Geraldo Rivera Show » ? Certaines des nanas sur le plateau étaient prêtes à jeter culotte pour lui. C'est toi et moi qui avons un problème. C'est nous les tarés et les monstres, Dave, pas ce mec-là. Putain, mais c'est lui le héros.

Son haleine était chargée d'une odeur de bière et de cigarettes mêlées.

Il écrasa une boîte de bière au creux de la paume, sans réfléchir, et la laissa retomber sur la table avant de se plonger dans l'examen de ses grosses mains rouges et râpeuses. Il avait essayé de coiffer ses cheveux blond-roux en arrière pour couvrir les plaques de peau à nu où on lui avait placé des points de suture, mais je voyais toujours les lésions croûtées pareilles à des vers noirs sur le crâne.

– Eh bon Dieu, qu'est-ce que j'en sais ? dit-il avant de regarder en contrebas la circulation automobile sous le soleil brûlant, comme si celle-ci possédait en quelque sorte la réponse à sa question.

De retour à mon bureau, je réussis à joindre Lyle Sonnier à son église.

– Salut, Lieut', content que t'aies appelé, dit-il. Je pense depuis un moment à faire un grand dîner ici à l'église, enfin plus exactement, quelque chose comme une réunion familiale et je veux vous avoir, Bootsie et toi.

– Merci, Lyle, mais pour l'instant, je cherche Vic Benson, le gars dont tu penses qu'il pourrait être ton père.

– Pourquoi veux-tu le retrouver ?

– J'ai besoin de lui dans le cadre d'une enquête.

– Dans ce cas, tu n'auras pas à chercher bien loin. Il est ici, chez moi.

– Quoi ?

– Nous venons de déjeuner ensemble, juste à l'instant. Il est dehors, en train de repeindre des meubles pour notre boutique d'occasions.

– Depuis combien de temps est-il chez toi ?

– Il est arrivé ce matin.

– Je crois qu'il a essayé de trancher la tête de ton frère, hier soir, à la corde à piano.

– Redescends sur terre, Dave. C'est un poivrot, épais comme une boîte d'allumettes. Par jour de grand vent, il lui faudrait des chaussures plombées pour tenir debout.

– Va dire ça à Weldon.

– J'ai déjà parlé à Weldon. Il dit que c'est Joey Gouza qui lui a envoyé un tueur.

– Crois-moi, Lyle, Joey n'a plus la moindre envie de s'attirer de nouveaux ennuis dans la Paroisse d'Iberia.

– Donc, si ce n'est pas Gouza, c'était probablement l'un des zombies à la cervelle morte qui traînent aux guêtres de Bobby Earl. Mais tu peux prendre ça par le bout que tu veux, ce n'était pas le vieux. Seigneur Dieu, Dave, mais qu'est-ce qui t'arrive ? Weldon pourrait passer ce pauvre vieux poivrot de vie à trépas en lui tapant dessus à coups de chaussures.

– Pourquoi crois-tu que Bobby Earl puisse être impliqué dans l'affaire ?

– C'est un mauvais, voilà pourquoi. Il réveille les haines et les chagrins même parmi les membres de mon troupeau, ceux qui sont assis ici-même – chez les pauvres Blancs et les Noirs. Ce monsieur me fatigue. Quelqu'un aurait dû le fourrer par la peau du cul dans une poubelle à ordures il y a bien longtemps.

– C'est peut-être vrai ce que tu dis, Lyle, mais ça ne veut pas dire pour autant qu'il essaie de dessouder ton frère.

J'attendis qu'il ajoute quelque chose, qu'il m'offre le lien qui rattachait Bobby Earl à toute l'affaire.

– Lyle ?

– En tout état de cause, à mon avis, le vieux est inoffensif. Tu vas l'arrêter ?

– Non, je n'ai pas suffisamment d'éléments pour obtenir un mandat d'arrêt.

– Alors pourquoi t'en faire à ce point ?

– Je passerai chez toi en fin de journée ou au moins d'ici à lundi pour discuter avec lui. Dis-lui ça pour moi. Entre-temps, tu pourrais peut-être te demander pourquoi il a refait surface après toutes ces années. Est-ce qu'il te donne l'impression d'être un homme de bonne volonté ?

– Peut-être qu'il veut se racheter mais il n'a pas encore appris les mots pour le dire. Parfois ça prend du temps.

– Comme on disait jadis en territoire ennemi, ne les laisse pas t'arriver dans le dos.

– C'est aussi ce que quelqu'un a dit à My Lai. Refile donc tous tes machins sur le Vietnam à l'American Legion une bonne fois pour toutes, Dave. C'est la barbe.

– Comme tu veux, Lyle. Porte-toi bien.

– Hé, je te retéléphonerai pour te donner la date de ce dîner. Je veux te voir ramener tes fesses ici, et pas d'excuses. Je suis fier d'être ton ami, Dave. Et je t'admire. Je t'ai toujours admiré.

Que dire à celui qui s'adresse à vous en ces termes ? Afin de démarrer ma journée en coup de canon, je partais jadis en bitures sèches qui étaient pour moi l'équivalent d'une séance de dix minutes la tête dans le micro-ondes. J'en étais arrivé à apprendre qu'une conversation avec l'un des membres de la famille Sonnier avait sur moi le même effet et fonctionnait tout aussi bien.

* * *

Nous étions vendredi après-midi. Il était trop tard et j'étais trop fatigué pour entreprendre le voyage jusqu'à Baton Rouge et interroger Vic Benson – probablement Verise Sonnier, de son véritable nom – sans compter que je ne possédais aucune preuve tangible contre lui et qu'une conversation avec le bonhomme ressemblait de toute façon à un monologue avec un terrain vague.

Ce soir-là, la chaleur cessa momentanément sous une averse de trente minutes, puis le vent frais se leva du sud, venant éparpiller les feuilles mortes des pacaniers jusque sur ma galerie. Le soleil du crépuscule perça les strates de nuages aussi rouge qu'une boule en fusion sortie en flammes d'une coulée de fonderie. Nous eûmes droit à une petite crise, vite allumée, vite éteinte, à la boutique à appâts. Je remplissais les mangeoires des clapiers sur le côté de la maison lorsque j'entendis un grand hurlement dans la boutique avant de voir Tripod jaillir par la porte à toute vitesse, en traînant son bout de chaîne qui ondulait sur les planches, avec Alafair sur les talons. Puis Batist apparut à son tour sur le seuil, un balai levé au-dessus de la tête.

Alafair se saisit de Tripod et le prit dans ses bras à l'extrémité du ponton, avant de faire demi-tour pour affronter Batist, dont le cou noir et épais battait de nœuds de veines.

– J'vas t'l'écrabouiller comme ein' rustine, c'te raton, mi ! dit-il. J'vas le prind' comme serpillière pour essuyer l'boutique !

– Tu le laisses tranquille, s'écria en retour Alafair.

– Ch'peux pon diriger ein' boutique, nan, avec c'te vicieux de raton-laveur qui me bousille mes étagères. Pose-le donc un p'tit coup sur l'ponton, et j'vas t'le golfer jusqu'au-dessus des arbres.

– Y'a point rien fait. Va faire ton ménage tout seul ! Va nettoyer tes cigares dégoûtants.

Pendant ce temps, Tripod essayait de remonter sur l'épaule d'Alafair pour descendre par le dos et mettre autant d'espace que possible entre lui et Batist.

Oh Seigneur ! me dis-je en m'engageant sur le ponton.

– C'est trop tard, Dave, dit Batist. C'te raton-laveur, l'est partant pour le paradis des ratons-laveurs !

– Calmons-nous une minute, dis-je. Comment Tripod a-t-il réussi encore une fois à pénétrer dans la boutique, Alf ?

– Batist a laissé la moustiquaire ouverte.

– J'ai laissé la moustiquaire ouverte ? dit-il d'un ton incrédule.

– Et en plus, t'étais en train de pêcher par derrière, sinon il n'aurait jamais pu monter sur l'étagère, dit-elle.

Elle avait le visage empourpré de colère, les yeux brillants comme deux billes de verre marron.

– R'garde s'figure, r'garde es bouc', dit Batist. Y'a mangé tout le sucre de l'boîte et deux cartons de Milky Ways.

Tripod, dont la fourrure était presque noire à l'exception de sa queue annelée d'argent et du masque argenté autour de ses yeux, ne fit pas un très bon témoin pour la défense. Son museau et ses favoris luisaient, collés de chocolat poudré de grains de sucre. Je ramassai l'extrémité de sa chaîne. L'attache que nous utilisions pour le tenir à sa corde à linge était cassée.

– Je crains que nous n'ayons pris Tripod sur le fait, en flagrant délit d'effraction, Alf, dis-je.

– Quoi ?

– Tout laisse à penser qu'il va falloir le mettre au frigo, dis-je.

– Quoi ?

– Ça veut dire, mettons-le dans le clapier à lapins jusqu'à demain, lorsque j'aurai réparé sa chaîne. Entre-temps, Batist, on ferme la boutique et on se prépare pour aller voir un film au drive-in.

– Ch'est pon min magasin, ch'est pon les Milky Ways, mi, ch'travaille juste ici que pour êt obligé de nettoyer après un gros tas de raton-laveur d'bon à rien, mi.

Alafair était sur le point de lâcher une nouvelle réplique incendiaire lorsque je la fis doucement pivoter par l'épaule pour la ramener vers la maison entre les pacaniers.

– Il a été méchant, Dave, dit-elle. Il allait faire du mal à Tripod.

– Non, il n'est pas méchant, petit mec, dis-je. Dans l'esprit de Batist, la direction de la boutique est un travail important. Tout ce qu'il veut, c'est qu'il n'y ait pas le moindre problème tant que le magasin est sous sa responsabilité.

– Tu n'as pas vu l'expression de son visage.

Ses yeux étaient mouillés à l'ombre profonde des arbres.

– Alafair, Batist a grandi dans une famille pauvre, il n'est jamais allé à l'école, il n'a jamais appris à lire et à écrire. Mais aujourd'hui, il dirige un commerce pour un homme blanc. Il veut tout faire aussi bien que possible, mais il est obligé de signer d'une croix les bons de livraison et il est incapable de faire le compte de la caisse à la fin de la journée. Alors il consacre toute son énergie à ce qu'il sait bien faire, comme de griller les poulets au barbecue, réparer les moteurs des bateaux et garder l'inventaire toujours à jour. Et puis Tripod se sauve et fait le chambard dans ses étagères ; alors Batist s'imagine qu'il a mal fait son travail et nous a laissé tomber.

Je la vis qui clignait des yeux, plongée dans ses réflexions.

– C'est pareil pour ainsi dire aux professeurs à

l'école quand ils te donnent un travail à faire. Et puis après, il y a quelqu'un qui arrive et qui te chamboule tout ce que t'as fait et tu passes pour une mauvaise élève. Est-ce que ça te paraît correct ?

Elle changea Tripod de position entre ses bras, de sorte que le raton se retrouva sur le dos, les trois pattes en l'air, le ventre gonflé de nourriture.

– Il me semble. On va au ciné ?

– Avec intérêt.

– Et Batist vient aussi ?

– Je ne sais pas. Tu crois qu'il devrait venir ?

Elle réfléchit à sa question.

– Ouais, il faut qu'il vienne avec nous, dit-elle, comme si elle venait d'atteindre à une profonde conclusion métaphysique.

– T'es la meilleure, petit mec.

– Toi aussi, grand mec.

Nous collâmes Tripod dans le clapier, puis je chargeai Alafair sur mon dos et nous avançâmes sous les lueurs des lucioles jusque sur la galerie et dans la maison éclairée, où Bootsie se trouvait occupée à faire frire des *sac-à-lait* en écoutant une chanson cajun à la radio posée en appui sur la fenêtre de cuisine. Le ciel à l'ouest ressemblait à un lavis zébré de traînées sanglantes depuis l'horizon jusqu'au champ vert qui ondulait de canne à sucre à l'arrière de ma propriété.

* * *

Le lendemain matin, Alafair nous aida, Batist et moi, à ouvrir la boutique à appâts. Elle gagnait ses cinq dollars d'argent de poche hebdomadaire à trier la blanchaille morte des bacs à vifs, assaisonner les poulets que nous faisions griller sur une moitié de baril de pétrole pour nos clients de la mi-journée et vider les bacs de leur glace fondue avant de verser la glace fraîche sur les bouteilles de bière et de limonade. Mais son occupation favorite du samedi matin consistait à s'installer sur un tabouret haut derrière la caisse enregistreuse, sa casquette de base-ball Astros inclinée bas sur le front, à accompagner chaque vente de ver ou de vif d'un grand coup sonore sur les touches.

Ce fut une matinée merveilleuse pour la pêche. L'air était encore frais, sans un souffle de vent, les premières lueurs roses du jour encore étouffées au milieu des cyprès, la lune toujours visible dans un coin de ciel bleu tendre. J'avais loué la plupart de mes barques et je commençai à allumer le barbecue dans le baril à pétrole avant de préparer café, lait chaud et bol de céréales aux noisettes et aux raisins pour tous les trois. Nous prîmes le petit déjeuner sur l'un des dévidoirs de cable téléphonique qui me servaient de tables, sous un parasol au bord du ponton. J'étais parvenu à complètement chasser l'affaire Sonnier de mon esprit lorsque le téléphone sonna à l'intérieur de la boutique. Alafair se leva pour aller répondre.

Je ne voyais que son profil à travers la moustiquaire lorsqu'elle porta le combiné à son oreille, mais il ne faisait aucun doute qu'elle écoutait quelque chose qu'elle n'aurait jamais soupçonné entendre au bout d'une ligne téléphonique. Elle clignait des paupières à grands battements rapides, et ses joues hâlées étaient marquées de plaques blanches. Je la vis qui regardait vers moi, la bouche entrouverte, à croire qu'un méchant cauchemar d'enfant venait de prendre corps au milieu de sa journée.

J'entrai rapidement dans la boutique et allai derrière le comptoir où je lui pris l'appareil des mains.

– Dave, il t'a vraiment traité avec plein de gros mots, dit Alafair en respirant bouche ouverte, souffle court.

– Qui est à l'appareil ? dis-je dans le combiné.

– Tu sais qui c'est. Ne joue pas au plus bête, dit une voix haut perchée, aux inflexions métalliques, pareille à une voix d'homoncule. T'as passé un marché avec Joey Meatballs, pas vrai ?

– Ça ne te gêne pas beaucoup de faire peur à une petite fille. Que dirais-tu de me donner ton nom ?

– Tu ne connais pas mon nom ?

Je pris un crayon et griffonnai sur la couverture d'un calepin à lignes, « Boots, appeler bureau, demander rechercher origine coup de fil boutique ». Puis je posai le calepin dans la main d'Alafair que je poussai vers la porte.

– Qu'est-ce qui se passe ? T'as plus de vannes faciles à balancer ? demanda la voix.

– Qu'est-ce que tu veux, Fluck ?

– Je veux savoir ce que tu as refilé à Joey Gee pour qu'il cherche à me faire dessouder en collant ma tête à prix.

– Je n'ai pas passé de marché avec Joey.

– Espèce de salaud de menteur. Il sort du trou et le lendemain, tout le monde à La Nouvelle-Orléans sait que j'ai un contrat ouvert de cinq bâtons sur ma tête. Et tu viens me raconter que tu n'as rien à voir avec ça ?

– C'est exact.

– Qu'est-ce qui vous arrive, les mecs ? Vous voulez boucler tous vos dossiers en vous torchant avec mon cul ? Ou est-ce qu'il s'agit d'une dent personnelle contre moi parce que j'ai failli te refroidir dans la maison de Sonnier ?

– Tu vas te retrouver au trou parce que tu as tué un officier de police et Eddy Raintree.

– J'en tremble.

– À te dire la vérité, Fluck, je suis occupé et t'es le mec plutôt ennuyeux quand il s'agit de discuter.

– La seule raison pour laquelle tu ne t'es pas fait descendre par un mec de l'A.B., c'est parce que t'en vaux pas la peine. Mais je vais te proposer un marché, un marché qui fera de toi une merde pointure maison dans ton petit bled. J'obtiens l'immunité pour le flic mort chez Sonnier, je ne sais plus rien des problèmes d'Eddy Raintree au bord d'une voie ferrée, et je te donne tout ce que tu veux sur Joey Meatballs. Et je te parle là des mecs qu'il a viandés, du tas de guimauve que Jack Gates a balancé dans une hélice d'avion, le crack qu'ils revendent aux Négros dans les bidonvilles, les trafics d'armes avec les Espingos, à toi de choisir, tu l'as sur un plateau... Est-ce que tu m'écoutes, mec ?

– Je t'entends parfaitement.

– Alors à toi d'arranger le coup. En plus, je veux la protection de la police. Peut-être même dans un autre État.

– Je crois que tu surestimes ton importance, Fluck. Tu n'es pas le genre de témoin pour lequel un procureur se battrait.

– Écoute, je peux te conduire jusqu'à deux tombes près de Terrebonne Bay. Deux mecs que Joey a obligé à s'agenouiller au bord d'une tranchée avant de leur faire têter un canon .22 magnum et de leur faire rentrer une belle prune dans la gorge.

– Ce n'est pas très vendeur par les temps qui courent.

– Qu'est-ce qui te prend, mec ? Tu veux faire tomber Jey Gouza ou pas ?

– Où es-tu ?
– Tu plaisantes ?
– Je veux dire par là, tu ne te trouves probablement pas très loin d'un poste de police quelconque. Rends-toi aux autorités. C'est le seul marché auquel tu auras droit, de ma part comme probablement de celle de n'importe qui. Tu as exécuté un officier de police. Tu te fais choper par les mauvais mecs et tu n'arriveras jamais en taule, Fluck.
– Ça te fait jouir, cette histoire, pas vrai ?
À travers la moustiquaire de la fenêtre, je vis Bootsie qui me faisait signe depuis la galerie de la maison.
– Non. Je suis fatigué de discuter avec toi, dis-je.
– Je te fais foirer ta matinée, hein ?
– Non. Tu as simplement commis une grosse erreur aujourd'hui.
– Quelle erreur ? Qu'est-ce que tu racontes...
– Tu m'as téléphoné chez moi. Tu as fait peur à ma petite fille. Et tu as fait ça parce qu'au fond de toi, tu es un petit, un petit mec qui a la trouille, Fluck. C'est pour ça que tu as voulu que Garrett voit sa mort lui arriver en face. Pendant une petite seconde, tu t'es senti un grand mec balèze comme lui.
– T'es en train de t'enferrer dans un truc vraiment méchant.
– Appelle le SRS. Ils passent tout le temps des marchés avec les balances.
J'entendais son souffle dans le micro du combiné.
– Tu débarques d'où ? D'une autre planète ? Tu joues au con avec l'A.B. ? On est partout, mec. Y'a personne qu'on pourrait pas zigouiller. Même si je tombe, même si je me retrouve dans un quartier de sécurité maxi quelque part, je peux m'arranger pour faire éliminer toute ta famille.

– Pour cinq bâtons, tes potes de l'A.B. seraient prêts à te réduire en purée.

J'entendis presque un déclic mouillé comme une remontée gastrique dans sa gorge. Il hésita ensuite un instant, comme s'il obligeait sa colère à rentrer au placard en la rangeant à force dans une petite boîte au creux de sa poitrine.

– Je veux que tu te souviennes de tout ce que tu m'as dit, reprit-il. Repasse-toi les mots dont tu t'es servi dans ta tête. Je vais te concocter quelque chose, rien que pour toi, quelque chose de spécial, un truc dont jamais t'aurais pu imaginer que ça pourrait t'arriver dans la vie. J'ai été à Parchman, mec. Tu n'as pas idée de la masse de souffrances qu'un connard comme toi qui veut jouer au plus malin peut connaître avant de mourir.

La ligne fut coupée. Je consultai ma montre. Je ne savais pas si le standard du bureau avait disposé de suffisamment de temps pour réussir à repérer l'origine de l'appel. Je plongeai une poignée de serviettes en papier dans la glace fondue du rafraichissoir à bières et m'en frottai le visage. Puis je m'essuyai et jetai les serviettes dans la poubelle, avec l'illusion que je pourrais ainsi rincer et nettoyer ma journée de la voix de Jewel Fluck.

J'attendis dix minutes supplémentaires puis appelai le répartiteur.

– Ils ont retrouvé l'origine de l'appel. Une cabine sur Decatur à La Nouvelle-Orléans. On a appelé le quartier général du Premier District, mais le mec était déjà parti quand ils sont arrivés sur les lieux. Désolé, Dave. Qui était-ce ?

– Le mec qui a tué Garrett.

– Fluck ! Bon sang ! Si seulement on avait été plus rapides...

– Ne t'en fais pas.

Je repassai à l'ombre des pacaniers pour rejoindre la galerie. Bootsie était assise dans la balancelle, Alafair à ses côtés. Alafair leva les yeux vers moi, le visage plein d'une lueur contrite sous la visière de sa casquette de base-ball.

– Ce n'était qu'un ivrogne, petit mec, dis-je. Il m'a pris pour quelqu'un d'autre.

– Sa voix, elle était... commença-t-elle. Je me suis senti très mal à l'intérieur.

Elle déglutit et son regard alla se perdre dans les ombres profondes des arbres.

– Les paroles d'ivrognes font parfois cet effet. Il suffit de ne pas leur prêter attention, dis-je. De toute manière, Bootsie a fait rechercher l'origine du coup de fil, et les flics sont allés ramasser le mec. Hé, pas la peine de perdre son temps à se tracasser pour ce personnage. J'ai besoin de toi pour me donner un coup de main sinon je ne serai jamais prêt pour les clients du déjeuner.

Je sentis le regard de Bootsie qui fouillait mon visage.

J'entrai dans la maison, sortis mon .45 de la commode, le glissai dans la ceinture de mon pantalon et tirai ma chemise pour le couvrir. Au ponton, je laissai à Alafair la responsabilité de retourner les chapelets de saucisses et les moitiés de poulets sur le grill du barbecue. Ses épaules arrivaient à peine à la hauteur du haut du baril, et lorsque la graisse et la *sauce piquante* se mirent à dégoutter sur le charbon de bois, un halo de fumée entoura sa tête et sa casquette.

Je plaçai le .45 sur l'étagère supérieure derrière un présentoir vertical de cuillères Mepps. Je n'en aurai pas besoin, me dis-je, pas ici, en tout cas. Fluck avait trop de problèmes de son côté pour se soucier de moi. Les êtres de son espèce acceptaient la revanche uniquement lorsqu'ils n'avaient rien à perdre, lorsque la vengeance leur était un luxe qu'ils étaient à même de savourer. J'étais certain de cela, me dis-je.

14

Le shérif fut mis au courant du coup de fil de Fluck lundi matin à la première heure par le répartiteur du standard. Dès que j'eus pénétré dans mon bureau, il tapota sur l'huisserie de la porte et entra sur mes talons.

– Jewel Fluck t'a appelé chez toi, à ton domicile ? dit-il.

– C'est bien ça.

J'ouvris les persiennes et m'assis derrière mon bureau.

– Pourquoi faut-il que j'apprenne ça de la bouche du répartiteur ?

– Je n'ai vu aucun intérêt à vous déranger pendant le week-end.

– Qu'a-t-il dit ?

– Ç'a surtout été de l'eau de bidet, son baratin. Sa chance a tourné, il décompte les heures.

– Allons, Dave, pourquoi t'a-t-il appelé ?

– Il voulait livrer Joey Gouza si on lui offrait l'immunité pour Garrett et Eddie Raintree. Je lui ai dit que la boutique était fermée pour les livraisons.

– Tu as fait quoi ?

– Je lui ai précisé qu'on ne lâchait pas la bride aux tueurs de flics, Shérif.

Il s'assit dans le fauteuil face à moi et se mit à frotter ses mains l'une sur l'autre. Il gonfla les joues.

– Ce n'est peut-être pas à nous de décider, Dave. Il y a une demi-douzaine de services de police qui veulent coller Joey Gouza en conserve. Le SRS, le FBI, le Bureau des Alcools, Tabacs et Armes à feu...

– On passe un marché avec les raclures, et au bout du compte, on perd toujours.

– Dans le domaine du maintien de l'ordre, tous les votes n'ont pas le même poids. Wyatt Earp n'a plus sa place, sauf au cinéma, Dave.

– J'ai essayé de le tenir au téléphone de manière à retrouver l'origine de l'appel. On perd tout avantage sur ces mecs-là dès qu'on leur laisse à penser qu'ils possèdent quelque chose qu'on désire. C'est ainsi que ça marche, Shérif.

– Qu'a-t-il dit d'autre ?

– Il croit que Gouza a lancé un contrat sur lui, cinq bâtons pour sa tête. Si vous le désirez, vous pouvez le dire aux Services de Police de La Nouvelle-Orléans, mais je ne pense pas qu'ils se tordent les mains de douleur en apprenant la nouvelle.

– Encore et toujours Bobby Earl, n'est-ce pas ?

– Quoi ?

Il se gratta une joue molle rasée de frais du bout de l'ongle.

– Fluck, Gouza, son homme à tout faire Jack Gates, je crois qu'ils ne sont tous pour toi que des acteurs tout à fait secondaires, Dave. C'est toujours Bobby Earl que tu tiens sur le gaz, je me trompe ?

– Fluck a fait très peur à ma petite fille, Shérif. Il m'a également menacé. À vous de deviner celui qui le préoccupe en ce moment.

– Tu as la répartie un peu sèche, podna.

– C'est la deuxième fois que vous me dites que c'est peut-être moi qui ai un problème.

– Ce n'était pas dans mes intentions.

– Écoutez, Shérif, nous n'avons mis personne sous les verrous dans cette affaire, à l'exception de Gouza, et il s'agissait d'un coup monté. Quand ce genre de chose se produit, tout le monde se montre impatient. Et ensuite, un mec du genre de Bobby Earl orchestre ses petites pressions et réussit à convaincre quelques huiles de politicards qu'il est une victime, et un service fédéral décide qu'il est plus intéressant de lancer le filet sur un affranchi de première grandeur comme Gouza plutôt que sur un petit insecte du genre Jewel Fluck. Et nous, à notre petite échelle, nous suivons. Et avant même d'avoir bien compris ce qui arrivait, la moitié des personnages du film se retrouvent à batifoler sur la plage dans les Iles Vierges. Et nous essayons après ça de comprendre pourquoi les gens nous prennent pour des débiles et des rigolos.

– Quand cette affaire sera terminée, peut-être que tu devrais prendre un peu de vacances.

– Ça ne changera rien à tous ceux qui se baladent là-dehors.

Il m'offrit un *rat-a-tat-tat* des paumes de mains sur les cuisses avant de se lever en souriant puis il quitta mon bureau sans rien ajouter.

* * *

Je me rendis cet après-midi-là à Baton Rouge pour interroger le brûlé qui se faisait appeler Vic Benson. L'entrevue ne devait pas se dérouler ainsi que je l'avais prévu. Je rangeai mon camion au bord de l'allée à voitures briquetée sur Highland et remontai à pied jusqu'au porche à colonnes où je soulevai le marteau de porte en laiton qui fit tinter un carillon dans les profondeurs de la maison. Je vis alors Lyle sortir du jardin près du mur en pignon, un rateau à la main, vêtu d'un T-shirt et de jeans accrochés bas sur les hanches. Ses cheveux ébouriffés étaient salis de terre et de débris de feuilles.

– Hé, Dave, qu'est-ce qui se passe ? dit-il. T'arrives juste à temps pour t'avaler quelques côtes de porc au barbecue. Viens, on va derrière.

– Merci, Lyle. J'ai juste besoin de poser quelques questions à Vic Benson. Est-ce qu'il se trouve toujours à ta mission ?

– Non.

– Il a décampé ?

– Non.

Il souriait maintenant.

– Il est ici ?

– Dans l'arrière-cour. On vient juste de mettre quelques plants de poivriers. C'est un peu tard en saison, mais je crois qu'ils vont reprendre.

– Il habite avec toi ?

– Dans l'appartement au-dessus du garage.

– Ce n'est pas très intelligent ce que tu fais, à mon avis.

– Je n'ai jamais rien fait d'intelligent dans ma vie, Dave. Comme dit Waylon, « il se peut que je sois cinglé, mais ça m'a empêché de devenir fou ».

– Je ne suis pas certain que tu aimerais entendre tout ce que j'ai à dire à cet homme.

– Les mots capables de me retourner les sangs, y z'ont pas encore été inventés, fils... je veux dire Lieut'. Viens, on passe derrière.

L'étendue vallonnée de l'arrière-cour était semée de chênes verts, limes, buissons de myrte, et parterres circulaires et immaculés de roses et d'hortensias mauves. Une fumée de viande au sortir d'un foyer de pierres s'étalait au-dessus de la pelouse et s'accrochait aux arbres, et le sténotaphrum était tellement épais, d'un bleu-vert si intense sous les ombres du soir tombant, qu'il donnait l'impression d'une étendue d'eau-plaisir où il aurait fait bon plonger.

Vic Benson était occupé à élaguer un bouquet de bananiers à l'aide de cisailles de jardinier. Les lames en étaient blanches et gommeuses, chargées de pulpe. Chaque fois qu'il reclaquait les deux tranchants sur une palme morte, les muscles du visage et du cou se nouaient comme autant de serpents sous les tissus cicatriciels rougeâtres.

Une Noire au corps lourd en uniforme de bonne commença à mettre la table sur le patio au sol pavé de dalles.

– Asseyons-nous pour manger un morceau, ensuite tu pourras demander au vieux tout ce que tu voudras, dit Lyle.

– Ce n'est pas vraiment à ça que je pensais, Lyle.

– Cesse une bonne fois pour toutes d'essayer de tout planifier. Ce que l'Homme d'en Haut a prévu pour toi est mieux que tout ce que tu pourras jamais prévoir toi-même. Est-ce que ce n'est pas ce qu'on vous apprend aux A.A. ? Regarde donc par là-bas.

Il pointa du doigt au-delà du mur de briques et de bambous qui délimitait sa propriété.

– Tu la vois, juste au-dessus des arbres sur Highland, ma croix ? Elle est montée sur le toit de mon collège biblique. Regarde bien, elle est rose et argent à la lumière du soleil. À l'intérieur de tout ce chrome, il y a une croix de bois calciné, brûlée par des hommes du Klan pour terroriser les pauvres Noirs. Et c'est le Révérend Jimmy Bob Clock qui l'a faite sienne pour nous permettre à tous les deux de monter des arnaques auprès de paquets de pauvres paysans du nord du Mississippi qui n'avaient même pas deux quarts de dollar au fond des poches de leurs salopettes. Aujourd'hui, elle trône sur le toit d'un collège biblique où les gamins vont en classe gratuitement et étudient pour devenir ministres du culte. Et tu crois que tout ça, c'est un accident ? J'ai lu un jour un poème et il y avait un vers qui parlait d'une tache de couleur sur la blancheur radieuse de l'éternité. J'aime penser à cette croix, là-bas, en ces termes-là.

– Je n'aime pas venir interrompre ta veine de religiosité, Lyle, mais comment, au nom de Dieu, peux-tu justifier tout ceci ?

J'embrassai du geste sa maison, ses pelouses manucurées.

– Je n'en suis pas propriétaire. J'ai tout hypothéqué et tout l'argent est passé dans le collège. Et ça non plus, c'est pas du flan, Lieut'.

– Et avec quoi paies-tu cette Noire ?

Il éclata de rire.

– Je ne lui paie rien du tout. Elle travaille ici trois heures par jour en échange du gîte et du couvert. Elle vient de sortir de St Gabriel. Elle a fait cinq ans pour avoir assassiné son mac.

– Ce que tu fais, c'est tes affaires, Lyle, mais je suis d'avis que tu abrites chez toi un homme dangereux et psychotique.

– Cette fille, la Noire, Clemmie, pourrait peut-être me trancher la gorge, mais un bon pet ferait décoller ce vieux Vic de cette planète comme une graine de pissenlit. Allez, on mange. T'es trop sérieux sur tout, Dave. Ç'a toujours été ton problème. Traite le monde avec sérieux et en retour, on te traitera comme un clown. Il serait temps que tu apprennes ça, Lieut'.

– Que dirais-tu de te garder ça pour un public plus large, Lyle ?

– C'est que l'opinion d'un mec, rien d'autre, dit-il avec un haussement d'épaules.

Il fit alors signe à l'homme qui se faisait appeler Vic Benson, occupé maintenant à balancer un tas de palmes sèches de bananiers dans un feu qui brûlait près du mur au fond de la propriété. Son corps se détachait en silhouette comme une forme découpée dans le fer-blanc, sur fond de gerbes d'étincelles et de panaches de fumée noire. Il s'avança vers nous, abandonnant sa zone d'ombre, ses yeux cerclés de rouge soudés aux miens, sans ciller, son visage déchiqueté aussi irréel qu'un caoutchouc vrillé autour d'un poing.

Je ne le regardai pas directement tandis que la Noire nous servait des assiettes de haricots, gros riz brun, et côtes de porc grillées. Mais je sentais son odeur, une odeur pareille à des relents de térébenthine mêlée de fumée de tabac et de sueur séchée par le vent.

Du fait qu'on lui avait ôté une partie de ses lèvres, l'intérieur de la bouche était parfaitement visible lorsqu'il mâchait sa nourriture. Il tendit le bras au-dessus de la table pour se servir d'une seconde côte de porc, et un carré de poils noirs de son bras vint effleurer le bord de mon verre de thé glacé.

– La façon que je mange, ça te gêne ? demanda-t-il.

– Non, pas du tout, dis-je.

– J'n'ai vu des bien pires. Dans un hôpital de l'armée, dit-il. Ils étaient obligés de prendre leur nourriture dans des tubes dentifrice.

Il porta son verre à la bouche. Le thé glacé dégoulina sur ses dents. Ses doigts écartés ressemblaient à des racines de tubéreuses cuites et rabougries.

– Quelqu'un s'est servi d'une corde à piano sur Weldon Sonnier en essayant de le transformer en moignon sans tête, dis-je. Est-ce que tu sais quelque chose à ce sujet, Vic ?

– Quel sujet ?

– Tu m'as entendu.

– De la corde à piano ? Elle est bonne, celle-là. La dernière fois qu'ch't'ai vu, tu m'as d'mandé si je regardais pas par les fenêtres. Peut-être que t'as pris un gros coup sur la tête ou queq'chose.

La servante noire avait mis un casque de Walkman sur les oreilles et époussetait le mobilier du patio à grandes claques de son torchon à vaisselle, une main à la hanche tout en remuant au rythme d'une musique qu'elle était seule à entendre. Vic enfonça un morceau de viande du pouce dans sa bouche et étudia les courbes ondulantes de la femme.

– J'ai discuté avec ce monsieur qui dirige la Sally de Lafayette, dis-je. Il a dit qu'un jour, pendant que tu regardais la télé, tu as fait part de ton grand désir de verser de la lessive dans la gorge de Lyle.

La fourchette de Lyle s'immobilisa un instant au-dessus de son assiette, puis il poursuivit son repas, le regard lourd de questions.

– Ce que dit un ivrogne, ç'a pas plus de sens qu'une pisse de cheval sur un caillou, dit Vic.

– Il dit aussi que tu as balancé une cigarette allumée au visage d'un enfant.

– Et moi je dis que j'ai pas souvenir de l'avoir vu pour qu'y dise c'que j'ai fait et c'que j'ai pas fait dans ma vie.

– Mais une chose est sûre : les gens ont l'air de se souvenir de ton passage, pourtant, Vic, dis-je.

– Qu'est-ce que tu dirais de laisser filer un cran en dessous, Dave ? dit Lyle.

– C'est pas pour m'gêner, dit Vic. C'est avec les mecs comme moi que les mecs comme lui font leur blé. Et il le sait, en plus.

– Tu te trompes là-dessus, collègue, dis-je. Tu deviens mon gagne-pain quand je dois te coller un mandat aux fesses. Mais pour l'instant, je suis incapable de prouver que tu as essayé de décoller la tête de ton fils avec un morceau de corde à piano. Ce qui veut dire que la saison t'est ouverte. Tu es libre. Mais si j'étais toi, je profiterais de ma bonne fortune et je changerais mes manières. *Change ta vie, t'connais que je veux dire ?*

– Ça me fatigue. Où que t'as mis le tabac ? dit-il en repoussant son assiette du tranchant de la main.

– Je crois que je l'ai laissé sur le mur de briques. Reste où tu es. Je vais le chercher, dit Lyle qui se leva de son fauteuil et traversa la pelouse.

Vic Benson me regarda droit dans les yeux. Il avait le nez mince et crochu, pareil à un bec de faucon.

– On dirait ben que t'es venu ici pour rien, pas vrai ? dit-il.

Je lui retournai son regard, les yeux dans les yeux. Sa peau pareille à une pâte à modeler était incapable d'afficher la moindre expression, et sa bouche dévastée par le bistouri du chirurgien était retroussée en forme de trou de serrure sur ses dents ; mais ses yeux, qui semblaient mouillés de larmes comme si la fumée les piquait, étaient pleins d'une lueur instable et malveillante qui me donnait envie de détourner la tête.

– J'ai une drôle de sensation à ton sujet, collègue, dis-je. Je pense que tu ne veux pas seulement te venger de tes enfants. Je crois que tu veux faire un geste spectaculaire. Un vrai spectacle son et lumière.

– Va te chier dans ton assiette.

– Il se pourrait même que tu aies dans l'idée de faire cramer la maison de Lyle, plus particulièrement encore si tu pouvais t'arranger pour coller Weldon, Drew et Lyle à l'intérieur, tous ensemble. Je soupçonne le feu de te trotter dans la tête plus qu'un peu.

Ses yeux rouges se portèrent sur la bonne, ses gros seins, sa robe qui se resserrait autour de la croupe lorsqu'elle se penchait vers l'avant pour épousseter les toiles d'araignée d'une lampe anti-insectes. Il sortit une allumette de sa poche de chemise et se mit à la rouler entre ses dents du bout de la langue.

– Le feu, ça connaît pas qu'un coin. Et ça connaît pas non plus qu'un homme.

– Est-ce que tu serais en train de me menacer, Vic ?

– Je ne perds pas mon temps avec les minables, dit-il.

* * *

La lune resta basse cette nuit-là, mais les pacaniers du jardin parurent soudain pris d'un tremblement de lumière blanche aux reflets verdâtres lorsque le vent se mit à souffler du sud tandis qu'éclataient les éclairs secs sur le marais. Je ne parvenais pas à dormir. Je songeais au feu, aux entrelacs de flammes qui avaient pris dans leurs tourbillons Vic Benson (ou Verise Sonnier) dans une usine de produits chimiques de Texas City, les plaques de métal brûlant qui l'avaient enterré vivant en lui marquant l'âme au fer rouge, toutes ces énergies haineuses qu'il avait emportées avec lui comme une chaîne brûlante drapée autour du cou. C'était l'un de ces individus pour lesquels la société ne dispose pas de solution. Sa vie n'était que cendres; sur le plan moral, il était fou à lier et il le savait; et les seules réflexions qui l'agitaient auraient suffi à faire pleurer tout individu normal. La lueur de pitié qu'il lisait dans nos yeux le faisait grincer des dents. Par le passé, c'était les gens comme lui qu'on passait à la lobotomie.

Il n'avait rien à perdre. Il était le cauchemar vivant des employés d'hôpitaux; les prisons n'en voulaient pas; les psychiatres voyaient en lui un cas pathologique irrécupérable; et même s'il se trouvait convaincu d'un crime capital, les juges savaient qu'il était capable de transformer sa propre exécution en carnaval électronique de proportions mondiales.

Viendrait-il à s'intéresser à mon foyer, à ma famille? Je ne connaissais pas la réponse. Mais j'avais l'intime conviction que, semblable en cela à Joey Gouza ou Bobby Earl, il était de ceux qui, à un moment donné de leur existence, avaient franchi la ligne pour s'en aller déclarer la guerre au reste d'entre nous. Que nous ayons choisi de reconnaître ce simple fait importait peu, à vrai dire. Vic allait se remettre à ses basses œuvres avec une pochette d'allumettes ou un fil de fer qu'il ferait claquer en musique entre ses deux poings. Et ce serait lui qui choisirait son temps et son heure pour faire sa réapparition dans nos existences.

Je me préparai une tasse de café et descendis la pente du jardin jusqu'au ponton. Les étoiles brillaient d'un blanc brûlant dans le ciel; je sentais le vent du marais chargé des relents âcres de boue et d'humus pourri auxquels se mêlait une odeur de cadavre, grise et mouillée. Un arbre d'éclair explosa de ses ramures au travers de l'horizon au sud. La sueur dégoulinait sur mes côtes. La journée allait être un brasier brûlant.

Je déverrouillai la porte de la boutique à appâts, entrai, et tirai la chaînette de l'ampoule électrique suspendue au-dessus du comptoir. C'est alors que je vis l'entaille qui tranchait en diagonale la moustiquaire de la fenêtre du fond ouvrant sur le bayou.

Mais il était trop tard. Il se redressa, masqué qu'il était par les bacs à vifs, et pressa doucement le canon d'un pistolet derrière mon oreille.

– Non, non, ne vous retournez pas, mon ami. Ça nous attirerait des ennuis à tous les deux, dit-il.

L'ampoule projetait nos deux ombres sur le plancher. Je voyais son bras tendu, le pistolet enserré au creux du poing et un objet, peut-être un sac, qui semblait pendre au bout de son autre bras.

– La caisse est vide. J'ai peut-être dix dollars dans mon portefeuille, dis-je.

– Allons, monsieur Robicheaux. Accordez-moi un peu de crédit.

L'accent était de La Nouvelle-Orléans, la voix, une voix que j'avais déjà entendue.

– Qu'est-ce que vous voulez, collègue ?

– Vous donner quelque chose. Vous n'auriez simplement pas dû venir travailler de si bon matin... Non, non, ne vous retournez pas...

Il changea de position de manière à placer son visage en arrière, bien à l'écart de mon champ de vision. Mais ce faisant, il m'offrit de voir son reflet argenté sur la paroi d'aluminium d'un réfrigérateur horizontal garni de viande et de boissons fraîches pour le déjeuner. Ou plus exactement, j'aperçus les reflets des couronnes métalliques et des plombages de sa bouche.

Puis il se plia en deux, posa quelque chose au sol, et me poussa vers le comptoir d'un coup de coude.

– Mettez-vous en appui et penchez-vous vers l'avant, monsieur Robicheaux. Probable que vous n'êtes pas chargé quand vous descendez à votre boutique, mais un mec ne peut pas prendre ces choses-là pour argent comptant, dit-il avant de passer sa main libre sur mes hanches, mes poches et autour de mes chevilles.

– Écoutez, il y a un Noir qui travaille pour moi qui doit bientôt arriver. Je ne veux pas qu'il débarque au milieu de tout ceci. Si vous me disiez ce que vous avez en tête avant de vous en aller d'ici ?

– Vous n'êtes pas du genre à avoir les ovaires qui chauffent trop vite, on dirait ?

Il éteignit la lumière.

– À quelle heure arrive votre homme de couleur ?

– À tout moment.

– Pour sûr que ça changerait votre passe de veine, et pas en mieux, croyez-moi.

Puis il ajouta :

– Écoutez, l'homme qui m'emploie a des fixations. Pour l'instant, vous en êtes une. Pourquoi ? Parce que vous n'arrêtez pas de le faire chier et ça lui monte à la tête. Il serait temps de le lâcher un peu, mec. C'est un homme important. Il y a des gens à Chicago qui n'ont aucune envie de le voir dégueuler son sang sur toute La Nouvelle-Orléans à cause de ses angoisses nerveuses... Non, non, les yeux devant...

Il frotta le canon de l'arme contre mon maxillaire.

– Et c'est tout ? dis-je.

– Non, ce n'est pas tout, mec. Écoutez, personne n'a de compte à régler avec vous, monsieur Robicheaux. Personne n'avait non plus de compte à régler avec ce flic qui s'est pointé dans la maison de Sonnier. Il a fallu que ce connard d'enfoiré de Fluck vienne balancer sa merde pour que ça commence à voler. Nous ne dessoudons pas les flics, mec, vous le savez. Alors nous réglons le problème nous-mêmes.

« Mais ça n'a pas besoin de s'arrêter là. Vous êtes un mec intelligent, vous pouvez prétendre à des tas de bonnes choses. Rien d'illégal, pas de liens, pas de contrats, rien que de bonnes affaires juteuses. Du genre, pourquoi pas, une boîte de nuit à Grand Isle. Il vous suffit de demander, elle est à vous. Tout ce que vous avez à faire, c'est de passer un coup de fil à un certain restaurant italien sur Esplanade. Vous connaissez l'endroit.

Au travers de la moustiquaire éventrée, je voyais la fausse aurore du jour éclairer les cimes grises des cyprès sur le marais. J'entendis le plongeon sonore d'un poisson au milieu des nénuphars.

– J'y réfléchirai, dis-je.

– Bien... Bien. Maintenant...

Je le sentis qui modifiait sa position, je sentis l'objet pendouillant à sa main frotter contre ma jambe de pantalon.

– Quoi ? dis-je.

– Il a fallu que je décide de ce que j'allais faire de vous. Vous avez une manière de vous coller dans mes pattes au mauvais moment. Rien de personnel, encore une fois, mais vous avez fait foirer mes plans déjà deux fois.

– Comme vous dites, jusqu'ici, rien de personnel... Ne vous trompez pas sur ce que vous allez faire, collègue.

J'entendis son souffle derrière dans l'obscurité. Je me sentais la nuque, l'arrière du crâne complètement nus, comme si la peau en avait été arrachée, laissant à vif toutes les terminaisons nerveuses.

– Qu'est-ce qu'il y a derrière cette porte, celle avec le verrou ? demanda-t-il.

– Une pièce que me sert de réserve, c'est tout.

– Bon, c'est là que vous entrez.

Toujours derrière moi, il posa la main gauche sur mon épaule et me dirigea vers la porte. Je sentis l'objet ensaché cogner en pendule sur mon omoplate.

– Ouvrez le verrou, dit-il.

Je trouvai la clé sur mon trousseau et ouvris la longue tige en U du verrou. J'essuyai la sueur qui me coulait dans les yeux du revers du poignet.

– Allez, entrez, mec, dit-il.

– Je veux vous laisser un petit sujet de réflexion avant que vous ne partiez.

– C'est vous qui allez m'offrir un sujet de réflexion ? Je crois que vous inversez les choses.

Il commença à me pousser à l'intérieur de la réserve.

– Non, ce n'est pas vrai. Je n'ai pas vu votre visage, je ne peux donc pas vous identifier. Ce qui signifie que vous vous en tirez sans dommages sur ce coup-ci. Mais je sais qui vous êtes, Jack. Ne vous approchez pas de ma maison. Que Dieu vous aide si je vous vois traîner du côté de chez moi.

– Vous ne connaissez pas vos véritables amis. Hé, l'homme de La Nouvelle-Orléans vous envoie un cadeau. Un cadeau qui vous plaira. Ce n'est pas le mauvais mec. Lui aussi a ses problèmes. Vous aimeriez ça, vous, des petits bouillons en train de vous brûler toute la muqueuse de l'estomac ? Pourquoi ne pas faire preuve d'un peu de compassion ?

Des jointures de son poing serré, il me fourra

dans la réserve avant d'en refermer le verrou. Je l'entendis qui ressortait par la porte de façade puis quelques instants plus tard, un moteur de voiture démarra sur la route.

Je m'appuyai, le dos contre une pile de caisses de bière et lançai les deux pieds de toutes mes forces contre la porte ; mais celle-ci était doublée de tôle galvanisée, la serrure et le moraillon étaient solides et résistants. Puis je trébuchai dans l'obscurité contre un vieux moteur Evinrude de vingt-cinq chevaux. Je le soulevai en équilibre au-dessus de la tête, les mains écartées entre l'arbre de transmission et le carter et le balançai contre le mur de lambris en bordure de la porte. Deux lames éclatèrent, arrachées à leurs clous, et je brisai les autres, morceau par morceau, jusqu'à dégager un trou assez grand pour me faufiler dans la boutique. J'entendais décroître le bruit de la voiture de Gates sur le chemin de terre conduisant au pont mobile sur le bayou. Je tirai la chaînette et allumai l'ampoule au-dessus du comptoir et écrasai les touches du téléphone pour composer le numéro du bureau. Mes mains tremblaient.

– Services du Shérif...

– Dave à l'appareil... Jack Gates vient de se tailler de ma boutique... Il est armé et dangereux... Appelez le gardien et dites-lui de lever le pont mobile... Je vous retrouverai au...

Je m'interrompis.

– Qu'y a-t-il, Dave ?

Je regardai le sac pesant, en plastique transparent, pendu à un clou du poteau au milieu de la boutique.

– Je vous retrouve au bayou, les mecs, dis-je.

– Qu'est-ce qui ne va pas, Dave ? Tu es blessé ?

– Non, je vais très bien. Contactez le gardien du

pont et encerclez tout le coin. Ne laissez pas ce mec quitter la ville.

Je reposai le combiné dans son berceau et fixai d'un œil engourdi, l'air égaré, la tête tranchée à l'intérieur du sac en plastique. Les yeux étaient exorbités, roulés au ciel, la langue pendouillait au sortir de la bouche, le nez écrasé contre les plis de plastique, et les cheveux tissés d'une toile rougeâtre de sang coagulé ; mais même dans la mort, la tête donnait l'impression d'appartenir à un homme jouet. Et pour couper court à l'éventualité que je puisse un seul instant me méprendre sur l'identité de Jewel Fluck en le prenant pour un autre, on avait inséré un de ses doigts dans la pâte violine et épaisse au fond du sac.

Je courus jusqu'à la maison, passai la porte et entrai dans la chambre au pas de course. J'attrapai le .45 dans le tiroir de la commode. Bootsie se redressa sur le lit et alluma la lampe de chevet.

– Qu'est-ce qu'il y a ? dit-elle.

– Jack Gates se trouvait dans la boutique. Je pars à sa poursuite. Ne va pas dans la boutique, Boots, jusqu'à ce qu'on ait mis ce mec sous les verrous.

L'instant d'après, j'avais repassé la porte d'entrée et me retrouvais dans le camion qui cognait au rythme des ornières et des trous de poule du chemin de terre conduisant au pont mobile au-dessus du bayou, à côté du .45 bondissant posé sur le siège, sous le soleil rouge du matin qui délimitait le marais de lignes de feu.

J'entendais maintenant les sirènes dans le lointain. Je pris un virage en seconde, à l'endroit où le bayou épousait une large courbe, et au milieu des chênes qui s'alignaient de chaque côté de la route, j'aperçus le pont mobile soulevé, ses deux moitiés pointant vers les airs, à quatre cents mètres de là.

Jack, je crois qu'il va te falloir une corde pour sécher, me dis-je et cette fois Joey-au-long-cou va tomber pour le coup lui aussi. Bienvenue dans la Paroisse d'Iberia, podjo.

Vanité, vanité, vanité. Jack Gates était un vieux soldat de la Mafia, homme de main prospère dans un état dont le système judiciaire avec sa peine capitale affichait à peu près la compassion dont on pourrait faire montre devant une friture de couennes de porc. Jack n'était pas de ceux qu'on pouvait simplement se contenter de forcer à l'intérieur d'une bouteille avant de la boucher pour exposer le tout comme un ver luisant.

J'entendis sa voiture avant même de la voir : le différentiel de transmission couinait à plein régime, le moteur rugissait au sortir d'un silencieux défectueux pareil à un camion à ordures, tandis que les gravillons explosaient comme de la mitraille sous le passage des roues. Puis la Trans Am s'engagea en dérapage dans la courbe au milieu d'un nuage de poussière jaune, profilée bas sur ses amortisseurs, sale et zébrée de boue sèche, en s'ouvrant une tranchée verte au milieu d'un halier de canne.

Je le regardai droit dans les yeux à travers son pare-brise – à me plonger dans le regret qui devait être le sien de ne pas m'avoir éliminé lorsqu'il en avait eu l'occasion, sa furie furieuse devant la conspiration cosmique à laquelle il devait d'être le soldat et le souffre-douleur d'un paranoïaque dévoré d'ulcères comme Joey Gouza.

Je plaçai le camion en diagonale au travers de la route, bondis du siège et pointai le .45 par-dessus le capot avec en ligne de mire le visage de Jack Gates. Il écrasa les freins, et la Trans Am partit en dérapage au rebond sur un nid de poule avant de zigzaguer pour s'écraser de flanc contre le tronc d'un chêne en abandonnant au passage un enjoliveur de roue qui s'en alla tournoyer au milieu de la route. Jack Gates me fixa un instant du regard, à travers la vitre ouverte côté passager, un revolver bleu en appui dans une main au sommet du volant, ses dents couronnées de métal luisant aux rayons brûlants du soleil matinal, tandis que le moteur sous le capot tour à tour rugissait à pleins gaz avant de retomber en régime.

– Laisse tomber, Jack. Rends-toi, dis-je. Gouza n'est qu'un sac à merde complètement psycho. Laisse-le payer les pots cassés tout seul pour une fois.

Le panache de poussière soulevé par sa voiture passa devant sa vitre, et dans la seconde où je le perdis de vue, il pointa rapidement le revolver par la fenêtre et lâcha deux balles. La première était trop courte ; elle souleva un petit nuage de poussière un mètre devant le camion, mais la seconde ricocha sur le capot avec un grand *whang* en faisant dégringoler une pluie de feuilles de l'arbre derrière moi.

Puis il passa en marche arrière et écrasa l'accélérateur au plancher ; la Trans Am fila à reculons sur la route, ses pneus brûlant la poussière au milieu de tourbillons de fumée noire. Il zigzagua d'un côté à l'autre de la route, faisant sauter des plaques d'écorces des troncs d'arbres en éclatant au passage un feu arrière avant d'arracher un pare-chocs. Mais visiblement, il n'avait pas les yeux dans sa poche : il se rappelait avoir passé sur sa route un portail en grillage affaissé et un semblant de chemin latéral qui traversait un champ de canne à sucre. Il écrasa les freins, fit demi-tour en dérapage et franchit en rugissant le portail affaissé – poteaux en bois de cèdre, fil de fer barbelé, tout le paquet.

Je remontai au pas de course la pente de l'autre côté de la route, au travers d'un bouquet de pins, avant de passer une coulée à grandes éclaboussures pour ressortir à la limite du champ, à l'instant précis où la Trans Am pivotait au coin en écrasant une aile au passage contre un tracteur rangé là, avant de se frayer un passage au milieu des petites cannes à sucre en direction d'une digue au dessus aplati qui ramenait vers la route principale de la paroisse.

Il ne s'attendait pas à me voir, à pied, dans le champ. Il commença à tourner le volant pour se diriger vers moi afin de me repousser dans les arbres de la coulée, puis changea d'avis et fit pivoter le volant dans la direction opposée d'une seule main tout en faisant feu à l'aveuglette de son autre main par la fenêtre. Dans la fraction de seconde où la Trans Am passa près de moi comme l'éclair, son visage m'apparut tout petit, blanc et rond derrière la vitre, pareil à celui d'un spectateur au cinéma, à croire qu'il venait soudain de prendre conscience qu'il était le témoin de son propre dénouement.

Je posai un genou dans l'herbe humide et commençai à tirer. J'essayai de tenir ma mire sous la ligne de l'encadrement de vitre pour compenser le relèvement du canon dû au recul, mais ce ne fut pas nécessaire, à vrai dire. Les huit balles à tête creuse qui, à l'impact, s'écrasaient contre leur cible pour prendre la forme de quarts de dollar, avaient détruit son véhicule : portières percées de part en part de trous argentés, verre de vitres en toiles d'araignées, touffes de capitonnage arrachées aux sièges, pneu explosé sur sa jante, radiateur éventré qui crachait son panache de vapeur et une zébrure sanguinolante qui barrait comme d'un trait le pare-brise.

Son pied avait dû se bloquer sur l'accélérateur,

parce que la Trans Am volait presque dans les airs en rugissant de tous ses cylindres le long du rebord d'un fossé d'irrigation lorsqu'elle trancha dans la clôture qui entourait un poste électrique annexe de la Gulf States Power Company. L'avant s'écrasa en plein dans les transformateurs et les étages de cables de transmission et d'isolateurs en céramique s'effondrèrent en grésillant, comme un filet sur le toit de la voiture.

Mais Jack Gates était toujours en vie. Il laissa tomber le revolver par la fenêtre, puis commença à vouloir ouvrir sa portière en la poussant des paumes de ses mains, pareil à un homme qui essaierait de s'extirper des décombres d'un immeuble effondré.

– Ne sors pas, Jack ! Ne touche pas le sol !

Il se laissa retomber sur son siège, le visage exsangue et épuisé, puis la semelle d'une de ses chaussures vint se poser sur la terre humide.

La haute tension tordit son visage comme s'il était pris d'une crise d'épilepsie. Son corps se raidit, puis se mit à trembler, agité de secousses ; la salive vola de ses lèvres ; l'électricité semblait bondir et danser à la surface de ses dents couronnées. Puis l'avertisseur et la radio de sa voiture se mirent à claironner simultanément, et une odeur de roussi, pareille à des cheveux et des matières fécales en train de brûler dans un incinérateur, s'éleva de sa tête et de ses vêtements en ronds de fumée sale.

Je fis demi-tour et retournai vers la route. L'herbe était mouillée et frottait contre mes jambes de pantalon, grouillant d'insectes, sous le soleil jaune et brûlant au-dessus de la ligne des arbres sur le marais. On avait baissé le pont mobile et ambulances, camions de pompiers et voitures du shérif se dirigeaient vers moi en donnant de la bande, brillant de tous leurs gyrophares, sous la longue marquise des chênes. Ma salive avait le goût des pennies de cuivre ; mon oreille droite était un bloc de bois. Le .45, culasse béante sur le chargeur vide, me faisait l'effet d'un appendice stupide en train de pendre au bout de mon bras.

Infirmiers, flics et pompiers se précipitaient en tous sens autour de moi. Je poursuivis mon chemin, au bord du bayou, vers ma maison. Les brèmes chassaient en bande au milieu des nénuphars, ébréchant la surface des eaux de cercles concentriques comme autant de gouttes de pluie. Les genoux des cyprès, le long de la rive opposée, étaient rabougris et humides dans l'ombre parmi les fougères, et j'aperçus les délicates empreintes de pattes d'aigrettes sur le sable mouillé. Je dégageai le chargeur de l'automatique, le fourrai dans ma poche arrière et laissai le coulissant reclaquer à vide sur la chambre. J'ouvris et fermai la bouche pour déboucher mon oreille droite, mais celle-ci me fit l'effet d'être pleine d'eau chaude refusant de s'en évacuer.

Le shérif arriva derrière moi et posa doucement la main au creux de mon bras.

– Quand ce sont eux qui distribuent les cartes, nous fermons leur partie, dit-il. Et s'il en est autrement, c'est que nous nous sommes trompés quelque part. Tu sais où j'ai appris ça ?

– Ça me rappelle quelque chose.

– C'est normal, c'est fait pour.

– Nous aurions pu nous servir de Gates pour avoir Joey Gee.

– Ouais. Eh bien, nous allons mettre la main sur Fluck et c'est *lui* que nous utiliserons. Six d'un côté, une demi-douzaine de l'autre, quelle différence ?

J'acquiesçai en silence.

– D'accord ? dit-il.

– Bien sûr.

– Ce n'est qu'une question de temps.

– Ouais, ce n'est que ça et rien d'autre, confirmai-je en détournant le regard au loin, là où je sentais presque la chaleur du soleil cuire le toit de tôle galvanisée de la boutique à appâts.

15

Je verrouillai la boutique et ne laissai personne y pénétrer de tout le restant de la journée. Je repensai un long moment aux événements de la matinée. Les choses avaient pris pour Joey Gouza un tour plus favorable que tout ce qu'il aurait jamais pu mettre sur pied. J'avais été responsable de sa libération sur l'accusation bidon d'agression et voies de fait déposée par Drew Sonnier ; le film de Weldon, sur lequel bien des gens avaient cherché à mettre la main, s'était avéré, légalement parlant, avoir la valeur d'un kleenex usagé ; Eddy Raintree, demeuré superstitieux aussi bien que pervers, aurait probablement cafté Joey Gee en échange d'un rouleau supplémentaire de papier hygiénique, s'il n'avait pas vu son visage exploser en brume sanglante sous les coups de fusil de Jewel Fluck alors qu'il avait encore mes menottes aux poignets ; Gates s'était ensuite occupé de Fluck, et j'avais à mon tour tué Gates, le seul survivant qui eût été à même d'impliquer Joey dans le meurtre Garrett.

Je me demandai si Joey Gee se levait le matin et disait une prière de remerciements pour le jour où j'étais entré dans sa vie.

Entre-temps, l'un de ses sociopathes à gages avait terrifié ma fille, puis il avait ordonné à son homme de main en chef d'aller livrer une tête coupée et un doigt sectionné au lieu de notre entreprise familiale.

Je soupçonnais fort la journée d'aujourd'hui de s'être révélée tout à fait spéciale pour Joey, une journée au cours de laquelle il avait pris un plaisir supplémentaire à se tirer des lignes avec ses putes, siroter ses cocktails au rhum glacé en leur compagnie près de la piscine, voire même à les inviter à une sortie jusqu'au club-house de l'hippodrome pour un dîner de langoustes et des rouleaux entiers de billets de pari mutuel à six dollars. Je soupçonnais qu'en cet instant, Joey Gee n'avait plus le moindre souci à la face du monde.

Après avoir rédigé mon rapport au bureau, je rentrai à la maison et m'assis sur le ponton, à l'ombre, en solitaire, à fixer les reflets jaunis et brûlants du soleil sur le bayou, suivre des yeux les libellules qui semblaient suspendues, immobiles au-dessus des typhas et des nénuphars. Même à l'ombre, je suais à grosses gouttes sous mes vêtements. Puis j'allai déverrouiller la boutique à appâts dont j'utilisai le téléphone pour appeler Clete Purcel. La chaleur était étouffante, et le sac en plastique accroché au poteau au centre de la pièce était emperlé d'un voile d'humidité.

Lorsque j'en eus terminé de ma conversation avec Clete, on aurait dit que l'empreinte moite de ma main avait été peinte sur le combiné.

Je travaillai dans le jardin le restant de l'après-midi et lorsque la pluie se mit à tomber à seize heures, je m'installai seul sur la galerie et regardai dégouliner l'eau des pacaniers, *tic-tic-tic* sur les feuilles mortes, *ping-ping* sur le toit de la cage de Tripod. Puis, au crépuscule, je retournai dans la boutique à appâts avec un carton à chapeaux, et cinq minutes plus tard, je prenais la route de La Nouvelle-Orléans.

* * *

– Tu as l'air fatigué, dit Bootsie à la table du petit déjeuner le lendemain matin.

– Oh, je ne suis pas très bien réveillé ce matin, c'est tout, dis-je.

– À quelle heure es-tu rentré la nuit dernière ?

– Je n'ai pas vraiment fait attention.

– Comment va Clete ?

– Toujours la même chose.

– Dave, qu'est-ce que vous fabriquez tous les deux ?

Je gardais les yeux fixés sur Alafair, qui préparait sa gamelle du déjeuner sur le plan de travail de la cuisine.

– N'oublie pas ton morceau de gâteau, Alf, dis-je.

Elle se retourna, un grand sourire aux lèvres.

– C'est déjà fait, dit-elle.

– Veux-tu qu'on en discute plus tard ? dit Bootsie.

– Ouais, c'est une bonne idée.

Dix minutes plus tard, Alafair franchit la porte-moustiquaire au pas de course pour attraper le bus scolaire. Bootsie la suivit du regard puis revint dans la cuisine.

– Je viens de voir Batist qui amenait des planches dans la boutique. Qu'est-ce qu'il est en train de faire ? demanda-t-elle.

– Quelques réparations.

– Est-ce que ce Gates est entré dans le magasin ? C'est pour cette raison que tu n'as pas voulu que quiconque y aille hier ?

– Ce n'était simplement pas un jour comme les autres pour le commerce.

– Qu'est-ce que Clete vient faire là-dedans ? En quoi est-il concerné ?

– Ce sont les gros bras de Gouza qui l'ont expédié à l'hôpital. C'est en ça qu'il est concerné, Boots.

Elle desservit la table et mit les assiettes dans l'évier. Elle regarda par la fenêtre en direction de l'arrière-cour.

– Quand tu vas voir Clete, c'est toujours pour accélérer et court-circuiter les choses sans vous embarrasser du règlement, dit-elle.

– Tu ne sais pas tout ce qui s'est passé.

– Ce n'est pas moi le problème, Dave. Ce qui me tracasse, c'est que j'ai l'impression que tu caches quelque chose aux gens avec lesquels tu travailles.

– Joey Gouza a donné l'ordre un jour à Gates de balancer le beau-frère de Gouza dans une hélice d'avion. Ensuite il a envoyé cet homme chez nous avec un...

– Quoi ?

Je retins ma respiration et pinçai mes tempes entre mes doigts.

– Gouza a un haut-fourneau en guise de cervelle, dis-je. Il a laissé sa marque sur notre maison, et je ne peux rien contre lui. Et tu crois que je vais me contenter de ça sans réagir ?

Elle lava les assiettes dans l'évier, le regard toujours fixé par la fenêtre.

– Les trois hommes qui ont assassiné l'adjoint du shérif sont morts, dit-elle. Un jour, ce sera au tour de Joey Gouza. Est-ce que ce n'est pas suffisant ?

– Il y a un autre facteur, Boots. L'homme est

paranoïaque. Aujourd'hui il se sent merveilleusement bien, il a touché le couplé dans l'ordre, tous les dragons sont morts. Mais la semaine prochaine, ou peut-être le mois suivant, il va commencer à repenser à tous ces gens qui lui ont fait du mal ou qui l'ont vraiment humilié, et il va faire sa réapparition dans nos existences. Et je ne vais pas laisser se produire une chose pareille, petite.

Elle se frotta les mains à un torchon dont elle se servit pour essuyer le plan de travail. Elle repoussa ses cheveux en arrière de ses doigts, redressa les pervenches dans le vase. Jamais son regard ne vint croiser le mien. Elle alluma la radio posée sur le bord de la fenêtre, avant de l'éteindre et de sortir une paire de ciseaux d'un tiroir.

– Je vais couper quelques fleurs fraîches. Est-ce que tu vas au bureau ? dit-elle.

– Oui, je crois bien.

– Je vais mettre ton déjeuner au frigo. Il faut que j'aille en ville faire quelques courses aujourd'hui.

– Boots, attends une minute...

Elle ouvrit un sachet en papier pour y mettre ses fleurs coupées et sortit par la porte arrière.

* * *

Cet après-midi-là, le shérif vint dans mon bureau avec, entre les mains, mon rapport sur la fusillade Gates. Il s'installa sur le fauteuil face à moi et mit ses lunettes aux verres sans monture.

– J'essaie toujours de remettre une ou deux choses à leur juste place dans ce rapport, Dave. Comme si tu y avais laissé un ou deux blancs, dit-il.

– Comment ça ?

– Je ne critique pas ton rapport. Tu étais plutôt

vanné quand tu as rédigé ça. Mais voyons un peu si je comprends bien tout. Il était un peu tôt quand tu es descendu ouvrir ta boutique, non ?

– C'est exact.

– C'est alors que tu as vu Gates ?

– Correct.

– Tu as appelé le standard et ensuite tu t'es lancé à sa poursuite ?

– Ouais, c'est à peu près ça.

– Donc le jour s'était déjà levé quand tu l'as vu ?

– Il commençait à se lever.

– Obligatoirement, dans la mesure où le soleil était déjà là quand tu as épinglé ton bonhomme.

– Je ne vous suis pas, Shérif.

– C'est peut-être moi qui cherche la petite bête. Mais pour quelle raison un pro comme Gates débarquerait-il chez toi au petit jour alors qu'il aurait pu venir plus tôt, pour t'attendre tranquillement dans l'obscurité ?

– Qui peut savoir ?

– À moins qu'il n'ait eu aucune intention de te faire du mal, à moins qu'il ne soit venu là pour une tout autre raison...

– Pour reprendre ce que Clete m'a dit un jour, essayer de comprendre comment fonctionnent les têtes d'huile, c'est comme de se coller la tête dans la cuvette des toilettes sans avoir tiré la chasse.

Il baissa à nouveau les yeux sur le rapport avant de replier ses lunettes qu'il mit dans sa poche de chemise.

– Il y a quelque chose qui me gêne vraiment là-dedans, Dave. Je sais qu'il existe une réponse, mais j'ai l'impression que je suis incapable de mettre le doigt dessus.

– Parfois il vaut mieux ne pas trop réfléchir. Et se

contenter de laisser les événements suivre leur cours.

Je croisais les doigts derrière la nuque, bâillai et essayai de prendre un air naturel en regardant par la fenêtre.

– Non, ce que je veux dire, c'est que Gouza venait juste de se tirer des pattes de la Paroisse d'Iberia. Libre comme l'air. Est-ce que ce mec est assez cinglé pour envoyer un tueur aux trousses de l'un des nôtres, jusqu'à son domicile, aux toutes premières lueurs du jour ? Ça ne colle pas. Je me trompe ?

– Je regrette que Gates ne soit pas ici pour nous renseigner. Je ne sais que vous dire d'autre, Shérif.

– Bon, je suis content en tout cas que tu n'aies pas été blessé dans l'affaire. Je te verrai plus tard. Tu ferais peut-être bien de rentrer chez toi et de dormir un peu. À te voir, on croirait que tu n'as pas fermé l'œil depuis la Seconde Guerre.

Il sortit. J'essayai de terminer les paperasses qui traînaient sur mon bureau, mais j'avais les yeux qui me brûlaient et j'étais incapable de me concentrer ou de garder mes réflexions dans leur droit fil. Finalement, je fourrai le tout dans un tiroir en bas de mon bureau et jouai distraitement avec une chaîne de trombones sur mon sous-main.

Avais-je menti au shérif ? me demandai-je. Pas exactement. Mais d'un autre côté, je ne lui avais pas non plus dit toute la vérité.

Mon rapport était-il malhonnête ? Non, c'était pis. Il tenait délibérément caché l'homicide commis.

Mais il est des situations qui exigent un compromis de marchandage. Dans cette affaire, l'accomplissement de mes obligations professionnelles auraient exigé que mon foyer, ma famille devinssent le centre d'une histoire morbide qui aurait survécu dans la mémoire de la communauté des décennies durant, et Joey Gouza aurait réussi à infliger, à ma fille en particulier, des dégâts psychologiques à un degré tel qu'ils ne pourraient peut-être jamais être réparés. Saint Augustin a un jour conjuré les hommes de ne jamais user de la vérité pour blesser et faire mal. Je suis convaincu qu'il est des moments sombres et incertains dans nos existences où il n'est ni faux ni mal d'éprouver le sentiment que ces mots qu'il a écrits l'ont été tout spécialement pour chacun d'entre nous.

* * *

Je quittai le bureau et rentrai à la maison par le chemin de terre bordé de chênes qui longeait le bayou et passait devant mon ponton. Les premières gouttes commençaient à tomber d'un ciel ensoleillé, comme à l'accoutumée, presque tous les après-midi d'été vers quinze heures, et je sentais l'air se faire plus dense, soudain plus frais, le baromètre chutait, les brèmes et perches à grande bouche venaient crever la surface du bayou en bordure des nénuphars. Je dépassai le portail en grillage effondré que Jack Gates avait réduit en morceaux lorsqu'il avait dirigé sa Trans Am dans le champ de canne à sucre, et évitai de regarder le poste de transformation en pièces ainsi que la voiture trouée de balles qu'un treuil de dépanneuse avait dégagée des transformateurs pour l'abandonner, gisante, sur le toit, au milieu de tiges de canne brisées. Mais je n'allais pas ruminer vainement sur la mort de Jack Gates ; j'avais déjà remisé la journée d'hier entre les mains de mon Tout-Puissant et j'étais déterminé à ne pas la revivre. Mes problèmes avec Bootsie comme avec le shérif suffisaient amplement à me tenir l'esprit occupé aujourd'hui. Et comme si cela ne suffisait pas, un homme qui me précédait au volant d'une camionnette à plateau était en train de clouer des affiches de Bobby Earl sur les troncs d'arbres en bordure de la route.

Lorsque je m'engageai finalement dans mon allée, il venait d'en lisser une sur le tronc d'un chêne vert bi-centenaire en bordure de ma cour et plantait un clou à chaque coin. Je refermai la portière du camion et m'avançai jusqu'à lui, les mains dans mes poches revolver. Je fis même l'effort de sourire. L'homme avait l'allure d'un individu inoffensif engagé dans un bureau de placement.

– Dites, podna, cet arbre se trouve sur ma propriété et je ne veux pas qu'on y plante de clous, dis-je.

À trente centimètres au-dessus de ma tête se tenait le visage bien découpé de Bobby Earl, éclairé de projecteurs de studio de sorte que ses traits affichaient l'aura messianique d'un Billy Graham. Sous le portrait on pouvait lire son mot d'ordre le plus fréquemment cité, QUE JE SOIS VOTRE VOIX, QUE VOS PENSEES S'EXPRIMENT PAR MA BOUCHE. Puis, plus bas encore, se trouvaient quelques indications à propos d'un meeting-barbecue avec groupes Dixieland vendredi soir à Baton Rouge.

– Désolé, dit l'homme au marteau avec ses clous. Le mec a juste dit de les coller sur tous les arbres.

– Quel mec ?

– Le mec qui m'donne les affiches.

– Bon. Mais n'en clouez plus avant d'arriver au prochain virage, okay ?

– Bien sûr.

J'essayai d'abord de dégager les clous de l'écorce puis me contentai simplement de déchirer l'affiche par le milieu avant de la lui remettre et de remonter vers la maison.

Bootsie était en ville et Alafair n'était pas encore rentrée de l'école. Je me déshabillai dans la chambre, enclenchai l'aérateur de fenêtre, m'étendis sur les draps, l'oreiller sur la tête, et essayai de dormir. J'entendais la pluie qui battait les arbres de ses grosses gouttes plates en cliquetant sur les pales du ventilateur.

Mais je n'arrivai pas à dormir; j'essayais en vain de faire le tri dans mes réflexions, de la même manière qu'on gratte la croûte d'une écorchure dont on sait pertinemment qu'il ne faudrait pas y toucher.

Peu importe le niveau d'études d'un homme du Sud, ni même à quel point il peut, le cas échéant, s'estimer libéral ou intellectuel, je ne pense pas qu'il se trouve beaucoup des gens de ma génération qui ne continuent pas, encore aujourd'hui, à vénérer, d'une vénération parfois secrète, au demeurant, tous les anciens mythes du vieux Sud qu'ils sont censés avoir rangés au placard en tant que membres du nouveau Sud. Il est impossible de grandir dans un lieu où la charrue du tracteur vous libère du sol balles minié et grenaille, et la herse un boulet de canon, en restant imperméable au passé.

Lorsque j'étais enfant, les livres auxquels j'avais accès étaient rares, mais je connaissais tous les récits de l'invasion de la Louisiane du sud-ouest par le Général Banks, l'incendie du palais de justice de la paroisse, la réquisition de l'église épiscopalienne de Main Street qu'on avait transformée en écurie, les canonniers de l'union qui avaient remonté le Teche et noyé d'obus la plantation sur Nelson's Canal, à l'ouest de la ville, l'épopée des garçons de John Bell Hood en uniformes couleur beurre sale, dont les rations de survie se réduisaient à des pois séchés, qui s'étaient battus pied à pied en payant le prix du sang.

Qui se souciait de savoir si leur cause était juste ? Le récit de leurs exploits vous faisaient chanter les sangs ; la balle minié à cannelures que vous ramassiez au creux d'un sillon fraîchement labouré avant de la faire rouler au creux de votre paume vous faisait partie prenante d'un instant vieux de presque un siècle. Il suffisait de regarder au loin les bouquets d'arbres en bordure du bayou, et plutôt que le bruit du moteur de tracteur ronronnant au ralenti à côté de vous, c'était les bruits saccadés d'armes de poing qui vous arrivaient aux oreilles, pareils à des claquements de pétards, accompagnés de panaches de fumée noire explosant au sortir des broussailles à la lumière du soleil. Et vous preniez juste conscience, alors seulement, qu'ils étaient morts là, dans ce champ, qu'ils avaient saigné dans cette même terre où la canne montait à plus de deux mètres à l'automne en prenant la couleur écarlate du sang séché.

Mais comment un si grand nombre de gens pouvaient-ils entrer dans le jeu de dupe d'un homme tel que Bobby Earl ? Étaient-ils donc tous si faciles à tromper ? Un groupe d'individus sensés et raisonnables iraient-ils accorder leur confiance et confier la conduite de leur gouvernement à un ex-nazi américain, à un membre du Ku Klux Klan ? Je n'avais pas de réponse à offrir.

Je m'interrogeai de savoir s'il arrivait jamais à

l'un d'entre eux de se demander ce que Robert Lee ou Thomas Jackson pourraient bien dire d'un tel individu.

Je m'endormis, au bout du compte. Puis j'entendis le bruit de freins de l'autocar scolaire et le claquement de la porte-moustiquaire quelques instants plus tard. S'ensuivirent d'autres bruits : une gamelle à déjeuner raclant l'égouttoir de l'évier, la porte du frigo qui s'ouvrait, le claquement de la moustiquaire de la porte de derrière, Tripod en train de cavaler le long de la chaîne accrochée à la corde à linge, un nouveau claquement de la moustiquaire, des piétinements de chaussures de tennis dans le couloir devant la porte de chambre, et enfin, un temps de silence, lourd et chargé.

Alafair arriva au lit en pleine course et rebondit sur les genoux avant de perdre l'équilibre et de s'affaler sur mon dos par le travers. Je levai la tête de sous mon oreiller.

– Salut, grand mec. Qu'est-ce que tu fais si tôt à la maison ? dit-elle.

– Je pique un somme.

– Oh !

Elle reprit ses bonds puis examina mon visage.

– Peut-être que tu devrais te rendormir.

– Et pourquoi voudrais-je faire une chose pareille, Alf ?

– Est-ce que tu es furieux contre quelque chose ?

J'enfilai mon pantalon, puis me rassis sur le bord du lit et essayai de chasser les restes de sommeil en me frottant le visage.

– Saute sur mon dos, dis-je. Allons voir ce que fait Batist. Ce n'est pas une journée à traîner au lit.

Elle passa les bras autour de mon cou, verrouilla

ses jambes autour de mes côtes et nous descendîmes jusqu'au ponton sur les feuilles humides. Il pleuvinait doucement, le ciel était gris, les nénuphars d'un vert brillant, perlés de gouttes d'eau et le bayou couvert de ronds de pluie.

Batist avait tiré l'auvent de toile sur les fils au-dessus du ponton et plusieurs pêcheurs s'étaient installés là, à l'abri de la pluie, à boire leur bière et manger du *boudin* dans son emballage de papier huilé. Il avait aussi permis à quelqu'un de venir poser des affiches de Bobby Earl sur les fenêtres de la boutique et le dessus du comptoir.

Je laissai Alafair descendre de mon dos. Batist sortait du *boudin* du micro-ondes. Il avait aux pieds des chaussures de bateau en toile sans chaussettes et portait une paire de pantalons blancs recoupés, au tissu en lambeaux, dont le bouton supérieur avait sauté, et une chemise de toile pâlie par les lavages nouée sous la poitrine, laquelle me faisait penser à une plaque de blindage noire. Sa poche de chemise débordait de cigares.

– Batist, qui a mis ces affiches là ?

– Un Blanc qui est passé pour d'mander s'y pouvait les laisser là.

– La prochaine fois, dis à l'homme de monter jusqu'à la maison.

– Té dormau, ti.

Il se colla un cigare dans la bouche sans l'allumer et commença à trancher le *boudin* sur une assiette en carton en insérant dans chaque tranche des allumettes.

– Pourquoi qu'te t'fais d'la bile pour z'affiches, Dave ? Les gens, y les laissent ici tout le temps.

– Parce que ce sont des affiches pour Bobby Earl, et Bobby Earl est une merde ! dit Alafair.

Je la regardai, sidéré.

– Range-moi ce vocabulaire au placard, Alf, dis-je.

– J'ai entendu Bootsie le dire, répondit-elle. C'est une merde. Il hait les Noirs.

Deux hommes devant la glacière à bière me souriaient à belles dents.

– Dave, c'est vrai, a sont-y pour ce gus, Earl ? dit Batist.

– Ouais, mais tu ne le savais pas, Batist, dis-je. Tiens, je vais les jeter à la poubelle.

– J'l'a jamais vu à l'télé, mi, alors j'a pas fait 'tention à s'photo.

– Ça va bien, collègue.

Les hommes devant le frigo souriaient toujours dans notre direction.

– Désirez-vous quelque chose, messieurs ? dis-je.

– Rien du tout, dit l'un d'eux.

– Parfait, dis-je.

Je pris Alafair par la main, et nous remontâmes la pente jusqu'à la galerie. Le vent frais soufflait du marais, chargé d'une odeur de feuilles mouillées et de coques de noix de pacane moisies mêlée au parfum des belles-de-jour mauves qui commençaient à s'épanouir sous les ombrages. La main d'Alafair était petite et chaude dans la mienne.

– T'es en colère, Dave ? dit-elle.

– Non, je suis vraiment fier de toi, petit mec. T'es du bois dont on fait les vrais soldats.

Ses yeux se plissèrent à se fermer presque lorsqu'elle sourit.

* * *

Ce soir-là, Alafair se rendit à un match de baseball en compagnie des enfants du voisin, nous laissant Bootsie et moi seuls, en tête à tête. La pluie avait cessé, les fenêtres étaient ouvertes et l'on entendait criquets et cigales d'un bout de l'horizon à l'autre. Notre conversation, lorsque conversation il y avait, était terne et morose. À vingt et une heures, le téléphone sonna dans la cuisine.

– Allô, dis-je.

– Hé, Belle-mèche, je me suis dit que j'allais te filer quelques tuyaux au cas où tu te demanderais quel genre de vie on a ici, à la Grande Crasseuse [1].

– Une minute, Clete, dis-je.

Je pris le téléphone et tirai le cable sur les marches du perron arrière où je m'assis.

– Vas-y, dis-je.

– J'ai trouvé le moment parfait pour mettre le monde au parfum sur notre homme. Il vient de se coller la biroute dans la prise électrique quelque chose de bien.

En fond sonore j'entendais des échanges de conversations bruyantes et des cliquetis de vaisselle.

– Où es-tu ?

– Je suis à l'Acme, en train de m'enfiler quelques coquilles que je fais passer à grands coups de mousse, preux chevalier. J'ai aussi à ma table une dame, une Française, qui est fascinée par mon accent. Je lui ai dit que c'est du coonass-prolo. Elle dit aussi que je suis quelqu'un de sensible dont la conversation est pleine d'attraits. Elle parle de me peindre nu... Hé, aie confiance en moi, Dave, tout baigne. Ça ne restera jamais dans un manuel de procédure policière, mais quand le moment arrive de leur écrabouiller l'entre-deux, c'est à coups de bottes cloutées qu'il faut le faire. Coule-la douce,

1. Jeu de mots sur le surnom de La Nouvelle-Orléans, « La Grande Facile ». *(N.d.T.)*.

collègue, et passe me voir ce week-end, on se fera quelques truites vertes.

Je reposai le combiné dans son berceau et retournai à l'intérieur de la maison. Bootsie venait de ranger quelques plats dans le vaisselier. Elle me regardait.

– C'était Clete, n'est-ce pas ? dit-elle.

Elle portait une robe bain de soleil en tissu imprimé de fleurs mauves et vertes. Elle venait de brosser ses cheveux châtains, qui brillaient d'une foison de petites lumières.

– Ouais.

– Qu'est-ce que vous avez fabriqué tous les deux, Dave ?

Je m'assis à la table du petit déjeuner et contemplai le dos de mes mains. Je songeai un instant à tout lui dire.

– À l'époque du Premier District, on avait l'habitude d'appeler ça « saler la veine ».

– Quoi ?

– Les affranchis se paient des avocats de prix. Il arrive parfois que les flics arrangent le coup pour que deux et deux fassent cinq.

– Qu'est-ce que tu as fait ?

Je m'éclaircis la gorge et songeai à lui raconter le reste avant d'obliger mon cerveau à se vider.

– Parlons d'autre chose, Bootsie.

Je regardai, au-delà de la moustiquaire sur l'arrière porte, les lucioles qui commençaient à briller dans les arbres. Je sentais les yeux de Bootsie fixés sur moi. Puis Bootsie sortit de la cuisine et commença à trier des boîtes de conserve dans le placard du couloir. Je songeai à partir en ville et lire le journal au comptoir de la salle de billard de Tee Neg. Je me voyais déjà en esprit sous le ventilateur à pales de bois, je sentais le talc, la sciure verte sur le plancher, la bière plate et les fonds de verre de whiskey sur glace qu'on vidait dans les éviers en fer blanc.

Mais le bar de Tee Neg n'était pas un endroit pour moi lorsque j'étais fatigué et que les bouteilles derrière le comptoir se chargeaient de séduction, aussi pleines d'invite qu'un sourire de femme.

J'entendais Bootsie qui empilait les boîtes de conserve avant de refermer la porte du placard. Elle s'avança derrière mon fauteuil et s'arrêta un instant, avant de poser doucement la main sur le dossier.

– C'était pour moi et Alafair, n'est-ce pas? dit-elle.

– Quoi?

– Ce que tu as pu faire la nuit dernière à La Nouvelle-Orléans, ce n'était pas pour toi. C'était pour moi et Alafair, n'est-ce pas?

Je passai le bras derrière sa cuisse et lui pris la main que je posai sur ma poitrine. Elle pressa la joue contre mes cheveux et me serra contre ses seins.

– Dave, nous formons une merveilleuse famille, dit-elle. Essayons d'avoir un peu confiance l'un dans l'autre.

J'étais sur le point de répondre, mais quoi que j'aurais pu dire, mieux valait l'oublier. J'entendais son cœur battre contre mon oreille. Le haut de ses seins mangés de taches de rousseur était brûlant, et sa peau sentait le miel et les fleurs.

* * *

A neuf heures le lendemain matin, je n'avais rien entendu de particulièrement intéressant venant de

La Nouvelle-Orléans. Mais il faut dire aussi que les informations locales offraient souvent des nouvelles d'importance nationale telles que : le pont mobile sur le Teche s'était ouvert, avec trois voitures sur sa chaussée ; le conseil d'administration de l'école s'était terminé hier soir par un pugilat entre deux proviseurs de lycée ; plusieurs catcheurs professionnels avaient dû être escortés par la police municipale à leur sortie de l'armurerie de la Garde Nationale sous les crachats et les pluies d'ordures de leurs supporters ; le gardien du pont-mobile avait balancé l'appareil d'un photographe de presse dans le Teche parce qu'il était convaincu que nul n'avait le droit de prendre son pont en photo.

Je continuai donc à me débattre sans conviction avec mes paperasses en consultant ma montre, à me demander si Clete n'avait pas peut-être tout simplement passé un peu trop de temps devant la tireuse de bière pression de l'Acme avant de se décider à me téléphoner.

Puis à l'instant précis où j'allais repartir déjeuner à la maison, j'eus un coup de fil de Lyle Sonnier.

– Désolé de te contacter avec un tel retard, Lieut', mais ç'a été difficile de faire venir tout le monde ici. En tout cas, c'est pour demain soir, dit-il.

– Il est prévu quoi ?

– Un dîner. Plus exactement, un ragoût de crabes. On va s'en cuire une plâtrée dans l'arrière-cour.

– Lyle, c'est très gentil de ta part, mais...

– Écoute, Dave, Drew et Weldon ont le même sentiment que moi. Tu as traité notre famille avec honnêteté pendant qu'on essayait comme qui dirait de t'enfoncer des punaises dans la tête.

– Non, vous n'avez rien fait de tel.

– Je le sais mieux que toi, Lieut'. Alors, est-ce que vous pouvez tous venir ou pas ?

– Le vendredi soir, on emmène toujours Batist et Alafair au drive-in de Lafayette.

– Amène-les.

– Je ne pense pas que ton père soit tellement impatient de me revoir.

– Allons, Dave, il fonctionne sur à peu près trois neurones, le pauvre vieux. Fais preuve d'un peu de compassion.

– C'est la deuxième fois cette semaine que quelqu'un me dit ça en se trompant de personne.

– Quoi ?

– Aucune importance. Je demanderai à Boots et Batist et je te recontacte. Merci pour l'invitation, Lyle.

Je rentrai à la maison et préparai avec Bootsie une carafe de thé glacé et des maxi-sandwiches – crevettes et huîtres frites – que nous emportâmes à la table de jardin en séquoïa sous le mimosa.

– T'es sûre que ça ne te dérange pas d'y aller ? dis-je.

– Non. Pourquoi cela me dérangerait-il ?

– Il se peut que leur père soit là. Il est horriblement défiguré, Boots.

Elle sourit. Le vent dans le mimosa dessinait sur sa peau des motifs fugaces de dentelle d'ombres.

– Ce que tu veux dire, c'est que Drew sera là, dit-elle.

– Oui, c'est vrai, elle y sera.

– Je crois que je peux survivre à la présence d'une de tes amourettes d'étudiant, dit-elle, tandis que ses yeux bruns se plissaient vers les tempes.

J'étais en retard en arrivant au poste. Lorsque je franchis la porte de mon bureau, le shérif était assis dans mon fauteuil, l'une de ses mi-bottes posée sur le coin de ma table de travail. Une cassette vidéo était posée sur la boucle de son ceinturon. Il consulta sa montre puis son regard passa à mes cheveux et ma chemise mouillés.

– On dirait que tu viens de sortir de la douche, dit-il.

– C'est le cas.

– Tu rentres chez toi prendre un douche au milieu de la journée ?

– J'ai dû changer un pneu.

– Que je sois... dit-il en tambourinant du bout des ongles sur le coffret en plastique de la cassette.

– Qu'est-ce qui se passe, Shérif ?

– Un agent du FBI a déposé cette cassette il y a environ une heure. Elle a été enregistrée la nuit dernière devant une maison placée sous surveillance, en dehors de la ville, près de Lake Pontchartrain. La maison est la propriété d'un des Giacano, les têtes d'huile en chef de La Nouvelle-Orléans.

– Ouais ?

– Ils donnaient une grande soirée hier. La famille Vitalis était venue de trois États et traînait ses guêtres sur la pelouse, y compris Joey-au-long-cou et deux de ses putes. Savais-tu qu'il obligeait ses putes à se trimbaler avec des certificats de santé valides tellement il est terrifié qu'elles puissent lui refiler le sida ? C'est ce qu'a dit l'agent du FBI.

– Je ne connaissais pas ce détail.

– Toujours est-il que l'agent du FBI savait que nous suivions avec un intérêt particulier la carrière de Joey, c'est la raison pour laquelle il a déposé la bande.

Le shérif ôta son pied de mon bureau et fit pivoter son fauteuil pour me faire face.

– J'ai donc regardé la bande. Sacré spectacle dans son genre. On n'a aucune envie de quitter la salle pour s'acheter du pop-corn quand on a ça devant les yeux. Et tout en la regardant, je ne cessais de penser à une chose que tu m'as dite l'autre jour.

Il se mit à suçoter sa lèvre inférieure et son regard se fixa sur mon visage, ses lunettes aux verres sans monture posées bas sur le nez.

– Okay, je veux bien mordre à l'hameçon, shérif. Qu'est-ce que je vous ai dit ?

– Tu as dit quelque chose à propos des événements qu'il fallait laisser suivre leur cours. Donc quand j'en ai eu terminé de visionner la cassette, j'ai commencé à réfléchir. Dave serait-il omniscient ? A-t-il le privilège qu'aucun de nous ne possède de lire l'avenir ? Ou est-il au courant de certaines choses que j'ignore ?

– Je ne suis pas très bon dans le rôle de faire-valoir, shérif. Vous voulez bien en venir au fait ?

– Allons jusqu'à mon bureau. On va se mettre ça dans le magnétoscope. Ces mecs ont fait un sacré boulot. Il y a même le son. Y'a pas à dire, j'aimerais bien avoir le même équipement.

Dans le couloir, j'essayai d'accrocher les regards. Mais je ne vis rien d'anormal sur les visages de ceux que je croisai.

– Je serais d'avis qu'il faudrait mettre un générique, dit-il en enclenchant la télévision avant de glisser la cassette dans le magnétoscope. Peut-être bien quelque chose du genre « Mise en scène par Cletus Purcel et son ami anonyme ».

– Qu'est-ce que vient faire Purcel là-dedans ?

Il se mordit les joues et me regarda de biais.

– Tu ne sais pas ?
– Je ne vois pas du tout.
– Gouza est arrivé à la résidence et s'est garé. Deux minutes plus tard, Purcel est passé, en voiture, vitesse de croisière. À croire qu'il suivait Gouza depuis un moment.
– Comment savent-ils qu'il s'agit de Purcel ?
– Un fédé l'a cadré. Ils ont aussi repéré sa plaque et recherché le propriétaire de la voiture. Puis environ vingt minutes plus tard, les Services de Police de La Nouvelle-Orléans ont reçu un coup de fil anonyme comme quoi Gouza transportait un cadavre dans le coffre de sa voiture et que ladite voiture était visible à cette adresse près du lac. C'est là que commence notre film, Dave. Assieds-toi et regarde. Ensuite tu me diras ce que tu en penses.

Le shérif ferma les persiennes, s'assit sur le coin de son bureau et mit le magnétoscope en marche à l'aide de la télécommande qu'il tenait à la main. Les premiers plans noir et blanc montrèrent une énorme maison Tudor avec ses files de Cadillac, Lincoln, Mercedes et Porsche garées dans l'allée à voitures circulaire et le long du trottoir. Les chênes de la cour latérale étaient garnis de lanternes japonaises et à travers la clôture aux pieux en fer de lance et les buissons de myrte, on apercevait une centaine de personnes groupées autour des tables chargées de boissons et de nourriture.

Puis une voiture de patrouille solitaire de la police municipale apparut dans la rue, gyrophare éteint, ralentit et s'arrêta. Le conducteur sortit du véhicule, avec bloc-agrafe et torche, et passa en revue les voitures garées le long du trottoir en éclairant les plaques minéralogiques. Il s'arrêta près d'une limousine Cadillac blanche aux vitres teintées en noir à l'instant précis où un chien entrait dans le champ de la caméra, venant de l'extrémité opposée du bloc.

L'action se déclencha sans attendre. Un flic en uniforme, tenant en laisse un berger allemand, s'approcha de l'arrière de la limousine. Le chien renifla une fois et fut pris de crise, à bondir et tirer sur sa laisse comme un fou, en faisant claquer pattes et griffes contre le pare-chocs arrière et le coffre.

L'un des flics se servit de sa radio et dans l'instant qui suivit, des voitures de police municipale, tous gyrophares allumés, débarquèrent en foule sur le bloc. Elles se rangèrent en épi dans la rue et bloquèrent les deux entrées de l'allée ; puis une troupe de flics en uniformes envahit les pelouses en franchissant les haies, à illuminer l'intérieur des voitures de leurs torches en notant les numéros de toutes les plaques minéralogiques du voisinage. Arrivèrent ensuite de nouveaux policiers tenant en laisse d'autres chiens, qui transformèrent en carnaval une petite zone résidentielle en bordure de lac.

Deux inspecteurs en civil s'avancèrent jusqu'au coffre de la limousine et insérèrent une pince-monseigneur sous le rebord de la malle. Les invités de la garden-party, à ce stade, avaient commencé à se diriger vers le trottoir, avec, à leur tête, Joey Gouza, et, derrière lui, un homme chauve taillé en barrique, en veste de sport blanche, œillet à la boutonnière, pantalon sombre et chaussures blanches.

– Est-ce que tu apprécies le spectacle, jusqu'ici ? dit le shérif.

– Super, comme truc.

Il mit le magnétoscope sur pause.

– Tu reconnais le mec en veste de sport ? demanda-t-il.

– Non.

– Il s'agit de Dominic Gabelli dit « la Baston ». Il s'est gagné son sobriquet pour avoir écrabouillé un collègue pensionnaire comme lui de Lewisberg. Il est aussi membre de la commission de Chicago. Qu'est-ce que tu crois que les flics vont trouver dans le coffre, à ton avis ?

Je ne répondis pas.

– Ce n'est pas un cadavre, dit-il.

– Vous m'avez demandé de regarder ceci, shérif. S'il est dans vos intentions de suggérer que je me trouve impliqué d'une quelconque manière dans les événements que relate ce film de surveillance, alors, allez-y et faites-le. Mais il vous faudra trouver quelqu'un d'autre pour vous écouter.

– Je te trouve un peu brutal, tu ne crois pas ?

– Je ne trouve pas.

– Voyons la suite des événements.

Il redémarra la bande et augmenta le volume. Les deux flics en civil pesèrent de tout leur poids sur la pince-monseigneur et l'on entendit la barre de métal mordre le métal, avant de libérer le couvercle de la malle de son attache en faisant sauter les boulons de la serrure soudée au bâti. Gouza essaya d'agripper l'un des flics en civil, mais se vit repoussé par un agent en patrouille.

La piste sonore n'était pas des meilleures ; les voix de la foule, les flics, les couinements des radios, le barattage des pales de l'hélicoptère en surplomb, une explosion de tonnerre arrachée au ciel au-dessus du lac, résonnaient comme le grondement de pommes en train de rouler au fond d'une grosse barrique. Mais l'attitude scandalisée d'un Gouza fou furieux battant l'air de ses bras, passa l'écran de télévision avec la clarté douloureuse d'un ulcère en train d'éclater.

– Putain de merde, qu'est-ce que vous foutez, les mecs, à votre avis ? dit-il. Vous devez avoir un mandat pour faire ça. Vous devez avoir un motif suffisant. Et tenez-moi ce putain de klebs à l'écart ! Hé, j'ai dit, éloignez-le !

Le couvercle de la malle arrière se souleva avec violence et les deux flics en civil, le visage blanc comme un linge, sursautèrent, la tête rejetée en arrière, à croire qu'on venait de les gifler. Une femme en robe du soir vomit sur le gazon.

– Seigneur Jésus, je ne peux pas y croire, dit une voix.

– Allez me chercher une pelle, un balai ou quelque chose. Je vais pas ramasser ça avec les mains.

– Mais putain, de quoi vous parlez, les mecs ? dit l'homme en veste de sport blanche.

Il se fraya un chemin en compagnie de Gouza au mieu de la foule pour avoir une meilleure vue du contenu du coffre. Puis sa main monta à son visage pour se coller sur la bouche et le nez.

– Appelez le légiste, dit l'un des flics en civil.

Un sergent en uniforme, les mains à l'intérieur d'un sac à preuves à conviction en vinyle tendit les bras à l'intérieur du coffre, sortit la tête de Jewel Fluck et la posa sur l'herbe. Le visage de Joey Gouza était pétrifié ; bouche béante, mâchoires pendantes, il regarda sans voix l'homme en veste de sport blanche, en gesticulant à vide de ses deux bras dans les airs.

– Je ne sais pas ce qui se passe ici, Dom, dit-il. C'est un coup monté. Ces enfoirés du ciboulot bossent la main dans la main avec des flicaillons de merde de la Paroisse d'Iberia. Je le jure, Dom. Ça fait un moment qu'y z'essaient de me coller un croc de boucher dans le ventre et de me retourner les tripes à l'air.

– La ferme, Joey. T'es en état d'arrestation, dit l'un des flics en civil. Mets les mains sur le capot et écarte les jambes. Tu connais la procédure. Le reste de la troupe, reculez et retournez à vos lasagnes.

Le sergent en uniforme poussa Joey dans le dos, face contre le flanc de la Cadillac et lui palpa les aisselles. Le visage livide de furie, Joey pivota sur les talons et lança son coude dans le nez du sergent.

Les Services de Police de La Nouvelle-Orléans passèrent alors à l'œuvre avec la subtilité et la délicatesse de méthode qui les ont rendus si célèbres. Tandis que le sergent essayait de tenir les mains en coupe sur son nez d'où jaillissait une fontaine de sang, deux flics en uniforme passaient à l'action et une pluie de coups de matraque dégringola sur le dos de Joey.

– On a un flag ! hurla quelqu'un.

À croire qu'il suffisait de cette seule et unique déclaration pour justifier la fin par tous les moyens, un flic s'élança depuis l'autre côté de la rue, un pistolet paralysant à la main. Les flics manieurs de matraques en fléaux s'écartèrent d'un bond lorsqu'il fit feu.

Mais Joey avait vu ce qui arrivait, lui aussi, et il esquiva latéralement. La fléchette vint s'enchasser dans le cou gras et épais de l'homme en veste de sport blanche. Lequel s'effondra au sol comme abattu d'un coup de hache, le corps pris de convulsions, les bras en train de se tordre dans l'herbe humide sous le choc de la décharge électrique.

Un flic garrotta alors Joey par le travers de la

gorge à l'aide de sa matraque en le soulevant du sol, étranglé, tandis que deux autres policiers lui menottaient les poignets derrière le dos. Les derniers plans du film montraient Joey qu'on fourrait derrière la cloison grillagée d'une voiture de patrouille, malgré les coups de pied frénétiques qu'il donnait à la vitre.

Le shérif plaça le magnétoscope sur rembobinage.

– En recherchant l'origine du coup de téléphone anonyme, la police est remontée jusqu'à l'Acme Oyster Bar sur Iberville, dit-il. Lorsque les flics en civil sont arrivés sur les lieux, sur qui sont-ils tombés ? Nul autre que Cletus Purcel, complètement bourré à la bouillette [1], avec, devant lui, sept douzaines de coquilles d'huîtres vides empilées sur la table. Les flics en question sont d'avis qu'il ne s'agissait pas d'une coïncidence d'être ainsi tombés sur Purcel à l'Acme.

– Mais ils ne l'ont pas embarqué, si je ne me trompe ?

– Non.

– Et ils ne l'arrêteront pas, d'ailleurs.

– Et pourquoi donc ?

– Parce qu'ils s'en fichent, shérif. Gouza ne va pas tomber pour meurtre, mais il va se retrouver derrière les barreaux pour résistance à agent de police et coups et blessures lors d'une arrestation. Pour le tribunal, c'est un récidiviste. Ce qui signifie que cette fois, il passe au trou avec les grosses rayures à Angola, on lui boucle la porte dessus et on la soude à demeure. Pourquoi voudriez-vous qu'ils se soucient de Clete ?

– Tu te méprends sur mon compte, Dave. Je ne me soucie pas de Purcel. Ce qui me tracasse, c'est l'éventualité que l'un de mes hommes ait pu piper

1. Mélange de bière et de whiskey. *(N.d.T.)*

les dés. Tu sais que c'était la tête de Jewel Fluck, n'est-ce pas ?

– Peut-être.

– Tu veux bien me dire ce qui s'est exactement passé entre Jack Gates et toi ?

Je me frottai les paumes des mains placées entre mes jambes. Au dehors le soleil brûlait de lumière blanche au travers les fentes des persiennes.

– Les preuves à conviction ont été trouvées sur la bonne personne, Shérif. Il n'y a aucune ambiguïté sur cette conclusion. Vous avez ma parole.

Il se gratta l'ongle du pouce avant de lever les yeux sur moi.

– C'est à peu près tout ce que j'obtiendrai de toi, hein ? dit-il.

– Ouais, je crois que c'est à peu près ça.

– Bon. Peut-être que le moment est venu pour moi de recontacter la famille Garrett à Houston.

J'étudiai son visage et j'attendis.

– Je crois que tu as apposé ta signature sur cette affaire à coups de battes de base-ball, Dave. Mais d'une manière comme d'une autre, nous refermons le dossier. Les trois hommes qui ont tué Garrett sont morts. L'homme pour lequel ils travaillaient est dans une prison de La Nouvelle-Orléans avec une caution de deux millions de dollars. Je crois que l'assiette est bien nettoyée. Reste plus une miette.

Il me lança un regard mesuré.

– Pour tout le monde, si tu vois ce que je veux dire ?

– La décision revient à d'autres.

– Je me disais bien que tu pourrais dire ça. La fierté, ça peut être une sacrée saleté parfois, tu ne crois pas ?

Il remonta les persiennes. La blancheur brûlante

qui rayonnait du ciment à l'extérieur, le vert violacé des arbres, des buissons et de l'herbe me firent monter les larmes aux yeux. Comme je sortais du bureau, j'entendis le shérif qui retirait la cassette du magnétoscope avant de la balancer négligemment dans un tiroir de classeur métallique qu'il referma d'une claque du plat de la main.

16

Je pris un jour de congé le lendemain. L'école avait fermé pour l'été, et cette raison à elle seule me parut une excuse suffisante pour m'absenter et préparer un panier-repas pour Alafair et moi avant de nous emmener tous les deux, à grands coups de pagaie, dans les profondeurs des marais baignés de lumière verte pour y pêcher au ver rouge et à la cuillère perches à large bouche et perches soleil. L'air du matin était moite et frais au milieu des arbres noyés et dans les zones d'ombre, sous la brume qui montait des eaux, on entendait le bruit des plongeons des perches de mer en bordure des nénuphars, le battement d'ailes d'un héron qui prenait son envol avant de filer au milieu d'un canal courant entre deux rangées d'arbres pareilles à un long couloir avant de disparaître, petit point noir semblable à une énigme, dans le cône du soleil qui brillait à l'autre extrémité.

Mais tandis que je tirais ma pagaie plongée dans l'eau sombre pour l'entendre cogner au passage un genou de cyprès humide, en observant Alafair, le visage concentré, tout entière occupée à lancer sa cuillère appâtée en bordure des nénuphars avant de la ramener lentement en la laissant filer au milieu d'un banc de brèmes, je compris qu'une sensation autre prenait possession de moi dans le même temps. L'âge m'avait enseigné, au bout du compte, qu'il était un temps pour suivre la saison en lâchant délibérément prise au monde et à son sérieux pour abandonner ce faisant, l'espace d'un moment, l'obligation terrible qui est la nôtre de nous définir nous-mêmes comme le monde aux yeux des autres.

Hier, sur le ponton, j'avais dit à Batist que Lyle Sonnier l'avait invité à son ragoût de crabe à Baton Rouge.

– Et pourquoi qu'y demande à un Noir ? dit-il.

– Parce qu'il t'aime bien, parce qu'il aimerait bien qu'on y aille *tous* autant qu'on est.

Il haussa un sourcil à mon adresse, le regard en coin.

– T'es sûr qu'y veut de mi là, Dave ?

– Ouais, sinon je ne te le demanderais pas, Batist.

Il me regarda et réfléchit un moment.

– Très bien, ça me paraît chouette. J'aimerais bien y aller avec z'autres, dit-il.

Puis, alors que je faisais demi-tour pour retourner à la maison, il ajouta :

– Dave, *pourquoi* qu'ti, té veux y aller ? Y'a été un temps, j'ai eu comme l'impression que t'aurais peut êt' ben aimé coller tous les Sonnier dans un grand sac fourre-tout avec une paire ed' briques et de balancer le paquet dans l'bayou.

Je souris à sa plaisanterie, sans répondre.

Savoir si je me sentais effectivement encore coupable d'avoir laissé Lyle descendre dans un tunnel viêt-cong, un tunnel que nous aurions pu faire sauter sans y réfléchir à deux fois ? Si j'étais toujours l'obligé de Drew à cause de nos impétuosités de jeunesse à l'arrière de ma décapotable par une nuit d'été voici bien des années ? Est-ce que je portais donc en moi cette fêlure auto-destructrice qui me poussait à faire miens les problèmes de Weldon pour la simple et bonne raison que je voyais en lui un miroir de moi-même ?

Non, ce n'était pas cela.

Un thérapeute m'avait dit un jour que nous naissions seuls et que nous mourions seuls.

Ce n'est pas vrai.

Tous, nous sommes partie prenante d'une grande famille dont nous reconnaissons les membres comme étant des nôtres dès que nous les voyons. Les êtres qui me sont les plus proches se distinguent toujours du reste des autres par une différence significative dans leur apprêt et leur maquillage. Ce sont eux les invalides de l'âme, les écorchés vifs, ceux-là mêmes qui ont subi une blessure psychologique qu'ils ne seront jamais à même de définir, ceux dont les yeux brillent d'une lueur messianique ou dont le regard vous arrive en coin, à croire qu'un tank M-1 est sur le point de forcer le passage au travers de leurs fortifications mentales. Ce sont eux qui conduisent leur décapotable, capote baissée, lorsqu'ils pénètrent au volant de leur véhicule sur le banc de lavage automatique, ce sont eux qui font pousser aux prêtres et aux psychiatres des soupirs de désespoir, qui laissent médusés les contrôleurs fiscaux venus vérifier leurs avoirs, qui transforment les réunions publiques en zones franches avec tir à vue, qui vont même jusqu'à s'effrayer en personne en se réveillant au milieu de la nuit, convaincus d'avoir laissé les lumières allumées, avant de prendre simplement conscience qu'il s'agit tout bonnement de leurs têtes qui luisent doucement dans l'obscurité.

Mais ce sont eux qui nous sauvent de nous-mêmes. Chaque fois que j'entends, chaque fois que je vois un homme politique ou un chef militaire, sur fond d'étendards américains, essayer de nous convaincre du bien-fondé d'une politique particulière ou d'une action précise qui nuira ou fera mal à autrui, lorsque je me sens moi-même presque convaincu que le souci humanitaire se doit d'être mis de côté sur la simple justification de l'intérêt d'un bien plus grand, je m'arrête et me demande ce qu'auraient à en dire mes amis à la cervelle enfumée. C'est alors que je prends conscience que la rhétorique ne serait sur eux d'aucun effet, car pour ceux dont l'enfance avait connu les blessures les plus profondes, les paroles à finalité morale ne servaient que trop souvent de masques à des actes de cruauté.

Et c'est alors qu'on dédaigne toute raison pour se glisser au plus profond des lumières vacillantes réfléchies par les eaux vertes d'un marécage, avec pour seul guide une enfant, et s'abandonner à la saison en la laissant vous gagner le cœur.

* * *

Ce soir-là, Alafair décida d'aller au cinéma en compagnie des enfants du voisin, et de passer la nuit chez eux. Bootsie lui prépara donc son souper de bonne heure, et lorsque la chaleur du jour commença à disparaître, Bootsie, Batist et moi-même montâmes dans la voiture de ma femme et sous les ombres qui s'en allaient grandissant, nous prîmes la route qui longeait le Teche avant de traverser St Martinville et rejoindre la route inter-États direction Baton Rouge.

Nous franchîmes le large méandre du Mississippi à Port Allen, avec, sous les yeux, le lavis jaune écarlate du soleil jouant de ses lumières sur l'immeuble du capitole, les jardins, les arbres verts au centre de

Baton Rouge avant de longer la rive du fleuve et ses vieux entrepôts de brique aujourd'hui réhabilités, transformés en restaurants et boutiques et rebaptisés Catfish Town – la Ville du Poisson-Chat – par la Chambre de Commerce (à un bloc de distance d'un quartier noir de cahutes en bois de cyprès lessivé par le temps, sans peinture, aux galeries affaissées, aux cours de terre battue, là-même où les esclaves émancipés avaient habité pendant la Reconstruction). Puis nous empruntâmes Highland en direction du campus de L.S.U., où commencèrent à se faire de plus en plus fréquentes les affiches annonçant le meeting politique et le barbecue de Bobby Earl.

Je ralentis la voiture à une intersection encombrée de véhicules où l'on avait cloué sur les poteaux téléphoniques des panneaux indiquant le lieu où se tenait le meeting politique, un jardin public à deux blocs de là. Nombreuses étaient les voitures qui nous entouraient à arborer rubans jaunes noués à leurs antennes radios et auto-collants Bobby Earl sur leurs pare-chocs.

Je sentis le regard de Bootsie sur mon visage.

– Quoi ? dis-je.

– Ne t'en fais donc pas, dit-elle. C'est la Louisiane, c'est tout. Pense aux Long.

– Ce n'est pas la même chose, Boots. Les Long n'étaient pas racistes. Ils ne se faisaient pas les apôtres d'une législation qui établit que le passage à tabac des brûleurs de drapeaux ne sera passible que d'une amende de vingt-cinq dollars.

– Bon, très bien, mais je ne vais pas laisser un individu comme lui me gâcher la vie.

– Ouais, et je crois que c'est bien pour ça que tu as dit à Alafair que Bobby Earl n'était qu'une merde.

Ma vitre était baissée. Celle de la camionnette voisine également. L'homme qui occupait le siège passager et dont la chique de tabac qu'il mâchonnait donnait l'impression d'être aussi dure qu'un biscuit au creux de la joue, me regarda en plein visage.

– T'as un problème, collègue ? demandai-je.

Il remonta sa vitre et regarda droit devant.

– Dave... dit Bootsie.

– Très bien, je suis désolé. Parfois je ne suis pas certain que la démocratie soit une aussi bonne idée que ça.

– Parlez-moi donc d'attitudes bornées et d'esprits étroits, dit-elle.

– Hé, Dave, c't'homme, Bobby Earl, y'a pas été tout mauvais, dit Batist depuis la banquette arrière.

– Quoi ? dis-je.

– Mais les Noirs y sont restés ben longtemps sans voter. Et 'jourd'hui, y z'ont le droit. Ch'parie qu't'avau point pensé ça, nan.

Bootsie sourit et m'envoya un coup de poing dans l'une de mes poignées d'amour, avant de tendre le bras et dégager une mèche de cheveux qui me tombait dans les yeux. Comment voulez-vous discuter avec des compagnons de cet acabit ?

* * *

Lyle avait essayé de faire les choses dans les règles. Il avait accroché banderoles et drapeaux dans les arbres, préparé une table magnifique chargée de hors-d'œuvre et de salades, engagé un barman professionnel, sonorisé le patio et accroché des corbeilles de pétunias aux grilles de fer forgé de la véranda du premier étage. La pelouse venait d'être tondue et l'air était lourd des parfums d'herbe fraîchement coupée et de fumée de bois qui s'étirait en entrelacs autour du chaudron métallique posé sur le barbecue en brique.

Il avait revêtu pantalons à plis de couleur crème, mocassins marron cirés miroir et chemise hawaïenne à pans flottants au-dessus de la ceinture ; sa chevelure encore humide et peignée en arrière débordait sur le col et ses joues étaient encore rosées d'un dernier coup de rasoir. Un sourire électrique lui barrait le visage lorsqu'il nous accueillit dans la cour latérale avant de nous serrer la main et de nous conduire au patio, où Weldon, son épouse Bama, Drew et plusieurs autres invités que je ne connaissais pas s'étaient regroupés autour de la table chargée de boissons. Sa déférence, le sourire qui ne le quittait pas, la lueur inquiète de son regard me laissèrent un instant accroire qu'il tentait de réarranger tous les éléments de son existence devant l'objectif d'une caméra afin de pouvoir figer l'instant en plan fixe et corriger de fait les manques et les incohérences de son passé, une enfance à jamais inacceptable et inacceptée, par lui-même ou par quiconque s'était vu infliger le même fardeau.

Mais je ne vis pas Vic Benson ; et tandis que nous garnissions nos assiettes en papier de crevettes rafraîchies et de pop-corn à l'écrevisse en essayant de nous montrer conviviaux, à croire que nous devions notre présence en ces lieux à tout autre chose qu'un événement violent, mon regard ne cessait d'aller et venir jusqu'à l'appartement sur garage où il vivait. Clemmie, la bonne noire qui avait été emprisonnée à St Gabriel, souleva un gros baquet plein de crabes à pointes bleues encore vivants qu'elle vida tout gigotants dans le chaudron posé sur le foyer.

– Bon sang, qu'est-ce que ça sent bon ! dit Bama.

Elle avait brossé sa chevelure blond-cendré en crinière épaisse qui lui tombait sur les épaules et portait une robe à dos-nu jaune, des boucles rouge sang aux oreilles et une minuscule croix en or sur une chaîne autour du cou. Jamais je n'avais vu quelqu'un dont la peau était si blanche. Ses veines bleues étaient tellement marquées qu'on aurait pu les croire peintes à même la peau de la pointe d'un pinceau à aquarelle.

– Je suis vraiment content que vous ayez tous pu venir, dit Weldon.

Il avait déjà éteint une cigarette et buvait une bière à même la bouteille, son regard, comme le mien, sans cesse porté sans qu'il en eût conscience vers l'appartement sur garage.

– Je suis heureux que tu aies amené Batist. On dirait qu'il fait copain-copain avec Clemmie. J'espère qu'elle ne lui refilera pas un bon coup de rasoir.

– Lyle est bon pour les gens de couleur, dit Bama.

– Lyle connaît Batist depuis qu'il est haut comme trois pommes, dit Weldon.

– Je parlais de la gentillesse dont Lyle fait preuve à l'égard de la femme, Weldon.

– Oh.

Elle se tourna vers moi. Son visage était petit, comme celui d'un enfant, sa bouche, un bouton rouge avant qu'elle n'ouvrît les lèvres. Le regard était chargé d'une lumière bleue sereine qui ne cillait pas, et je demandai combien elle avait avalé de cachets de tranquillisants avant son premier whiskey à l'eau.

– Weldon est bien trop susceptible quand il s'agit de mon frère, dit-elle.

– Dave monte toujours un peu vite sur le sujet de Bobby et de sa politique, dit Weldon.

– Je ne souscris pas personnellement à tout ce que mon frère incarne, mais je ne nie pas non plus qu'il soit bien mon frère, dit-elle.

– Je vois, dis-je.

– Il a beaucoup de qualités dont la presse n'a aucunement conscience ; en tout cas, les journalistes ne semblent nullement intéressés par ce côté-là de sa personnalité à voir ce qu'ils écrivent.

Weldon fit tournicoter d'un air distrait entre ses doigts une crevette piquée sur un cure-dents.

– En fait, c'est aujourd'hui l'anniversaire de Bobby, poursuivit-elle. Il faut que nous partions un peu plus tôt pour aller lui offrir son cadeau au meeting.

– Bama... commença à dire Weldon.

– Cela nous prendra quelques minutes. Tu pourras rester dans la voiture, lui dit-elle.

Il fit la grimace et détourna le visage vers la pénombre. Quelques instants plus tard, Clemmie passa devant notre table.

– Tu veux bien monter et demander à Vic de se joindre à nous, Clemmie ? dit Lyle.

Clemmie se mit à ramasser les assiettes en carton de la table à plateau de verre comme si elle ne l'avait pas entendu. Ses seins ressemblaient à des pastèques sous son uniforme gris et blanc.

– Clemmie, veux-tu s'il te plaît aller dire à Vic que tous nos invités sont arrivés, dit Lyle.

– Faut que je vive dans la chambre d'à côté de ce vieux malfaisant. Y'a qu'un mur qui nous sépare. Ça veut pas dire qu'y faut que j'lui cause, dit-elle.

Lyle rougit, gêné.

– Peut-être qu'il n'a pas envie de descendre. Laisse-le tranquille, dit Weldon.

– Non, il va descendre jusqu'ici et manger avec nous, dit Lyle. Il a payé pour tout ce qu'il a pu nous faire, Weldon.

– Tu ne sais même pas si c'est bien lui, dit Weldon.

– Veux-tu que je monte le voir ? demanda Drew.

Cette bonne vieille Drew, me dis-je. Toujours la meilleure, toujours au cœur de l'action. Elle se tenait près du bar, debout, le poids du corps sur une jambe, ses bras ronds et épais hâlés et couverts de taches de rousseur.

– Non, j'y vais, dit Lyle.

– Pourquoi faut-il que tu remues le passé sans cesse ? dit Weldon. Si ça ne bouge pas, pas la peine de le tisonner. Quand finiras-tu par apprendre ?

– Prends-toi une autre bière, Weldon, dit Lyle.

– Lyle, c'est le résultat de tes propres dingueries. Ne fais pas comme si quelqu'un d'autre était responsable, dit Weldon.

Lyle se leva de son fauteuil et traversa la pelouse en direction de l'appartement sur garage.

– Que Dieu me vienne en aide, Seigneur Jésus, dit-il en ne s'adressant à personne en particulier.

Quelques instants plus tard, il redescendait l'escalier. Après quelques minutes, l'homme qui se faisait appeler Vic Benson franchit le seuil de sa porte et descendit lentement l'escalier, tandis qu'un rai de soleil couchant venait se casser sur son visage détruit.

Il portait une chemise blanche rapée, grise à force de lavages répétés et sans plis, sur des pantalons noirs brillants remontés serrés sur ses hanches osseuses. Il suffit aux gens présents d'un regard sur son visage pour se détourner et se plonger intensément dans la conversation qui les tenait avec leur plus proche voisin. Vic Benson fumait une roulée qu'il gardait en bouche au coin des lèvres et le papier en était tout mouillé de salive jusqu'à l'extrémité des cendres incandescentes. Ses yeux vous laissaient à penser qu'il se distrayait en solitaire de quelque plaisanterie très privée. Il s'arrêta en bordure du patio, balança son mégot dans un parterre de fleurs et se prit un verre vide au bar. Puis il attrapa une poignée de feuilles de menthe dans un saladier en argent, la roula au creux du poing et en frotta l'intérieur du verre.

– Qu'est-ce que vous prenez, m'sieur ? demanda le barman noir.

Vic Benson ne répondit pas. Il se contenta de tendre le bras au-dessus du comptoir pour se saisir d'une bouteille de Jack Daniel's dont il se servit quatre bons doigts.

Lyle se leva de son fauteuil et vint se placer à côté de lui, l'air gêné, l'attitude maladroite.

– Voici Vic, dit-il en s'adressant à Bama, son frère et sa sœur.

– Heureux de vous rencontrer, dit Vic.

Les yeux de Drew comme ceux de Weldon se plissèrent en fentes, et je vis Drew qui se mouillait les lèvres. Weldon se colla une cigarette dans la bouche, sans l'allumer, avant de l'ôter.

– Je suis Weldon Sonnier. Est-ce que vous me connaissez ? dit-il.

– Je ne vous connais pas. Mais j'ai entendu parler de vous, dit Vic.

– Et vous avez entendu quoi ? demanda Weldon.

– Z'avez un grand nom dans le pétrole par-ici.

– Je détiens le record des forages qui ne donnent rien, dit Weldon.

– Suffit de toucher la nappe une fois sur huit. C'est-y pas vrai ?

– À vous entendre, je dirais que vous avez traîné vos guêtres dans le pétrole, Vic, dit Weldon.

– J'y ai bossé comme manœuv'. Mais ch'sus jamais tombé sur vous, si c'est ça que vous voulez savoir. Mais *elle*, j'l'aie vue.

Il dressa un majeur rabougri en direction de Drew.

Dont le côté du visage se tordit en grimace nerveuse. Avant qu'elle ne se reprenne.

– Je crains de ne pas me souvenir de notre rencontre, dit-elle.

– J'n'ai pas dit qu'vous m'avez rencontré. J'vous ai vue courir dans la rue. À New Iberia. Z'étiez avec d'aut' gens. Mais un homme, ça oublie pas une belle femme.

Drew détourna la tête. Bama se plongea dans l'étude de ses mains.

– Lyle dit que vous êtes notre vieux, Vic, dit Weldon.

– Je l'sus pon. Mais je veux pas discuter de ça. Les gens supportent les mecs comme moi pour différentes raisons. La plupart du temps, parce qu'ils se sentent coupables d' queq'chose. Ç'a pas d'importance pour moi. Quelle heure qu'on mange ? Y'a un programme télé que je veux regarder.

– Ouais, je crois que les crabes doivent être bons et bien rouges, dit Lyle.

– Faut les faire cuire à petit feu, z'ont meilleur goût, dit Vic. Y'a des gens qui z'aiment pas ça à cause du bruit qu'y font dans la marmite.

Il but une longue gorgée de son whiskey, en laissant filer son regard sur nous comme s'il venait de faire là une profonde observation.

Batist et Lyle commencèrent à sortir les crabes de l'eau bouillante à l'aide de longues pincettes en les déposant au fur et à mesure dans le baquet vide pour qu'ils refroidissent. Vic remplit la moitié d'une assiette en carton de gros riz brun épicé, s'avança vers le foyer sans se préoccuper des présents, sortit deux crabes brûlants du baquet à mains nues et commença à manger, seul, à l'ombre d'un chêne, assis sur un fauteuil pliant.

– Est-ce que c'est l'homme que tu as vu à ta fenêtre ? demanda Drew à Bama.

Le pouls de Bama battait contre sa gorge comme un muscle sectionné.

– Je ne suis pas sûre de ce que j'ai vu, dit-elle. Il faisait déjà bien sombre. Peut-être était-ce un homme avec un masque. Pour être franche, j'ai essayé de chasser ça de mon esprit. Je préfère ne pas en parler, Drew. Je ne vois pas pourquoi il faudrait parler de ces choses au cours d'un dîner de fête.

Weldon fumait une cigarette et observait Benson, une expression bizarre sur le visage.

– Weldon ? dit Drew.

– Quoi ?

– Dis quelque chose.

– Qu'est-ce que tu veux que je dise ?

– Est-ce que c'est lui ?

– Bien sûr que c'est lui. Je reconnaîtrais ce vieux salopard même si tu l'avais fait fondre pour le transformer en colle à papier.

***

Je pris la file de service en compagnie de Bootsie, puis nous essayâmes de nous isoler de la conversation des Sonnier. Mais Bama avait elle aussi ses problèmes. Elle fit pis que mieux en essayant de décortiquer le crabe dans son assiette et s'aspergea la robe et le visage de jus en écrasant une pince entre les branches du casse-noisettes pour finir par quitter la table de façon précipitée comme si le pont du Titanic venait de basculer sous ses pieds.

À son retour de la salle de bains, elle avait retrouvé sa contenance, le visage frais, les yeux brillant à nouveau d'une lumière bleue éthérée.

– Oh là ! Je ne m'étais pas rendue compte qu'il était si tard, dit-elle. Il faut qu'on y aille, Weldon.

– Attends une minute. Bobby ne va pas disparaître, répondit-il.

Mais il ne regardait pas Bama. Ses yeux surveillaient toujours Vic Benson, penché en avant, les fesses au bord de son fauteuil pliant sous le chêne, qui buvait un nouveau whiskey comme s'il s'agissait d'un sirop à l'eau.

– Je ne veux pas qu'il croit que nous avons oublié son anniversaire, dit-elle.

– Peut-être qu'il aimerait bien que tu l'oublies, Bama. C'est peut-être pour ça qu'il se fait rincer la figure à grands coups de produits chimiques pour se débarrasser de ses rides, dit Weldon.

– Je crois que tu es injuste en disant cela, Weldon. Injuste et pas gentil.

Mais il ne l'écoutait pas.

– Vous savez, le vieux salopiaud nous a fait subir tout un tas de trucs bien méchants, dit-il. Mais il y en a un qui est resté gravé dans ma mémoire.

Il secoua la tête d'avant en arrière.

– Il m'a attrapé un jour en train de me taper coquette. Je devais avoir treize ans à l'époque. Il m'a collé une pince à linge sur le bout du pénis et m'a obligé à rester comme ça dans l'arrière-cour pendant une demi-heure.

– Hé, calme-toi, Weldon, dit Lyle.

– J'insiste pour que les choses en restent là, dit Bama.

Bootsie s'excusait déjà en se levant de table et je regardais ma montre.

– T'as raison, nom de Dieu, dit Weldon. Reste plus qu'à enfoncer le clou à toutes ces conneries. Allons offrir son cadeau à Bobby et ensuite, retour ici pour nous attaquer pour de bon à une bonne bouteille.

Weldon se leva de son fauteuil et avança jusqu'à l'arbre sous lequel Vic Benson était assis.

– Qu'est-ce que tu vas faire ? dit Lyle.

Puis :

– Weldon ?

Mais Weldon ne lui prêta aucune attention. Il parlait maintenant à Vic Benson en nous tournant le dos, avec force gestes de ses grosses mains, sous le regard silencieux de Benson qui levait les yeux vers lui. Puis Benson posa son verre et se remit debout. Clemmie vida l'eau du chaudron dans le foyer du barbecue, et la vapeur jaillit des briques à gros panaches qui s'en allèrent rouler autour des corps de Benson et Weldon.

Il nous était impossible d'entendre ce que disait Weldon, mais les plis de chair sur le visage de Benson s'étaient retroussés tout autour de la bouche en un rictus de dents et de gencives noircies, ses frêles épaules, rectangulaires et raides à croire qu'elles étaient faites de fil de fer. Puis Weldon s'en repartit vers le bar où il sortit une bouteille de Jax embuée de la glacière avant d'en faire sauter la capsule.

– Arrête de me regarder comme ça, Lyle, dit-il.

– Ch'sus pas ici pour te juger, dit Lyle.

– Qu'est-ce que tu *croyais* que j'allais lui dire ? demanda Weldon.

– Tu es plein de colère. Personne ne peut t'en blâmer.

– Je lui ai offert un emploi, dit Weldon.

– À faire quoi ?

– Débardeur, conducteur de camion, tout ce qu'il voudra bien faire. Je lui ai dit aussi que quelle que soit sa décision, le passé entre lui et nous, c'est fini, terminé.

– Qu'est-ce qu'il a dit ? demanda Lyle.

Weldon souffla de petites bouffées d'air de ses lèvres ourlées.

– J'ai déjà oublié, dit-il. Mais je vais te dire un truc, cependant. Ce mec-là, ou bien je lui paierais un billet d'avion jusqu'en Irak, ou bien je lui collerais des barreaux à sa porte et à ses fenêtres.

Après le départ de Bama et Weldon, Vic Benson nous fixa longuement des yeux depuis l'ombre de son arbre, puis il fit demi-tour et remonta l'escalier qui conduisait à l'appartement sur garage. Les arbres étaient plongés dans la pénombre, et plus loin, sur la rue, sur fond de ciel lavande, au milieu des vols d'hirondelles, le soleil brillait de ses dernières rougeurs sur la croix chromée installée au sommet du collège biblique de Lyle.

Nous étions nous aussi sur le départ lorsque nous entendîmes un démarreur de voiture juste sous l'appartement sur garage.

– Qu'est-ce qu'il fait avec la voiture de Clemmie ? dit Lyle.

Nous nous retournâmes pour voir Vic Benson qui sortait en marche arrière, sur l'allée à voitures, au volant d'une antiquité délabrée, une grosse cylindrée de jadis dont les feux arrière cassés étaient maintenus en place au moyen de cellophane rouge. La fumée sortait à gros bouillons de sous la caisse.

– Oh, bon sang, j'ai un mauvais pressentiment, dit Lyle.

Il se dirigea vers l'appartement, et je le suivis.

Nous trouvâmes Clemmie dans son petit salon, assise, immobile, dans un fauteuil capitonné tout de guingois, la main droite soigneusement tenue en équilibre dans la paume de la main gauche, comme si le moindre mouvement pouvait la mettre en péril. Son maquillage était zébré de coulées de larmes, ses narines et sa bouche barbouillées de sang et de mucus. Deux doigts de sa main droite étaient gonflés comme deux ballons aux jointures.

– Qu'est-ce qui s'est passé ? dit Lyle.

– Y m'dit, « Donne-moi tes clés de voiture, espèce de salope de négresse ». J'y dis, « Tu les auras pas ? Ch'travaille dur pour ma voiture. C'est pas pour la refiler à une raclure de Blanc vicieux et méchant pour qu'y aille s'balader avec ». Il m'a frappé à la figure avec son ceinturon, de toutes ses forces. J'ai essayé de courir et d'jeter les clés pa' l'porte, mais y m'a tordu la main pour m'les arracher, y m'a cassé les doigts, Rev'rend Lyle, comme quand on casse du petit bois. Et pis y m'a craché dans les cheveux.

Ses épaules tremblaient. On sentait la fumée, le parfum, la sueur séchée sur ses vêtements. Lyle mouilla une serviette dont il lui essuya le visage. Je soulevai sa main que je reposai délicatement sur l'accoudoir du fauteuil. Une bague en argent sertie d'une pierre jaune était presque noyée par les boursouflures de chair sous une jointure.

– Nous allons t'emmener à l'hôpital, Clemmie, ensuite, nous irons récupérer ta voiture, dis-je. Ne t'en fais plus non plus pour Vic Benson. Ce soir, il couchera à la prison municipale de Baton Rouge. Sais-tu où il allait avec ta voiture ?

– Y'a demandé où c'qu'y étau le jardin, dit-elle.
– Quel jardin ? dis-je.
– Là où M. Weldon doit aller voir Bobby Earl. Il a un pistolet, Rev'rend Lyle. Y'est remonté à sa chambre et y'est ressorti avec, un petit pistolet tout luisant qui était pas plus gros que vot' main. Y me dit, « Tu redescends là-bas et tu leur racontes c'qui s'est passé, et je reviendrai, et je te couperai le nez ». V'là c'qu'y m'a dit à moi.

Lyle lui caressa les cheveux et lui tapota les épaules. Je dis à Lyle de la conduire à l'hôpital et pris le téléphone pour appeler les Services de Police de Baton Rouge.

Une fois dehors, je demandai à Bootsie de m'attendre avant de me diriger vers la voiture. Je ne m'attendais nullement à voir Batist me suivre.

Il me suivit pourtant. Et ce faisant, nous transforma, lui comme moi, en note de bas de page dans les livres d'histoire.

17

J'essayai de le dissuader, tandis qu'il attendait, son énorme main sur la poignée de la portière, prêt à monter à la place du passager.

– Ce n'est pas une très bonne idée, rien d'autre, dis-je.

– Te cros qu'j'ai la trouille, Dave ? C'est ça qu'te penses après toutes ces années ?

Sa cravate à fleurs imprimées était mal nouée ; le premier bouton de sa chemisette blanche avait sauté ; son pantalon en crêpon de coton était tendu comme une mousseline sur ses cuisses et ses fesses musclées. Je ne pense pas avoir aimé un homme plus fort qu'en cet instant.

– Batist, il y aura des Blancs de bas étage là-bas, dis-je.

– Y'a des endroits où ch'peux 'core pon aller, hein, c'est ça ? C'est bien c'que t'es en train de me dire, Dave, et mi, j'aime pas entendre ça.

– Je te demande de rester avec Bootsie, Batist.

– J'reste pus chi pus longtemps. Te veux pas de mi avec ti, je r'tourne à pied jusqu'à Catfish Town. Vous pourrez m'prendre en chemin en r'venant à l'maison.

Je regardai son visage blessé, et me rappelai mon père en train de m'admonester, qui me recommandait de ne jamais traiter un homme brave en-dessous des mérites qui étaient les siens, rien moins que s'il avait marché sur des braises brûlantes. Et je m'interrogeai, à savoir si j'étais coupable de cette vieille suffisance des sudistes blancs qui veille à tout prix à protéger les gens de couleur d'eux-mêmes.

– Bon. Je crois que les flics de la ville vont probablement mettre la main sur le vieux avant qu'il ne fasse encore du mal à quelqu'un. Mais viens, collègue, on va vérifier, dis-je. Après tout, c'est bien la même foule que pour le Roller-Derby, sauf qu'on y discute politique.

– Quoi ?

– Aucune importance.

Nous reprîmes Highland avant de traverser le campus du L.S.U. en sens inverse, en direction du jardin public où les sympathisants de Bobby Earl s'étaient regroupés en force au grand jour. Parmi les chênes, les pins et les acajous de Chine, avec, en arrière-plan, les courts de tennis, un losange poussiéreux de balle douce et des tables à pique-nique, le meeting ressemblait à une fête innocente célébrant l'avènement de l'été. Un orchestre dixieland tonnait sous un chapiteau ; des cuisiniers noirs en uniformes blancs faisaient griller des tranches de flanchet sur un énorme barbecue portable remorqué jusque-là sur une plate-forme de camion ; derrière l'estrade de l'orateur, s'alignait une rangée de drapeaux américains pressés les uns contre les autres, et sous les arbres garnis de banderoles rouges, blanches et bleues, les enfants couraient à perdre haleine sur les tapis d'aiguilles de pin avant de venir faire la queue au stand où l'on servait gratis limonades et crèmes glacées.

Qui étaient les parents ? me demandai-je. Leurs voitures venaient de Bogalusa, Denham Springs,

Plaquemine, Bunkie, Port Allen, Vidalia, comme des petites communautés perdues, mangées de moustiques, au bout de leur chemin de terre du bassin d'Atchafalaya. Mais ce n'était pas là la population ouvrière ordinaire d'une petite ville ordinaire. C'était une sous-classe sociale permanente, composée de tous ceux qui essayaient de se raccrocher quotidiennement à leur petite parcelle de géographie paysanne pauvre qui s'en allait rétrécissant, au volant d'une camionnette à plateau avec râtelier à fusils, Jones sur le juke-box et une Coors fraîche à la main.

Ils n'étaient jamais sûr de leur identité tant qu'ils ne parvenaient pas à faire peur à quelqu'un. Ils se gardaient jalousement leurs emplois qu'ils tenaient à l'écart des Noirs et des réfugiés vietnamiens, en lesquels ils ne voyaient qu'une vaste armée d'affamés prête à fondre sur leurs femmes, leurs quartiers, leurs écoles, voire même leurs églises en bois aux murs de bardeaux, là où ils recevaient l'assurance, tous les dimanches et mercredis soirs, que l'amertume et la peur qui caractérisaient leurs existences n'avaient rien à voir avec ce que le destin leur tenait en réserve ou ce qu'ils s'étaient choisi pour eux-mêmes.

Mais lorsqu'on regardait le tableau qu'ils offraient à jouer ainsi dans un jardin public comme un fac-similé dépenaillé d'une toile de Norman Rockwell, il était aussi difficile d'éprouver de la colère à l'égard de leur ignorance que de condamner quelqu'un qui serait né défiguré.

Puis, dans une rue adjacente, nous vîmes le tas de boue de Clemmie garé en stationnement interdit. Je trouvai une place de stationnement plus loin dans la rue, et Batist retourna auprès de la voiture de Clemmie dont il souleva le capot avant de déconnecter une pieuvre de fils de bougie qu'il verrouilla dans notre coffre. Je sortis mon .45 sous étui de la boîte à gants, l'agrafai à mon ceinturon et enfilai ma veste de sport.

– Tu es sûr que tu veux y aller ? dis-je.

– Et qu'est-ce va faire d'aut, mi ? Rester 'ci et attendre un homme avec un pistolet ?

– Bon, je ne pense pas qu'on essaiera de nous faire des ennuis, dis-je. Ils se sentent en sécurité quand ils sont en nombre. Mais si quelqu'un te cherche des crosses, on continue sans s'arrêter. D'accord, Batist ?

– Dave, y'a personne qui connaut ces gens-là mieux qu'un Noir. Ça les tracasse point, les gens comme mi, ça, non. Y z'ont la trouille des jeunes. Y vont jamais l'admettre, mais c'est pourtant ben ça qu'y z'ont en tête. Y crèvent de trouille à en crever devant des gamins bruyants que leur maman, elle aurait dû leur coller un bon marron sur la tête, y'a bien longtemps.

– Ils ont la trouille du premier qui les regarde dans les yeux, collègue.

– On va s'installer par ici et attendre que c't'homme y tire sur M. Sonnier ?

– Non, tu as raison. Allons voir comment ça se passe de nos jours tout en bas de la chaîne alimentaire.

Batist ôta la cellophane d'un cigare qu'il enfonça au fond de la mâchoire et nous remontâmes le bloc pour pénétrer dans le jardin public, où l'on venait d'allumer les projecteurs sur le terrain de balle douce en forme de losange.

– Hé, Dave, est-ce qu'y devait pas y avoir 'ci tout un tas de policiers ? dit Batist.

– Si.

– Et où qu'y sont ?

Je vis un flic en uniforme qui réglait la circulation, un autre en train de déguster un sandwich-barbecue sous un acajou de Chine. Je ne vis personne dans la foule qui ressemblât à un policier en civil. Je m'approchai du flic sous son arbre et lui présentai mon insigne au creux de ma paume.

– Je suis l'Inspecteur Dave Robicheaux, Paroisse d'Iberia, Services du Shérif, dis-je. Est-ce qu'on vous a signalé un homme armé d'un pistolet ?

Le flic avait le visage rond, la bouche pleine de pain et de viande. Il s'essuya les lèvres du revers du poignet et secoua la tête.

– Pas à *moi*, en tout cas, dit-il. Y'a un mec qui se balade avec une arme ?

– Peut-être bien. Avez-vous vu un homme au visage brûlé ? Vous ne pouvez pas vous tromper. Sa peau ressemble à de la pâte à modeler rouge.

– Non.

– Où est votre supérieur ?

– Il était sous le chapiteau il n'y pas bien longtemps. Sans déconner, y'a un mec qui en veut à Bobby Earl ?

– Non, pas Earl. Son beau-frère, un homme du nom de Weldon Sonnier. Vous le connaissez ?

– Je n'ai jamais entendu parler de lui. Écoutez, si vous voulez, on peut aller jusqu'au micro et le retrouver, ce mec.

– Vous pouvez faire ça ?

– On peut le faire appeler. On peut le faire sortir de la foule.

J'essayai de masquer l'expression de mon visage.

– Que diriez-vous d'aller trouver votre supérieur pour moi et ensuite de demander quelques renforts ? dis-je.

– Sûr.
Puis il regarda par-dessus son épaule.
– C'est qui *ce gars-là* ?
– Trouvez votre supérieur, podna. Okay ? dis-je.
Je traversai la foule accompagné de Batist, en direction de la plate-forme d'orchestre en béton, fermée sur l'arrière par une énorme caisse de résonance en forme de coquillage marin. À l'ouest, le ciel était rempli de nuages mauves empilés, dont les bordures brûlaient de noir et de carmin sous l'embrasement des lumières du couchant. Au lointain, une sirène d'urgence dévalait les rues. L'orchestre sous le chapiteau cessa un instant de jouer avant d'attaquer soudain « Dixie », et un second orchestre, sous la conque marine, en vestes à rayures et panamas de paille, vint se joindre au premier comme à un signal et, au milieu des échanges assourdissants entre trombones, clarinettes, trompettes et roulements de tambours à la mode militaire, la foule devint complètement dingue.

Puis quelqu'un libéra les cordes d'un filet énorme rempli de ballons rouges, blancs et bleus qui s'élevèrent par centaines dans le ciel, emportés par le vent, et je compris alors ce qui se passait. C'était le moment de Bobby Earl. Au milieu d'une troupe de gens qui l'applaudissaient à tout rompre, il s'avançait depuis le chapiteau, vêtu d'un costume tropical croisé, ses cheveux secs et ondulés ébouriffés par la brise, en direction de l'estrade prévue pour l'orateur que l'on avait construite devant la conque de béton, là où microphones, drapeaux américains, caméras de télévision et batteries de hauts-parleurs n'attendaient que lui. Son sourire affichait toute l'aisance et la confiance d'un homme qui savait qu'il était aimé et avait véritablement trouvé sa juste place en ce monde.

Nous nous frayâmes un chemin au milieu de la foule. Les orchestres continuaient à beugler « Dixie » et un ivrogne obèse en chemise rose tachée de sueur avait grimpé sur une table de pique-nique et hurlait des cris rebelles à l'adresse de l'estrade de l'orateur. Une odeur de bière éventée mêlée aux relents de déodorant, de tabac à chiquer, et de poudre de talc parut se lever en une strate gluante et collective des gens qui nous entouraient. J'essayai de nous ouvrir un passage en bordure de la foule pour atteindre la zone de pique-nique derrière la conque abritant l'orchestre. Un sergent de police en uniforme traversa un paquet d'étudiants à grands coups d'épaules et s'arrêta devant moi. C'était un homme impressionnant, le front plissé, des yeux verts enfoncés dans les orbites, un coup de soleil récent sur le visage et de grands anneaux de sueur sous les bras. Ses poignées d'amour débordaient de son ceinturon et il tenait une paume de main posée sur la crosse de son .357 Magnum.

– C'est vous l'inspecteur du shérif de New Iberia ? demanda-t-il.

– C'est exact. Je suis Dave Robicheaux.

Son regard se posa sur Batist avant de revenir sur moi.

– On vient juste de me prévenir à propos de ce brûlé avec son arme, dit-il. Qu'est-ce qui se passe ?

– Il s'appelle Vic Benson. Il n'a pas toute sa tête et je crois qu'il a l'intention de faire du mal au beau-frère de Bobby Earl.

– Il a une arme ?

– Un revolver chromé, calibre inconnu.

– Putain de nom de Dieu d'endroit pour se ramasser un givré en liberté qui se balade l'arme au poing. Chaque fois que je suis affecté à un boulot de ce genre-là, je fais de mauvais rêves la nuit qui précède, des rêves de tremblements de terre et de tornades. Ma femme me dit que je mange trop avant de me coucher. C'est qui, l'homme qui est avec vous ?

– Un ami.

– Très bien. Je vais répartir quelques uniformes supplémentaires dans la foule. Pendant ce temps-là, à vous de retrouver le beau-frère d'Earl et de le sortir d'ici. Une belle troupe comme il y a là, il lui suffit de cinq minutes, pas plus, pour se mettre à prier ou décider d'aplatir votre ville comme une crêpe, au choix.

– Merci pour votre aide, Sergent.

– Ne me remerciez pas, podna. Un jour, j'ai été affecté à une émeute, au stade. La prochaine fois que je me retrouve au beau milieu d'un truc comme ça, je rentre à la maison, j'ouvre une bière et je m'installe dans l'arrière-cour. Peut-être même que j'écouterai le compte rendu des événements à la radio.

Il sourit.

La foule commença à se faire moins dense en bordure de parc et finalement, je me retrouvai en compagnie de Batist dans une zone plantée de pins, avec barbecues, poubelles débordant d'ordures et une petite aire de jeu au sol de sable avec jeux de bascule et balançoires.

C'est là, assis sur une balançoire d'enfant, en train de siroter sa bière d'un grand gobelet en carton, que se tenait Weldon Sonnier.

– Je crois que tu m'as fait vieillir de dix ans cette nuit, dis-je.

Il leva les yeux vers moi.

– Hé, Dave. Salut, Batist. Qu'est-ce qui se passe ?

– Ton père se promène dans le coin avec un pistolet. Devine un peu celui qu'il cherche ?

– Quoi ?

– Après ton départ, il a frappé la bonne noire et lui a volé sa voiture. La bagnole est garée à un bloc d'ici. Et lui a un revolver.

Weldon claqua la langue contre le palais.

– Le vieux a toujours de nouveaux tours dans son sac, hein ? dit-il.

– Les flics de Baton Rouge veulent que tu quittes le coin. Et moi aussi.

Il but une gorgée de bière et observa d'un regard indolent quelques gamins qui jouaient à se faire des passes sur le losange de balle douce.

– Où est Bama ? demandai-je.

– Elle est partie remettre son cadeau à Bobby. Il faut prendre un numéro et attendre son tour. À croire que c'est lui, le pape.

– Il est temps pour toi de retourner chez Lyle. Je trouverai Bama et je la ramènerai.

– Bon Dieu, mais qu'est-ce que tu racontes, Dave ?

– Tu quittes les lieux.

– Tu es sérieux ?

– Tu quittes cet endroit de ton plein gré ou tu repars entre deux flics. À toi de choisir, Weldon.

– Je ne sais rien de la juridiction légale ou des trucs de ce genre-là, mais je doute que tu aies une quelconque autorité par ici, Dave. Et je ne vois pas l'ombre d'un flic de Baton Rouge, et je ne vois pas non plus de vieillard armé d'un pistolet. Souffle un peu et va t'offrir un soda au stand de limonades.

– Tu recommences à me foutre en rogne, Weldon.

– C'est ton problème.

– Non, c'est le tien. Je crois que tu es né avec un bout de chevron dans le cul.

– Je n'ai jamais dit que j'étais parfait.

– Faut-il absolument que tu prouves que tu ne crains pas ton père ? Tu as piloté au cours de centaines de missions de combat. Tu n'as donc jamais appris à reconnaître qui tu étais ?

Il leva le visage et me regarda d'étrange manière. Rien qu'un instant, dans la lumière qui allait faiblissant, ses grosses oreilles, sa figure carrée, ses cheveux coupés au ras du crâne, me rappelèrent le jeune garçon, voici bien des années, ses pieds nus gris de poussière, sa salopette sale aux genoux, en train de laver le sol de la salle de billard pour un demi-dollar de l'heure.

Puis la lueur changea dans son regard, il but une gorgée de bière et baissa les yeux au sol entre les genoux.

– Tu as fait ton boulot, Dave. Maintenant, laisse filer, dit-il.

Je sentis Batist qui me tirait par la manche, je sentis l'urgence de son geste avant même de l'entendre dans sa voix.

– Dave, r'garde là-bas ! dit-il.

Bobby Earl et son aréopage de gardes du corps et d'aides politiques venaient de pénétrer dans la zone d'herbe entre l'estrade de l'orateur et la conque de béton. Bama s'était frayé un chemin au milieu de la populace et lui offrait une boîte oblongue enveloppée de papier blanc à l'aspect satiné et noué d'un ruban rose. Mais ce n'était pas ce que Batist avait vu.

De l'autre côté de la conque en béton, Vic Benson venait de sortir d'un des cabinets de toilette provisoires qui s'alignaient en longue rangée sous les arbres, une casquette de base-ball sur la tête, des lunettes sombres sur le nez. Il disparut aussi vite qu'il était apparu derrière le mur extérieur de la conque en béton.

Je compris alors. Brutalement.

Il sait que Bama est venue au jardin public avec Weldon. À travers la foule, il a entrevu Bama qui parlait à Bobby Earl. De loin, il a pris Bobby Earl pour Weldon.

– Seigneur Dieu, il va tirer sur Bobby Earl, dis-je.

– Quoi ? dit Weldon.

Je sortis mon insigne de ma poche de veste et, le tenant ouvert devant moi, me dirigeai au pas de course vers la zone d'herbe derrière l'estrade de l'orateur, le .45 battant de tout son poids contre ma hanche. J'entendis Batist qui me collait aux talons. Les gens s'arrêtaient au milieu de leurs conversations, saisis entre rire et inquiétude. Puis les gardes du corps de Bobby Earl s'avancèrent dans notre direction, déployés en tirailleurs, le visage empourpré, dans l'expectative, prêts à répondre au défi.

Entre leurs corps en mouvement, j'aperçus Earl dont l'étrange vision monoculaire venait de se fixer sur moi.

– Sortez-moi cet homme d'ici ! dit-il.

Deux hommes en complets se mirent en travers de ma route et l'un d'eux m'arrêta d'un bras tendu, la paume de la main bloquée contre mon épaule. Sa veste pendait de guingois sous un angle bizarre à cause d'un poids dans la poche droite.

– Où tu crois que tu vas, mon pote ? dit-il avec une haleine chargée d'une odeur de cigare.

– Bureau du Shérif, Paroisse d'Iberia. Il y a un homme dans la foule avec... commençai-je à dire.

– Ouais ? Et c'est qui, là, avec toi ? Les troupes d'assaut africaines ? dit-il.

– Il est du FBI, espèce de merdaillon de bouseux,

dis-je. Et maintenant, fous le camp, écarte-toi de mon chemin.

Erreur, erreur, me dis-je en mon for intérieur au moment même où les mots sortaient de ma bouche. Ne jamais humilier un bûcheron du nord de la Louisiane devant sa femme ou devant son patron.

– La Paroisse d'Iberia, par ici, c'est comme de la pisse de cheval sur un caillou, pas plus, dit le second. Vaudrait mieux que tu te tires ton cul d'ici en vitesse avant qu'on le fasse pour toi.

D'autres gardes du corps, d'autres sous-fifres au service d'Earl se rabattirent en masse sur moi, à croire que j'étais la source de tous leurs problèmes, celui qui venait gâcher le plaisir d'un grand moment auquel ils avaient tous été conviés à participer.

Je me reculai d'un pas, mains écartées, paumes ouvertes. Avant de pointer un doigt dans leur direction.

– Je serai bref, dis-je. Mettez votre homme à l'abri des regards avant qu'il ne se fasse dessouder. Deuxièmement, sachez que je reviendrai un peu plus tard et je vous coffrerai tous autant que vous êtes pour obstruction à un officier de police dans l'exercice de ses fonctions.

Je sortis de la foule, et contournai la conque de béton par l'extérieur. Des files s'allongeaient devant les toilettes provisoires, et le public se dirigeait en grand nombre au départ des aires de pique-nique et du chapiteau vers l'estrade de l'orateur. Le vent venait soudainement de mourir, l'air était lourd et chaud, chargé d'une odeur de poussière et de métal, les projecteurs sur le terrain, blancs et voilés d'un halo d'humidité sur fond de ciel qui allait s'obscurcissant. Je renversai d'un coup de pied une poubelle que je roulai tout contre la conque de béton.

Je l'escaladai et essayai de répérer la casquette de base-ball de Vic Benson parmi les centaines de crânes dans la foule.

Exploit au demeurant impossible.

Puis j'entendis un hurlement de femme, je vis la foule s'écarter devant quelque présence terrible ou effrayante en son sein, les gens s'empêtrer les uns dans les autres, à se prendre les pieds dans les chevilles du voisin avant de basculer en arrière et tomber au sol. À moins de dix mètres de moi, Vic Benson fendait l'attroupement au pas de course, à la manière d'un barracuda tranchant à cœur un banc de poissons, un petit pistolet d'argent dans sa main levée.

Bama l'aperçut avant Bobby Earl, qui nous tournait le dos tandis qu'il signait des autographes aux enfants. Son visage blanchit plus encore, sa bouche s'arrondit en un O rouge.

Je fis tomber une femme au sol, sentis un corps rebondir violemment au contact de mon épaule, me fracassai contre un fauteuil pliant et plongeai tête la première dans les reins de Vic Benson.

Il toucha le sol en premier, écrasé par mon poids, j'entendis ses poumons se vider de leur air avec un bruit sourd et, une fois encore, je sentis cette odeur où se mêlaient térébenthine, sueur séchée au vent, nicotine et fumée, comme imprégnée à force dans la peau et les vêtements. Sa casquette de base-ball avait glissé du crâne, ses lunettes de soleil de guingois sur le visage, et ses yeux vinrent se river aux miens à la manière d'un lézard qui se verrait pris au piège sur le sommet d'un caillou brûlant, au beau milieu d'un champ en feu.

Il remua les lèvres, et je compris qu'il cherchait à me maudire ou me blesser de quelque nouvelle manière, mais son souffle vint racler le fond de sa gorge comme un homme aux poumons perforés. Je glissai la main le long de son bras et ôtai le pistolet qui n'avait pas tiré d'entre ses doigts.

Je croyais que tout était terminé. Les choses auraient dû en rester là.

Mais Batist, en voyant ce qui était sur le point de se produire, avait plongé au milieu de la foule de son côté, bras écarts, et plaqué Bama et Bobby Earl au sol en les couvrant l'un et l'autre de sa masse énorme. Les gens hurlaient et se bousculaient ; photographes et caméramen de la télé essayaient de cadrer dans leurs objectifs le corps de Bobby Earl allongé de tout son long, couvert par celui de Batist ; et trois flics en uniforme bataillaient désespérément pour se frayer un passage en bordure de la foule rassemblée jusqu'au centre de l'attroupement avant qu'une émeute ne se déclenche dans le jardin public.

Alors seulement je pris conscience que la plupart des gens qui se pressaient au centre de la zone de pelouse n'avaient pas vu Vic Benson. Ils n'avaient pas compris ce que ce dernier avait essayé de faire. Bien au contraire. De toute évidence, ils étaient quelques-uns à être convaincus que Batist avait attaqué Bobby Earl.

Alors que Batist essayait de se redresser en appui sur les bras, un homme du premier rang de la foule amassée là le fouetta d'un coup de chaîne, une laisse de chien dédoublée, en visant la tête, puis deux des gardes du corps d'Earl l'agrippèrent par le ceinturon et se mirent à le traîner au sol.

– Collez-moi ce putain de Négro en cage ! hurla une voix.

La foule se pressa de l'avant, comme une houle, à se monter les uns sur les autres en piétinant ceux qui étaient déjà tombés au sol. Entre leurs jambes, je vis le désespoir sur le visage de Batist, qui essayait de se protéger les yeux d'un poing solitaire qui s'abattait sur sa tête à coups redoublés. Un filet de salive mêlée de sang dégoulinait de sa lèvre inférieure.

Je plongeai dans la mêlée. Mon poing s'enfonça de toutes ses forces dans une nuque épaisse ; mon coude percuta avec violence une cage thoracique qui céda sous l'impact comme une poignée de bâtons de sucettes ; je lançai un uppercut au creux d'un estomac et je vis l'homme s'effondrer à genoux devant moi, le visage gris, bouche bée, mâchoire pendante, comme s'il venait d'être éviscéré.

Puis je me retrouvai en compagnie de Batist sous la meute.

Il est des moments dans l'existence où l'on croit que les derniers plans du film de la vie viennent de sortir de la bobine avec un claquement sec. Suffit-il qu'un de ces moments survienne, et votre propre sang gronde à vos oreilles avec un bruit de tonnerre, comme des vagues qui viendraient s'éclater sur un récif de corail, ou des centaines de pieds qui martèleraient la terre avec un bruit sourd.

Puis, comme si l'on m'avait rendu soudain l'ouïe et la vue, les arbres, le ciel et l'air tout ensemble, je vis le sergent de police brûlé de coups de soleil, les yeux verts et durs, en train de repousser la foule de sa longue matraque tenue fermement des deux mains, qu'il maniait avec violence en fouettant les corps à grands coups de fléau horizontal pour élargir à chaque coup un peu plus le cercle de la populace.

D'autres flics arrivèrent alors dans le cercle, et je sentis la cohue des gens amassés se vider de ses énergies à la manière dont se dégonfle un ballon crevé. Je me remis debout, dégageai un pan de chemise de mon pantalon et m'en essuyai le visage. Un visage barbouillé de sang et de crachats.

– Je vais vous décharger de votre calibre et vous menotter, votre ami et vous, jusqu'à ce qu'on puisse tous se tirer de là. Ne discutez pas, dit le sergent.

– Pas de discussion, podna, dis-je.

Il reclaqua une menotte sur mon poignet, l'autre sur le poignet de Batist. Dont la chemise pendait, déchirée en lambeaux, sur ses épaules massives.

Bobby Earl était debout, entouré de ses gardes du corps, son complet tropical croisé maculé de taches d'herbe. Il se tamponna la commissure des lèvres d'un mouchoir plié en rectifiant sa chevelure ondulée de ses doigts passés en peigne. Je sentis la main du sergent se serrer sur mon bras.

– Rien qu'une minute, lui dis-je. Hé, Bobby, c'est un Noir qui vient de te sauver ton petit cul rose de bon à rien. Toi et tes électeurs pourriez peut-être réfléchir à ça. Je ne vais pas partir sans te faire part d'une autre de mes réflexions et je ne veux pas que tu te méprennes sur le sens de mes paroles. Mais si jamais tu essaies encore de faire du mal à mon ami Cletus Purcel, on sera obligé de te racler les restes de ton broyeur à ordures à la brosse à dents.

J'avançai aux côtés de Batist jusqu'à une voiture de brigade, entouré de flics, nos deux poignets menottés ensemble, nos vêtements en lambeaux, à l'instant précis où un éclair traversait le ciel en vacillant tandis que des gouttes de pluie aussi lourdes que des billes à jouer commençaient à frapper les feuilles des chênes au-dessus de nos têtes.

Derrière la lunette arrière d'une autre voiture de brigade, les bras menottés dans le dos, le visage détruit de Vic Benson regardait fixement les flics, la foule grouillante, les arbres, le jardin public, la pluie qui tombait à l'oblique, le ciel noirci, peut-être la terre elle-même tout entière, comme si les forces invisibles qui l'avaient poussé toute son existence durant s'étaient rassemblées là, en ce lieu, en cet instant, pour le mener, au bout du compte, de manière irrévocable, là où elles l'avaient toujours voulu.

Épilogue

Nous prîmes nos vacances à Key West à la fin de l'été, lorsque le soleil est encore chaud et brillant, les prix bon marché, les rues vides de touristes et le Golfe couleur de citron vert, barré de crêtes blanches d'écume aussi loin que l'œil peut porter, semé de grands à-plats d'un bleu profond aussi sombre qu'un lavis d'encre de Chine que la houle vient pousser sur les récifs de corail.

C'était plus qu'un simple répit temporaire, loin de mon travail de police. J'avais pris congé, pour une durée indéterminée, des services du shérif ; j'avais laissé délibérément à l'écart les problèmes des autres, lâché prise à tout le sérieux, toute la furie, la fange et la complexité, de la même manière qu'on se fatigue, au bout du compte, un jour donné, du chagrin, de la culpabilité, de la lutte usante, épuisante, implacable que l'on mène contre le monde tout entier. Un matin, juste avant le lever du soleil peut-être, le regard se tourne vers une autre direction et remarque un héron bleu qui prend son envol au sortir des roseaux en bordure du bayou, les yeux crénelés comme une coque de noix d'un 'gator qui fend en silence une nappe flottante d'algues et de brindilles pareille à une crème laiteuse, un rougeoiment de lumière à l'horizon de la terre qui vient soudain pénétrer de son éclat les troncs noirs des cyprès avec une intensité telle que le bras se lève pour protéger le regard.

Joey Gouza est de retour chez les grosses rayures au pénitencier d'Angola, non pas pour les meurtres de Garrett et Jewel Fluck, ni même pour voies de fait et résistance à agent. Le dernier verset légal de Joey a fini par s'écrire dans la prison municipale de La Nouvelle-Orléans. Il a mis le feu à son matelas, bouché l'orifice des toilettes avec ses vêtements, inondé tout le quartier de cellules et uriné par les barreaux sur un maton en armes. Il a essayé de raconter à qui voulait l'entendre que la Fraternité Aryenne et la Mafia mexicaine avaient mis un contrat sur sa tête. Personne ne s'est montré intéressé. Ou peut-être plus exactement, tout le monde s'en fichait.

Finalement, on l'a transféré dans une cellule en quartier isolé, avec porte en acier massif, parce qu'il était convaincu qu'un membre de l'A.B., avec l'assentiment du mafioso qui s'était pris dans le cou la fléchette de pistolet paralysant destinée à Joey, n'allait pas manquer de le transformer en leçon de choses enflammée en balançant un cocktail Molotov à travers les barreaux de sa cellule.

Deux jours plus tard, un nouveau gardien l'accompagna aux douches et à la petite salle en béton avec haltères et banc de musculation cassé où Joey était censé se doucher et faire de l'exercice en solitaire. Puis le gardien avait fait sortir huit autres prisonniers de leurs cellules. Joey Gouza avait planté un morceau de surin fabrication maison – quinze centimètres d'éclat de verre à vitre – et l'avait brisé dans l'épaule d'un autre détenu.

Le rapport de l'enquêteur spécifiait que le détenu en question avait partagé la cellule de Jewel Fluck à

Parchman, qu'il arborait sur tout le haut du torse, tatouages de croix gammées et de croix de fer, et qu'au moment de l'agression, il portait sur lui une lame à rasoir montée sur un manche de brosse à dents.

Mais qui s'en souciait ?

Joey était tombé pour tentative de meurtre.

J'aimerais pouvoir vous dire que la carrière politique de Bobby Earl s'est elle aussi terminée, que, d'une certaine manière, les événements du jardin public ont révélé au grand jour, aux yeux des spectateurs, son vrai visage, celui d'un escroc et d'un lâche, ou encore que ses suiveurs se sont retournés contre lui. Mais la chose ne s'est pas produite. Elle ne pouvait pas se produire.

Je m'étais déterminé à prouver que Bobby Earl servait de couverture aux agissements de Joey Gouza, ou qu'il était mêlé au trafic d'armes et de drogue sous les tropiques. Je me montrais en cela coupable d'une présomption vieille comme le monde, à savoir que les origines d'un mal social peuvent se retracer jusqu'à des individus marqués par la vilénie, qu'il nous suffit simplement d'identifier avant de les mettre en cage, voire de les mener au pas de charge devant le peloton d'exécution avec la conviction que cette fois, oui, c'est bien vrai, cette fois, nos voiles viendront se gonfler d'une brise toute nouvelle qui nous mettra sur le bon cap.

Mais Bobby Earl existe, il n'est là qu'avec notre assentiment. Il tient sous ses doigts la mesure d'un pouls de ténèbres et pareil en cela à tous les escrocs, tous les trompeurs, il sait que son public souhaite être berné. Il a appris il y a bien longtemps déjà à prêter l'oreille ; il sait que s'il écoute avec le plus grand soin, ce sont ses fidèles qui lui diront ce qu'ils désirent entendre. C'est là un contrat de dupes qui se trompent mutuellement en acceptant d'ouvrir leurs gilets de protection pour se faire moucher d'une balle en pleine poitrine.

Si ce n'était lui, c'en serait un autre – misanthrope, enjôleur, cultivé, quelqu'un qui, selon les termes de l'épouse d'un ancien président des États-Unis, autorise le reste d'entre eux à vivre dans le confort de nos propres préjugés.

Je crois que Bobby Earl connaîtra sa fin de la même manière que tous ceux de son engeance. Au contraire des membres de la Mare, de cette vaste armée de bouffons malfaisants qui essaient de se faufiler dans la vie par les petites rues, les êtres de l'acabit de Bobby Earl recherchent le pouvoir si désespérément qu'à un moment donné de leur existence, ils choisissent en toute conscience de se jeter dans les bras du mal. Il ne s'agit pas là d'une séduction graduelle qui leur vient petit à petit. Ils l'acceptent sans réserve, et c'est alors qu'ils se séparent du reste d'entre nous. Il est aussi facile de savoir à quel moment le changement s'opère. Il n'est pas de chirurgie esthétique capable de masquer leur psychologie déformée qui se lit dans leurs yeux à livre ouvert.

Alors, sans même en prendre conscience, ils s'attellent à la tâche de dresser leur propre échafaud ; leurs plus loyaux adeptes deviennent leurs bourreaux, de cette même manière que les partisans de Mussolini ont pendu ce dernier par les pieds dans une station-service ou que ses fidèles ont fait monter Robespierre sur la guillotine.

Puis le public se remet en marche, en quête d'un nouveau magicien.

Mais les gens comme Bobby Earl ne lisent pas les livres d'histoire.

* * *

Tandis que je regardais Alafair plonger du bateau que nous avions loué, de l'autre côté de Seven-Mile Reef, son corps bronzé brillant de soleil et d'eau salée, je songeais aux enfants de ce monde, je songeais à toutes les souffrances qui peuvent leur être infligées comme autant de blessures à l'âme, aussi brutales qu'un jet de pierre, pareilles à une rose rouge sang aux pétales convolutés qu'un pouce viendrait enfoncer, à force, sans ménagement, dans les profondeurs des tissus.

Alafair flottait au-dessus des récifs, à observer les bancs de poissons-clowns et de maquereaux en soufflant l'eau salée par son tuba tandis que les vaguelettes en surface battaient doucement contre son dos et ses cuisses. Dix mètres plus bas, le sable était pareil à une poudre de diamants, le moindre piquant était visible dans les nids d'oursins et le corail-feu brillait d'un tel éclat qu'on aurait cru se brûler la main à son contact comme à un fourneau brûlant.

C'est alors que je vis une ombre, longue, cylindrique, fendre la crête du récif avant de s'aplatir sur le fond de l'océan. Elle devait bien atteindre deux mètres cinquante de long. Un îlot de plancton flottant obscurcit mon angle de vision, puis l'ombre changea de direction et je reconnus le dos marron et brillant d'un requin-marteau. Lorsqu'il vira de sens d'un coup de queue, j'entrevis un œil plat, rond et vitreux, une large gueule en plaie avec sa rangée crénelée de dents-rasoirs, et le ventre blanc d'une pâleur obscène.

Je hurlai en direction d'Alafair, mais elle avait les oreilles à moitié sous l'eau et ne m'entendit pas. Je quittai mes chaussures de toile, montai sur le plat-bord et touchai l'eau en un long plongeon en aplat pour arriver jusqu'à elle en trois brasses. Elle avait vu le requin, elle aussi, et la terreur se lisait sur son visage lorsque j'agrippai sa taille pour revenir vers le bateau. C'est alors que se produisit une chose étrange. Elle comprit que nous luttions l'un contre l'autre, que nos jambes fouettaient l'eau, impuissantes à nous faire avancer, au milieu d'un cône de lumière mouillée et vacillante au-dessus du regard meurtrier du requin, et je vis une expression paisible, presque naïve par sa résolution, remplacer l'effroi de son visage. Elle ôta masque et tuba qu'elle plaça sous son bras, et se mit à nager avec moi en direction de l'échelle du bateau, le corps horizontal, à se tordre le cou de gauche et de droite pour pouvoir respirer au-dessus des vagues.

Je la poussai aux fesses par-dessus le plat-bord avant de m'affaler cul-par-dessus tête sur le pont. Je pressai Alafair tout contre moi sur le planchage brûlant en serrant sa tête au creux de mon menton.

Elle leva les yeux vers moi et je vis réapparaître une expression soucieuse sur son visage.

– Wow ! dis-je en essayant de sourire.

– Quel genre de requin c'était, Dave ?

– Un requin-marteau. Ce sont de grosses poules mouillées. Mais qui voudrait courir des risques ?

– Sa tête... elle était affreuse. On aurait dit qu'il avait avalé une grosse brique.

Puis elle sourit à sa propre plaisanterie.

– Non seulement ce sont des mauviettes, ces requins-marteau, mais ce sont des mauviettes stupides. Ils se cognent en nageant, dans les coques des bateaux, les récifs, des tas de trucs, dis-je.

Ses yeux marron brillaient à nouveau de lumière, pleins de bonheur.

– Hé, Dave, on sort les lignes et on se fait un peu de traîne pour les maquereaux ?

– Sûr, petit mec, dis-je.

Je la serrai contre moi, une fois encore, en fermant les yeux, paupières serrées, avec l'espoir qu'elle ne sentirait pas la chamade effrayée du cœur qui me battait la poitrine.

Rivages / noir

Joan Aiken
Mort un dimanche de pluie (n° 11)

Robert Edmond Alter
Attractions : Meurtres (n° 72)

Jean-Baptiste Baronian
Le Tueur fou (n° 202)

William Bayer
Labyrinthe de miroirs (n° 281)

Marc Behm
La Reine de la nuit (n° 135)
Trouille (n° 163)
À côté de la plaque (n° 188)
Et ne cherche pas à savoir (n° 235)
Crabe (n° 275)

Tonino Benacquista
Les Morsures de l'aube (n° 143)
La Machine à broyer les petites filles (n° 169)

Pieke Biermann
Potsdamer Platz (n° 131)
Violetta (n° 160)
Battements de cœur (n° 248)

Michael Blodgett
Captain Blood (n° 185)

Paul Buck
Les Tueurs de la lune de miel (n° 175)

Edward Bunker
Aucune bête aussi féroce (n° 127)
La Bête contre les murs (n° 174)
La Bête au ventre (n° 225)

James Lee Burke
Prisonniers du ciel (n° 132)
Black Cherry Blues (n° 159)
Une saison pour la peur (n° 238)

Héroïne Annie (n° 102)
Escorte pour une mort douce (n° 111)
Le Fils perdu (n° 128)
Le Camp des vainqueurs (n° 176)

Hélène Couturier
Fils de femme (n° 233)

James Crumley
Putes (n° 92)

Mildred Davis
Dark Place (n° 10)

Jean-Paul Demure
Milac (n° 240)
Fin de chasse (n° 289)

Pascal Dessaint
La vie n'est pas une punition (n° 224)
Bouche d'ombre (n° 255)
À trop courber l'échine (n° 280)

Thomas Disch/John Sladek
Black Alice (n° 154)

Wessel Ebersohn
La Nuit divisée (n° 153)
Coin perdu pour mourir (n° 193)
Le Cercle fermé (n° 249)

Stanley Ellin
La Corrida des pendus (n° 14)

James Ellroy
Lune sanglante (n° 27)
À cause de la nuit (n° 31)
La Colline aux suicidés (n° 40)
Brown's Requiem (n° 54)
Clandestin (n° 97)
Le Dahlia noir (n° 100)
Un tueur sur la route (n° 109)
Le Grand Nulle Part (n° 112)
L.A. Confidential (n° 120)
White Jazz (n° 141)
Dick Contino's Blues (n° 212)
American Tabloid (n° 282)

Howard Fast
Sylvia (n° 85)
L'Ange déchu (n° 106)

Kinky Friedman
Meurtre à Greenwich Village (n° 62)
Quand le chat n'est pas là (n° 108)
Meurtres au Lone Star Café (n° 151)
Le Vieux Coup de la sauterelle (n° 197)
Elvis, Jésus et Coca-Cola (n° 264)

Samuel Fuller
L'Inexorable Enquête (n° 190)
La Grande Mêlée (n° 230)

Barry Gifford
Port Tropique (n° 68)
Sailor et Lula (n° 107)
Perdita Durango (n° 140)
Jour de chance pour Sailor (n° 210)
Rude journée pour l'Homme Léopard (n° 253)

David Goodis
La Blonde au coin de la rue (n° 9)
Beauté bleue (n° 37)
Rue Barbare (n° 66)
Retour à la vie (n° 67)
Obsession (n° 75)

James Grady
Le Fleuve des ténèbres (n° 180)
Tonnerre (n° 254)

Russell H. Greenan
Sombres crapules (n° 138)
La Vie secrète d'Algernon Pendleton (n° 156)
C'est arrivé à Boston ? (n° 205)
La Nuit du jugement dernier (n° 237)
Un cœur en or massif (n° 262)

Joseph Hansen
Par qui la mort arrive (n° 4)
Le petit chien riait (n° 44)
Un pied dans la tombe (n° 49)
Obédience (n° 70)

Le Noyé d'Arena Blanca (n° 76)
Pente douce (n° 79)
Le Garçon enterré ce matin (n° 104)
Un pays de vieux (n° 155)
Le Livre de Bohannon (n° 214)

John Harvey
Cœurs solitaires (n° 144)
Les Étrangers dans la maison (n° 201)
Scalpel (n° 228)
Off Minor (n° 261)

George V. Higgins
Les Copains d'Eddie Coyle (n° 114)
Le Contrat Mandeville (n° 191)
Le Rat en flammes (n° 243)
Paris risqués (n° 287)

Tony Hillerman
Là où dansent les morts (n° 6)
Le Vent sombre (n° 16)
La Voie du fantôme (n° 35)
Femme-qui-écoute (n° 61)
Porteurs-de-peau (n° 96)
La Voie de l'Ennemi (n° 98)
Le Voleur de temps (n° 110)
La Mouche sur le mur (n° 113)
Dieu-qui-parle (n° 122)
Coyote attend (n° 134)
Le Grand Vol de la banque de Taos (n° 145)
Les Clowns sacrés (n° 244)
Moon (n° 292)

Chester Himes
Qu'on lui jette la première pierre (n° 88)

Dolores Hitchens
La Victime expiatoire (n° 89)

Geoffrey Homes
Pendez-moi haut et court (n° 93)
La Rue de la femme qui pleure (n° 94)

Dorothy B. Hughes
Et tournent les chevaux de bois (n° 189)

Chute libre (n° 211)

William Irish
Manhattan Love Song (n° 15)
Valse dans les ténèbres (n° 50)

William Kotzwinkle
Midnight Examiner (n° 118)

Jonathan Latimer
Gardénia rouge (n° 3)
Noir comme un souvenir (n° 20)

Michel Lebrun
Auroroute (n° 165)
Le Géant (n° 245)

Elmore Leonard
Zig Zag Movie (n° 220)
Maximum Bob (n° 234)
Punch Créole (n° 294)

Bob Leuci
Captain Butterfly (n° 149)
Odessa Beach (n° 290)

Ted Lewis
Le Retour de Jack (n° 119)
Sévices (n° 152)
Jack Carter et la loi (n° 232)
Plender (n° 258)

Richard Lortz
Les Enfants de Dracula (n° 146)
Deuil après deuil (n° 182)
L'Amour mort ou vif (n° 206)

John D. Mac Donald
Réponse mortelle (n° 21)
Un temps pour mourir (n° 29)
Un cadavre dans ses rêves (n° 45)
Le Combat pour l'île (n° 51)
L'Héritage de la haine (n° 74)

John P. Marquand
Merci Mr Moto (n° 7)

Bien joué, Mr Moto (n° 8)
Mr Moto est désolé (n° 18)
Rira bien, Mr Moto (n° 87)

Richard Matheson
Échos (n° 217)

Helen McCloy
La Somnambule (n° 105)

William McIlvanney
Les Papiers de Tony Veitch (n° 23)
Laidlaw (n° 24)
Big Man (n° 90)
Étranges Loyautés (n° 139)

Marc Menonville
Jeux de paumes (n° 222)
Walkyrie vendredi (n° 250)
Dies Irae en rouge (n° 279)

Ronald Munson
Courrier de fan (n° 226)

Tobie Nathan
Saraka bô (n° 186)
Dieu-Dope (n° 271)

Jim Nisbet
Les damnés ne meurent jamais (n° 84)
Injection mortelle (n° 103)
Le Démon dans ma tête (n° 137)
Le Chien d'Ulysse (n° 161)
Sous le signe du rasoir (n° 273)

Kyotaro Nishimura
Petits crimes japonais (n° 218)

Jack O'Connell
B.P. 9 (n° 209)

Liam O'Flaherty
L'Assassin (n° 247)

Jean-Hugues Oppel
Brocéliande-sur-Marne (n° 183)
Ambernave (n° 204)
Six-Pack (n° 246)

Masako Togawa
Le Baiser de feu (n° 91)

Armitage Trail
Scarface (n° 126)

Marc Villard
Démons ordinaires (n° 130)
La Vie d'artiste (n° 150)
Dans les rayons de la mort (n° 178)
Rouge est ma couleur (n° 239)
Cœur sombre (n° 283)
Du béton dans la tête (n° 284)

Donald Westlake
Drôles de frères (n° 19)
Levine (n° 26)
Un jumeau singulier (n° 168)
Ordo (n° 221)
Aztèques dansants (n° 266)
Kahawa (n° 277)

Janwillem Van De Wetering
Comme un rat mort (n° 5)
Sale Temps (n° 30)
L'Autre Fils de Dieu (n° 33)
Le Babouin blond (n° 34)
Inspecteur Saito (n° 42)
Le Massacre du Maine (n° 43)
Un vautour dans la ville (n° 53)
Mort d'un colporteur (n° 59)
Le Chat du sergent (n° 69)
Cash-cash millions (n° 81)
Le Chasseur de papillons (n° 101)
Retour au Maine (n° 286)

Harry Whittington
Des feux qui détruisent (n° 13)
Le diable a des ailes (n° 28)

Charles Willeford
Une fille facile (n° 86)
Hérésie (n° 99)
Miami Blues (n° 115)

Une seconde chance pour les morts (n° 123)
Dérapages (n° 192)
Ainsi va la mort (n° 213)

Charles Williams
La Fille des collines (n° 2)
Go Home, Stranger (n° 73)
Et la mer profonde et bleue (n° 82)

Timothy Williams
Le Montreur d'ombres (n° 157)
Persona non grata (n° 203)

Daniel Woodrell
Sous la lumière cruelle (n° 117)
Battement d'aile (n° 121)
Les Ombres du passé (n° 194)

Rivages / mystère

Charlotte Armstrong
Le Jour des Parques (n° 13)
L'Inconnu aux yeux noirs (n° 15)
Une dose de poison (n° 21)

Francis Beeding
La Maison du Dr Edwardes (n° 9)
La mort qui rôde (n° 12)
Un dîner d'anniversaire (n° 18)

Algernon Blackwood
John Silence (n° 8)

Jypé Carraud
Tim-Tim Bois-Sec (n° 22)
Le Squelette cuit (n° 25)

Collectif
La Griffe du chat (n° 28)

F. W. Crofts
Le Tonneau (n° 24)

Amanda Cross
En dernière analyse (n° 23)
Insidieusement vôtre (n° 26)
Justice poétique (n° 27)

Mildred Davis
Crime et chuchotements (n° 14)
Passé décomposé (n° 16)
Un homme est mort (n° 20)

Michael Dibdin
L'Ultime Défi de Sherlock Holmes (n° 17)

John Dickson Carr
En dépit du tonnerre (n° 5)

William Kotzwinkle
Fata Morgana (n° 2)

Alexis Lecaye
Einstein et Sherlock Holmes (n° 19)

John P. Marquand
À votre tour, Mister Moto (n° 4)

Anthony Shaffer
Absolution (n° 10)

J. Storer-Clouston
La Mémorable et Tragique Aventure de Mr Irwin Molyneux (n° 11)

Rex Stout
Le Secret de la bande élastique (n° 1)
La Cassette rouge (n° 3)
Meurtre au vestiaire (n° 6)

Josephine Tey
Le plus beau des anges (n° 7)

Achevé d'imprimer en mars 1998
par Maury-Eurolivres
45300 Manchecourt

Imprimé en France
Dépôt légal : mars 1998